Contemporánea

Abdulrazak Gurnah (Zanzíbar, 1948) es un escritor de origen tanzano afincado en Inglaterra desde hace más de medio siglo. Doctorado en 1982 por la Universidad de Kent, ejerció la docencia en las universidades de Bayero (Kano, Nigeria) y Kent, donde impartió literatura inglesa y poscolonial hasta su jubilación en 2017. Es miembro de la Royal Society of Literature desde 2006 y autor de numerosos cuentos, ensayos y una decena de novelas, entre las que destacan *Paraíso*, nominada para los premios Booker y Whitbread, *A orillas del mar*, *La vida, después* y *El desertor*. Considerado uno de los escritores poscoloniales más relevantes, en 2021 fue galardonado con el Premio Nobel de Literatura por su «conmovedora descripción de los efectos del colonialismo y la historia de los refugiados en el abismo entre culturas y continentes».

PREMIO NOBEL DE LITERATURA

Abdulrazak Gurnah

A orillas del mar

Traducción de
Patricia Antón de Vez y Rita da Costa

DEBOLS!LLO

Papel certificado por el Forest Stewardship Council®

Título original: *By the Sea*

Primera edición en Debolsillo: octubre de 2025

Printed in Spain – Impreso en España

ISBN: 978-84-663-7989-2
Depósito legal: B-14.424-2025

Impreso en Black Print CPI Ibérica
Sant Andreu de la Barca (Barcelona)

P 3 7 9 8 9 2

A Denise

Reliquias

1

Rachel dijo que vendría más tarde, y a veces, cuando lo dice, lo hace. Me mandó una tarjeta —no tengo teléfono en el piso, me niego a tenerlo— en la que me pedía que la llamara si me venía mal la visita, pero no la he llamado; no veo necesidad de hacerlo. Ya es tarde, así que no creo que venga, al menos hoy.

Pero es verdad que en la tarjeta ponía «después de las seis». A lo mejor no era más que un gesto amable, una manera de hacerme saber que ha pensado en mí con el convencimiento de que me serviría de consuelo, y así es. No importa, a estas alturas me basta con que no aparezca a altas horas de la noche, rompiendo el elocuente silencio nocturno con una batería de explicaciones y disculpas, desgranando un plan tras otro hasta consumir el tiempo de oscuridad restante.

Me maravilla lo valiosas que han llegado a ser para mí esas horas de oscuridad, cómo los silencios de la noche se han ido colmando de murmullos y bisbiseos cuando antes eran tan espantosamente inertes, tan agarrotados por el extraño sigilo que planeaba sobre las palabras. Es como si, al venir a vivir aquí, hubiera cerrado una puerta estrecha y abierto otra que da a una amplia explanada. En la oscuridad pierdo la noción del espacio, y en esa nada adquiero una mayor conciencia de mí mismo y distingo las voces con más claridad, como si las oyera por primera vez. A veces me llega, como un susurro acallado, una música que suena en la distancia, al aire libre. Anhelo la noche que pone fin a cada árido día, aunque me atemoricen la oscuridad, sus infinitos recovecos y sus sombras cambiantes. A veces pienso que mi destino es vivir entre los escombros y el caos de casas ruinosas.

No es fácil determinar con precisión cómo he llegado a este punto, afirmar con cierta seguridad que aquello dio lugar a esto y luego a lo otro... de modo que aquí estamos. Los recuerdos se me escurren entre los dedos, e incluso mientras los evoco para mis adentros me llegan ecos de algo que estoy reprimiendo, algo que he olvidado recordar, lo que complica el relato, mal que me pese. No obstante, puedo contar algunas cosas y siento el impulso de hacerlo, de dar cuenta de los dramas menores que he presenciado y de los que he formado parte, aunque los finales y los principios se hayan difuminado. No creo que sea un impulso noble; quiero decir que no conozco una gran verdad que me muera por divulgar, ni he vivido una experiencia ejemplar capaz de arrojar luz sobre nuestras circunstancias y el tiempo que nos ha tocado vivir. Aunque he vivido lo mío. Aquí todo es tan distinto que me parece como si una existencia hubiese llegado a su fin y estuviese empezando otra, por lo que quizá debería decir que he vivido otra vida en otro lugar, pero ha quedado atrás. Sin embargo, sé que esa existencia anterior bulle, palpita y goza de buena salud en mi pasado y en mi futuro. No tengo sino tiempo en las manos y estoy en manos del tiempo, conque más me vale rendir cuentas. Al fin y al cabo, todos tenemos que hacerlo tarde o temprano.

Vivo en una pequeña ciudad a orillas del mar, como he hecho siempre, aunque la mayor parte de mi vida haya transcurrido muy lejos de aquí, junto a un gran océano de cálidas aguas esmeralda. Ahora llevo la semivida de un forastero, atisbando interiores a través de la pantalla del televisor e imaginando las infinitas cuitas que afligen a quienes veo durante mis caminatas. No tengo la menor idea de qué les inquieta, pese a que los observo con atención y me fijo en todo lo que puedo, pero me temo que reconozco poco de lo que veo. No es que sean misteriosos, sino que su extrañeza me desarma. Apenas entiendo el esfuerzo que parece acompañar sus acciones más cotidianas. Parecen agotados y distraídos, se frotan los ojos como si les escocieran mientras se enfrentan a calamidades incomprensibles para mí. A lo mejor exagero o simplemente no puedo evitar recrearme en aquello que nos distingue, en subrayar los contrastes; puede que simplemente resistan el embate del viento frío que sopla desde el tenebroso océano aunque yo me emperre en encontrarle sentido a lo que veo, pero a estas alturas de la vida es difícil aprender a no ver, aprender a callar el significado de lo que creo ver. Me fascinan sus rostros. Se burlan de mí, o al menos eso creo.

Las calles me ponen tenso y nervioso, y a veces ni siquiera estando encerrado en mi piso soy capaz de dormir o de sentarme cómodamente a descansar por culpa de los crujidos y murmullos que agitan la parte baja del aire. La parte superior siempre está agitada porque es allí donde habitan Dios y sus ángeles, que acostumbran a debatir sobre las altas esferas políticas, además de purgar traiciones y revueltas. No les gustan los oyentes fortuitos, ni los que andan buscando información para otros o para sí mismos; bastante tienen ya con decidir el destino del universo. Por precaución, de tanto en tanto los ángeles desatan un chaparrón corrosivo para disuadir a los curiosos con la amenaza de infligirles lesiones deformantes. La parte central del aire es la zona de contención donde los funcionarios, los ifrits que hacen antesala, los locuaces yins y las ondulantes serpientes se retuercen, agitan y enfurecen mientras aguardan los consejos de sus superiores: «¡Eh, eh!, ¿has oído eso? ¿Qué habrá querido decir?» En el turbio aire inferior se encuentran los oportunistas sin mala fe y las almas cándidas que se creen cualquier cosa y se prestan a todo, los ingenuos y apocados que, como son legión, abarrotan y contaminan los estrechos espacios donde se hacinan. Allí me encontraréis a mí: en ningún lugar encajo mejor. O tal vez debería decir que en ningún lugar encajaba mejor. Allí me habríais encontrado cuando estaba en la flor de la vida, pues desde que he llegado a esta ciudad no puedo dejar de percibir los recelos e inquietudes que agitan el aire y las calles. Pero no en todas partes. Me refiero a que no siento esta agitación allá donde vaya, ni en todo momento. Por las mañanas, las tiendas de muebles son lugares silenciosos y despejados por los que paseo a mis anchas sin más motivo de preocupación que las diminutas partículas de fibras sintéticas que flotan en el aire y me corroen las fosas nasales y los bronquios, por lo que acaban obligándome a marcharme y me disuaden de volver durante un tiempo.

Encontré las tiendas de muebles por casualidad, al poco de llegar, cuando me trasladaron aquí, aunque siempre me han interesado los muebles. Cuando menos, son lastres que nos mantienen con los pies en el suelo, evitando así que trepemos desnudos a los árboles y nos pongamos a aullar, abrumados por el espanto de nuestras vanas existencias. Impiden que vaguemos sin rumbo por junglas inexpugnables, urdiendo actos de canibalismo en los claros y las cuevas húmedas. Hablo por mí, aunque me atrevería a incluir en mi banal sabiduría a quienes callan. Sea como fuere, la gente que se ocupa de los refugiados me buscó este piso, que me permitió dejar el *bed and breakfast* de Celia. El viaje desde allí fue breve, pero hubo que dar muchas vueltas por calles cortas flanqueadas por hileras de casas similares entre sí. Tenía la sensación de que me estaban llevando a un escondrijo, si no fuera porque las calles eran tan rectas y silenciosas que bien podrían haber sido las de aquella otra ciudad donde una vez viví. Pero no: todo estaba demasiado limpio, reluciente y despejado, demasiado silencioso. Las calles eran demasiado anchas y los postes de alumbrado demasiado regulares; los bordillos estaban intactos y todo funcionaba como es debido. No es que la ciudad donde vivía antes fuera excesivamente mugrienta y sombría, pero las calles se retorcían como si quisieran enroscarse en torno a los putrefactos desechos de intimidades fermentadas. No, no podía haber sido aquella ciudad, aunque en algo se le parecía porque me hacía sentir acorralado y observado. De manera que, en cuanto me dejaron, salí para ver dónde me hallaba y si podía encontrar el mar. Así fue como di con esa pequeña aldea de tiendas de muebles a la vuelta de la esquina: seis establecimientos en total, cada uno tan grande como un almacén, dispuestos en una cuadrícula rodeada de plazas de aparcamiento. El lugar se llama Middle Square Park. La mayoría de las mañanas está tranquilo y desierto, y yo me paseo entre camas y sofás hasta que las fibras me ahuyentan. Entro en una tienda distinta cada día, y después de mi primera o segunda visita, los dependientes dejaron de fijarse en mí. Deambulo entre sofás y mesas de comedor, camas y aparadores, demorándome unos instantes ante algún artículo, probando mecanismos, mirando los precios o comparando tapizados. Huelga decir que hay muebles feos y recargados, pero alguno que otro es elegante e ingenioso, y durante un rato me siento satisfecho en esos almacenes, y hasta llego a creer en la clemencia y la absolución.

Soy un refugiado, un solicitante de asilo. No son palabras huecas, aunque el hábito de oírlas haga que lo parezcan. Llegué al aeropuerto de Gatwick el 23 de noviembre del año pasado a última hora de la tarde. Ése es un pequeño clímax común a todas nuestras historias: el momento en que dejamos atrás lo conocido y llegamos a un lugar extraño llevando nuestro mínimo y desordenado equipaje, reprimiendo ambiciones secretas y embrolladas. Para algunos, entre los que me incluyo, era la primera vez que viajábamos en avión y que llegábamos a un lugar tan monumental como un aeropuerto, aunque hubiésemos viajado antes por mar y tierra, y en las alas de la imaginación. Caminé despacio por lo que me parecieron túneles desiertos y silenciosos en los que reinaba una luz fría, aunque ahora, al echar la vista atrás, sé que pasé delante de hileras de asientos, grandes ventanales, letreros y señales. Recuerdo los túneles, la inmensa oscuridad de fuera jaspeada de fina lluvia y la luz que tiraba de mí hacia dentro. Lo que sabemos con frecuencia nos impide dejar atrás la ignorancia, nos hace ver el mundo como si siguiéramos en cuclillas sobre el tibio charco que acompañaba nuestros terrores infantiles. Avancé despacio, sorprendido de que, ante cada nuevo y angustioso cambio de sentido, me esperara una señal que me decía adónde ir. Andaba despacio para no saltarme alguna indicación ni equivocarme al leer las señales, para no acabar desorientado y nervioso, llamando la atención antes de tiempo. En el control de pasaportes me llevaron a una sala aparte. «Pasaporte», dijo el hombre cuando me quedé plantado ante él un instante más de la cuenta a la espera de que me descubrieran y detuvieran. Tenía cara de pocos amigos, aunque su mirada inexpresiva pretendía ocultar todo sentimiento. Me habían dicho que no hablara, que fingiera no saber una palabra de inglés. No estaba seguro del porqué, pero no iba a desoír un consejo que sonaba de lo más astuto, la clase de artimaña que cualquier desheredado debe conocer. «Te preguntarán tu nombre, el nombre de tu padre y los méritos que te avalan; no digas nada.» Cuando el hombre dijo «pasaporte» por segunda vez, se lo tendí estremeciéndome de antemano ante el maltrato y las amenazas que esperaba recibir. Estaba acostumbrado a funcionarios que te fulminan con la mirada y montan en cólera ante el menor contratiempo, que juegan contigo y te humillan por el puro placer de ejercer su sagrada autoridad. Esperaba que ese alhamel de inmigración, parapetado tras su pequeño mostrador, anotara algo, gruñera o negara con la cabeza, que levantara los ojos despacio y me mirara fijamente con el infinito aplomo con que los afortunados contemplan a quienes imploran, pero tras hojear mi documento de pega me miró con mal disimulada alegría, como el pescador que acaba de notar un tirón en el anzuelo: no tenía visado de entrada. Cogió el teléfono y habló un momento. Ya sonriendo abiertamente, me pidió que esperara a un lado.

Tenía los ojos clavados en el suelo, por lo que no vi acercarse al hombre que me llevó consigo para interrogarme. Me llamó por mi nombre y, cuando levanté la vista, esbozó una sonrisa cordial y cosmopolita con la que parecía querer tranquilizarme, como si dijera: «¿Por qué no me acompaña, y así solucionamos este problemilla?» Mientras lo seguía a paso ligero, reparé en que le sobraban unos cuantos kilos y no parecía gozar de buena salud. Para cuando llegamos a la sala de entrevistas, jadeaba un poco. Se aflojó el cuello de la camisa, se sentó en una silla e intentó acomodarse sin éxito. Se me antojó una criatura sudorosa atrapada en un cuerpo que le disgustaba y temí que su mal humor lo predispusiera en mi contra, pero volvió a sonreír y me habló en un tono comedido y educado. Estábamos en un cuartucho ciego, sin moqueta en el suelo y sin más muebles que la mesa que nos separaba y un banco corrido a lo largo de la pared, bañado todo ello por la cruda luz de unos tubos fluorescentes que hacían que las paredes grises parecieran encogerse cuando las miraba con el rabillo del ojo. Me dijo que se llamaba Kevin Edelman al tiempo que se señalaba la placa de la chaqueta. «Que Dios te conceda salud, Kevin Edelman.» Volvió a sonreír. Sonreía mucho, quizá porque, pese a mis esfuerzos, me notaba nervioso y quería tranquilizarme, o quizá porque en su oficio era inevitable regodearse en la incomodidad de quien tenían en frente. Cogió un bloc de papel amarillo que había sobre la mesa y se puso a copiar el nombre que venía en mi pasaporte de pega antes de dirigirme la palabra.

—¿Puedo ver su billete, por favor?

«El billete, por supuesto.»

—Veo que lleva equipaje —dijo, señalando el documento—. Debo pedirle el talón de identificación del equipaje.

Me hice el tonto: lo del billete cualquiera podía deducirlo aunque no supiera inglés, pero «talón de identificación del equipaje» requería un buen dominio de la lengua.

—Voy a pedir que recojan... —empezó, colocando mi billete al lado de su bloc de notas, pero no acabó la frase y volvió a sonreír. Tenía la cara alargada, algo carnosa en las sienes, sobre todo cuando sonreía.

A lo mejor se relamía anticipando el ambivalente placer de revolver mi equipaje con la seguridad de que éste le diría lo que quería saber con o sin mi colaboración. Supongo que le daría gusto el escrutinio, como cuando vemos una habitación antes de que la hayan preparado para ser vista, antes de que su vulgar pero auténtica naturaleza se haya transformado en algo parecido a una exhibición. Imagino que también le encantaría tener libre acceso a los códigos secretos que revelan lo que la gente trata de ocultar: una hermenéutica del equipaje que equivale a seguir un rastro arqueológico o a examinar las líneas de una carta náutica. Me quedé callado y acompasé mi respiración a la suya para que no se me escaparan las primeras señales de fastidio.

—¿Cuál es la razón de su viaje al Reino Unido? ¿Turismo? ¿Está usted de vacaciones? ¿Dispone usted de medios? ¿Tiene dinero? ¿Cheques de viaje? ¿Libras esterlinas? ¿Dólares? ¿Conoce a alguien que pueda avalarlo? ¿Alguna dirección de contacto? ¿Pensaba alojarse con alguien durante su estancia en el Reino Unido? Me cago en todo lo que se menea. ¿Tiene usted familia en el Reino Unido? ¿Entiende algo de lo que le digo? Me temo que sus papeles no están en regla, señor, por lo que tendré que negarle el permiso de entrada a menos que pueda esclarecer sus circunstancias. ¿Tiene alguna documentación que pueda ayudarme a entender sus circunstancias? ¿Papeles, tiene usted papeles?

Kevin Edelman salió de la habitación y yo me quedé allí tranquilamente sentado, reprimiendo un suspiro de alivio, y conté hacia atrás desde ciento cuarenta y cinco, que es la cifra a la que había llegado mientras él me hablaba. Me contuve para no inclinarme hacia delante e inspeccionar su bloc a fin de averiguar si se olía algo pese a mi atolondrado mutismo. Sospechaba que podía haber alguien espiándome por algún orificio, buscando precisamente esa clase de gesto incriminatorio. Debe de haber sido el dramatismo del momento lo que me hizo pensarlo, como si a alguien le importara lo más mínimo si me hurgaba la nariz o me metía diamantes por salva sea la parte con tal de no declararlos. Tarde o temprano averiguarían lo que necesitaban saber: disponían de aparatos para ello, ya me lo habían advertido. Y sus funcionarios habían recibido una formación muy costosa para descubrir las mentiras de gente como yo, y además tenían mucha experiencia, de modo que me quedé quieto y conté en silencio, cerrando de vez en cuando los ojos para insinuar angustia, reflexión y un atisbo de resignación. «En tus manos estoy, Kevin.»

Volvió con la pequeña bolsa de lona verde que constituía todo mi equipaje y la depositó sobre el banco.

—¿Le importaría abrirla, si es tan amable? —dijo.

Puse cara de inquietud y perplejidad, o ésa era la intención, y esperé a que se explicara mejor. Kevin Edelman me fulminó con la mirada y señaló la bolsa, de modo que, entre sonrisas de aliviada comprensión y gestos de asentimiento, me levanté y abrí la cremallera. Sacó mis cosas una por una y las depositó con cuidado en el banco, como si se tratara de prendas finas y delicadas: dos camisas —una azul y otra amarilla, ambas desteñidas—, tres camisetas blancas, unos pantalones marrones, tres pares de calzoncillos, dos pares de calcetines, un kanzu blanco de algodón, dos sarunis, una toalla y un cofrecito de madera.

Cuando llegó a este último suspiró, lo miró del derecho y del revés con curiosidad y llegó incluso a olfatearlo.

—¿Caoba? —preguntó.

No contesté, claro está, conmovido ante la visión de los míseros recuerdos de toda una vida esparcidos sobre un banco en aquel cuartucho mal ventilado. Pero no era mi vida la que yacía en ese banco, sino tan sólo los objetos que había escogido como hitos de una historia que confiaba en poder contar. Kevin Edelman abrió el cofre y dio un respingo de sorpresa al ver el contenido. Quizá esperaba encontrar joyas u objetos de valor. Drogas.

—¿Qué es esto? —preguntó mientras olisqueaba el cofre abierto con gesto aprensivo. Era una pregunta innecesaria porque, en cuanto abrió la caja, la habitación se llenó de un maravilloso perfume—. Incienso —añadió—. Es incienso, ¿verdad?

Cerró el cofre y lo depositó en el banco con una mirada risueña que iluminó sus ojos cansados. Interesante botín salido de algún bazar hediondo y sofocante. Atendiendo a sus instrucciones, me senté en una silla y esperé mientras se acercaba al banco con su bloc y hacía inventario de los lamentables artículos allí expuestos.

Luego volvió a la mesa y apuntó algo más: ya había llenado dos o tres páginas del bloc. Dejó la pluma sobre la mesa y se recostó en la silla sin poder reprimir un leve gesto de dolor cuando el respaldo se le clavó en los omóplatos cargados. Parecía satisfecho de sí mismo, casi alegre. Noté que estaba a punto de dictar sentencia y no pude reprimir una oleada de amargura y pánico.

—Señor Shaabán, no lo conozco e ignoro las razones que lo han traído hasta aquí y los gastos que le puede haber acarreado el viaje y demás, pero lamento mucho comunicarle que voy a tener que denegarle la entrada en el

Reino Unido. No tiene usted un visado de entrada válido, no posee medios materiales ni tiene a nadie que pueda responder por usted. No creo que entienda lo que le estoy diciendo, pero debo decírselo de todos modos antes de sellarle el pasaporte. El sello de entrada denegada implica que, la próxima vez que intente entrar usted en el Reino Unido, será automáticamente rechazado salvo que tenga los papeles en orden, por supuesto. ¿Ha entendido lo que acabo de decirle? No, ya me lo figuraba. Lo siento, pero estas formalidades son obligatorias. Intentaremos buscar a alguien que hable su idioma para que pueda explicárselo más adelante. Mientras tanto, lo pondremos en el primer vuelo disponible de regreso al punto de donde ha venido con la compañía aérea que lo ha traído hasta aquí.

Dicho esto, hojeó mi pasaporte en busca de una página en blanco y luego cogió un pequeño sello que había dejado sobre la mesa al volver la primera vez.

—Refugiado —dije—. Asilo.

Kevin Edelman alzó la vista y yo la bajé. En su mirada había ira.

—De modo que habla usted inglés —me reprochó—. ¡Ha estado usted tomándome el pelo, señor Shaabán!

—Refugiado —repetí—. Asilo.

Lo miré fugazmente al decirlo y, cuando me disponía a repetir aquellas palabras por tercera vez, Kevin Edelman me interrumpió. El gesto se le había ensombrecido y el ritmo de su respiración había cambiado, de modo que me costaba más acompasar la mía con la suya. Inspiró profundamente, sin duda esforzándose por no perder los estribos, aunque nada le hubiese gustado más que tirar de una palanca y hacer que se abriera un abismo bajo mis pies. Lo sé porque en mi vida anterior deseé eso mismo en incontables ocasiones.

—¿Habla usted inglés, señor Shaabán? —preguntó recuperando el tono conciliador, pero esta vez más esforzado que cordial, un tono oficialmente afable, poco natural.

«Puede que lo hable, puede que no.» Mi respiración volvía a acompasarse con la suya.

—Refugiado —insistí señalándome el pecho—. Asilo.

Me dedicó una sonrisa esquinada, como si lo estuviera incordiando, y una larga mirada que esta vez le devolví, sonriendo abiertamente. Suspiró con gesto hastiado, negó despacio con la cabeza y rió para sus adentros, tal vez divertido por mi sonrisa perpleja. Me hizo sentir como un fastidioso y estúpido detenido que lo hubiese despistado momentáneamente durante el interrogatorio con un nimio juego de palabras. Aunque no fuera necesario, procuré recordarme a mí mismo que debía permanecer alerta ante la posibilidad de un ataque por sorpresa. No era necesario porque él tenía muchas opciones y yo sólo una: asegurarme de que Kevin Edelman no se enfadara y se planteara hacer alguna barbaridad. Debió de ser aquel cuartucho diminuto y la engañosa cortesía con que me hablaba lo que me hizo sentir como un detenido, cuando ambos sabíamos que era yo quien trataba de entrar y él de impedírmelo. Hojeó con desgana mi pasaporte y volví a sentirme como un estorbo que, sin necesidad alguna, causaba molestias e inconvenientes a gente de bien. Me dejó una vez más a solas en la habitación mientras iba a consultar y comprobar mi situación.

Yo sabía que le dirían que, por razones que ni siquiera ahora tengo del todo claras, el gobierno británico había decidido conceder asilo a quienes vinieran de donde yo venía si aducían que su vida corría peligro. Los británicos querían dejar claro ante la opinión pública internacional que nuestro gobierno era en su opinión una amenaza para sus propios ciudadanos, cosa que ellos mismos, y el resto del mundo, sabían desde hacía mucho. Pero los tiempos habían cambiado y ahora todos los miembros de la mal llamada comunidad internacional sacaban pecho para demostrar que no iban a seguir tolerando las insolencias de la indisciplinada y siempre belicosa chusma que pululaba en aquellas sabanas resecas. Hasta ahí podíamos llegar. Pero ¿qué vileza había cometido nuestro gobierno que fuera peor que las cometidas con anterioridad? Había amañado unas elecciones falsificando las cifras en las mismísimas narices de los observadores internacionales, cuando los anteriores gobiernos se habían limitado a encarcelar, violar, matar y en general humillar a sus ciudadanos. El caso es que esa conducta delictiva obligaba al gobierno británico a garantizar el asilo a cualquiera que afirmase que su vida corría peligro: una manera barata de manifestar su desaprobación más allá de toda duda. Además, no éramos demasiados; en aquella islita de gente relativamente pobre, sólo unos pocos podían costearse el billete. Varias decenas de jóvenes se las arreglaron para reunir la cantidad necesaria obligando a parientes y conocidos a desprenderse de sus ahorros secretos o a pedir dinero prestado con la seguridad de que, al llegar a Londres, serían admitidos como solicitantes de asilo porque temían por sus vidas. Yo también temía por mi vida desde hacía años, pero sólo en los últimos tiempos mi miedo había alcanzado proporciones de crisis, así que, cuando me enteré de que estaban dejando entrar a los jóvenes, me decidí a emprender el viaje.

De modo que yo sabía que Kevin Edelman volvería al cabo de pocos minutos con otro sello en la mano. Ya me veía camino del centro de refugiados o de algún otro alojamiento, salvo que el gobierno británico hubiese cambiado de opinión mientras yo viajaba en el avión y hubiese decidido que la broma ya había ido demasiado lejos. Cosa que no ocurrió, porque Kevin Edelman volvió a los pocos minutos con una expresión entre irónica y divertida, aunque con aire de derrota. Me di cuenta de que al final no iba a meterme en un avión de vuelta a mi lugar de origen, ese otro lugar donde los oprimidos se las arreglan para sobrevivir. Me sentí aliviado.

—Señor Shaabán, ¿por qué hace esto a su edad? —preguntó sentándose torpemente con aire abatido, el rostro crispado de preocupación. Luego se reclinó en la silla acomodando los hombros con cautela—. ¿De veras corre peligro su vida? ¿Es usted consciente de lo que está haciendo? Quien lo haya persuadido para meterse en esta aventura le ha hecho un flaco favor, se lo aseguro: no habla usted una palabra de inglés, y lo más probable es que no lo aprenda nunca. ¿Sabe que es muy raro que las personas mayores lleguen a hablar una lengua nueva? Puede llevarle años que acepten su solicitud, y aun así es posible que lo manden de vuelta de todos modos. Nadie le va a dar trabajo. Se sentirá usted solo, desdichado y pobre, y si enferma no habrá nadie que lo cuide. ¿Por qué no se ha quedado en su país, donde podría envejecer en paz? Esto del asilo es para jóvenes que buscan trabajar y prosperar en Europa, ¿no cree? No es una cuestión moral, sino mera codicia. Ni miedo a morir, ni auténtico peligro: codicia. A su edad, señor Shaabán, tendría usted que saberlo.

¿A qué edad se supone que uno debe dejar de temer por su vida o aceptar vivir con miedo? ¿Cómo sabía Kevin Edelman que mi vida corría menos peligro que la de esos jóvenes a los que dejaban entrar? ¿Por qué iba a ser inmoral querer vivir mejor y sentirse a salvo, por qué se consideraba simple codicia? Pese a todo, me conmovía que se preocupara por mí, y hubiese deseado romper mi silencio para decirle que no se inquietase, que era mayorcito y sabía cuidarme. «Por favor, caballero, tenga usted la amabilidad de sellar ese pasaporte y enviarme a algún centro de detención seguro.» Bajé los ojos por si la viveza de mi expresión revelaba que lo había entendido.

—Señor Shaabán, mírese a sí mismo y mire las cosas que ha traído con usted —dijo visiblemente frustrado, alargando el brazo hacia mis posesiones terrenales—: esto es lo único que tendrá si se queda. ¿Qué espera encontrar aquí? Permítame decirle algo: mis padres eran refugiados de Rumanía. Se lo contaría si tuviéramos más tiempo, pero lo que trato de decir es que algo sé del desarraigo y de lo que significa vivir en un país ajeno. Sé lo que implica ser extranjero y pobre porque mis padres lo sufrieron en sus propias carnes cuando llegaron a este país, y también sé que tiene sus recompensas. Pero mis padres son europeos: tienen derecho a estar aquí, son como parte de la familia. Mírese, señor Shaabán. Me apena decírselo porque no lo va a entender, y ojalá lo entendiera de una puñetera vez: la gente como usted se viene aquí sin tener la menor idea del daño que causa. No encaja usted en este lugar, no valora las cosas que nosotros valoramos, no ha tenido que sacrificarse por ellas a lo largo de varias generaciones... y no lo queremos aquí. Le haremos la vida imposible, lo someteremos a toda clase de humillaciones y quizá incluso a actos de violencia. ¿Por qué hace esto, señor Shaabán?

¡Ojalá que esta carne tan firme, tan sólida, se fundiera y derritiera hecha rocío! Hasta ese momento había sido fácil acompasar mi respiración con la suya mientras hablaba porque la mayor parte del tiempo lo hacía en un tono pausado y neutro, como si se limitara a recitar reglamentos. Edelman... ¿era un apellido alemán? ¿O judío? ¿O quizá inventado? Hecha rocío, judío, escalofrío. En cualquier caso, era el apellido del amo de Europa, que conocía los valores del continente y se había sacrificado por ellos a lo largo de varias generaciones. Pero es que el mundo entero se había sacrificado por los valores europeos, las más de las veces sin alcanzar a disfrutarlos. «Imagina que soy uno de esos objetos que Europa expolió.» Me planteé decirle algo por el estilo, pero por supuesto no lo hice. Era un solicitante de asilo, era la primera vez que pisaba Europa, la primera vez que pisaba un aeropuerto... aunque no la primera vez que me sometían a un interrogatorio. Conocía la importancia del silencio, lo peligrosas que resultan las palabras, de modo que sólo lo pensé para mis adentros: «¿Recuerdas el interminable inventario de objetos valiosos llevados a Europa porque eran demasiado frágiles y delicados para dejarlos en las torpes y descuidadas manos de los nativos? Pues yo también soy frágil y valioso: un objeto sagrado demasiado delicado para dejarlo en manos de los nativos, así que más te vale acogerme también a mí. Es broma, es broma.»

En cuanto a la humillación y la violencia, no tendría más remedio que arriesgarme... aunque no hay muchos lugares a los que uno pueda huir para evitar la primera, y la segunda puede aparecer como salida de la nada... En cuanto a que alguien lo cuide a uno cuando se vuelva viejo y achacoso, mejor no abrigar demasiadas esperanzas. «¡Ay, Kevin, ojalá que el timón de tu vida permanezca siempre firme y la tormenta no te sorprenda a cielo descubierto! Ojalá no pierdas la paciencia con este suplicante, ojalá tengas la amabilidad de estampar ese sello en mi pasaporte de pega y me dejes atisbar los ancestrales valores europeos, alhamduliláh. Me urge aliviar la vejiga.» Ni siquiera esto último me atreví a decirlo, aunque en ese momento era cierto. El silencio trae consigo molestias imprevistas.

Siguió hablando, frunciendo el ceño y negando con la cabeza, pero yo dejé de escuchar: es algo que aprendí a hacer con los años para huir de vez en cuando de las flagrantes mentiras que debía soportar en mi vida anterior. Me quedé mirando fijamente el pasaporte para recordarle a Kevin Edelman que ya me había salido con la mía, que se dejara de pamplinas y me pusiera el sello de una vez. Enmudeció de pronto, frustradas sus buenas intenciones de convencerme para que me subiera a ese avión y dejara Europa en manos de sus legítimos amos, y se puso a hojear mi pasaporte con el otro sello, el bueno, entre los dedos. Pero entonces recordó algo que lo hizo sonreír. Se acercó de nuevo a mi bolsa de lona verde y sacó el cofre. Tal como había hecho antes, lo abrió y olfateó su contenido.

—¿Qué es esto? —preguntó con renovado énfasis, el gesto ceñudo—. ¿Qué es esto, señor Shaabán? ¿Es incienso? —Alargó el cofre en mi dirección, luego se lo acercó a la nariz, inspiró profundamente y volvió a tendérmelo—. ¿Qué es? —preguntó, conciliador—. El olor me resulta familiar. Es una especie de incienso, ¿verdad?

A lo mejor sí que era judío. Le sostuve la mirada sin decir palabra y luego bajé los ojos. Podría haberle dicho que era oud y habríamos mantenido una agradable conversación sobre ese aroma, que quizá recordara de alguna ceremonia de su juventud, cuando sus padres todavía esperaban que participara en las oraciones y fiestas de guardar. Pero entonces no habría sellado mi pasaporte, sino que habría querido conocer la naturaleza exacta del peligro que corría mi vida en ese pedacito de sabana reseca del que había salido, y tal vez incluso me habría mandado de vuelta esposado por fingir que no hablaba inglés. De manera que no le dije que era oud-al-qamari de la mejor calidad: lo poco que quedaba de una remesa que había comprado hacía más de treinta años y no había podido dejar atrás cuando emprendí el viaje en pos de una nueva vida. Cuando levanté los ojos, comprendí que me lo iba a robar.

—Habrá que mandarlo a analizar —dijo sonriente.

Esperó un buen rato para ver si lo había entendido y luego llevó el cofre a la mesa, lo dejó al lado del bloc amarillo, se tironeó de la camisa buscando una mayor holgura y siguió escribiendo.

Oud-al-qamari: su fragancia me vuelve a ratos, cuando menos lo espero, como un retazo de conversación o el recuerdo del brazo de mi amada rodeándome el cuello. Todos los años, por el Aid, preparaba un incensario y daba vueltas alrededor de la casa esparciendo ráfagas de perfume que llegaban a todos los recovecos, repasando las penalidades que me habían costado aquellas cosas tan hermosas, regocijándome en el placer que nos habían brindado a mis seres queridos y a mí... El incensario en una mano y un plato de latón lleno de oud en la otra. Palo de áloe, oud-al-qamari, la «madera de la luna», o al menos eso creía yo que significaba, pero el hombre que me consiguió la remesa me explicó que «qamari» era una simple deformación de «qimari»: «jemer» o «Camboya», uno de los pocos lugares en todo el mundo donde es posible encontrar la auténtica madera de áloe. El oud es una resina que sólo producen los árboles de áloe infectados por hongos. Los árboles sanos no sirven, pero los infectados producen esa maravillosa fragancia: otra sutil ironía de ya se sabe Quién.

El hombre que me consiguió el oud-al-qamari era un mercader persa de Bahréin llegado a nuestro rincón del mundo con los musim, los vientos monzones, junto con otros miles de mercaderes oriundos de Arabia, el golfo Pérsico, la India y el Sind, y el Cuerno de África. Emprendían ese viaje anual desde hacía por lo menos un milenio. Durante los últimos meses del año, los vientos soplan sin cesar a través del océano Índico hacia la costa africana, donde las serviciales corrientes les proporcionan un canal en el que abrigarse. Luego, durante los primeros meses del nuevo año, los vientos viran y soplan en dirección contraria, prestos a apurar el regreso de los mercaderes a sus países. Era como si alguien lo hubiese previsto exactamente así: que los vientos y las corrientes sólo alcanzaran la franja costera que va del sur de Somalia a Sofala, en el extremo norte de lo que se ha dado en llamar el canal de Mozambique. Al sur de esa franja, las corrientes se volvían peligrosas y frías. Nada se volvía a saber de los barcos que se extraviaban más allá de ese punto. Al sur de Sofala había un mar impenetrable con extrañas nieblas, remolinos de más de un kilómetro de diámetro, enormes rayas luminiscentes y venenosas que salían a la superficie en plena noche y calamares monstruosos que ocultaban el horizonte.

Durante siglos, intrépidos marineros y mercaderes —en su mayoría rudos y pobres, qué duda cabe— emprendían el viaje anual hacia esa franja de la costa oriental del continente que mucho tiempo atrás había sobresalido en forma de ángulo para recibir a esos vientos favorables que llamaban musim. Llevaban consigo sus mercancías, su Dios y su manera de ver el mundo, leyendas, canciones, plegarias y tan sólo un atisbo del saber que atesoraban. Y también sus ansias y codicias, sus fantasías, mentiras y odios. Algunos se quedaban de por vida, pero el resto partía con todo lo que podía comprar, intercambiar o arrebatar, incluidos congéneres a los que adquirían o secuestraban y luego vendían como esclavos en sus propios países, donde eran sometidos a toda clase de humillaciones. Después de tanto tiempo, los habitantes de esa costa apenas sabían quiénes eran, pero se aferraban a lo poco que sabían para distinguirse de aquellos a los que despreciaban y que vivían entre ellos o mezclados con la progenie limítrofe de la raza humana que poblaba el interior del continente.

Luego, los portugueses, doblando el cabo de Buena Esperanza, irrumpieron de un modo repentino y calamitoso desde ese mar desconocido e impenetrable, poniendo fin a la geografía medieval con sus cañones de a bordo. Cegados por la religión, sembraron el caos en islas, puertos y ciudades, regodeándose en su crueldad contra los habitantes a los que saqueaban sin compasión. Más tarde los omaníes se encargaron de expulsarlos y tomar el mando en nombre del Dios verdadero introduciendo la moneda india, seguidos de cerca por los ingleses, y éstos por los alemanes, los franceses y cualquiera que tuviese medios suficientes.

Se trazaron mapas nuevos, mapas completos, de modo que cada palmo de tierra quedara consignado y todos supieran quiénes eran, o por lo menos a quién pertenecían. ¡Cómo lo transformaron todo esos mapas! Y así sucedió que, con el paso del tiempo, esas pequeñas ciudades diseminadas a lo largo de la costa africana, a orillas del mar, pasaron a formar parte de inmensos territorios que se adentraban cientos de kilómetros hacia el corazón del continente, densamente poblados por gentes a las que consideraban inferiores hasta que, llegado el momento, las tornas cambiaron y les pagaron con la misma moneda. Entre las muchas penurias infligidas a esas ciudades a orillas del mar se contaba la prohibición del comercio musim. Los últimos meses del año ya no traerían consigo un sinfín de veleros abarloados en el puerto, ni las relucientes estelas de sus desechos en el agua, ni calles atestadas de somalíes, árabes sirios y sindis que compraban, vendían y se enzarzaban en reyertas incomprensibles, que por las noches acampaban al aire libre, cantaban alegres tonadas y hacían té o se echaban en el suelo sobre sus mugrientos andrajos, soltándose procacidades a voz en cuello. Al cabo de un par de años, las calles y espacios abiertos quedaron en silencio por su ausencia durante esos últimos meses del año, sobre todo cuando empezamos a sentir la falta de las cosas que solían traer consigo: ghee y almáciga, telas, baratijas de tosca factura, ganado vivo y pescado en salmuera, dátiles, tabaco, perfume, agua de rosas, incienso y toda suerte de cosas prodigiosas. Echábamos de menos su desastrada alegría en las calles, aunque no tardamos demasiado en olvidarlos, conforme se fueron haciendo inimaginables en la nueva vida que surgió durante esos primeros años tras la independencia. De todos modos, tal vez tuvieran los días contados. ¿A quién se le ocurre navegar cientos de millas para vendernos telas y tabaco pudiendo vivir a cuerpo de rey en los ricos Estados del Golfo?

He aquí la historia del mercader que me conseguía el oud. La contaré como sigue porque ya no sé quién pueda estar escuchando. Se llamaba Hussein y era un persa de Bahréin, como se encargaba de recordar a quienes lo tomaban por árabe o indio. Se contaba entre los mercaderes más prósperos de la época, vestía un kanzu color crema con bordados típico del golfo Pérsico y siempre iba impecablemente limpio y perfumado. Era de una cortesía exquisita, cosa nada habitual entre los mercaderes que llegaban con los musim. Sus buenos modales eran una especie de don, un talento: transformaba un conjunto de ademanes y formalidades en algo abstracto y poético. Comerciaba con incienso y perfumes y, en honor a la verdad, esa combinación de gentileza, opulencia y ungüentos le daba un aspecto escurridizo y ladino. Por algún motivo, decidió trabar amistad conmigo. No es que no tenga ni la más remota idea de por qué nos hicimos amigos, pero Hussein no era la clase de persona que dice esas cosas a las claras, y yo temo pecar de presuntuoso si me pongo a hacer conjeturas. No quisiera darme pisto, ni convertir su sutil manera de cultivar la amistad en algo vulgar.

Era la época de los musim de 1960 y yo acababa de poner en marcha un negocio con todas las de la ley. Durante cerca de cuatro años había hecho algún que otro chanchullo que compaginaba con un puesto de administrativo en la junta directiva de la Secretaría de Finanzas, pero a los británicos no les gustaba que sus funcionarios se dedicaran también a los negocios privados, sobre todo si tenían algo que ver con el departamento financiero. El caso es que se me iban presentando ocasiones, así que me vi forzado a aprovecharlas de manera clandestina mientras acumulaba algún capital. En 1958 murió mi padre, dejándome suficientes recursos para convertir el comercio en mi medio de vida. Una vida dedicada a los negocios es una vida cruel y despiadada que consume a sus presas, una vida que se presta a los equívocos y habladurías, pero yo no lo sabía cuando empecé. Mi madrastra murió poco después. Como contaré en su momento, los enterré a ambos con el debido respeto y las prácticas de rigor, por más que algunas voces maliciosas insinuaran lo contrario. Cuando conocí a Hussein tenía treinta y un años, acababa de perder a mi padre y poco después a mi madrastra, vivía solo en una casa cómoda y eran muchos los que envidiaban mi buena estrella. Las malas lenguas se cebaban conmigo, cosa que en el pequeño rincón donde vivía era señal inequívoca de un poder creciente, o eso creía. El caso es que, cegado por la vanidad, no supe ver el mal que me acechaba.

Años antes, las autoridades británicas habían tenido la amabilidad de elegirme entre los incontables colegiales autóctonos que anhelaban seguir estudiando la clase de saber que impartían los ingleses, aunque no tengo claro si todos entendíamos dónde nos estábamos metiendo. Lo nuestro eran ganas de aprender, cosa que venerábamos y que las enseñanzas del Profeta nos animaban a venerar, pero había también cierto glamur en ese tipo de educación, algo relacionado con sentirse admitido en el mundo moderno. Creo, además, que admirábamos secretamente a los británicos por la audacia que representaba su presencia allí, tan lejos de su tierra, por saber ejercer el poder con tanto aplomo y acumular tantos conocimientos de las cosas que realmente importaban: curar enfermedades, pilotar aviones, rodar películas... Puede incluso que la palabra «admiración» se quede corta para describir lo que creo que entonces sentíamos, porque tenía más que ver con someternos a su autoridad sobre nuestra existencia material, someternos mental y físicamente, sucumbir a su deslumbrante seguridad. En sus libros leía relatos nada halagüeños de la historia de mi pueblo, y precisamente porque no eran halagüeños parecían más verídicos que los que nos contábamos a nosotros mismos. Leía sobre las enfermedades que sufríamos, el futuro que teníamos por delante, el mundo en que vivíamos y nuestro lugar en él. Era como si nos hubiesen rehecho de un modo que ya no nos quedaba más remedio que aceptar, tan completa y verosímil era la historia que contaban de nosotros. No creo que la hubiera dictado el cinismo, porque ellos mismos se la creían también: era su manera de entendernos y de entenderse a sí mismos, y había muy poco en la abrumadora realidad que vivíamos que nos invitara a ponerla en tela de juicio mientras fuera novedosa y nadie la contestara. Los relatos sobre nosotros mismos que contábamos antes de estar bajo su tutela se nos antojaban medievales y fantasiosos, mitos sagrados y secretos que se traducían en metáforas litúrgicas y ritos de iniciación, la clase de conocimientos que, pese a nuestra entusiasta observancia, no podía competir con los suyos, o al menos eso me parece cuando pienso en mi niñez sin recurrir a la ironía ni a la perspectiva que me ha dado conocer la historia completa del ancho mundo. En la escuela apenas si había tiempo para esas otras historias, pues la enseñanza se reducía a una metódica acumulación del conocimiento que daban por verdadero, a través de los libros que ponían a nuestra disposición en la lengua que nos enseñaban.

Pero dejaban demasiados huecos sin rellenar, y la realidad misma se les resistía, de modo que, con el tiempo, empezaron a aparecer auténticos socavones en la historia, que se fue deshilachando y desmoronando bajo sucesivos ataques, hasta que los británicos no tuvieron más remedio que retirarse a regañadientes. Sin embargo, la cosa no quedó ahí: todavía estaban por llegar la cuestión de Suez, las atrocidades cometidas en el Congo y Uganda y otras amargas sangrías en distintos lugares. Entonces parecía que los británicos no nos hubiesen hecho más que favores, si los comparábamos con las brutalidades que nos infligíamos nosotros mismos. Sin embargo, sus favores estaban teñidos de cinismo: en las aulas nos enseñaban lo noble que era resistir a la tiranía y luego aplicaban el toque de queda al anochecer o metían en la cárcel, acusados de sedición, a quienes repartían panfletos a favor de la independencia. Pelillos a la mar: es verdad que construyeron presas, mejoraron el sistema de alcantarillado y trajeron las vacunas y la radio. Al final, su partida se antojó demasiado repentina, precipitada y hasta cierto punto caprichosa.

El caso es que las autoridades británicas me eligieron a mí y a otros tres compañeros entre incontables estudiantes ávidos de saber como destinatarios de una beca para acudir al Makerere University College de Kampala, un lugar que hoy es tan sólo una sombra de lo que entonces representaba. Yo tenía dieciocho años, y ahora pienso en lo afortunado que fui por haber tenido la oportunidad de ver el mundo con otros ojos y comprobar cómo se nos veía desde esa perspectiva: insignificantes y desharrapados.

Hussein. Los musim del año 1960 fueron una bendición: vientos serenos y estables, decenas de barcos generosamente cargados navegaron seguros hasta entrar en la bahía, ninguno se perdió en el mar, ninguno se vio obligado a volver. También las cosechas fueron buenas ese año, el comercio funcionaba a buen ritmo y apenas si hubo constancia de aquellas encendidas broncas entre compañías navieras que protagonizaban de vez en cuando los ariscos lobos de mar. Era el tercer musim de Hussein, y vino a mi nueva tienda de muebles para admirar los objetos que tenía expuestos. Lo de «nueva» es un decir porque en realidad era la antigua pastelería de mi padre restaurada, repintada e iluminada para vender muebles y otros objetos hermosos. Pese a todos mis esfuerzos, el olor a ghee caliente seguía flotando en el aire, y en los momentos de desaliento nada parecía distinguir mi tienda de la lúgubre cueva donde mi padre vendía halva en porciones. Pero yo sabía que sí era distinta, que el desaliento era tan sólo un reflejo de mi carácter melancólico y pusilánime, y que esos momentos de pesimismo eran inevitables, de modo que apelaba a mi propia sensatez. Sabía que la tienda tenía un aire elegante y selecto, y que los objetos allí expuestos hablaban por sí solos. Siempre me habían interesado los muebles, los muebles y los mapas: cosas hermosas e intrincadas. Contraté a dos ebanistas, los instalé en la trastienda y los puse a fabricar artículos bajo pedido: armarios, sofás, camas, esa clase de cosas. Lo hacían muy bien, con diseños que les resultaban familiares y maderas que sabían trabajar. Sin embargo, las verdaderas ganancias —y mi pasión por el negocio— estaban en las subastas por lotes de muebles y enseres domésticos, entre los cuales seleccionaba las piezas más valiosas y las antigüedades. Una pequeña vitrina de madera de sándalo hecha en Cochín o Trivandrum me deparaba bastante más placer y beneficios que una pila de monstruosidades nuevas de reluciente caoba acristalada, tan vulgares como mediocres, que por lo demás también acababa vendiendo con algún provecho a clientes y comerciantes. Si había que restaurar alguna pieza lo hacía con mis propias manos, al principio un poco a ciegas, pero mis clientes sabían aún menos que yo sobre el tema, de modo que nadie resultaba perjudicado.

¿Mis clientes? Para las antigüedades y piezas selectas eran turistas europeos y colonos británicos afincados en la zona. Vivíamos en una escala de los cruceros de la compañía Castle Line que iban y venían de Sudáfrica a Europa.

Había otras líneas, pero la Castle Line me aseguraba una visita dos veces por semana: una del barco que iba y otra del que venía. Los turistas desembarcaban y paseaban de la mano de guías acreditados que, a cambio de una comisión, llevaban a muchos de ellos hasta mi tienda. Eran mis mejores clientes, los más esperados, aunque también hiciera negocios con los funcionarios coloniales que residían en la ciudad y con los dos o tres funcionarios consulares de otras metrópolis (concretamente, Francia y Holanda). En cierta ocasión, el ministro residente británico, el mismísimo Señor de los Mares, envió a un emisario para interesarse por un espejo decimonónico de Malaca cuyo marco tenía incrustaciones de plata. Por desgracia, el precio estaba muy por encima de sus posibilidades. El subalterno frunció los labios rojos y se pasó la mano por el pelo rubio con mal disimulada contrariedad cuando le dije cuánto costaba, como si me hubiese excedido, pero enseguida supe que no podía permitírselo. El hombre taconeó en el suelo un par de veces y exclamó: «¡Qué barbaridad! ¡Qué barbaridad!» como para sus adentros, inflando los mofletes sonrojados, a la espera de que yo acatara respetuosamente el derecho del almirante a determinar el precio, pero sonreí con cortesía, haciendo oídos sordos a sus protestas. Cualquiera que conociese la artesanía de Malaca sabría que el espejo no valía un penique menos.

No es que mis convecinos fueran incapaces de ver la belleza de aquellos artículos: exhibía los más hermosos de todos en la tienda y la gente entraba a verlos y admirarlos, pero no querían ni podían pagar los precios que pedía por ellos, y tampoco tenían la necesidad compulsiva de mis clientes europeos de adquirir todo lo bello que hubiese en el mundo para llevárselo de vuelta a casa y poseerlo como un trofeo que demostraba lo cultivados y desprejuiciados que eran, como símbolo de sofisticación y de la conquista de las inabarcables sabanas resecas. En otras épocas, el subalterno del ministro residente británico no se hubiese arredrado ante el coste del espejo con incrustaciones de plata, sobre todo después de que yo le dijese que sólo quedaban unos pocos como ése en el mundo: se lo habría llevado al precio fijado o sin pagar cantidad alguna, por derecho de conquista, como reflejo de nuestro respectivo valor en el orden universal. Algo parecido había hecho Kevin Edelman con mi cofre de oud-al-qamari. No es que no entienda su impulso.

Reconocí a Hussein en cuanto entró en la tienda: un tipo alto e inconfundible, con aire de hombre de mundo. Al verlo, la cabeza se me llenó de palabras como «Persia», «Bahréin», «Basora», «Harún al-Rashid», «Simbad» y muchas más. Nadie nos había presentado, pero lo conocía de haberlo visto por las calles y en la mezquita. Hasta sabía cómo se llamaba porque la gente hablaba de él: el año anterior se había alojado en casa de un funcionario del Departamento de Obras Públicas, Rayab Shaabán Mahmud, con el que yo había hecho algunos tratos delicados en el pasado. En 1960, en cambio, no se quedó con Mahmud por algún desencuentro con visos de escándalo, según decían las malas lenguas, sino que se alojó en los alrededores y era conocido por su generosidad, lo que implicaba, bien lo sabía yo, que los falsos enfermos de costumbre (esos pedigüeños desvergonzados a quienes nuestro modo de hacer las cosas permite convertir la debilidad y la humillación en un modo de vida) ya lo habrían tanteado en busca de limosnas. Me saludó en árabe con una cortesía un tanto alambicada, se interesó por mi salud y me deseó prosperidad en el negocio, quizá cargando un poco las tintas. Me disculpé por mi árabe, que apenas chapurreaba, y le respondí en suajili. Sonrió compungido y repuso: «Ah, kiswahili. Ninaweza kidogo kidogo tu», «Ah, suajili. Hablo muy muy poco». Y, para mi sorpresa, continuó en inglés. Era sorprendente porque los mercaderes y marineros que llegaban a la ciudad durante la temporada de los musim eran gentes rústicas de modales toscos, lo que no implica que carecieran de cierta integridad y decoro. Huelga decir que Hussein no era como ellos, ni en apariencia ni por su manera de conducirse, pero si hablaba inglés era porque había ido a la escuela, y quienes iban a la escuela no se hacían marineros ni comerciantes de los musim, que viajaban hacinados a bordo de sórdidos dóus en la mugrienta compañía de matasietes vocingleros que no conocían más lenguaje que la fuerza bruta.

Hussein se sentó en la silla que le ofrecí, atusándose el bigotazo y sonriendo a la espera de que le preguntara qué lo traía hasta mi tienda. Había oído hablar de ella, dijo, y de las muchas cosas hermosas que vendía. Buscaba un regalo para un amigo, algo refinado y original.

—Para la familia de un amigo —aclaró.

Deduje que buscaba algo para una mujer: quizá la esposa de un hombre con el que hacía negocios, quizá no. Le mostré la tienda y lo primero que le llamó la atención fue una delgada cajita de ébano que yo había comprado pensando que podía haber servido para guardar el puñal de un asesino. Después se detuvo ante una vitrina circular de teca grabada con un motivo de pórticos y ruedas, pero ya me había dado cuenta de que sus ojos vagaban en dirección a una mesita de ébano con tres patas delicadamente curvadas, hecha de un ébano tan pulido que resplandecía trémulamente incluso desde lejos. Antes de acercarse miró largo rato un juego de copas de cristal verde tallado dispuestas sobre una bandeja de plata. Deslizó un dedo por el borde dorado de las copas, suspiró y dijo en un susurro:

—Preciosas, exquisitas. —Y, finalmente, cuando llegamos a la mesa de ébano a la que yo sabía que había echado el ojo, señaló—: Igual que esto.

—¿Esta fruslería? —pregunté.

Sonrió amablemente cuando le dije el precio y asintió. Volvimos a nuestros asientos para iniciar un placentero y cortés intercambio de puntos de vista sobre el particular. Al cabo de un rato, cuando quedó claro que partíamos de puntos demasiado alejados para llegar a un acuerdo, Hussein cambió de tema y empezó a hablar de algo que no alcanzo a recordar. Así nos hicimos amigos, a través de ese informal toma y daca en torno a la hermosa mesita y el disfrute de esas pequeñas demostraciones de mutua cortesía. Es posible que el placer de hablar en inglés también pesara lo suyo. A partir de ese día, en algún momento de la jornada aparecía por la tienda, confirmaba que su mesa —como la llamaba— seguía allí y después se quedaba a charlar. A veces había alguien más en el local, pasando el rato, intercambiando noticias, haciendo algún negocio... la cordial rutina de una pequeña ciudad. Cuando eso sucedía, Hussein se ponía cómodo y hacía lo posible por seguir la conversación. Aquellas charlas no tenían nada de solemne, pero él escuchaba atentamente y me pedía ayuda si había algo en particular que no entendía, a veces como demostración de su extraordinaria cortesía, otras porque no quería perder detalle de algún jugoso cotilleo. Sin embargo, cuando no había nadie más en la tienda, se recostaba en la silla con el tobillo derecho encajado debajo del muslo izquierdo, liaba un grueso cigarrillo y hablaba.

• • •

Aquél era su tercer musim en África. Antes que él, nadie de su familia había hecho negocios por esa ruta: preferían ir más hacia oriente. El abuelo, Yaafar Musa, era un legendario mercader que pasó casi toda su vida en Malaca y Siam, adonde había llegado de joven como aprendiz de un comerciante persa conocido de su padre. Los mercaderes persas y árabes habían comerciado en Malaca desde hacía siglos, y los de Hadramaut recibieron allí el mensaje del islam en el siglo VII, es decir, poco después de las revelaciones del Profeta en La Meca. También había mercaderes de la India y de China: todos esos pueblos trabajaban y competían por la ruta del comercio. Pero el islam se extendió al punto de que se fundaron Estados musulmanes y todo un imperio. Si bien portugueses y holandeses habían conquistado y gobernado esas tierras con mano de hierro desde principios del siglo XVI, no fue hasta mediados del XIX, con la llegada de los arrogantes británicos, que el poderío de los Estados musulmanes malayos se vio finalmente aniquilado. Todo eso pesaba en la historia personal de Hussein.

Desde el inicio de su estancia en Malaca, las empresas del abuelo Yaafar Musa fueron bendecidas por la suerte y se hizo rico siendo aún joven: en plena flor de la vida participaba en toda clase de negocios y tenía varios barcos surcando los mares asiáticos. Esa gran prosperidad coincidió con la época en que los europeos, especialmente los británicos, se hacían con el control del mundo. Hacia 1880, en nombre de una civilización superior, habían expulsado a casi toda la competencia en el comercio del Lejano Oriente. Acaparaban el opio, el caucho, el estaño, la madera, las especias, y pretendían acceder a todo ello sin la menor interferencia por parte de otros mercaderes —ya fueran autóctonos, musulmanes o adoradores de mil demonios—, y mucho menos de los que venían de territorios que no estaban bajo su autoridad. Había motivos sobrados para suponer que se abrirían paso allí como habían hecho en otros lugares, de manera que Yaafar, tratando de postergar en lo posible ese momento, contrató a europeos para capitanear sus barcos y trabajar como empleados en sus oficinas, y echando mano de alguna que otra artimaña se las arregló para simular que eran los empleados europeos los que lo dirigían a él y no a la inversa, que no era sino un títere de sus hábiles servidores, sin los cuales el negocio se habría ido a pique. En apariencia, la suya era una compañía europea, pero en realidad Yaafar Musa seguía instalado en un antiguo cobertizo de madera adosado a la oficina, dando las gracias a Dios por su fortuna en los negocios y maquinando nuevas operaciones. Sus barcos llegaban a todos los confines del mundo conocido: la isla de Célebes al sur, el país de los qimari o jemeres al este y Bahréin hacia poniente, sin hacerle ascos a ningún punto intermedio. Y así, a la chita callando, Yaafar Musa veía cómo las altivas compañías navieras europeas se iban a la bancarrota, cómo los gallardos capitanes y sus tripulaciones se hundían con ellas o huían como ratas del naufragio. Naturalmente, no todas quebraron, pero sí un buen número de ellas, y al cabo de un tiempo se hizo evidente que Yaafar Musa se estaba convirtiendo en uno de los mercaderes más ricos de Malaca pese a los barcos de vapor, los fusiles de repetición y los sultanes que hacían cola para capitular ante el nuevo orden mundial.

Fue un momento de grave peligro para él, algo de lo que era muy consciente: los británicos metían baza allí donde podían, se infiltraban sin vacilar en el disciplinado caos de los gobiernos autóctonos, haciendo preguntas minuciosas, redactando informes, arramblando con todo, imponiendo cónsules, ministros residentes y regulaciones aduaneras, estableciendo el orden a fuerza de asumir el mando en todo aquello que pudiera darles un par de peniques. Y ahí estaba ese rico mercader persa, ese «árabe», como los británicos insistían en llamarlo, al que los rumores y las especulaciones suponían aún más rico de lo que era, un hombre al que la envidia había transformado en un legendario y despiadado conspirador, un déspota, un negrero, dueño de un harén, sodomita de muchachos, alguien que controlaba con sus malas artes negocios que deberían estar en manos más dignas. Se hablaba de investigar sus maniobras comerciales, incluso de la posibilidad de llevarlo ante los tribunales por secuestro y asesinato. Nadie se lo decía en su cara, pero él sabía que todo eso eran amenazas huecas de los europeos y no se le escapaba hasta qué punto deseaban que se cumplieran. Algo veía en los ojos de los europeos que trabajaban a sus órdenes, algo que lo hacía sospechar que les costaba más que nunca no mirarlo por encima del hombro aunque siguieran mostrándose obsequiosos y correctos.

Yaafar Musa y su difunta esposa, Maryam Kufah —que Dios se apiade de su alma—, habían tenido un hijo y dos hijas, los tres nacidos en Malaca. Las hijas, Zeynab y Aziza, ya estaban honrosamente casadas cuando sucedieron estos acontecimientos, y vivían en Bombay y Shiraz con sus respectivos maridos, ambos pertenecientes a familias lejanamente emparentadas con Yaafar. Así había sido a lo largo de décadas, tal vez siglos: por muy lejos que la gente viajara para comerciar, recibía y mandaba noticias, y llegado el momento de casar a hijos o hijas siempre había una opción honorable a su disposición. Así había sido con las hijas de Yaafar, aunque hoy en día esa costumbre haya caído en desuso. La intuición de Yaafar Musa le aconsejaba emprender una cuidadosa y discreta retirada de Malaca antes de que resultara imposible seguir resistiendo a la codicia de los británicos. Trasladaría el negocio a Bombay y Shiraz, poniéndolo a nombre de las hijas y bajo la dirección de los yernos mientras los acontecimientos seguían su curso y llegaba el momento de que su hijo y él se marcharan llevándose la fortuna tan intacta como fuera posible.

Pero el hijo, Reza, se resistía: desde hacía años le inquietaba el subterfugio de su padre, consistente en hacer creer que eran los europeos quienes llevaban el negocio, así como la falta de respeto con que, a su entender, los empleados los trataban a su padre y a él. «Si quieren guerra, la tendrán», decía. Abogaba por prescindir de esos malditos arrogantes, emplear a malayos, indios y árabes y comerciar tan despiadadamente como pudieran. Yaafar Musa, que toda su vida adulta había comerciado despiadadamente, se alarmó y angustió ante el encono del hijo: no estamos hablando de pequeños sultanes de tres al cuarto, sino de los amos del mundo. Primero trató de engatusarlo, luego le habló de la inamovible realidad de sus circunstancias y finalmente recurrió a la insistencia. Reza acató su criterio, pero sin dejarse convencer, pues aquella injusticia seguía enfureciéndolo.

En el año 1899, Yaafar Musa sufrió un infarto. Deambulaba por la ancha galería de la planta alta de su casa, dispuesto a dar el habitual paseo vespertino por su precioso jardín, cuando sintió como si alguien le golpeara con fuerza el diafragma: su corazón había reventado. El jardinero, Abdulrazak, que siempre regaba los arriates a última hora de la tarde —y que, en todo caso, no empezaba hasta ver aparecer por allí al patrón para recibir sus recomendaciones y consejos, pues consideraba estos intercambios el momento álgido de su jornada laboral—, estaba escogiendo unos jazmines para su mujer con un ojo puesto en la galería a la que daba el dormitorio del mercader. Vio que Yaafar Musa se encorvaba y caía a un lado, y por unos instantes se quedó inmóvil como si hubiese llegado el fin del mundo; después, corrió hacia arriba pidiendo auxilio a gritos, resbaló y se raspó las espinillas en la escalera de teca encerada, que manchó con los pies embarrados al subir. Rodeó al mercader con los brazos y lo acunó como si fuera una criatura mientras daba voces para que alguien acudiera en su ayuda. Pero fue en vano: a esas horas no había nadie en esa parte de la casa, la terraza con vistas al jardín del mercader, donde en tiempos se sentaba con su adorada Maryam Kufah a ver caer la tarde mientras charlaba con ella o la oía recitar algún poema; la misma terraza donde sus hijas, mientras vivieron allí con ellos, antes de la muerte de la madre, se reunían a veces con ambos y cantaban, reían y conversaban. Cuando era más joven, Reza también solía hacerles compañía. Pero ya nadie entraba en esa parte de la casa, al menos a esas horas, ni siquiera después de que las hijas se hubieron marchado, salvo el jardinero. Así fue como Yaafar Musa, el legendario y despiadado mercader árabe, murió en brazos de su jardinero, Abdulrazak, cuya cara quedó cubierta de lágrimas, mocos y sangre de los vasos capilares que estallaron a causa del incontrolable llanto.

—Mientras encabezaba la multitudinaria procesión fúnebre, mi padre ya planeaba cambios —me contó Hussein—. De nada sirvieron, y acabó perdiendo el negocio, como había predicho mi abuelo. Se deshizo de los empleados europeos en cuanto pudo, en algún momento de la primera década del siglo xx, pero luego no consiguió que nadie aceptara trabajar para él en un puesto de cierta categoría: había demasiado miedo a los británicos, pues, para entonces, todos los sultanes se habían sometido a su protectorado. Mi padre tuvo que pagar una importante indemnización a los capitanes y gerentes a los que había despedido, y a todas las compañías que esperaban remesas y envíos. Le hicieron pagar las costas de los tribunales sin que ninguna aseguradora aceptara cubrirlas. Los funcionarios de aduanas lo registraban todo, lo retrasaban todo, lo acusaban de intentar sobornarlos. Seguramente con razón, porque él sin duda creería que era eso lo que buscaban. Tenía veintitantos años y creía competir en pie de igualdad con los demás, pero se equivocaba. Los europeos jugaban con ventaja, de modo que lo estrangularon poco a poco y el negocio se fue a la quiebra. No obtuvo crédito ni siquiera de fuentes locales, no digamos ya de las todopoderosas firmas británicas. Después de 1910, toda Malaca les pertenecía, incluso Johor y los Estados del norte. En esos diez años, la gran empresa que mi abuelo había levantado con tanta astucia se había convertido en un negocio de poca monta, aunque todavía no estaba endeudado: mi padre vivía obsesionado con no endeudarse. Al final, se vio obligado a pensar en vender la casa con su precioso jardín, que el jardinero había cuidado con esmero durante todo ese tiempo. Y entonces, cuando la casa se puso a la venta, empezaron a correr de nuevo aquellos rumores sobre mi abuelo: que si era un esclavista, un criminal y sabe Dios qué más, y hasta les dio por añadir que se follaba al jardinero, con perdón, y que por eso lo habían encontrado muerto en sus brazos. Había llegado el momento de que mi padre se marchara, se alejara del veneno de quienes ahora se quitaban la careta de un modo tan desvergonzado.

Eso le había contado Reza a su hijo Hussein y a otros que, de tanto en tanto, le preguntaban por la temporada que había vivido en Malaca, pero no era algo de lo que le gustara hablar. Relatar aquellos hechos lo enfurecía, y todo era tan injusto que a veces rompía a llorar de rabia. No era una historia bonita de contar, y menos a un hijo, y menos aún a los mercaderes con los que se asoció en Bahréin. Había perdido la fortuna laboriosamente acumulada por su padre en un lugar tan remoto. Yaafar Musa había cumplido el sueño de todo mercader; encarnaba la leyenda del que se pone en marcha hacia un destino lejano con sus escasas pertenencias terrenales para acabar cosechando prosperidad y respeto. La historia de Reza era la cara oscura de ese sueño: que, después de una vida de sacrificios y artimañas, el hijo lo echara todo a perder. Eso pensé yo también cuando Hussein me contó la historia. Apenas Reza apareció en el relato, predije para mis adentros que lo perdería todo. Pero en realidad no lo perdió todo, sino que logró salvar lo suficiente del naufragio para emprender otro negocio en Bahréin. Desde allí importaba perfumes, incienso y telas de Siam, Malaca y otros confines orientales. Bahréin también estaba bajo el yugo de los británicos, como gran parte del mundo conocido, pero allí su gobierno era mucho más precario. Para ellos no era sino un puesto desde el que atacar a sus enemigos y reabastecer las embarcaciones. Y los mercaderes persas, árabes e indios que hacían negocios allí desde hacía siglos eran demasiado astutos para dejarse intimidar por la altanería de los británicos. Antes de que en 1930 se encontrara petróleo en Bahréin, no había demasiadas razones para pelear por ese territorio, aparte del comercio de importación. No había estaño, caucho, oro ni ninguna otra materia prima que pudieran arrancar de la tierra para llevarla como botín a Europa.

A veces, cuando había demanda, Reza comerciaba con maderas preciosas: si un agá se estaba construyendo una nueva mansión y los carpinteros necesitaban teca para las escaleras o caoba para los dormitorios, o si el intermediario de algún sultán sirio, barón ruso o banquero alemán andaba buscando suministros para un palacio donde poder jactarse de su buena fortuna. Soy yo quien imagina esas transacciones, aunque Hussein llegó a mencionar sus tratos con el representante de un barón ruso que se había establecido en Mashad ante la supuesta ocupación inminente de Persia por parte del zar. He olvidado qué negocios me dijo Hussein que tenían con él. A lo mejor no me lo dijo. Reza hasta dejó algunos empleados en Malaca para que actuaran como agentes comerciales y vigilaran los escasos bienes que todavía le quedaban allí.

El caso es que el traslado a Bahréin también fue venturoso, tal como el de su padre a Malaca, aunque con resultados menos espectaculares. La guerra contra los turcos no sólo no lo perjudicó, sino que lo benefició, pues se contaban por miles los detestables soldados ingleses e indios que pasaban por allí camino del frente iraquí trayendo consigo nuevas oportunidades de negocio (¡pobre Irak, da la impresión de que los ingleses han pasado buena parte de este siglo luchando allí por uno u otro motivo!). Poco después de la guerra, en 1918, Reza se casó y fue bendecido con el nacimiento de tres hijas antes de que llegara Hussein. Su tienda era un constante vaivén de personas que acudían allí a sabiendas de que siempre eran bienvenidas, ya fuera para comprar, vender o sentarse a charlar en aquel ambiente de aromas embriagadores. Sus hijos correteaban por la tienda, mimados y elogiados por todos, aceptando semejante adoración con precoz compostura.

—Mi padre quería a sus hijos —me contó Hussein, y se le empañaban los ojos al recordarlo—. Y nosotros lo queríamos a él. Era algo que se tomaba muy a pecho, y no escatimaba esfuerzos para que todos los demás nos quisieran también.

Cuando Hussein tenía diez años, Reza decidió hacer un viaje a Malaca para liquidar los pocos negocios que aún le quedaban allí, visitar los lugares que solía frecuentar y demostrar a quien quisiera saberlo que las cosas tampoco le habían ido tan mal. Llevó a Hussein consigo como prueba de su buena fortuna, pero también para enseñarle el ancho mundo y que aprendiera a arreglárselas por su cuenta. Pasaron cuatro meses viajando, entre la travesía, finiquitar los negocios, visitar lugares de interés y reunirse con los amigos.

—Espere, espere —le rogué a Hussein—. Déjeme buscar un mapa: quiero que me señale todos esos sitios, saber dónde están.

Fueron incluso a Bangkok, donde Reza había pasado unos meses de adolescente, poco antes de que las cosas se torcieran, viviendo con el representante de su padre. Entonces era una tranquila y preciosa ciudad portuaria con canales y bulevares que discurrían paralelos al río, no la gran urbe hacinada en que se convirtió después. Allí se congregaba gente de todo el mundo: chinos, indios, árabes, europeos... Para Hussein, aquel viaje con su padre fue una experiencia maravillosa: atesoraba en la memoria innumerables imágenes de esa temporada que, convertidas en anécdotas, me transmitió para que también yo las atesorara. Aún hoy imagino la austera serenidad del patio de un templo por el que había paseado, y la abrumadora majestuosidad de su cúpula. He tenido ocasión de ver una fotografía de ese templo, pero en absoluto hacía justicia a la belleza que Hussein me había descrito.

En Bangkok, su padre adquirió a buen precio una remesa de oud-al-qamari camboyano de la mejor calidad y la fletó hacia Bahréin en el mismo barco que los llevó de vuelta. Fue precisamente el padre de Hussein quien descubrió que oud-al-qamari, la «madera de la luna», era una deformación de oud-al-qimari: la «madera de los jemeres». Al poco de su regreso estalló la guerra con Japón y no hubo manera de conseguir oud durante siete u ocho años, por lo que Reza obtuvo grandes beneficios de aquel cargamento a lo largo de ese tiempo.

—Todavía me queda un poco —dijo Hussein sonriendo al ver cómo me había emocionado y cautivado la historia del viaje y del oud.

Fue entonces cuando comprendí que Hussein, el muy pillo, seguía regateando por la mesita de ébano. La miró de refilón y luego se volvió hacia mí con gesto de amistosa complicidad.

—¿Lo ha traído consigo? —pregunté.

En su siguiente visita me trajo un pequeño cofre de caoba con el oud-al-qamari más exquisito que he tenido la suerte de oler en mi vida. Con la ayuda del vendedor de café de la acera de enfrente, que nos dio unas ascuas de carbón, preparó un quemador de incienso con el que perfumó el aire que respirábamos. Los transeúntes se detenían en seco y entraban en la tienda para acercarse al perfume incandescente. El propio vendedor de café cruzó la calle y le dijo desde los escalones de la entrada:

—Ma sha Alláh, ma sha Alláh, qué maravilla, Alláh karim. ¿Puedo ofrecerle un café, Maulana?

No me hizo extensiva su gratitud porque, según él, le había arruinado la vida: como todo el mundo sabe, no se puede comer halva sin una taza de café en la mano, así que cuando dejé de vender dulces de pasta de sésamo fue como si le hubiese clavado un puñal por la espalda, según sus propias palabras. Como si lo hubiese matado. Pero ahora también ese hombre entraba en la tienda y aspiraba el mismo aire perfumado que todos los demás. A mí me pareció atrapar la esencia de aquellos legendarios y recónditos lugares en la densa fragancia del incienso, pero sólo porque Hussein había unido las dos cosas en mi imaginación con sus relatos, y porque yo me había rendido a ambas sin oponer resistencia.

Al final, claro está, dejé que Hussein se quedara con la mesa de ébano.

—Pero, dígame una cosa, ¿por qué le interesa tanto esta mesa? —le pregunté mientras negociábamos—. ¿Es para alguien muy especial? —añadí, sonriendo para darle ocasión de tomárselo a broma si así lo deseaba.

Él sonrió con gesto evasivo y una teatral caída de ojos, haciéndose de rogar.

—Es un asunto delicado —contestó.

Por entonces se decía, y yo no ignoraba esos rumores, que cortejaba al apuesto hijo de Rayab Shaabán Mahmud, el funcionario del Departamento de Obras Públicas en cuya casa se había alojado en un viaje anterior y al que seguía visitando. Contaré la historia como sigue, pese a que tal vez no sea el mejor de los relatos, porque ya no sé quién pueda estar escuchando. El caso es que, según las malas lenguas, Hussein cortejaba al apuesto hijo de Rayab Shaabán Mahmud, funcionario del Departamento de Obras Públicas. Era posible incluso que ya hubiese corrompido al espléndido joven, pero no lo imaginaba interesándose en lo más mínimo por la mesita de ébano. Me parecía más probable que el dinero contante y sonante o las telas de seda que, según se rumoreaba, le había ofrecido Hussein, acertaran a satisfacer la vanidad del efebo. Los jóvenes que viven inmersos en el torbellino de sus pasiones no saben apreciar la belleza de las cosas. Puede que la mesa fuera un regalo para el propio Rayab Shaabán Mahmud: un gesto de cortesía para hacerle saber que no por querer seducir al hijo dejaba de estimar al padre. Un soborno. O puede incluso que el astuto mercader persa estuviera jugando a algo más enrevesado todavía y en realidad ansiara conquistar a la bella esposa de Rayab Shaabán Mahmud, Asha, mientras simulaba ir tras el hijo. Asha era sin duda una mujer hermosa, y a mí me había parecido también cortés y respetable en las pocas ocasiones que hasta entonces había tenido de tratarla. Pero, en lo que concierne a Hussein, se rumoreaba que en el pasado había tenido un par de aventuras extraconyugales y que seguía dispuesta a tenerlas, según los afortunados que podían pronunciarse sobre tales asuntos. Deslindar la verdad en estos casos resulta complicado, y como tema de conversación son ciertamente mezquinos, pero también moneda corriente en las ciudades pequeñas, y sería hipócrita no mencionarlos. No obstante, hacerlo me genera incomodidad, y ahora me siento como un papanatas y un falso por poner el grito en el cielo. Por lo menos de entrada, es posible que el asunto no fuera más que un juego para Hussein, una manera de ocupar los largos meses de los musim una vez liquidadas sus mercancías y a la espera de que los vientos cambiaran de dirección. Nada de todo aquello era asunto mío, aunque en un lugar tan pequeño fuera imposible no enterarse.

Acordamos que me pagaría en metálico la mitad del precio acordado para la mesa y la otra mitad con un paquete de diez kilos de oud-al-qamari. Se mostró generoso, o bien se me daba mejor regatear de lo que creía. Como regalo, me ofreció también el cofre que Kelvin Edelman me birló y que contenía lo poco que quedaba del oud-al-qamari que Hussein y su padre habían comprado en Bangkok el año antes de la guerra, el cofre que había llevado conmigo como único recuerdo de la vida que dejaba atrás, como único avituallamiento para mi otra vida.

Kevin Edelman, el bawwab de Europa, el centinela que, apostado ante la puerta, custodiaba los árboles frutales que crecían en el huerto familiar. Curiosamente, la misma puerta por la que habían salido las hordas que partieron a arrasar el mundo y ante la que ahora nos postramos nosotros, suplicando que nos dejen entrar. «Refugiado. Solicitante de asilo. Compasión.»

Pero la venta de la mesita de ébano no fue el último de mis tratos con Hussein. Aquel fue un mal año para los musim de regreso, que llegaron tarde y, al menos al principio, de un modo intermitente. En cualquier caso, Hussein se excedía en sus negocios, quizá por aburrimiento, quizá por picardía. Conforme lo fui conociendo mejor, llegué a entender que buena parte de lo que hacía respondía a su carácter juguetón y travieso, y cuando la travesura sembraba el caos y generaba rencor, su risa se teñía de un regocijo cruel. En esos momentos me parecía atisbar, bajo los gestos galantes y la risa contenida, cierta dureza o cinismo desacomplejados. No me costaba imaginarlo matando o infligiendo dolor a alguien si lo considerase necesario para proteger aquello que más preciaba, aunque al mismo tiempo no se me ocurría qué podría ser tan valioso como para llegar a tales extremos. El caso es que lo imaginaba haciendo tratos por puro hastío, para tener algo que hacer, mientras se deslizaba poco a poco hacia la ruina. No parece la mejor manera de hacer negocios, pero él era un persa que comerciaba con incienso y perfumes y que, con sus zalamerías y anécdotas, parecía flotar por encima de los enredos cotidianos que nos hacían tan corrientes al resto de los mortales. Quién sabe si, a la hora de tomar decisiones, era más importante para él hacer las cosas a lo grande que asegurarse un curry de cordero sobre la mesa cada día.

Pero había subestimado el precio de hacer las cosas a lo grande —que tampoco beneficia a los negocios— y me abordó para pedirme un préstamo considerable que, por suerte, estaba en condiciones de hacerle. Las cosas me habían ido bien, o lo que es lo mismo, mis clientes eran lo bastante incautos para pagar los precios que yo pedía y los carpinteros no habían tenido la ocurrencia de pedirme un aumento de salario, o simplemente había sabido aprovechar las oportunidades que se me presentaban con astucia y prudencia. Comoquiera que fuese, me complacía estar en condiciones de prestar a Hussein el dinero que necesitaba. En aquellos tiempos los préstamos eran frecuentes entre comerciantes, sobre todo los que venían del otro lado del océano, aunque nadie soñaría siquiera con hacer algo así hoy en día, cuando todos andamos a la rebatiña por cuatro perras. «En aquellos tiempos...», ¡qué palabras tan tristes para un hombre de mi edad, y qué absurdas a la vista de todo lo que ha pasado! Entonces, alguien te pedía dinero en un lugar determinado, se iba a comerciar a otro lugar y finalmente le devolvía el préstamo a algún socio tuyo en otro lugar distinto. Éste, a su vez, adquiría alguna mercancía que necesitaras y te la enviaba. De este modo, nadie salía perdiendo y el honor y la confianza prevalecían entre mercaderes, se acordaban contratos matrimoniales, las familias intimaban y los negocios prosperaban. De vez en cuando, si algo salía mal, había dramas e intrigas y la amenaza de un escándalo planeaba sobre la comunidad, pero el sentido del compromiso y la dignidad evitaban que se desatara el caos y, en el peor de los casos, se acudía a los eruditos en leyes o religión —que bien podían ser los mismos— para que ejercieran de árbitros. Pero es verdad que, ya en aquella época, tras unas pocas décadas de dominio británico, las cosas habían cambiado, y era más habitual consultar a un abogado guyaratí del bufete Shah y Shah o Patel e Hijos que acudir al cadí, pese a que el de entonces era un buen hombre y todo un caballero, nada que ver con los charlatanes que vinieron después.

De todos modos, yo era nuevo en el mundo de los negocios y no tenía ningún socio como el que he descrito, que se sintiera obligado a cuidar mi dinero como si fuera suyo. Esa clase de sociedades se construían a lo largo de toda una vida de trabajo, las relaciones entre socios se cultivaban y después se heredaban generación tras generación, préstamo tras préstamo, hasta volverse ineludibles y perpetuas. De modo que tuve que pedirle a Hussein una garantía del préstamo.

—Desde luego —dijo aliviado y sonriente, lo que me hizo preguntarme si no estaría en mayores dificultades de las que me había confiado—. Yo mismo cometí una vez, en Bombay, el error de no exigir una garantía. Me congratula decir que se trataba de una suma insignificante, pero jamás recuperé una sola rupia.

—¿Bombay? —le pregunté—. ¿Es que sus aventuras no tienen fin? ¿Qué hacía en la India?

—Me enviaron a estudiar allí: mi tía Zeynab, seguramente la recuerda, le pidió a mi padre que me mandara a vivir con ella para que pudiera ir a la escuela —respondió

Hussein, arqueando las cejas y sonriendo con sorna al evocar el carácter severo de su tía—. Aprendí mucho en Bombay, una ciudad llena de injusticias. También aprendí la lengua de nuestros conquistadores, que Dios los proteja.

Hice caso omiso de esta última observación, tomándola por otra de sus provocativas ironías. El caso es que Hussein había traído consigo un documento sorprendente con la intención de ofrecérmelo como garantía. Ese documento, una declaración jurada ante el cadí, demostraba que el año anterior el propio Hussein le había hecho un préstamo a Rayab Shaabán Mahmud, a la sazón su casero, por la misma suma que ahora deseaba pedirme prestada. Según la declaración, Mahmud se comprometía a devolverle el dinero transcurridos doce meses, y ofrecía como aval nada menos que la casa familiar con todo lo que contenía.

—¿Y por qué no le reclama ese dinero, en vez de pedirlo prestado? —le pregunté, aunque suponía la respuesta.

Rayab Shaabán Mahmud, el funcionario del Departamento de Obras Públicas, tenía debilidad por la bebida prohibida, el brebaje del demonio, y, según evidenciaba el documento, era un tonto de capirote. Había heredado la casa de su tía Bi Sara el año anterior y apenas si tenía algo más a su nombre. ¿Por qué ofrecer como aval el techo mismo que lo resguardaba? Como casa no era gran cosa, pero bastaba para mantener la vergüenza a raya y dar cobijo a sus seres queridos. ¿De dónde iba a sacar el dinero para devolver el préstamo? Cabía pensar que Hussein lo sabía desde el principio y le había prestado el dinero para ponerlo entre la espada y la pared por algún motivo. Y, si había algo de cierto en los rumores sobre su afán de seducir al hijo de Mahmud, ese motivo sólo podía ser la satisfacción de lo que empezaba a intuirse como un pérfido y lúdico deseo.

—No voy a exigir que me pague —repuso Hussein, sin duda adivinando mis pensamientos—. Si está usted de acuerdo, mi intención sería poner ese documento a su nombre, para que lo guarde como garantía hasta mi regreso el año que viene. Entonces le devolveré el dinero y usted me devolverá el documento.

Ojalá hubiera rechazado el plan porque, después del descalabro que Hussein provocó en el hogar de Rayab Shaabán Mahmud al final de aquel musim, me dio la impresión de que no volvería jamás. Pero ¡qué sabía yo de lo que era capaz un insensato y orgulloso mercader persa, qué yins y demonios tenía por compañeros de juegos, qué deshonras y vejaciones podía soportar sin sentir bochorno! Durante los ocho meses aproximados que faltaban para el siguiente musim, sopesé las alternativas y esperé. Pero, por supuesto, Hussein no volvió. Envió a través de otro mercader una carta con saludos y disculpas, otros negocios lo retenían, «Dios bendiga todas sus empresas hasta que volvamos a vernos, algo que, in sha Alláh, ocurrirá el año que viene». También me hizo llegar un regalo: un mapa, o más precisamente una carta de navegación del sudeste asiático. Había pertenecido a su abuelo, Yaafar Musa, y no parecía muy usada, decía. La había encontrado entre los papeles de su padre y había pensado que tal vez me gustaría tenerla. El regalo me hizo sonreír: Hussein recordaba cuánto me gustaban los mapas, y ése era maravilloso. El dinero bien podía esperar hasta el año siguiente, y aún tenía el aval de la casa. «El negocio marcha bien, alhamduliláh», decía para mis adentros, pero sin lograr disipar del todo la angustia que me generaba todo aquel asunto.

• • •

Suelo hablarles a los mapas, y a veces hasta me contestan. Es menos extraño de lo que parece, y tampoco soy el primero en hacerlo. Antes de que hubiera mapas el mundo no tenía límites, fueron ellos los que lo moldearon y le dieron el aspecto de un territorio, de algo que se podía no sólo arrasar y saquear, sino también poseer. Los mapas volvieron alcanzables, y hasta domesticables, lugares que se hallaban en el límite de lo imaginable, y luego, cuando se hizo necesario, la geografía se transformó en biología para construir un orden jerárquico en el que situar a quienes vivían, aislados y primitivos, en otros lugares del mapa.

El primer mapa que contemplé —aunque debo de haber visto otros antes sin saber lo que eran— fue uno que el maestro nos enseñó cuando teníamos siete años. Ésa era mi edad, al menos, aunque no sabría precisar la de todos los chicos que compartieron esa experiencia conmigo. Cercana a la mía, en todo caso. Por algún motivo que se me escapa, había que tener menos de cierta edad para poder ir a la escuela. Nunca antes lo había pensado, y sólo ahora caigo en lo insólito de esa condición: si tenías más años de la cuenta, era como si ya no pudieras recibir las enseñanzas de la escuela, como un coco que ha madurado hasta el punto de volverse imbebible, o unos clavos de olor que, por haberlos dejado demasiado tiempo en el árbol, se han hinchado hasta convertirse en semillas. La verdad es que, por más vueltas que le doy, no se me ocurre una explicación convincente para tan despiadada exclusión. Los británicos trajeron consigo la escolarización y las normas por las que ésta se regía. Si las normas decían que debías tener seis años —y no más de seis años— para empezar a ir a clase, no había vuelta de hoja. Si las escuelas no siempre se salían con la suya era porque los padres rebajaban los años que hicieran falta a sus hijos con tal de que los aceptaran. ¿Partida de nacimiento? Eran gentes humildes e ignorantes que nunca se habían molestado en solicitarla. Por eso querían que sus hijos fueran a la escuela, para que no acabaran embrutecidos como ellos.

Durante generaciones habíamos ido a la chuoni, donde aprendíamos el alif-ba-ta para poder leer el Corán y escuchar el relato de los hechos milagrosos vividos por el Profeta a lo largo de su existencia, salla Allâhu alayhy wa sallam. Y siempre que había algo de tiempo libre o hacía demasiado calor para concentrarse en las letras hábilmente ensortijadas que llenaban la página, escuchábamos la descripción de las espeluznantes torturas que algunos de nosotros encontraríamos al morir. En la chuoni nadie se preocupaba por la edad: empezabas más o menos en cuanto habías aprendido a ir solito al baño y te quedabas hasta que eras capaz de leer el Corán de cabo a rabo, o hasta que reunías el valor suficiente para escaparte, o hasta que los maestros se hartaban de ti o tus padres se negaban a pagar los míseros honorarios del maestro. Alrededor de los trece la mayoría había abandonado ya los estudios. En la escuela, en cambio, empezabas a los seis y progresabas lo mejor que podías, año tras año, junto con los de tu quinta. Siempre había rezagados, uno o dos en cada clase, que repetían curso y arrastraban esa vergüenza a lo largo de toda su vida académica, pero el resto, como he dicho, éramos de la misma edad... según los papeles. En realidad, era imposible saber cuántos años tenían nuestros compañeros de clase. El caso es que íbamos creciendo, y a algunos les salía bigote a una edad temprana, mientras que otros desaparecían varios días seguidos y volvían con los ojos iluminados por algún descubrimiento secreto, entre rumores de matrimonios celebrados discretamente en las zonas rurales. Entonces solíamos casarnos pronto. Ignoro qué pasaba en las escuelas de niñas, aunque me habría gustado saberlo. A lo mejor dejaban de acudir a clase de un día para otro y todos daban por sentado que se habían casado. O, mejor dicho, que las habían casado. Intento imaginar cómo se sentirían: me imagino mujer, considerada débil sin justificación alguna, porque era injustificable; me imagino derrotada.

Pero estaba hablando del primer mapa que contemplé en mi vida. Tenía siete años cuando el maestro nos lo enseñó, aunque no pueda precisar la edad de mis compañeros de clase. El siete es un número propicio y yo llevo aquí siete meses... pero no es eso lo que me ha llevado a decir que tenía siete años cuando vi un mapa por primera vez; sé que tenía siete años porque estaba en segundo curso y había empezado la escuela a los seis años, en cumplimiento de las rígidas normas del Imperio británico, que no me dejará mentir.

El maestro introdujo el tema con gran dramatismo. Cogió un huevo de gallina entre el pulgar y el índice, y sosteniéndolo en alto preguntó:

—¿Alguno de vosotros sabe cómo hacer que este huevo se tenga en pie?

Así nos presentó a Cristóbal Colón. Fue un momento maravilloso, irrepetible, como si de pronto también yo me hubiese topado con un inesperado e inimaginable continente. Y ése era tan sólo el principio de su relato. Conforme lo iba contando, dibujaba en la pizarra un mapa: la costa noroeste de Europa, la península ibérica, el sur de Europa, el país de Sham, Siria y Palestina, la costa septentrional de África, que sobresalía para luego ahuecarse y alargarse hacia abajo hasta el cabo de Buena Esperanza. Mientras deslizaba la tiza blanca sobre la pizarra, el maestro nos iba hablando de aquellos lugares, algunos con profusión de detalles, otros sólo de pasada. Al norte del delta del Ruvuma —vértice de nuestra franja costera—, aquella línea ascendía sinuosamente hasta el Cuerno de África, donde la costa del mar Rojo se alargaba hasta Suez, y luego perfilaba la península arábiga, el golfo Pérsico, la India y la península de Malaca hasta llegar a China. En ese momento, después de haber dibujado la mitad del mundo conocido con un trazo continuo usando aquel trocito de tiza, el maestro se detuvo y sonrió. Luego dibujó un punto a medio camino de la costa occidental africana y dijo:

—Aquí es donde estamos nosotros, muy lejos de China. —A continuación dibujó otro punto al norte del Mediterráneo y añadió—: Aquí es donde estaba Colón, que pretendía llegar a China, pero navegando en dirección contraria a la ruta conocida.

No recuerdo gran cosa de lo que nos contó sobre las aventuras del avaricioso navegante —demasiadas historias han ido a sedimentarse sobre aquel inocente momento—, pero sí que se hizo a la mar el mismo año de la caída de Granada y la expulsión de los musulmanes de al-Ándalus. También estos nombres eran nuevos para mí, al igual que muchos otros que mencionó entonces, pero él los pronunció con tal reverencia y añoranza —Granada, al-Ándalus— que nunca he olvidado ese momento. Ahora mismo me parece estar viendo a ese hombre achaparrado que vestía la tradicional túnica blanca o kanzu bajo una descolorida chaqueta marrón e iba tocado con una kufiyya. Pese a tener la cara marcada por la viruela, derrochaba paciencia y tolerancia, y recuerdo la habilidad con la que creó para nosotros una imagen del mundo: mi primer mapa.

¿Y el huevo? He aquí la historia. Los marineros de Colón nunca habían navegado por el Atlántico hacia poniente, ni ellos ni nadie. Hasta donde se sabía, el océano se acababa de repente, las aguas se precipitaban a un inmenso abismo y, tras recorrer cavernas y desfiladeros subterráneos, iban a dar a una laguna sin fondo infestada de monstruos y demonios. Además, la travesía era larga y difícil, el océano un páramo sin fin, y el vigía, por buena que fuera su vista, no atisbaba ni rastro de Catay. La tripulación se quejaba —«¡Queremos volver a casa!»— y amenazaba con amotinarse. Al final, Colón se encaró con sus hombres. Cogiendo un huevo de gallina entre el pulgar y el índice, lo sostuvo en alto y preguntó: «¿Alguno de vosotros sabe cómo hacer que este huevo se tenga en pie?» Como era de esperar, nadie lo consiguió: eran simples marineros condenados a hacer de supersticiosos figurantes en ese gran drama, a refunfuñar y planear rebeliones inverosímiles. Colón cascó suavemente el huevo —el maestro hizo lo mismo con el suyo— y lo puso en pie sobre la baranda del alcázar. Ya no recuerdo si la moraleja consistía en que si quieres comer un huevo primero tienes que cascarlo y, por tanto, si quieres llegar a Catay tienes que soportar incontables penalidades, o si sólo se trataba de demostrar a los marineros que Colón era mucho más listo que ellos, y por tanto sabía mejor lo que se hacía; el caso es que los hombres abandonaron de inmediato la idea del motín y siguieron navegando en pos del Gran Kan, como habría hecho yo cuando tenía siete años. El maestro dejó el huevo duro con cuidado sobre el escritorio para comérselo más tarde.

Aquel hombre nunca volvió a darnos clase, aunque estaba en plantilla en la escuela. Esa mañana había ido a sustituir a nuestro maestro habitual, que se había ausentado. Al terminar la lección, salimos en tropel para volver a nuestra aula, y cuando más tarde me asomé para ver el mundo que nos había enseñado ya habían borrado el mapa de la pizarra.

Hussein no sabía nada de todo esto, ni que los mapas habían empezado a hablarme a raíz de aquella experiencia, pero sabía cuánto me gustaba contemplarlos y coleccionarlos, así que me mandó la antigua carta de navegación de su abuelo para apaciguarme porque me debía dinero. Me reí de puro regocijo al recibir su regalo, pero estaba casi seguro de que no volvería a verlo. ¿Por qué iba a venir a vendernos trocitos de madera de sándalo y agua de rosas pudiendo sentar sus reales en Rangún, Shiraz y otros lugares remotos del ancho mundo, lugares a los que era difícil llegar y, precisamente por eso, de una belleza incomparable?

2

No ha venido. A veces no lo hace aunque haya dicho que lo haría. Viene a verme cuando le da la gana, o eso parece, aunque no siempre es como yo preferiría que fueran las cosas. «Pues póngase un teléfono», me dice, pero prefiero no hacerlo; nunca he tenido teléfono y me niego a cargar ahora con uno. Cuando sí viene, da a entender que su día a día es una agitada danza entre obligaciones que acaba dejando inconclusas. El ajetreo le sienta bien: la hace resplandecer de desbordante energía mientras trajina entre tareas postergadas y da a sus ojos una profundidad esquiva, como si ocultaran el punto donde convergen, un rincón o un instante que es su verdadero foco; no aquí ni ahora: la vida de verdad transcurre en otra parte. Se llama Rachel, me lo dijo el día que la conocí, cuando fue a verme al centro de detención.

—Soy la consejera legal de la organización de ayuda a los refugiados que se ha hecho cargo de su caso. Me llamo Rachel Howard —se presentó, sonriente, y me tendió la mano—. Encantada de conocerlo.

Yo me llamo Rayab Shaabán. No es mi verdadero nombre, sino el que tomé prestado para este viaje de salvación: pertenecía a un hombre al que traté durante mucho tiempo. Shaabán es también el nombre del octavo mes del año: el mes de la división, cuando se determina la suerte de los doce meses siguientes y se absuelven los pecados de los sinceramente arrepentidos. Precede al mes del Ramadán, el de los grandes calores, el del ayuno. Y Rayab precede a los dos anteriores: es el séptimo mes, el mes venerado. En Rayab ocurrió el Mi'râj, cuando el Profeta fue llevado a través de los siete cielos a la presencia de Dios. ¡Cómo nos gustaba esa historia de pequeños! La noche del 27 de Rayab el Profeta dormía; entonces, el arcángel Gabriel lo despertó y lo hizo montar a lomos de Buraq, la bestia alada que lo llevó a al-Quds o Jerusalén. Allí, en las ruinas del monte del Templo, rezó junto a Abraham, Moisés y Jesús para luego ascender con ellos al Azufaifo del límite, el Sidrat al-muntahá, lo más cerca que nadie puede estar del Todopoderoso, donde recibió el mandamiento divino de que los musulmanes rezaran cincuenta veces al día. En el viaje de regreso, Moisés le aconsejó volver y regatear; llevaba bastante más tiempo en el ajo que el Profeta y creía que Dios se avendría a rebajar un poco esa cifra. Y así fue: el Todopoderoso acabó dejándola en cinco rezos diarios. Llegados a este punto del relato se oía un gran suspiro de alivio entre los congregados; ¡imaginad lo que supondría rezar cincuenta veces en un solo día! Zanjada la cuestión, el Profeta descendió de nuevo hasta al-Quds y, a lomos de Buraq, voló de vuelta a La

Meca antes de que saliera el sol. Allí tuvo que enfrentarse a las inevitables quejas y dudas de los ignorantes, los yahils, de la ciudad, pero para los creyentes el milagro del Mi'râj es un motivo de júbilo y celebración. El mes de Rayab precedía al de Shaabán, que a su vez precedía al Ramadán: tres meses sagrados. Aunque Dios sólo había ordenado que ayunáramos en Ramadán, los más piadosos lo hacían durante los tres meses. El caso es que los padres de mi tocayo le gastaron una broma pesada poniéndole Rayab cuando el nombre de su padre era Shaabán: era como llamarte Julio cuando tu padre se apellida Agosto. Sin duda se echarían unas buenas risas, pero él pagó cara la broma, como me habría pasado a mí si ése fuera de veras mi nombre.

No le conté nada de todo esto a Rachel Howard cuando vino a verme al centro de detención. De hecho, no abrí la boca. Llamarlo «centro de detención» es cargar un poco las tintas: no había puertas con cerrojo, ni guardias armados, ni un solo uniforme a la vista. Era una especie de campamento levantado en la campiña y lo dirigía una empresa privada. Consistía en tres grandes estructuras semejantes a barracones o almacenes donde nos ofrecían alojamiento y comida. Hacía frío. Fuera, el viento bramaba y aullaba, con ráfagas que a ratos parecían capaces de arrancar aquellas estructuras de cuajo y arrojarlas lejos. Yo tenía la impresión de que se me helaba la sangre en las venas, convertida en afiladas esquirlas de cristal que se me clavaban por dentro. A la que paraba de moverme, me notaba los brazos y las piernas entumecidos. Dormíamos en dos de aquellas construcciones, doce personas en una y diez en la otra, en habitáculos separados por tablones, pero sin puertas. En cada módulo había un váter, una ducha y un grifo aparte con un letrerito que rezaba: AGUA POTABLE, lo que me hacía preguntarme si debía usar la ducha con cautela, por si el agua no era buena. La comida, que un camión entregaba en grandes contenedores metálicos, se servía en el tercer módulo. El encargado era un inglés de mediana edad, de aspecto ajado y taciturno, un espécimen con el que no me había encontrado aún en mis viajes, pero que desde entonces he visto a menudo. La verdad es que me sorprendió el aspecto de muchas de las personas a las que conocí durante aquellos primeros meses: apenas guardaban parecido alguno con la variedad altiva y severa que recordaba de mi pasado. Nuestro hombre se llamaba Harold y servía la comida igual de bien que limpiaba las duchas y los váteres: a su manera, por así decirlo. Otro hombre ocupaba el despacho de una pequeña construcción donde estaban el teléfono público, un dispensario y un consultorio. Por lo general se iba a su casa por las noches, en tanto que Harold dormía en el módulo-comedor y parecía rondar por allí a todas horas. Había otro hombre más que sustituía a Harold durante un par de noches, pero mientras estuve allí sólo vino una vez y se mantuvo alejado, haciendo lo posible por evitarnos. Harold era objeto de interminables burlas por parte de los detenidos, a los que ignoraba con ademán sombrío, cumpliendo sus tareas en silencio como si fuera tachando mentalmente una lista que llevara en la cabeza. Debió de ver pasar por allí a muchos como nosotros, mientras que él era el primer inglés al que veíamos tan de cerca.

Las construcciones donde nos alojábamos bien podrían haber servido para almacenar sacos de cereales, cemento o cualquier otra mercancía valiosa que hubiera que conservar en un lugar seguro y al abrigo de la lluvia. Ahora servían para contenernos a nosotros, una molestia fortuita y sin valor alguno que había que mantener a raya. El hombre del despacho nos quitó el dinero y los papeles y nos dijo que, si necesitábamos hacer ejercicio, podíamos dar un paseo por el campo, siempre que no nos alejáramos demasiado del centro, para no perdernos.

—Si os perdéis, nadie irá a buscaros —nos advirtió—. De noche hace frío y muchos de vosotros no estáis acostumbrados a las bajas temperaturas.

El frío iría a más, lo supe desde el primer momento. Napoleón no emprendió la retirada de Moscú hasta febrero o marzo, y para entonces todo estaba helado: el general Invierno encabezaba la ofensiva rusa. Yo llegué en noviembre, tres meses antes de febrero, y ya hacía un frío insoportable, pese a que lo peor del invierno estaba aún por llegar. Iría a más, sin duda.

Contándome a mí, había veintidós hombres internados en el centro. En mi módulo éramos cuatro argelinos, tres etíopes, dos hermanos iraníes que apenas habían dejado atrás la adolescencia —dormían en una misma cama y se abrazaban entre sollozos y susurros hasta quedarse dormidos—, un sudanés y un angoleño que era el motor y la alegría del grupo, siempre repartiendo consejos, contando chistes, hablando de política y organizando chanchullos, todo ello con la autoridad moral que le daba la causa de UNITA en la guerra civil angoleña. «Aquí no veréis a un solo nigeriano», nos dijo. Hay demasiados pidiendo asilo y siempre la están liando, así que los tienen encerrados bajo siete llaves en un viejo castillo del norte, donde hace un frío polar y no vive apenas nadie. La verdad es que hay demasiados en el mundo, y punto. El angoleño se llamaba Alfonso y les tenía una profunda inquina a los nigerianos cuyos motivos nunca llegó a explicarnos, pero que al parecer servía para llenar sus días. Llevaba varias semanas en el centro, o en los «barracones», como prefería llamarlos. Se negaba a que lo trasladaran aduciendo que necesitaba el aislamiento y el aire campestre para terminar el libro que estaba escribiendo. Si empezaba a mezclarse con los ingleses en las calles y a pasar las noches en sus pubs viendo el fútbol por la tele, acabaría perdiendo el hilo de sus recuerdos y nada de lo que había hecho tendría sentido. Prefería seguir en los barracones con sus hermanos de desarraigo, muchas gracias. Los ocupantes del otro módulo eran todos del sur de Asia, de la India y Sri Lanka, y quizá también de otros lugares, no lo sé, pero de origen indio. Hacían su vida aparte, se sentaban juntos durante las comidas y parecían hablar una misma lengua que les permitía comunicarse entre sí pero que resultaba incomprensible para los demás.

Fue en el módulo pequeño, donde estaban el dispensario, un despacho y una especie de consultorio, donde me reuní por primera vez con Rachel Howard.

—Tengo entendido que no habla usted inglés —dijo consultando sus papeles y sonriéndome con bienintencionado énfasis, como si me conminara encarecidamente a entenderla pese a mi aparente desconocimiento de su lengua.

Hacía poco que había llegado y no estaba dispuesto a que me interrogaran, me inscribieran en algún registro y tal vez me trasladaran a otro sitio. Llevaba sólo dos días en el campo y me gustaba estar allí, aunque a veces perdiera la sensibilidad en las piernas por culpa del frío. Me gustaba el verde mullido de la campiña, que parecía dotada de cierta elasticidad; me gustaba el fragor sordo, roto ocasionalmente por algún estrépito, que flotaba en el aire húmedo y que al principio me causaba aprensión porque lo tomaba por el lejano oleaje; hasta mucho después no comprendí que debía ser el murmullo del tráfico que circulaba por una importante carretera cercana. Me sentía a gusto con Alfonso y su anárquica vitalidad; con los etíopes y sus frágiles silencios, que parecían custodiar algún acuerdo secreto; con los argelinos y sus afectadas zalamerías, siempre burlándose unos de otros, siempre cuchicheando entre sí; con el único sudanés del grupo, serio y cohibido, y con los dos muchachos iraníes sumidos en sus fértiles desdichas. Aún no me sentía listo para ser rescatado de entre esas vidas apenas vislumbradas.

Los demás se apartaban para hacerme sitio. Me llamaban shebe, agha, abuelo, señor. «¿Qué lo trae aquí, tan lejos de Dios y de sus seres queridos, ya habibí? ¿No sabe que el clima húmedo y el frío pueden perjudicar a alguien con huesos tan viejos y frágiles como los suyos?» Al menos eso suponía que me decían porque, aparte de Alfonso, ninguno hablaba inglés, y a él no parecía importarle quién pudiera escucharlo o entenderlo: se expresaba con muchos aspavientos y hacía el payaso como si le diera igual lo que a veces me parecía la risa cruel de los demás, sobre todo de los desdeñosos argelinos. Sospecho que se creían más nobles que ese negro locuaz con tanto desparpajo. Pero Alfonso seguía con su cháchara, impertérrito, como si nada pudiera herirlo ni molestarlo, como si no tuviera control alguno sobre los malvados diablillos que lo hacían parlotear sin cesar.

Yo, por otro lado, seguía sin saber a ciencia cierta por qué el hombre que me vendió el billete me había aconsejado que no hablara inglés, ni cuándo me convendría reconocer que lo hablaba, y tampoco podía saber si mis compañeros del centro de detención seguían una estrategia similar a la mía, ni si ellos sí conocían los motivos detrás de ese ardid o simplemente acataban el consejo de otro astuto vendedor de billetes. Tal vez temieran que el único y temerario angloparlante que había entre nosotros fuera una especie de informante —cosa que también a mí se me pasó por la cabeza—, por lo que habían decidido no levantar la liebre hasta que hubiese pasado el peligro. Todos habíamos huido de países cuyos gobiernos exigían una total sumisión y un miedo cerval que sólo podían conseguir a fuerza de flagelaciones diarias y decapitaciones públicas, de modo que los funcionarios, la policía, el ejército y, en general, todo el aparato de seguridad del Estado cometían a diario mezquinos actos de crueldad para alertar a los ciudadanos sobre los peligros de una imprudente insurrección. ¿Cómo iba yo a saber qué clase de infracción podría soliviantar a los guardianes del centro? No quería que me pillaran por falta de astucia, ni verme trasladado a un viejo castillo del helado norte del país, ni mucho menos encontrarme de pronto en un avión haciendo el viaje de vuelta. Estaba claro que era demasiado pronto para revelar la impostura, aunque me habría gustado ver cómo se borraba la fervorosa y atractiva sonrisa de Rachel Howard, convertida en desconcierto. Negué con la cabeza y me encogí de hombros despacio, cuidando de no parecer grosero, al tiempo que sonreía como un desvalido refugiado.

Rachel Howard lucía una melena de rizos negros deliberadamente despeinada y salvaje que le daba un aire despreocupado y juvenil al tiempo que subrayaba sus rasgos morenos y le daba un aspecto ligeramente exótico, algo sin duda intencionado. Frunció el entrecejo y miró los papeles, inclinada hacia delante mientras yo seguía sentado en silencio frente a ella. Luego, cuando levantó la vista y me sonrió, di por sentado que todo quedaría en suspenso hasta que volviera con un intérprete. Rachel Howard asintió vigorosamente para tranquilizarme y luego se apartó el pelo de la cara con ambas manos.

—¿Y ahora qué? —preguntó sin dejar de sujetarse el pelo, mirándome a los ojos. No habría sabido decir si estaba familiarizada con la treta de fingir no hablar inglés y trataba de hacérmelo saber o si la picardía que creí entrever en su rostro reflejaba el gusto por las tramas que se van complicando. Se levantó, se apartó de la mesa y se volvió para mirarme. Entonces comprendí que antes no me miraba a mí, sino para sus adentros, que sopesaba los medios a su disposición. No era alta ni corpulenta, pero sus movimientos destilaban una seguridad que sugería fuerza física y tenía los hombros musculosos de una nadadora habitual—. Habrá que trasladarlo a algún lugar donde pueda recibir clases de inglés, o cuando menos sacarlo del centro de detención. Verá, dada su edad, no creo que resulte demasiado difícil. Eso es lo primero que debemos hacer: conseguir que lo pongan bajo tutela de las autoridades locales.

Frunció el ceño y recuperó su ensimismamiento, quizá porque no sabía cuál era el próximo paso, o era incapaz de verbalizar sus planes o simplemente quería hacerme sentir que se preocupaba por mí y que sabía hacer su trabajo. El caso es que seguía sin verme, que miraba al infinito. Supuse que tendría la misma edad que mi hija: treinta y pocos, la edad que habría tenido mi hija. Me parece absurdo llamarla mía. Apenas vivió, se murió. Rachel Howard volvió a la mesa y se sentó frente a mí. Le sostuve la mirada para hacerle saber que seguía allí, algo que no pareció perturbarla lo más mínimo, porque se quedó observándome en silencio, como midiéndome. Luego alargó la mano y la apoyó sobre mi brazo.

—Sesenta y cinco: una bonita edad para escaparse de casa —dijo sonriendo—. ¿En qué estaría usted pensando?

Me gustó que me hiciera pensar en mi hija y que ese recuerdo no viniera acompañado de una punzada de culpa o pena, sino que supusiera una pequeña alegría en medio de tantas cosas exóticas y extrañas. Ra'iyya, así le puse, una ciudadana de pleno derecho, una mujer de a pie. Su madre pensó que ese nombre era una provocación y que cuando creciera le daría vergüenza, así que la llamaba Ruqayya, como la hija que el Profeta tuvo con Jadiya, su primera mujer y benefactora. Pero apenas vivió, se murió. Rahmatuláh alayhi.

—Habrá que intentar buscar un intérprete —dijo Rachel Howard, asintiendo con gesto alentador porque yo había pronunciado estas últimas palabras en voz alta, rogando a Dios que se apiadara del alma de mi hija, aunque fueron Él y sus ángeles quienes se la llevaron antes de que pudiera convertirse en una ciudadana. Y después se llevaron también a la madre, que Dios se apiade de su alma, sin que yo estuviera presente ni me enterara siquiera—. ¿Seguro que no entiende absolutamente nada? Da igual, lo mandaremos a clases de inglés en cuanto podamos sacarlo de aquí. Creo que es difícil aprender una nueva lengua a partir de cierta edad —aventuró, y volvió a sonreír al pensar en mi edad—, pero da igual, lo primero es sacarlo de aquí. Ya verá cómo le gusta el lugar al que vamos: es una pequeña ciudad a orillas del mar. Saldremos hacia allí dentro de unos días. Le buscaremos un *bed and breakfast*, lo daremos de alta en la Seguridad Social y todo eso, y luego buscaremos a un intérprete. ¿Tiene usted amigos o parientes? Espero y deseo que sí. Bastante duro es esto, ¡pero encima a su edad...!

Una pequeña ciudad a orillas del mar. «Sí, eso me gustará», pensé. «Dentro de unos días.»

• • •

71

Primero me llevaron a un *bed and breakfast*, Rachel y un hombre llamado Jeff, que conducía el coche en el que vinieron a recogerme. Él era mucho más joven que ella, alto, grandullón, con el pelo rojizo y un tono de voz exageradamente formal. Lo imaginé riendo a carcajadas y comiendo con ganas cuando no se sentía obligado a representar un papel. Me senté en el asiento trasero y dejé a mi lado la bolsa de lona verde que Kevin Edelman había estado hurgando, y en la que ahora faltaba el cofre de oud-al-qamari que me había robado, pero que a cambio contenía una toalla del centro de detención que Alfonso había metido allí en el último momento.

—Tú siempre limpio —me dijo. Los ojos le brillaban con una especie de desamparo—. ¿Me oyes, Baba? Pase lo que pase, tú siempre limpio.

Yo iba nervioso por la toalla; temía que alguien me registrara en el centro de detención antes de marcharme. Había visto golpear brutalmente a otros por hurtar cosas mucho más insignificantes: una pastilla de jabón o una botella vacía de Coca-Cola. No en el centro, sino allá, en mi vida de antes, mi vida pasada. Pero nadie registró mi bolsa. El hombre de la oficina me escoltó hasta el coche y esperó pacientemente mientras yo estrechaba manos e intercambiaba sonrisas con los demás. «Ma'asalama», me decían, «vaya usted con Dios». «Kwaheri», les contestaba yo, «que el porvenir os sea favorable». Rachel y Jeff estaban eufóricos con mi liberación; hablaban entre ellos de las normas y leyes que habían sabido sortear, mentando a los funcionarios y al ministro cuyos cínicos y oportunistas dictados habían burlado con su ingenio. Comparaban mi flamante liberación con otros casos cuya resolución aún estaba pendiente. Puede que nadie les hubiese hablado de la postura oficial del gobierno británico, según la cual yo corría peligro de muerte a manos de mi propio gobierno, o tal vez no creían que eso bastara para que aceptaran mi solicitud, o quizá, pese al gesto de indignada superioridad moral que suponía conceder asilo a los exiliados procedentes de mi país, alguien había empezado a contabilizar lo que suponía acoger en el Reino Unido a un hombre de mi edad: demasiado viejo para trabajar en un hospital, demasiado viejo para engendrar a una futura estrella de la selección inglesa de críquet, demasiado viejo para todo salvo para darse de alta en la Seguridad Social, conseguir un piso de protección oficial y asegurarse una cremación subvencionada por el Estado. Pero lo habían conseguido: habían logrado que me dejaran quedarme y, mientras iba sentado en el coche, me sentí mezquino por burlarme de su entusiasta autocomplacencia y lamenté tener que seguir fingiendo que no los entendía y no poder decirles lo mucho que se lo agradecía.

El *bed and breakfast* era una casa vieja y oscura situada en una calle tranquila que desembocaba en una vía muy transitada. La mujer que lo regentaba se llamaba Celia («Celia ha aceptado acogerlo... Seguramente llegaremos a tiempo para que nos invite a tomar un té de los suyos.» «No, gracias.» «Mira que es rara, ¿verdad? Pero tiene un gran corazón.») y, cuando nos plantamos frente a la puerta abierta y llamamos al timbre, la tal Celia nos indicó a voz en cuello que pasáramos y subiéramos a la planta de arriba. El vestíbulo era pequeño y lúgubre, y el suelo estaba cubierto por una alfombra que en tiempos había sido roja, según se deducía por las hilachas que asomaban aquí y allá entre la raída trama gris. La escalera daba un giro brusco a la derecha pasado el primer tramo y luego otro más hacia el mismo lado: una buena posición defensiva. El intruso, que muy probablemente sería diestro, no tendría espacio para blandir un arma y quedaría a merced de una porra bien dirigida, un cubo de aceite hirviendo o lo que fuera. Celia estaba en la sala de estar, leyendo una revista frente al televisor enmudecido. Lo primero que me llamó la atención fue aquel olor, nuevo y familiar a un tiempo, que sólo ahora, con la experiencia, me siento capaz de describir. Entonces me hizo pensar en mierda fresca de gallina en un espacio mal ventilado, como esas casas en las que la gente permitía que las aves de corral se posaran en el hueco de la escalera o el antepecho de las ventanas; casas similares a la de Celia, con escaleras que se replegaban de pronto en una u otra dirección; siendo un niño, más de una gallina me había dado un susto de muerte cloqueando enfurecida porque la había molestado subiendo la escalera a tientas en medio de la oscuridad. Ahora sé que no olía a mierda de gallina, sino a viejas habitaciones cerradas y polvorientas; a tapicerías que han absorbido desechos fluidos durante décadas; a alfombras desteñidas y gastadas que atrapan marañas de pelo humano y animal, migajas y semillas; a viejas chimeneas y a hollín; al rancio miasma que despide la ropa amontonada o metida en bolsas y abandonada en los rincones de una habitación. En uno de los extremos de la sala de estar había tres jaulas de pájaro con soportes de latón cuyos ocupantes parecían más o menos vivos, cuando menos a juzgar por los restos de comida desparramados a su alrededor.

Celia era una mujer alta y fornida, de pelo largo y fino que teñía con henna. Se puso de pie en cuanto entramos y nos hizo pasar con enérgica hospitalidad.

—Sentaos, sentaos, ¿os apetece un té? —preguntó con una voz que sonaba estentórea e intimidante pese al tono risueño—. Qué frío hace en la calle, ¿verdad? Queda un poco de té en la tetera, acercaos al fuego, en esa mesa hay tazas. Sentaos. Hola, encantada de recibirlo. Le presento a Michael o Mick. Saluda a nuestro nuevo huésped, Mick. —Señaló a un hombre que parecía mayor que ella; rondaría los setenta y pico años y estaba sentado al otro lado de la mesa. Me miró amablemente y luego volvió a clavar los ojos en sus propias manos. Como no tardaría en descubrir, Mick hacía poco más que mirarse las manos y sonreír amablemente a todo el mundo. Si así se lo decían, veía la tele, se tomaba el té o incluso comentaba escuetamente algún asunto en el que lo invitaran a opinar con un «sí», «no» o «de maravilla» para luego retirarse a la cama que compartía con Celia—. Éste de aquí es Ibrahim y ése, Georgy —añadió Celia, señalando a dos jóvenes sentados a una gran mesa al fondo de la habitación. Ibrahim llevaba una camisa con estampado marmolado verde y azul sobre una camiseta negra; Georgy, el más moreno de los dos, lucía una chaqueta marrón de cuero con cremallera. Ambos me saludaron con la mano y reconocí en sus ojos algo que no había visto en los de Celia ni en los de Mick: cautela, cierta arrogancia, un atisbo de malicia. Supe, sin que nadie me lo advirtiera, que ellos tampoco eran de allí. Saludaron a Rachel y a Jeff por sus nombres y los obsequiaron con grandes sonrisas descaradas, dispuestos a intercambiar con ellos unas pocas bromas, si estaban de humor. Yo me noté receloso, o quizá algo peor. Me parecieron dos jóvenes oportunistas, avariciosos, demasiado obvios en sus apetitos, desesperados, tal vez despiadados; quién sabe, pero me inspiraban recelo. Esos bigotes tan bien recortados...

—Ibrahim es de Kosovo, llegó aquí huyendo de esos malditos serbios y su vena sanguinaria —explicó Celia mirándome de refilón—. Aquí estarás bien, ¿verdad que sí, Ibrahim? Sí, por supuesto que sí. Su familia está desperdigada y a él le han disparado, lo han perseguido por las calles. Un espanto. Y éste es nuestro querido Georgy, un gitano de la República Checa. Lleva siglos aquí. Se empeñan en mandarlo de vuelta, pero está un poquitín mal de... —La mujer se dio unos golpecitos en la sien derecha— ... y los médicos ponen el grito en el cielo cada vez que lo intentan, de modo que los de inmigración lo dejan en paz durante un tiempo. Lo molieron a palos en su país, lo dejaron para el arrastre. Le pegaban con bates de béisbol en la cara... esas cosas. Una infamia, y todo por ser gitano. Esos serbios...

—Checos —corrigió Rachel.

—Pues checos —concedió Celia, irascible—. Sigo sin entender por qué la gente no puede ser más tolerante, de verdad que no lo entiendo. Nosotros no los discriminamos cuando necesitaron auxilio durante la guerra, no les dijimos: «Tú eres checo y ése de ahí es gitano; a ti te vamos a ayudar, pero a él no», sino que echamos una mano a todo el mundo. De momento los de Interior no han tenido el valor de obligarlo a volver, pero intentan por todos los medios que diga que aquello tampoco era para tanto, o incluso que nunca le dieron una paliza. Me temo que al final acabarán deportándolo, pobre Georgy.

—No, aún queda esperanza —protestó Rachel—. Estamos haciendo todo lo que podemos, sin escatimar esfuerzos. ¿Cómo van las clases, Georgy?

El interpelado, que seguía la conversación con los ojos anegados en lágrimas, asintió a modo de respuesta. Era la viva imagen de la humillación y la dignidad pisoteada, un cuerpo trágico en sí mismo cuya vida dependía de su capacidad para sostener el entusiasmo de quienes dirimían su futuro.

—Y éstas de aquí son las periquitas *Antígona*, *Casandra* y *Helena* —añadió Celia, señalando una tras otra las jaulas—. Ya no recuerdo cuál es cuál, pero no parece que les importe demasiado. Bueno, ya conoce usted a todo el mundo. Venga, siéntese a la vera del fuego y tome un té. Que vendrá usted helado.

—El señor Shaabán no habla ni una palabra de inglés, Celia —dijo Rachel a modo de disculpa.

La casera me miró y en sus ojos vi incredulidad, un amago de desconcierto, y tuve la impresión de que me había calado. Hasta movió ligeramente la cabeza en señal de negación y torció el gesto al mirarme, un poco contrariada por el rumbo de los acontecimientos. El corazón se me había ido encogiendo poco a poco desde el momento en que habíamos entrado en aquella abarrotada sala de estar —me angustiaba pensar en el camastro que me tendría preparado—, y la desconfianza de Celia me desmoralizó aún más. Nunca había conocido a ingleses como Celia y Mick: ella con esa aparatosa y errática actitud maternal y el trasfondo erótico de cada uno de sus gestos, demasiado explícito para pasar desapercibido; él con su apariencia de afable decrepitud. Aparte del taciturno y arrugado Harold, del circunspecto hombre de la oficina del campamento y, por supuesto, de Kevin Edelman, los ingleses con los que había tratado hasta entonces eran en su mayoría clientes de mi tienda de muebles, turistas y, de un modo más indirecto, altos funcionarios de la administración colonial británica durante el tiempo que trabajé para el gobierno. Todos ellos eran gente importante, próspera, picajosa y demasiado brusca para caer bien. Hacían gala de su altivez y orgullo como si no pudieran desperdiciar ninguna ocasión de mostrarse desdeñosos y severos. No me imagino cómo se comportarían entre ellos, pero no creo que fueran distintos de cómo yo los veía. He dicho «en su mayoría» porque exceptúo a dos de mis maestros del Makerere College, que tenían algunas de las características mencionadas pero que, en determinadas ocasiones, también sabían ser amables, educados y entusiastas. Desde que había llegado a Inglaterra, sólo había tratado con funcionarios y personal administrativo; nadie que me viera de verdad, gente sometida a la tensión de sus obligaciones y que llevaba toda una vida lidiando con menesterosos como yo. Celia en cambio sí me veía, o eso me pareció. Su mirada perspicaz era una suerte de reconocimiento, aunque no de la clase que me habría gustado, si bien en ese instante no habría sabido decir por qué.

—Bueno, tendremos que apañárnoslas mediante señas —zanjó, irritada—. No te preocupes, Rachel, cariño, aquí estamos más que acostumbrados a eso, ¿a que sí, Mick? Ahí donde lo ves, Mick solía hablar..., ¿qué era, malayo? Malayo, sí. ¿Era malayo, Mick? —Y añadió dirigiéndose a Rachel—: ¿Habla malayo el señor...?

—Shaabán —contestó ella frunciendo ligeramente el ceño, pero con una media sonrisa, alisándose una sola vez las perneras del pantalón, como si le costara tener las manos quietas.

Que tuviera tan evidentes ganas de irse me puso todavía más nervioso.

—Shaabán, Shaabán, Shaabán —ensayó Celia—. ¿Habla malayo el señor Shaabán? Me imagino que no. —Se asomó a la puerta de la sala de estar y gritó—: «¡Susan, Susan!» —Luego volvió a su asiento—. Le diremos a Susan que nos traiga un poco de té. Shaabán, Shaabán.

Susan resultó ser una mujer de su misma edad, menuda y de cara redonda, que parecía agobiada y asustadiza, lo que no es de extrañar teniendo en cuenta que trabajaba a las órdenes de una consumada tirana. Se ocupaba de la cocina y la limpieza de la casa, mientras que Celia hacía el trabajo «de oficina», como le gustaba decir. Rachel y Jeff declinaron el ofrecimiento del té y se fueron poco después de que Celia llamara a Susan. Cuando esta última volvió con un plato de pan tostado, una cazuela con alubias guisadas y otro plato con lonchas de jamón enlatado, comprendí por qué no habían querido quedarse. Nos sentamos alrededor de la gran mesa del comedor y tomamos el té. Le señalé el jamón a Celia y negué con la cabeza.

—Cerdo —apuntó Ibrahim sonriendo de oreja a oreja, y se volvió para compartir la broma con Georgy—. Musulmán no come cerdo, no mea alcohol; negro limpiar, limpiar, limpiar, lavar, lavar, lavar.

Georgy rió a carcajadas cuando el otro dijo la palabra «negro». No supe si lo que le parecía tan hilarante era la idea de que un negro pudiera ser musulmán, la imagen de un hombre de piel oscura entregado al frenesí de «limpiar, limpiar, limpiar, lavar, lavar, lavar» o si se trataba de una broma privada. Más adelante comprendí que Georgy se reía de cualquier cosa que Ibrahim dijera. Ambos me miraron con una sonrisa burlona que en ese momento no supe interpretar. Puede que sus circunstancias y vicisitudes los hubiesen vuelto sarcásticos e irrespetuosos, y que las mentiras y subterfugios de los que habían tenido que valerse para sostener la farsa de las opresiones sufridas los hubiesen vuelto cínicos ante la verdadera dimensión de sus penurias y las de otros que decían ser como ellos. ¿Cómo podían estar seguros de que yo no había sido víctima o testigo de la clase de humillaciones y violencia que merecerían por su parte un respetuoso silencio, al menos? Nadie me había pegado con un bate de béisbol en la cara, pero ¿cómo podían estar seguros de que eso no había sucedido, o de que no había sido testigo de cosas aún peores? Después de los horrores, fueran cuales fuesen, por los que se suponía que ellos mismos habían debido de pasar, ¿cómo podían ignorar que algo así puede sucederle a cualquiera?

Mick se comió las alubias con una cuchara mientras Celia tomaba el té a sorbitos y hablaba con parsimonia, sin temer que nadie la interrumpiera. Habló de las periquitas, de otros huéspedes que habían pasado por la casa y con los que había hecho amistad, de la organización de ayuda a los refugiados —«qué majos son»—, de las manifestaciones en la ciudad contra los demandantes de asilo, del sensacionalismo de las noticias en los diarios, de lo poco que entendía los cambios ocurridos en el mundo.

Tras mordisquear una tostada, Ibrahim encendió un cigarrillo y se acercó el cenicero rebosante de colillas, dejándolo al lado del plato como si fuera una guarnición, un condimento para la tostada con alubias y jamón.

—Había una iglesia al cabo de la calle, la de San Pedro —informó Celia, dispersando el humo del tabaco con la mano—. Allí solíamos ir nosotros, era nuestra iglesia. Ahora es un bar musical, una cafetería o algo parecido; una disco. No es que fuéramos especialmente religiosos, pero íbamos a misa en las fiestas importantes. Y ahora es un bar musical o una cafetería. Me parece fatal que un país cristiano no se ocupe de sus iglesias. Apuesto a que en el país del señor Naashab no hay templos convertidos en bares ni nada parecido. Yo nunca he entrado, pero creo que los chicos sí van por allí, ¿a que sí? ¿Qué van a hacer, si no? Los tienen aquí encerrados, sin dejarles trabajar ni buscarse un techo. El pobre Ibrahim ha tenido que mandar a la mujer y a la hija a Londres para que se queden con la familia de su hermano porque aquí no dejan que la niña vaya a la escuela. Los demás padres se quejan, se ve. No los quieren en sus escuelas. Un espanto. En fin, el caso es que los chicos sí que van al bar de vez en cuando, pero yo nunca lo he pisado. No podría, se me haría muy raro después de haber estado allí tantas veces en misa o rezando. Había un pintor que vivía calle abajo, un artista de verdad, no un pintor de brocha gorda. Fue mi madre quien me habló de él, pero es como si lo hubiera visto con mis propios ojos. Tenía el estudio en una gran habitación de la planta baja que daba a la fachada, por lo que se lo veía desde la calle, de pie frente al caballete, con la bata puesta, barbudo y barrigón. Creo que ahora es un pintor conocido. Entonces, cuando yo era pequeña, no había extranjeros, sólo algún que otro viajero francés, pero no forasteros propiamente dichos. Por lo menos nosotros no conocíamos a ninguno, ¿verdad que no, Mick? No hasta que llegaron los prisioneros italianos, después de la guerra. Tú volviste por entonces, ¿no? Lo había olvidado. De todos modos no podías haber conocido a ninguno, ¿verdad que no? Mick estuvo en Malaca. Ahora los extranjeros están por todas partes, y no es de extrañar, con las atrocidades que pasan en sus países. Pero antes no era así. No conozco los pros y los contras, pero no podemos cerrarles la puerta en las narices, ¿a que no? No podemos decirles que vuelvan por donde han venido y se dejen hacer daño porque nosotros estamos demasiado ocupados con nuestras propias vidas. Si podemos ayudarlos, creo que debemos hacerlo. Debemos ser tolerantes. No puedo entender a esa gente que se manifiesta por las calles soltando toda clase de barbaridades sobre los solicitantes de asilo. Y las marchas del Frente Nacional: no soporto a esos fascistas. Antes no había tantos en este país, pero ¿qué se le va a hacer? No podemos mandarlos de vuelta a esos lugares espantosos. No sé qué podemos hacer.

Yo escuchaba con la cabeza gacha y los demás guardaban silencio. Por su forma mesurada y tranquila de hablar, empecé a temer que siguiera perorando hasta acabar exhausta, más allá de la medianoche. Indiqué por señas que deseaba irme a la cama y ella arqueó las cejas con gesto dolido, como si le hubiera pedido algo difícil. Eran poco más de las seis, pero quería alejarme de esa habitación agobiante con sus imposturas y duplicidades, sus olores, su ambiente de abandono y crueldad, su mezquindad. Quería quedarme solo, a oscuras, y ordenar mis ideas.

Celia me guió escaleras arriba (otro repliegue a la derecha, y luego otro más) hasta una habitación abarrotada y me señaló un rincón en el que había una cama cubierta con lo que parecía una vieja manta de viaje granate.

—Vivo en esta casa desde hace casi sesenta años, señor Bashat —me explicó.

Estaba plantada en el umbral de la puerta con una mano apoyada en el marco, sonriendo ufana. Seguro que iba a contarme la historia de la casa y de cómo su madre, que solía encargarse de las flores en la iglesia de San Pedro, estaba secretamente enamorada de un artista tarambana que la abandonó en una noche de tormenta porque ella no accedió a sus indecorosas proposiciones y que ahora volvía para golpear los cristales de las ventanas buscando a su amada. O tal vez no.

—Sesenta y tantos años y aquí sigo, fuerte como un roble y con la cabeza sobre los hombros, a diferencia del pobre Mick, aunque sigue disfrutando de la vida, ya lo creo que sí. Fueron los japoneses quienes lo dejaron así. Volvió en ese estado y yo lo acogí. Todas y cada una de las cosas que ve usted en esta habitación tienen valor para mí.

Por favor, trátelas con cariño. El cuarto de baño está aquí al lado. Lo usamos todos, así que por favor manténgalo limpio. Por lo demás, ya conoce a todo el mundo. Ojalá aprenda usted a hablar inglés pronto para que podamos... ¡para que podamos tener una charla de verdad! Ah, se me olvidaba: Ibrahim y mi querido Georgy duermen arriba. —Me dio la espalda con gesto malhumorado y un brillo de mal disimulada irritación en la mirada. ¿Qué pasaba ahora? ¿Qué le había hecho yo?—. El desayuno se sirve entre las ocho y las diez de la mañana —anunció con un punto de altanería, volviéndose a medias—, le agradeceremos que sea puntual. Además, tenga en cuenta que a las diez de la noche cierro la puerta: si viene pasada esa hora, tendrá que llamar al timbre y esperar a que alguien le abra. Buenas noches, señor Showness.

Se levantó una fina nube de polvo cuando retiré la manta hacia los pies de la cama. A juzgar por su aspecto y olor, las sábanas estaban usadas y había manchas de sangre en la almohada. La cama en general olía igual que la tapicería de los muebles de abajo: a vómito reseco, semen y té derramado. No me atrevía ni a sentarme por un miedo irracional a contaminarme, no sólo de alguna enfermedad, sino también a corromperme de algún modo por dentro. Probé a hacerlo en el elegante sofá —elegante por sus líneas y diseño—, pero la tapicería se veía tan mugrienta como la manta de la cama. El cuarto de baño estaba inmundo: el lavamanos salpicado de lo que parecía materia vegetal, la bañera cubierta por una segunda piel oscura y el váter un agujero negro de impenetrable opacidad. Sentí náuseas, pero no tuve más remedio que usarlo, consciente en todo momento de que esa insondable oscuridad bien podría ser el hábitat de alguna criatura provista de dientes que tal vez se sentiría tentada por el peso de mis atributos masculinos, que, como suele suceder, han adquirido cierta nobleza con la edad. Cuando Rachel viniera al día siguiente a recogerme para lo que ella llamaba «el informe», no tendría más remedio que sacar a relucir mi inglés: no había llegado hasta aquí para acabar muriendo por pura dejadez. Pasé el resto de la tarde echando un vistazo a los valiosos recuerdos de Celia con una mezcla del viejo placer de siempre y un pesar igual de antiguo, tasándolos y valorándolos como si formaran parte del relleno de una casa adquirido en subasta. Sobre la mesa no había gran cosa: la miniatura de un barco metida en una botella, un puñado de baratijas, fotografías en marcos ordinarios y una lata de galletas con un capitán de barco enmarcado por una guirnalda de frutas exóticas llegadas de todos confines del Imperio que contenía toda suerte de cachivaches, botones, insignias y plumas. Más adelante me extrañó constatar que aquellos objetos no despertaban en mí el menor interés, ni siquiera como ejercicio mental; no me pregunté por qué serían tan preciosos para Celia, ni se me ocurrió imaginar su vida a partir de ellos.

En la pared había un gran espejo con marco dorado. Era demasiado grande para ese oscuro cuartucho, pero el marco estaba en buen estado y el espejo en sí sólo necesitaba algún retoque. Podría haber ganado unas monedas con él. Al mirarme en el espejo bajo aquella luz mortecina, me pareció ver una extraña criatura suspendida en la neblina, con el círculo de luz que arrojaba la pantalla de la lámpara colgando sobre mis hombros como el nudo abierto de una soga. Me acosté en el suelo, al pie de la mesa, con la cabeza apoyada en la toalla que Alfonso me había obligado a coger. Sabía que apenas pegaría ojo, entre la dureza de la moqueta apelmazada sobre la que me había acostado y el rugido de mis tripas reclamando comida.

Bien entrada la noche, oí el inconfundible golpeteo rítmico de un encuentro sexual y me pregunté si sería Celia cabalgando a Mick o los chicos montándoselo entre ellos, broma va, broma viene.

Rachel no vino a la mañana siguiente. Usé el cuarto de baño con los ojos cerrados, tocando con las yemas de los dedos lo que no tenía más remedio que tocar. Luego abrí las cortinas y me senté en el suelo, sobre la toalla de Alfonso. Mi cuarto daba a la parte trasera de la casa, a un jardín descuidado y umbrío por culpa de los arbustos y árboles asilvestrados. La lluvia resbalaba por el cristal de la ventana. No había podido lavarme como es debido después de la gran ablución, en parte porque, como de costumbre, las alubias me habían dado diarrea. Me limpié lo mejor que pude con papel, pero estando allí sentado en el suelo me sentía como si una mancha se fuera extendiendo debajo de mí. La casa estaba en silencio, nadie se había levantado aún. Más tarde, cuando oí ruido de pasos en la escalera y un traqueteo de tazas y platos, el recuerdo de la mirada hosca de Celia me turbó al punto de no querer aventurarme más allá de la habitación. Esperaría a Rachel en la alfombra mágica de Alfonso, a salvo de todo desprecio. Pero Rachel no vino, y me desmoralizó tanto estar sentado en el suelo de ese cuarto abarrotado y polvoriento, incapaz de pensar en nada salvo en mi insignificancia, que decidí bajar.

Mick estaba en su sitio de siempre, delante del televisor enmudecido, con un cuchillo y un plato sucios en el regazo; Celia estaba sentada a la mesa del comedor con un periódico abierto ante sí. Levantó los ojos cuando entré, se recostó en la silla y sonrió. Todavía iba en bata —que no se había molestado en cerrar del todo—, y ya desde la puerta alcancé a ver que no llevaba nada debajo.

—Buenos días, señor Showboat —saludó en tono jovial al tiempo que me invitaba por señas a sentarme a la mesa—. Veo que se le han pegado las sábanas. Seguro que le habrá sentado bien. Espero que no haya tenido frío. Adelante, sírvase un poco de té. ¡Ay, que no me acordaba! Té, gluglú. Adelante, sírvase. —Imitó los gestos de servir y sorber el té y luego volvió a sonreírme—. ¿O prefiere que mamaíta lo haga por usted?

Me serví el té y fui a sentarme cerca de Mick, delante de la pantalla muda, aunque —me avergüenza confesarlo— sin dejar de mirar a Celia con el rabillo del ojo. La bata apenas le cubría las rodillas y, como mecía ligeramente el cuerpo de aquí para allá mientras leía el diario, de vez en cuando se le abría una rendija entre las piernas. En un momento dado bajó la mano y se rascó el interior del muslo con gesto absorto. Oí que Mick se reía entre dientes a mi lado, pero cuando lo miré tenía los ojos puestos en el televisor. Me acomodé mejor en el asiento, dándole la espalda por completo a Celia para no seguir poniéndome en evidencia, y así permanecimos durante una eternidad: Mick y yo viendo la tele sin sonido a la espera de Rachel, yo temeroso de moverme siquiera, sin saber adónde ir ni qué hacer, mientras Celia hojeaba el diario y soltaba algún que otro suspiro. Cuando acabó de leer, dobló el periódico y dijo:

—Bueno, os veo muy a gusto ahí sentaditos. Los chicos han vuelto a perderse el desayuno. Verá, señor Showboat, es que duermen hasta las tantas, como niños. Pobrecillos, ¿qué van a hacer si no? Por mí, como si quieren quedarse en la cama hasta la hora de cenar; al menos así se ahorran el dinero del almuerzo. Nosotros no servimos almuerzos, señor Showboat, sólo desayunos, y las cenas por encargo, excepto los jueves, como hoy, porque es el día que libra

Susan. ¡Ay, espero que no le moleste que lo llame señor Showboat! Es que así me acuerdo de su apellido. Le ruego que no se lo tome a mal. Tranquilo, Mick, que ahora mismo voy a ponerme algo decente; a Mick no le gusta verme en bata toda la mañana cuando hay huéspedes, se pone celoso. Ya se irá haciendo usted a todo esto, señor Showboat. Diría que vamos a tenerlo una buena temporada entre nosotros, como a la mayoría de los solicitantes de asilo. Tenemos amigos maravillosos de todos los rincones del mundo. Eso sí, tendrá usted que aprender algo de inglés, señor Showboat: resulta muy incómodo verlo mirarme de ese modo sin imaginar siquiera lo que estará pensando.

Huí en busca de la toalla de Alfonso y en cuanto me senté encima me pareció estar a salvo en un lugar invisible. Allí me quedé toda la tarde, maldiciendo al hombre que me había vendido el billete y de paso me había privado del don de hablar y protestar, maldiciendo a Rachel y a Jeff por haberme arrancado del centro de detención —donde convivía con personas cuya existencia me enriquecía—, para meterme en esta mazmorra con sus laberínticas escaleras y sus excéntricos bawwabs, que me hacían sentir abandonado y en peligro. No había probado bocado en todo el día, lo que a mi edad tampoco es tan terrible, salvo por el hecho de que a nadie le importaba. A nadie le preocupaba si comía o no, si estaba sano o enfermo, contento o apenado. Oí a los chicos levantarse y luego correr escaleras abajo, aullando como un par de babuinos. Oí que Celia los recibía con su risa estridente y un coqueteo disfrazado de blanda amonestación. Rachel y Jeff, esos dos jóvenes paladines de la justicia y los derechos humanos, me habían dejado en un zoo para irse a fardar ante sus amigos y colegas de la cantidad de ministros a los que habían engatusado para sacar a un pobre anciano del maldito centro de acogida y arrancarlo de las garras fascistas del Estado para ponerlo en las compasivas manos de la amable Celia y sus amiguitos. «Rachel, yo te invoco en nombre del Todopoderoso.»

Esa tarde empecé a sentirme enfermo y delirante, y decidí que había llegado el momento de rezar el Ya Latif: «Oh, sutil; oh misericordioso...», la oración que rezábamos juntos cuando estábamos en la cárcel, o en momentos de enfermedad o angustia. Lo mejor es rezarla de ese modo, en grupo, para implorar por quien esté enfermo y afligido, pero allí no había nadie que rezara por mí, y no me quedaba otra que invocar a Dios en mi propio nombre, de modo que confiaba en que no fuera algo irrespetuoso.

Fui al cuarto de baño e hice las abluciones previas: me lavé las manos, la cara, los brazos y los pies. Luego volví a la toalla de Alfonso y empecé. Primero debía declarar la intención por la que rezaba el Ya Latif; luego buscar en Dios refugio y protección de Satán, el lapidado; después, la Bismiláh: «En el nombre de Dios, el Misericordioso, el Compasivo»; a continuación debía recitar tres veces el al-Ijlás: «Dios es uno, es el Dios eterno, no ha engendrado hijo ni ha sido engendrado, no tiene par»; luego, el Latifun: «Dios es bondadoso con sus siervos, da a quien Él quiere, Él es el Fuerte, el Poderoso»; después, la Oración por el Profeta, de una sonoridad exquisita:

Al salatu wa salamu alayka ya sayyidi ya habiba-Llah,
Al salatu wa salamu alayka ya sayyidi ya nabiya-Llah,
Al salatu wa salamu alayka ya sayyidi ya rasula-Llah.

«La bendición y la paz sean contigo, oh bienamado de Dios,
La bendición y la paz sean contigo, oh Profeta de Dios,
La bendición y la paz sean contigo, oh Mensajero de Dios.»

Luego debía repetir las palabras Ya Latif sin prisas ni precipitación, volviendo mil veces la cabeza a derecha e izquierda.

Para cuando terminé las plegarias ya se había hecho de noche, pero me sentía muy reconfortado y empezaba a preguntarme si no debería bajar y suplicar un poco más de gluglú y las migajas que tuvieran a bien darme, o si por el contrario debería salir a la calle y andar en línea recta durante media hora, cuando oí a Celia subiendo las escaleras. Algo me dijo que venía en mi busca y me levanté de la toalla para que no me encontrara allí. Llamó enérgicamente a la puerta, que no se podía cerrar por dentro, y entró sin esperar respuesta.

—Pues sí que le gusta dormir, señor Showboat —dijo alegremente mientras buscaba a tientas el interruptor de la luz—. Rachel acaba de mandar un mensaje para usted. Ibrahim ha pasado por la oficina y ella le ha pedido que le diga... ¡pero qué tontería! Se le habrá olvidado que no habla usted inglés. Bueno, qué más da. Si no sabe que le ha mandado un mensaje, tampoco sufrirá por no recibirlo. Ya veo que está usted como en casa.

—Rachel —dije con la voz rota de un falso pordiosero. Estaba ronco después de haber pasado tanto tiempo rezando en susurros.

—Sí, querido, Rachel le ha mandado un mensaje, pero todo está en orden, no se preocupe, señor Showboat. ¿Por qué no baja a ver la tele con su amigo Mick? Con lo a gustito que estaban los dos esta mañana... Venga, que se ha pasado el día aquí encerrado y eso no es bueno. Venga, venga con nosotros —insistió, abriendo el brazo derecho y contoneando las caderas una sola vez.

La seguí escaleras abajo deseando poder cogerla por banda y sacudirla hasta sonsacarle el mensaje de Rachel.

Iba hablando por encima del hombro, tan distraída como siempre, salvo por un momento en que se volvió a medias y me lanzó una mirada fugaz desde abajo.

—Aquí lo tenéis —anunció a los demás chimpancés cuando entramos en la sala de estar.

Mick me dedicó una sonrisa benévola, Georgy saludó con la mano y un gesto socarrón, Ibrahim me recibió remedando el saludo militar.

Los chicos estaban jugando a las cartas.

—Adelante, ahí tiene su silla —dijo Celia señalando el que ya se había convertido en mi lugar, al lado de Mick.

«Rachel, en nombre del Único, date prisa.»

—Rachel —dije mirando a Ibrahim.

—Réichel, sí —contestó él con una sonrisita burlona—. Ella decir que usted ser negro y muy viejo. No bueno. —Su amigo y él se echaron a reír, intercambiando miradas cómplices—. Ella querer hombre joven.

—Pues no sé yo qué deciros —intervino Celia en un tono agudo y aniñado—. Me da la impresión de que el señor Showboat aún no ha quemado todos los cartuchos.

Eso les dio pie para empezar otra vez con la cantinela: «Señor Showboat, negro, lavar, lavar, lavar, limpiar, limpiar, limpiar.» Sabía que debería querer saber algo más sobre Ibrahim y Georgy, escucharlos, compadecerme de ellos, conocer los horrores y las ambiciones que los habían impulsado a emprender ese viaje, pero no podía. Y ellos tampoco querían abrirme su corazón: sospecho que no me creían digno de sus tragedias. Me recordaban a los argelinos, que entendían como arrogancia el temerario aplomo de Alfonso simplemente porque era negro, un hijo de Adán inferior a ellos, capaz tan sólo de una ira servil y una resistencia instintiva.

Cuando acabaron la partida de cartas, los dos jóvenes se levantaron para marcharse, pero por algún motivo que se me escapa Ibrahim se compadeció de mí. Desde el umbral de la sala de estar, dijo:

—Réichel venir después.

Y sonrió a toda la habitación, congratulándose de su bondad. Acto seguido se fueron, y cuando llegaron abajo Ibrahim llamó a Celia, que se levantó sonriente y salió a reunirse con ellos. Se oyeron risas y un forcejeo, y luego nada. Mick y yo nos quedamos sentados en silencio, contemplando la pantalla muda. Al cabo de unos minutos se oyó un portazo y Celia volvió con los ojos chispeantes, se sentó delante de Mick y cogió una revista.

«Réichel venir después.» Pero no vino.

Me quedé en la sala de estar hasta que ya no pude más con la esperanza de ver aparecer un trozo de pan o una taza de gluglú, pero no hubo suerte: era el día libre de Susan. Al final, casi comatoso de hambre y aburrimiento, me arrastré de vuelta a mi habitación, un repliegue a la derecha y luego otro. Estaba tan cansado que me daba igual la cama inmunda, y además empezaba a hacer frío. Me acosté sin cambiarme de ropa, pero antes doblé la toalla de Alfonso y la dejé sobre el respaldo de una silla. Lo hice por gratitud y como gesto de respeto hacia el instinto de conservación de mi amigo, pero también porque creía que no había sabido conservar la dignidad como él me había pedido: «Pase lo que pase, tú siempre limpio.» No había podido, y ahora yacía en una cama cochambrosa y vestía ropa que me parecía sucia porque mi cuerpo no estaba limpio. Así terminó mi primer día en libertad, y me quedé dormido al instante.

Rachel vino a media mañana. Yo tenía pensado salir a caminar media hora en línea recta para poder encontrar el camino de vuelta sin problema, pero temía no estar en casa cuando viniera y tener que esperar varios días más para que volviese. Me sentía como paralizado. Así que, cuando llegó, muy atractiva con su traje granate y sonriendo con un aire de alegre ajetreo —«No puedo quedarme mucho rato»—, yo estaba sentado junto a Mick frente al televisor enmudecido mientras, al fondo de la casa, Celia sermoneaba a Susan sobre el ahorro y el derroche.

—Lo veo muy bien instalado, señor Shaabán —dijo Rachel.

Respondí con un gruñido, pero de nada sirvió: ella ya estaba hablando con Mick, que la miraba con su acostumbrada sonrisa entre benévola e indulgente. Entonces entró Celia y tomó las riendas de la situación. Contó lo a gusto que yo estaba en su casa: ya me había hecho amigo de los chicos y me llevaba de fábula con Mick, con quien me pasaba el día viendo la tele. Parecíamos «dos gotas de agua en una balsa de aceite», creo que fue eso lo que dijo, pero puede que la entendiera mal; no estaba familiarizado con la expresión. Celia añadió:

—A ratos se le ve un poco alicaído, pero creo que es porque no entiende todo lo que decimos. ¿Verdad, señor Showboat? Así lo llamo yo: es el apodo que le hemos puesto. No le molesta, se lo he preguntado.

Me llevó un rato entender que Rachel había venido a recogerme para acompañarme a pie hasta las dependencias de la organización, donde redactaríamos el informe prometido, pero no hacía falta que cogiera la bolsa de lona verde porque de momento seguiría viviendo con Celia y Mick. Rachel arrancó a grandes zancadas y yo la seguí como buenamente pude. De vez en cuando se detenía y se disculpaba diciendo que no quedaba mucho trecho. Era la primera vez que yo andaba por las calles inglesas. Las había imaginado más concurridas y bulliciosas, y también que, en general, todo tendría un aspecto más nuevo y reluciente. Había algo en aquellas calles descoloridas, sucias y hacinadas que me recordaba la casa de Celia. Nos cruzamos con muchas personas mayores que caminaban despacio y jóvenes que se abrían paso a empujones y alzando la voz, pero a pesar de todo una pequeña alegría secreta aleteaba en mi pecho como si me hubiera zafado de las cadenas de mi vida anterior y diera mis primeros pasos hacia esa otra existencia. Era el comienzo de una sensación que se afianzaría con el tiempo: que mi vida de antes había terminado y empezaba otra nueva, y que esa vida anterior había quedado clausurada para siempre. La imagen que me venía a la cabeza era la de alguien que se ha arrastrado por un largo pasadizo que en el último momento se derrumba a sus espaldas, pero puede que de joven leyera demasiados cuentos de *Las mil y una noches*. El caso es que aún ahora tengo esa sensación de haber llegado al final de una existencia, aunque sé muy bien que mi vida anterior sigue latiendo dentro de mí.

La organización de ayuda a los refugiados tenía su sede en una casa situada entre una verdulería y un pub, aunque por entonces yo no sabía que los bares ingleses se llamaban así. Me habría gustado saberlo. Lo que más me llamó la atención fue el letrero con la imagen de un militar de otra época —uniforme de vivos colores y plumas en el casco— que se mecía sobre la puerta del establecimiento. Se llamaba Royal Dragoon, como el regimiento de caballería del ejército británico. Rachel me guió hasta una sala de reuniones a la que se llegaba cruzando la oficina principal, donde vi a dos de sus colegas sentados al escritorio. Uno de ellos era Jeff, que me sonrió con gesto mecánico al verme pasar y acto seguido agachó la cabeza como temiendo que quisiera charlar y lo distrajera de su importante tarea. Supongo que había dejado de ser el valioso refugiado al que habían rescatado de las garras del Estado para convertirme en un caso más. Ya en la sala de reuniones, Rachel se quitó la chaqueta del traje y la colgó en el respaldo de la silla. Luego repartió unos papeles sobre la mesa, se sentó de cara a la puerta y me sonrió con aire ufano. Por un momento me extrañó aquella sonrisa, pero supongo que sencillamente disfrutaba de su trabajo y su vida. Me senté delante de ella, vuelto hacia la ventana de la sala, que daba a una pared de ladrillo.

—Señor Shaabán, siento no haber ido a recogerlo antes, pero he estado muy ocupada. Ayer llegó un ferry de El Havre con ciento diez gitanos procedentes de Rumanía, todos ellos en busca de asilo. Inmigración quería mandarlos de vuelta a su país, pero nosotros nos hemos opuesto a la deportación de algunos. Les han denegado el asilo a todos, por si se lo pregunta, aunque sospecho que esa gente intentará volver a entrar por otro puerto dentro de pocos días. En fin, el caso es que he pensado que avanzaríamos más con su caso si tuviéramos un intérprete. —Lo dijo con un gesto que me pareció cómico—. Pero me temo que... No pierdo la esperanza porque esta mañana una de las personas con las que me había puesto en contacto me ha devuelto la llamada. Parece dispuesto a ocuparse del asunto, pero déjeme que lo confirme y le digo algo. En todo caso, es lo que hay. No sé cómo vamos a seguir adelante, pero he pensado que estaría usted preocupado, o tal vez temiendo que lo hubiésemos abandonado.

—Creo que no hará falta un intérprete —dije.

Por supuesto, me llenó de secreto regocijo pronunciar estas palabras... Uno no puede resistirse a estas pequeñas satisfacciones, ni siquiera cuando llega a mi edad, y en ese instante mi júbilo no se distinguía del que habría sentido siendo un niño, ni los cientos de veces, más tarde, que había hecho gala de un notable e inesperado conocimiento. Ya no me importaban los problemas que trataba de evitarme el hombre que me vendió el billete con su astuto consejo, y empezaba a sospechar que esa astucia tenía algo que ver con la paranoia de los desvalidos. Las humillaciones que había sufrido en casa de Celia me habían vuelto osado y necesitaba la dulzura de ese momento triunfal para liberarme del confinamiento al que me habían sometido. Además, era evidente que alguien debía hacerse cargo de mi nueva vida antes de que Celia, Mick y los chicos me la amargaran con las miserias de su mezquina existencia. Sin embargo, tanto Rachel como Jeff estaban demasiado ocupados con las emocionantes batallas que libraban desde la seguridad de sus reductos para acometer semejante tarea, lo que me abocaba a la negligencia de otras manos que amenazaban con manosearme, empujarme y zarandearme para luego dejarme sumido en un limbo de muda humillación mientras me convertían en pasto de jugosas anécdotas.

Rachel se me quedó mirando fijamente, atónita e indignada.

—Ya veo —soltó. Se le había borrado la sonrisa—. ¿A qué viene esto? ¿Y por qué dijo que no hablaba inglés?

—Eso no lo he dicho.

—Vale, pero ¿por qué no contestaba cuando se le hablaba en inglés? —preguntó al cabo de un instante, formulando la frase con la afilada precisión de un abogado y un tono de voz ligeramente más agudo, fruto de la exasperación.

—Prefería no hacerlo —contesté mirando la pared de ladrillo que había al otro lado de la ventana.

—¡¿Será posible?! —exclamó, ya sin disimular su enfado.

Entonces supe que no había leído «Bartleby, el escribiente». La pared de ladrillo me lo había recordado nada más entrar en la habitación, y estaba seguro de que, en cuanto empezara a hablar, encontraría la manera de colar esa frase para comprobar si la pared también le había recordado alguna vez ese cuento maravilloso.

—¿Tiene usted idea de lo que nos ha costado dar con un intérprete? —preguntó, y de nuevo la indignación afloró a su voz, teñida de desdén—. Ni siquiera sabíamos cuál era su lengua materna. Hemos encontrado en la Universidad de Londres a un experto en su región que está dispuesto a ayudar. Que está dispuesto a perder el tiempo para venir a echarle una mano. Y ahora, con la que hemos liado por su culpa, se le ocurre decirme que habla inglés. ¿Podría al menos explicármelo?

Rachel se apartó los rizos rebeldes de la cara. Tenía el ceño fruncido y parecía acalorada a causa del enfado. Se acercó el bloc de notas, lista para apuntar cualquier cosa que yo pudiera decir y usarla en mi contra.

—Lo siento —repuse.

Un experto en mi «región»: sin duda alguien que habría escrito libros sobre mí y lo sabría todo sobre mi persona, más incluso que yo mismo. Seguro que habría visitado todos los lugares de interés de mi «región», cuyo contexto histórico y cultural sin duda conocía, a diferencia de mí, que nunca los habría visto y sólo habría oído al respecto vagos mitos y leyendas populares. Alguien que habría entrado y salido subrepticiamente de mi «región» durante décadas, que me habría estudiado y tomado notas sobre mi carácter para explicar y resumir mi peripecia vital, ¡y yo ni siquiera me había enterado de su afanosa existencia!

—Cuando compré el billete de avión me aconsejaron que, al llegar aquí, no reconociera que hablaba inglés —le expliqué—. No sabía por qué, pero decidí seguir el consejo y esperar a ver qué pasaba. Sigo sin saberlo, pero he pensado que más me vale romper mi silencio: la situación en casa de Celia se está complicando por momentos y me siento cada vez más incómodo, por lo que he decidido que es mejor sincerarme antes de verme atrapado en un callejón sin salida, aunque hubiese preferido no hacerlo.

No pude resistir la tentación de repetir la frase para ver si esta vez lo pillaba, pero ni se inmutó. Me di cuenta de que se estaba refrenando, cuando tal vez habría querido abandonar la sala hecha una furia para ir a quejarse a Jeff de mi inaceptable artimaña, pero no lo hizo, y aunque seguía fulminándome con la mirada noté que el acceso de ira remitía poco a poco. Lamenté que se sintiera ofendida por una cuestión tan nimia, un insignificante ardid, algo que debería haber encajado como poco más que una burda e inútil patraña. Rachel no había tenido que escuchar en silencio lo que otros decían de ella, sólo llamar a un par de organizaciones y averiguar si tenían un intérprete para un refugiado cuya lengua no podía identificar ni deducir debido a su profunda ignorancia en lo tocante a la geografía cultural. Ni siquiera se trataba de ignorancia, sino del convencimiento de que en el fondo daba igual qué lengua hablara, puesto que mis necesidades y deseos eran predecibles y antes o después aprendería a hacerme entender, o bien darían con un experto que me volviera inteligible. Pero me preocupaba que se sintiera molesta, de modo que le conté la historia de mi inocente argucia y los pequeños inconvenientes que me había causado de la manera más humorística posible, hasta que por fin logré arrancarle una sonrisa. Se alegró de que al fin pudiera explicarle con mis propias palabras las razones que me habían llevado a emigrar y yo le confesé con toda franqueza que había decidido viajar a Inglaterra al enterarme de que el Estado británico concedía asilo a cualquiera que dijera temer por su vida en su país de origen. Rachel asintió; la oficina de coordinación de las organizaciones de ayuda a los refugiados los había puesto al corriente de esta circunstancia. Entonces, poniéndose otra vez de mi parte con renovado entusiasmo y su innata eficiencia, dijo que necesitaba saber más detalles para preparar mi petición de asilo. Ya me había concertado una cita con la Seguridad Social y se había puesto en contacto con el Departamento de Vivienda Social, que tal vez me consiguiera un pisito pronto, aunque quedaban algunas formalidades por resolver. Teniendo en cuenta mi edad, también había conseguido que me asignaran un médico de cabecera y un lote de prendas básicas más acordes con el clima que los harapos que traía conmigo. Además, me había apuntado a las clases de inglés que una organización de ayuda a los refugiados impartía en el instituto local.

—Esto último ya no hará falta —añadió en tono indulgente, con una sonrisa radiante—. Eso sí: tengo que acordarme de llamar al experto de la universidad y decirle que ya no lo necesitamos —añadió con gesto dolido.

—Lamento haberle causado tantas molestias, Rachel —le aseguré—, y también a todo un experto en mi región que imparte clases en la Universidad de Londres. Por favor, hágale llegar mis disculpas.

Rachel hizo un gesto como quitándole hierro al asunto y consultó sus notas.

—Latif Mahmud, así se llama. Me pondré en contacto con él y le diré que al final no vamos a necesitar su ayuda.

Por unos instantes, Rachel se atareó con los papeles, poniéndolo todo en orden antes de dar la entrevista por finalizada. Yo estaba sumido en el estupor desde que ella había pronunciado ese nombre. Reflexioné sobre él y sobre la persona que había detrás, parte de cuya historia conocía bien, demasiado bien incluso: cuando él era joven y se hacía llamar de otro modo. Del resto de su vida, de su vida real, sólo conocía rumores. No pude evitar una punzada de angustia y aprensión al pensar en él y comprender lo cerca que estábamos, pese a haber venido de tan lejos. ¡Conque él era el experto en nuestra región! Mashallah, menuda sorpresa; no un extraño que viniera a elaborar un resumen de quiénes éramos, sino uno de los nuestros. Aquello me hizo arrepentirme de haber roto el silencio cuando lo hice.

—¡Latif Mahmud, qué alegría! —exclamé.

—¿Lo conoce? —preguntó Rachel, encantada.

—Un poco —contesté—. Lo conocí de joven.

—Creo que mencioné su nombre cuando le dejé el mensaje en el contestador automático —dijo alegremente—, estoy casi segura. Si se conocen, es muy probable que se ponga en contacto con usted. ¡Esto es increíble! Y yo que pensaba que iba a estar usted más solo que la una, sin poder comunicarse con nadie, cuando todo este tiempo no ha hecho más que... reírse de nosotros mientras ponía carita de pena. Lo entiendo: no es nada personal. Pero en realidad aún no me ha explicado por qué decidió convertirse en refugiado. Su vida no corría verdadero peligro, ¿verdad que no? Por lo que usted me ha contado, tengo la impresión de que simplemente quería marcharse...

—Mi vida ha corrido peligro desde hace mucho tiempo —contesté—, lo que pasa es que hasta ahora el gobierno de Su Majestad la reina de Inglaterra no lo había reconocido ni me había ofrecido refugio. Ya sé que a estas alturas mi vida apenas vale nada, pero a mí me sigue importando; puede que nunca haya valido gran cosa, pero lo cierto es que antes me importaba incluso más.

—¿Y cómo se ganaba usted la vida, señor Shaabán? —preguntó, sin duda intrigada por el tono sombrío de mis palabras.

Yo trataba de hablar con serenidad, sin levantar la voz, evitando todo rastro de rencor o amargura, pero notaba la creciente gravedad de mis palabras mientras las pronunciaba en aquella estancia intensamente iluminada.

—En los últimos años no he hecho gran cosa: vender plátanos, tomates y paquetes de azúcar. Antes había sido comerciante, un hombre de negocios. Entre una y otra época pasé muchos años en la cárcel, como prisionero del Estado.

Sentada frente a mí, la pobre Rachel parecía anonadada, sorprendida por la brutalidad de mi respuesta.

—Pero ahora todo irá bien —dije procurando aligerar el tono—. Aquí, a orillas del mar, en ese pisito...

—Voy a tener que marcharme —dijo Rachel sosteniéndome la mirada con tranquilidad, y se me ocurrió que quizá me había equivocado al suponerla anonadada—. Me gustaría saber más cosas sobre su vida; mejor dicho, quiero que me cuente más cosas sobre su vida.

Me miró con una sonrisa afable y un punto socarrona, pero sin malicia. Me arrepentí de mi desahogo de antes, fruto de la autocompasión.

Latif Mahmud. Pensé que también él me contaría más cosas sobre su vida, si es que Rachel le había dado de veras mi nombre, pensé que me buscaría para interesarse por mí y contarme todo lo que le había pasado desde la última vez que nos habíamos visto, muchos años atrás.

Por ahora estoy en la casa que Rachel y la organización de ayuda a los refugiados me han buscado, una casa cuyo lenguaje y ruidos me resultan ajenos, pero en la que me siento a salvo, a ratos. En otros momentos tengo la impresión de que es demasiado tarde, de que todo esto se ha convertido en un melodrama. Cuando eso pasa, me asusta el furtivo paso de los años, como si me hubiese quedado inmóvil e impasible, sin moverme de mi sitio, mientras la vida iba transcurriendo, a ratos ocupada en lo suyo, a ratos desternillándose en silencio ante todos esos cosmos aturdidos y abandonados como yo. Cuando eso pasa, me siento abrumado por el peso de los matices que sitúan y definen todo lo que digo, como si cada palabra que pronuncio llevara asociados un lugar y un significado antes incluso de que broten de mi boca. Me siento un instrumento involuntario de designios ajenos, el personaje de un relato contado por otra persona. Otro que no soy yo. ¿Puede un yo hablar de sí mismo sin convertirse en un héroe, sin que parezca que está entre la espada y la pared, discutiendo lo indiscutible, llenándose de amargura ante lo inexorable?

Latif

3

«¿De qué te ríes, cafre?», me dijo alguien por la calle, como salido de otra época. «¿De qué te ríes, cafre?» Imaginad la escena: yo venía del metro y me dirigía al trabajo apretando un poco el paso porque me gusta salir de la estación con el aire resuelto y la determinación de quien tiene un destino obligado, pero también por mi habitual temor a llegar tarde. Consulto a menudo mi reloj de pulsera, pero esa mañana no lo llevaba puesto; la correa se me había caído de vieja unos meses atrás y aún no había encontrado el momento de comprar otra nueva. El caso es que me angustiaba todavía más sin reloj que si lo llevara puesto, imaginando que llegaba tarde cuando tal vez fuera sobrado de tiempo. No sé por qué sufro tanto por llegar tarde. Se me antoja enfermizo, pese a lo cual sigo angustiándome bastante y detesto retrasarme, tener que andar corriendo y pasar agobios, quedar mal y pedir disculpas.

Así que en ésas estaba, yendo a trabajar a paso ligero por la acera norte de Bedford Square, saliendo de Tottenham Court Road en dirección a Malet Street con la habitual maraña de pensamientos bullendo en mi mente —el trabajo, íntimos pesares, deberes desatendidos—, un poco angustiado, pero no más de lo razonable. En un momento dado me aparté ligeramente para dejar pasar a un hombre que venía en dirección contraria. En realidad no lo hice de un modo consciente, sino que advertí su presencia y me desvié un poco confiando en que él haría lo mismo. Pero resulta que no se molestó en apartarse, por lo que tuve que hurtar el cuerpo de un modo algo más pronunciado de lo previsto. Supongo que se me notó, porque me encogí de hombros y di un pasito al lado, como si practicara uno de esos ridículos bailes de salón que los adolescentes aprendíamos de los libros allá en el terruño. Y entonces, cuando casi nos habíamos cruzado, lo oí sisear —«¡sssssssss!»—, un sonido extraño, amenazador y trasnochado para quien no está acostumbrado a oírlo, y yo no lo estaba. Sin volverme, evoqué mentalmente la imagen del desconocido al que acababa de dejar atrás sin apenas fijarme en él. Luego, cuando lo miré de veras, comprobé que era un hombre mayor, ataviado con un pesado abrigo negro de aspecto caro, no demasiado alto, ligeramente cargado de hombros, que siseaba como salido de otra época. Y entonces me espetó: «¿De qué te ríes, cafre?»

Yo ni siquiera había caído en mi gesto risueño, pero al oírlo sonreí con ganas al tiempo que me volvía para buscar al listillo de turno. Parecía uno de esos ingleses atildados y arrogantes que salen en las películas británicas de los años cincuenta, un banquero o funcionario público de esa época tan cinematográfica, de ademán hosco y gesto ceñudo, desgarrado por algún dilema moral irresoluble. El hombre siguió andando como si tal cosa, ahora que nos habíamos cruzado, con el paso intencionadamente lento del héroe que se encamina a su propia perdición. «De qué te *jíes*, cafre.» Pero no hay que burlarse, tal vez estuviese sumido en una profunda crisis existencial y pensando en poner fin a su vida, por lo que ese siseo de odio tal vez fuera en realidad un grito de auxilio disfrazado de pintoresco insulto. Una palabra extraña, «cafre», de resonancias exóticas, y —ya fuera por costumbre o deformación profesional— me puse a pensar en su origen etimológico, en cuándo se habría incorporado a la lengua y si era un vocablo de uso corriente al punto de que cualquier transeúnte podía soltarlo sin más al primer negro con el que se cruzara o si, por el contrario, se trataba de un arcaísmo que remitía al habla y el pensamiento de otros tiempos. La busqué en el diccionario en cuanto llegué al despacho y descubrí que venía del árabe «káfir», «infiel», y se aplicaba originalmente a los habitantes de raza negra del sudeste de África, si bien la segunda acepción, más extendida en la actualidad, era «bárbaro y brutal en el más alto grado; salvaje». Entonces me dio por buscar «negro», y se me cayó el alma a los pies: «deslucido, sucio; infeliz, infausto y desventurado; muy enfadado o irritado; bestia negra, humor negro, leyenda negra, mercado negro, merienda de negros, oveja negra, pasarlas negras, ponerse negro, sacar lo que el negro del sermón, trabajar como un negro»; y así, una acepción tras otra, de modo que, cuando acabé de leerlas, me sentí despreciable y hundido en la miseria, contaminado por esa avalancha de vituperios. Por supuesto, sabía de la construcción cultural del negro como el otro, el depravado, el animal, como una oscura fuerza maligna que anida en el corazón de los europeos más civilizados y libres de todo sesgo racial, pero no esperaba ver tanto negro, negro, negro en una página del diccionario. Toparme de buenas a primeras con semejante aluvión me impactó más que ser llamado «cafre» por alguien que parecía un atribulado y rancio personaje cinematográfico. Me hizo sentir objeto de odio, presa de un súbito pánico ante todas esas connotaciones negativas. «Ésta es la casa en la que vivo» pensé, «una lengua que me insulta y se mofa de mí a la vuelta de cada esquina».

Después de aquello no me atreví a seguir ahondando en la etimología de «cafre», pero esa misma tarde, después de haber impartido la última de mis tres clases de ese día, el más ajetreado de toda la semana, fui a la biblioteca y busqué el término en un diccionario enciclopédico, la madre de todos los diccionarios, donde encontré lo que buscaba: «cafre» aparece en letra impresa ya en el siglo XVI, y desde entonces lo han empleado las más nobles plumas para referirse a los habitantes del sudeste de África. Eso me levantó un poco el ánimo, me hizo sentir presente desde aquellas épocas turbulentas, no relegado al olvido, no hozando y gruñendo en un pantano de la jungla ni meciéndome desnudo de árbol en árbol, sino allí mismo, sonriendo a través del canon desde hacía siglos.

Cuando volví al despacho llamé a la organización de ayuda a los refugiados, aunque es posible que me confunda de día. El caso es que tiempo atrás alguien me había dejado un mensaje en el contestador automático del despacho preguntando si podía echarles una mano como intérprete en el caso de un anciano que acababa de llegar de Zanzíbar como solicitante de asilo y no hablaba una sola palabra de inglés. La mujer que dejó el mensaje decía tener entendido que yo dominaba la lengua de la región. Reprimí el pavor que se apoderaba de mí cada vez que me veía en el trance de conocer a alguien del terruño. Siempre me preguntaba qué pensarían aquellas personas para sus adentros, si no me echarían en cara que me hubiese vuelto tan inglés, tan distinto a ellas, tan desconectado de su realidad.

Como si no hubiera término medio y todo fuera blanco o negro, como si hubiese dejado de ser yo mismo para convertirme en un traicionero remedo de la persona que fui, un títere con ínfulas. También traté de reprimir la irritación que me provocaba la insinuación de que la lengua que se hablaba en la «región» era innombrable o desconocida, cuando en realidad había más hablantes de suajili que de griego, danés, sueco u holandés, y probablemente de todas ellas juntas, aunque no puedo afirmarlo con seguridad.

Había colaborado anteriormente con organizaciones de ayuda a los refugiados y no tenía inconveniente en volver a hacerlo, pero el siguiente mensaje del contestador automático vino a cancelar la petición inicial. Apunté el número de todos modos y lo clavé con una chincheta en el tablón que tenía delante del escritorio, donde se sumó a varios papelitos similares que guardaba por considerarlos potenciales fuentes de inspiración para una idea, un poema, o bien porque me daban cierta sensación de compromiso, de incesante actividad. Cuando uno se dedica a lo mío, cuesta mucho mantenerse en la cima. Algunas semanas después —miento: meses después, en algún momento del siguiente trimestre lectivo, el día que el héroe del cine británico de los años cincuenta que parecía encaminarse a su propia perdición me llamó cafre, o tal vez otro día, a finales de primavera— llamé a ese número para interesarme por la suerte del anciano solicitante de asilo. Puede que el hecho de haber sido insultado por la calle despertara en mí cierto afán de solidaridad. Y así empezó todo.

Aborrezco la poesía. La leo, la enseño... y la aborrezco. Hasta he escrito algún poema. Se los enseño a los alumnos (no mis propios despojos personales, líbreme Dios) y extraigo lo que puedo de ellos, volviéndolos lacónicos allí donde pecan de verborreicos y ampulosos, sabios y proféticos allí donde se muestran torpemente especulativos. No dicen nada con ese lenguaje tan intrincado, no revelan nada, no conducen a nada. Son peores que el papel pintado o un aviso colgado junto al despacho de la secretaria del departamento. Prefiero mil veces unos pocos renglones de prosa lúcida.

Qué alivio sentí al escuchar ese segundo mensaje en el contestador automático, el que decía que al final no tendría que hacer penitencia por mi traicionera deserción del terruño. Pero apunté el número de teléfono de todos modos porque no acababa de creer que hubiese tenido tanta suerte. Estaba convencido de que volverían a buscarme y clavé la nota en el tablón para no olvidarlo, para mantenerme alerta, listo para encajar el golpe cuando llegara; que no me pillara relajado y tranquilo, porque entonces sí que me sacaría de quicio. Al final acabé llamando yo, semanas o meses después, para asegurarme de que estaba a salvo. El hombre con el que hablé contestó de forma brusca que no sabía quién era yo ni por qué me habían llamado. Yo había iniciado la conversación dando mi nombre por mera educación, no porque esperara que él lo reconociese («¿Cómo? ¿Me está diciendo que nunca ha oído hablar de mí?»). El caso es que le respondí con idéntica brusquedad, dando a entender que era de los suyos, o por lo menos que estaba familiarizado con las extrañas fórmulas de cortesía de las conversaciones telefónicas anónimas, y a partir de ahí mantuvimos un amistoso e informal intercambio.

—Ah, sí, el anciano. Eso fue hace ya algún tiempo. Bastante, en realidad, pero me acuerdo de él. Habrá sido Rachel quien lo llamó: se ha hecho cargo de él. Ahora está bien instalado, creo. Un caso extraño... al final resultó que sí hablaba inglés, pero prefería no hacerlo.

Tal como pronunció la palabra «prefería», me dio la impresión de que estaba citando textualmente al solicitante de asilo.

—Prefería no hacerlo, como Bartleby —apunté, consumido como siempre por la necesidad de hacerme notar, de lucirme como profesor de literatura.

—Le diré a Rachel que lo llame —sugirió mi interlocutor, y di por sentado que no conocía el relato.

—Ah, no se moleste. Sólo quería interesarme por la suerte de ese hombre.

—No es ninguna molestia —repuso él con un tono de voz afable, derrochando buena voluntad en la defensa de la causa común, como diciendo que estábamos en el mismo bando y bailábamos al son del mismo chachachá, nosotros los redentores de los parias, los que vestíamos los hábitos sagrados.

—Le estaría muy agradecido —dije—. Me gustaría saber qué ha sido de él. Su compañera ya tiene mi número del trabajo, pero se lo doy a usted también por si acaso.

—No quería que me llamara, lo único que quería era saber si me había quitado ese peso de encima—. Hay un contestador automático, así que puede llamarme cuando le venga bien.

Lo hizo al cabo de unos minutos, o tal vez al día siguiente.

—Me llamo Rachel Howard —dijo. Sonaba ajetreada y absorta, quizá estuviera leyendo algo mientras hablaba conmigo. Intenté ponerle un físico a su voz y la imaginé joven, esforzándose para mantenerse delgada, las axilas un poco sudadas a causa de la tensión y el agobio.

—La llamaba a propósito del anciano por el que se puso en contacto conmigo hace ya algún tiempo, bastante más del que yo creía, al parecer. El que necesitaba un intérprete, el de Zanzíbar. Me dejó usted un mensaje en el contestador automático. Me preguntaba cómo está, si al final todo acabó bien.

—Sí, gracias —repuso ella—. Está en perfectas condiciones, ya instalado en un piso y manejándose muy bien por su cuenta. Está de fábula, y en realidad es bastante autosuficiente. No sé si llegué a decirle que tiene sesenta y cinco años cumplidos. Un poco mayor para andar escapándose de casa, pero ya ve: él no opina lo mismo. Gracias por llamar e interesarse por él. Se lo diré.

—Es muy amable por su parte —repuse preparándome para la despedida, empezando a desplazar el peso sobre el codo para poder colgar el teléfono mientras separaba los labios para decir gracias y adiós.

—Se alegrará de saber que ha llamado —añadió ella como si tal cosa—. Me ha dicho que se conocen personalmente.

—¿De veras? —pregunté. No bien lo dije me arrepentí de haberlo hecho, pero era demasiado tarde—. ¿Cómo se llama?

—Lo siento, creía que se lo había dicho en el mensaje —se disculpó—. En algún momento dejé caer su nombre y él comentó que se conocían. Supuse que tal vez querría usted ponerse en contacto con él, por lo que estaba convencida de haberle dicho cómo se llamaba en el mensaje del contestador.

O lo que es lo mismo: tenía todos los números para convertirme en alguien que iba a visitar al viejo escapista de tarde en tarde, que se sentaba a leerle algún relato o cantarle una casida que le recordara las plañideras melodías de su vida anterior.

—Se llama Shaabán, Rayab Shaabán —dijo con voz ligeramente aflautada, ya fuera por la emoción o por el esfuerzo de intentar pronunciar bien el nombre. Debería haber puesto más énfasis en la «y» de Rayab y alargado la «a» de Shaabán—. ¿Lo reconoce, le suena de algo?

—No —contesté.

—Vaya, qué lástima. Menudo chasco se va a llevar. Le diré que ha llamado de todos modos.

Yo soy un cafre risueño. Tú eres un cafre risueño. Él es un cafre risueño. Nosotros somos unos cafres risueños. Vosotros sois unos cafres risueños. Ellos son unos cafres risueños. Me viene a la mente el recuerdo difuso de una película que vi en mi juventud, sobre unas naves vikingas que surcan el Mediterráneo y, en un momento dado, se topan con el sultán negro de algún reino norteafricano que aparece recostado sobre el codo derecho con el torso desnudo y lustroso, sonriendo con descaro. ¿Es posible que uno de los violadores vikingos le espetara: «¿De qué te ríes, cafre?» antes de borrarle la sonrisa de un tajo con su ancha espada? Creo que era el incomparable Sidney Poitier quien encarnaba al sultán, y el fotograma de esa pose ocupó la portada de la revista *Ebony*. Todo me vuelve de pronto, lo juro... La película se titulaba *Los invasores*, y verdaderamente salía un saqueador vikingo que le espetaba: «¿De qué te ríes, cafre?» al sultán de piel negra. Tan alejado de la realidad como un cafre es distinto del sol.

Rayab Shaabán: así se llamaba mi padre. «Ahora perlas son sus ojos.» Alguien ha desempolvado su nombre y lo ha traído de vuelta a la vida. Pero quizá se trate de alguien que tiene tanto derecho a usarlo como él. El nombre de mi padre no es sagrado.

Mi padre sufría aún más que yo por el temor a llegar tarde. Siempre estaba dando la lata con eso. Y sufría tanto por la impuntualidad ajena como por la propia. Él me hizo reparar en la cantidad de tiempo de nuestra vida que perdemos esperando: esperando a alguien, esperando para ir a encontrarnos con alguien, esperando a que el almuédano llame a la oración, esperando que la luna creciente asome en el cielo al comienzo del Ramadán, esperando que vuelva a asomar al final del Ramadán, esperando que un barco llegue a puerto, esperando que una oficina abra sus puertas. Para mi padre todo ese tiempo de espera era un suplicio, algo de lo que no podía abstraerse, de modo que la impuntualidad se convirtió en motivo de pánico para mí por la angustia que le causaba. Sin embargo, respecto a muchas otras cosas era un hombre de lo más informal, rayando en la negligencia. Había tanta crueldad en su vida que me cuesta juzgarlo con severidad, pero sin duda era negligente. Por eso perdió a mi hermano Hassan, y por eso también perdió la casa familiar cuando tendría que haber sido más avispado, y después de aquello ya no volvió a disfrutar de nada. No sé exactamente cómo perdió a mi madre.

Me llevó mucho tiempo darme cuenta de que mi madre lo despreciaba. Y mucho más tiempo aún comprender por qué. Seguramente no habría usado esa palabra, «desprecio», para describir lo que ella sentía por mi padre hasta que cumplí veinte años, estando ya muy lejos de casa. Pero en algún momento acabé de atar cabos, por cosas que había oído a hurtadillas, por el tono de voz con que le hablaba, por cómo vivía su vida. Nunca he sabido cómo nació ese desprecio porque ellos jamás me hablaron de ello. Supongo que los padres no comentan esos asuntos con los hijos hasta que éstos se ven abocados a la misma desgracia, y sólo porque para entonces creen haberla superado.

Mi hermano Hassan tampoco lo mencionó nunca, aunque para casi todo lo demás era mi fuente de sabiduría y conocimientos secretos, la voz de la verdad, la tabla de la ley. No había nada que Hassan no supiera o sobre lo que no tuviera una sofisticada y minuciosa teoría. Por lo general desgranaba una explicación o descripción de cualquier tema sin esfuerzo aparente, pero de vez en cuando se tomaba unos segundos antes de lanzarse a fabular y elucubrar. Recuerdo que en cierta ocasión me recitó el discurso de Bruto junto al cadáver de Julio César. Por algún motivo, el profesor de lengua lo había obligado a aprendérselo de memoria. Me refiero al profesor de lengua inglesa de la escuela, que tenía de inglés lo mismo que yo, iba a trabajar ataviado con kanzu y kufiyya y se declaraba musulmán devoto y ferviente anglófilo sin ver en ello contradicción ni conflicto alguno. Le gustaba que sus alumnos memorizaran pasajes de los clásicos y los recitaran de corrido día tras día, uno tras otro, clase tras clase, «¡pan comido!». Se sentaba al fondo del aula con los ojos cerrados y una sonrisa bailándole en los labios mientras los oía declamar algún fragmento de *Julio César*, Kipling o «La bella dama sin piedad». A Hassan aquellos ejercicios le parecían una pérdida de tiempo, como correr a campo traviesa o participar en el debate interescolar de los sábados por la mañana («Este grupo cree que el sitio de la mujer está en casa»), pero el profesor llevaba en el bolsillo una correa de cuero con la que azotaba a quienes no demostraban la debida diligencia en el aprendizaje de los pasajes. Además, creo de veras que Hassan disfrutaba memorizando aquellos textos poderosos.

Después de aprenderse el discurso de Julio César, me declamó el resultado. Estábamos sentados en los exiguos escalones del portal de la casa, él con la mano sobre el corazón como un senador de la antigua Roma, el mentón erguido y la cara ladeada con aire sagaz.

—«¡Romanos, compatriotas y amigos queridos, permítanme defender mi causa y guarden silencio para oírme bien! Créanme, por mi honor, y en mi honor crean. Censúrenme con su sabiduría y aviven los sentidos, pues así serán mejores jueces.»

Aunque me explicó quién había sido Julio César y qué le habían hecho, quiénes habían sido Marco Antonio y Bruto, los romanos y Shakespeare, el discurso no me impresionó demasiado (tendría a la sazón nueve o diez años), salvo la arenga inicial, que me recordaba las proclamas de los políticos en los mítines que por entonces se celebraban dos o tres veces por semana. Eso y las palabras «recurriré a esta misma daga» porque me gustaba la sonoridad de la palabra «daga».

—«Con esto me despido. Puesto que asesiné a mi amado amigo por el bien de Roma, recurriré a esta misma daga si el pueblo lo estima necesario.»

—¿Qué es una daga? —le pregunté a Hassan. Y entonces titubeó.

—Un vaso de whisky —dijo, pero sin tenerlas todas consigo.

Yo no me hacía una idea cabal de lo que era el whisky, aunque sabía que se trataba de una bebida alcohólica y por tanto haram: prohibida. Luego Hassan cogió carrerilla y me soltó una perorata sobre la importancia del whisky en la cultura romana, de cómo Bruto afirmaba que se tomaría uno si su discurso era mal recibido: «recurriré a esta misma daga si el pueblo lo estima necesario.» Fue uno de sus momentos flojos, y hubo muchos más, pero también otros en los que hechizaba con su don de palabra. Luego me habló de yins y reinos ancestrales, de la trágica vida del monstruo de Frankenstein y del sol de medianoche en el polo norte —donde el pobre engendro flotó a la deriva sobre un bloque de hielo—, del esplendor de la España musulmana y de la imponente austeridad de la Alemania nazi. Hablaba de una forma tan elocuente y natural, con una lucidez innata y una convicción tan deslumbrante que a nadie se le ocurría dudar de la veracidad de su discurso. Pero que yo recuerde nunca dijo una sola palabra sobre el desdén con el que mi madre trataba a nuestro Ba, ni por qué el mismo hombre que ponía el grito en el cielo si alguna vez nos retrasábamos jamás protestó por el trato que ella le dispensaba.

Hassan era seis años mayor que yo, y durante la primera etapa de mi vida fue el encargado de satisfacer todos mis deseos; me daba afecto y seguridad cuando sabía que los necesitaba, y lo hacía a su manera, a veces con palabras duras y golpes dolorosos. Me explicaba el significado de cosas con las que me topaba y que me provocaban angustia o incertidumbre. Siempre que me dejaba, lo seguía de aquí para allá como un perrito faldero mientras él practicaba la descarada inventiva que le iba granjeando fama de ingenioso y pícaro. A menudo se embarcaba en aquellas divagaciones por el puro placer de dominar lo inconmensurable, enfrentándose a los infinitos condicionantes que amenazan con aplastarnos, rechazando su papel mudo en el orden universal, conjeturando y alardeando como si el silencio lo ahogara, bla, bla, bla, entre sonrisas deslumbrantes y leves obscenidades que se volvían menos leves cada año que pasaba. Era mi guerrero existencial, mi campeón de las causas perdidas, desde luego, y lo quería como a un hermano, un padre, un ser amado. Otros, bien lo sé, acechaban con lujuriosa codicia el esplendor de su radiante juventud. Hasta que al final, más pronto que tarde, Hassan zarpó con arrogante indiferencia rumbo al horizonte y lo perdí para siempre, tal como perdí a mi madre y a todos los demás.

Mi madre era una mujer muy hermosa. Se llamaba Asha, como la tercera mujer del Profeta, a la que casaron con él a la edad de seis años. Por las tardes, cuando se arreglaba para salir —los ojos brillantes y perfilados de kohl, los labios relucientes como la sangre fresca—, yo la miraba con orgullo y algo parecido al miedo. No la temía a ella, o no demasiado, no por lo general, sólo cuando perdía la paciencia porque yo me emperraba en alguna tontería, de modo que debía de temer por ella, aunque no lo hubiese expresado así cuando tenía nueve años. Simplemente me inspiraba temor mirarla, y a la vez me enorgullecía de que fuera mi madre, de que tuviera una sonrisa tan deslumbrante y profunda, tan compleja; simplemente me inspiraba temor verla salir por la puerta envuelta en la densa nube de un perfume que yo reconocía como suyo, la ropa impregnada de incienso. Luego se iba a visitar a los amigos y vecinos y sólo volvía al atardecer. A veces quedaba con hombres: mi madre tenía amantes, se acostaba con otros hombres. No es que fuera una prostituta, no iba de cama en cama. Quizá sólo tuviera uno o dos amantes por diversión o quizá por otros motivos, no lo sé. Un lío aquí y otro allá, o eso creo, aunque más adelante acumuló regalos valiosos cuya procedencia jamás se aclaraba. Lo averigüé al hacerme mayor, a medida que los hechos se fueron esclareciendo, entonces empecé a comprender el significado de cosas que había presenciado, burlas de las que había sido objeto en la escuela, las pullas que las chicas me lanzaban en plena calle. Pero antes de eso ya lo sabía, aunque no hubiese podido precisar qué era lo que sabía. Y ese perfume que usaba mi madre siempre me lleva a pensar en dormitorios, amoríos secretos y una vergüenza enquistada. Más adelante, en los años que siguieron a la independencia, se volvió indiscreta al punto de que era imposible no darse cuenta de sus devaneos. Entonces se acabaron las burlas por la calle, quizá porque mi madre vivía sus transgresiones sin tapujos, porque mis acosadores y yo nos habíamos hecho mayores, por lo que le había pasado a Hassan, por las cosas que nos habían pasado a todos. O quizá porque uno de sus amantes se volvió poderoso. Fuera como fuese, por motivos que nunca sabré a ciencia cierta, nadie hizo el menor comentario sobre ella en mi presencia durante esos últimos años.

Cuando yo tenía nueve años y Hassan quince, y mi madre se arreglaba para salir por la tarde con sus amigos y amantes, mi padre, Rayab Shaabán Mahmud, trabajaba como funcionario en el Departamento de Obras Públicas. Algunos lo llamaban Bin Mahmud, como su abuelo —mi bisabuelo paterno—, al que muchos recordaban por algo que he olvidado. Miento, sé muy bien por qué lo recordaban: por su intachable honradez y su alma piadosa, algo inútil de por sí, y probablemente inútil también para él, pero que tenía la virtud de hacer que tanto él como todos los demás se sintieran más humanos. Mi padre no era un hombre piadoso, todavía no, por lo menos no ese año: empinaba el codo, lo que de acuerdo con nuestras costumbres era motivo de gran vergüenza, y, aunque procuraba ser discreto, no había manera de ocultar algo así. A veces me despertaba a media noche y sabía que él estaba en casa por el olor a alcohol. La nuestra era una casa de cuatro habitaciones, y Hassan y yo compartíamos un dormitorio que cerrábamos con pestillo cuando nos íbamos a dormir, pero aun así el olor me arrancaba del sueño. Las personas con las que mi padre se cruzaba por la calle también debían de notar ese hedor. Una o dos veces, no más que yo recuerde, bebió demasiado y tuvieron que acompañarlo a casa, llorando en silencio, supongo que de vergüenza. En ambas ocasiones pasó varios días sin despegar los labios, vagando como un alma en pena con los ojos clavados en el suelo, caminando casi de puntillas.

Mi padre era funcionario del Departamento de Obras Públicas. Ignoro qué hacía allí. Todos los días salía de casa a las siete de la mañana luciendo una camisa blanca, un pantalón marrón claro y unas sandalias de cuero para presentarse al cabo de pocos minutos en las oficinas del Departamento de Obras Públicas. No creo que llegara tarde ni un solo día. Cuando faltaban cinco minutos para la una en punto sonaba la sirena que ponía fin a la mañana laboral y mi padre volvía a casa para almorzar. Siempre parecía cansado y abatido al llegar, como si el trabajo lo desanimara, la caminata bajo el sol lo dejara rendido o algo le estuviera succionando la energía. Y en cuanto llegaba a casa nos buscaba a Hassan y a mí, gritando nuestros nombres si no estábamos a la vista. Entonces nos acariciaba la cabeza con una triste sonrisita triunfal y luego se daba una ducha antes de almorzar. A mí nunca me molestó ese ritual, y creo que a Hassan tampoco, aunque, según se fue haciendo mayor, le costara no mirar a mi padre con desprecio y apartar la cabeza cuando éste iba a acariciarle el rostro. Yo intentaba con todas mis fuerzas no devolverle la sonrisa, pero a veces no podía resistirme a hacerlo.

Durante el musim de ese año, cuando yo tenía nueve años y Hassan quince, un hombre vino a pasar una temporada en casa. Nos dijeron que debíamos llamarlo «tío Hussein». Mi padre lo había conocido en un café, se habían puesto a charlar y al parecer habían hecho tan buenas migas que entre ambos nació una sólida y fervorosa amistad. Así lo entendí yo siendo un niño, aunque seguramente coincidieron en varias ocasiones y hablaron muchas veces antes de hacerse amigos. Un viernes, ese hombre vino a comer a casa con nosotros: todo un acontecimiento, pues las únicas visitas que recibíamos eran de las amigas de mi madre y las mujeres de su familia. Yo nunca distinguía a las primeras de las segundas porque todas me hablaban como si tuvieran participaciones en mi vida y se tomaban libertades similares. Ese viernes por la tarde, cuando el tío Hussein vino a almorzar, seguía siendo *my good friend,* tal cual, en inglés: así lo llamaba mi padre, que podía leer el Corán sin problemas, pero no mantener una conversación en árabe, mientras que el tío Hussein sólo sabía un puñado de palabras en suajili, por lo que hablaban en inglés. *My good friend* no se convirtió en el tío Hussein hasta que se instaló en casa. Era un hombre alto, ataviado con un kanzu del color de la miel más clara, bordado con hilo de plata al estilo de los mercaderes del golfo Pérsico. Se sentó en la alfombra con un movimiento grácil y elegante mientras sonreía, enseñando dos hileras de dientes blancos como cauris. Dejad que describa la casa en la que vivíamos los risueños cafres: hacerlo aliviará la angustia que me produce el recuerdo del tío Hussein.

La casa se distribuía en dos plantas. En la de arriba, donde hacíamos vida, había tres habitaciones: una la compartíamos Hassan y yo, en la otra dormían mis padres y en la tercera recibíamos a las visitas, escuchábamos la radio y pasábamos el rato; era una sala de estar. Había una pequeña terraza parcialmente cubierta: en la mitad techada cocinaba mi madre, mientras que en la otra tendíamos la ropa. La planta de arriba se hacía un poco pequeña cuando coincidíamos todos, era un espacio íntimo y familiar que incluso hoy, al recordarlo, se me antoja acogedor. Abajo había una sola estancia amplia a la que se accedía por la puerta principal y que daba a un pequeño patio cercado del que arrancaba la escalera que subía a la planta superior. La terraza de arriba se asomaba al patio, completamente descubierto, donde reinaba un ambiente fresco y silencioso. Cuando llovía con fuerza, el suelo de hormigón se inundaba y se formaba un charco en el que nos gustaba deslizarnos y chapotear. La gran habitación de abajo servía para recibir a las visitas masculinas con las que no teníamos lazos familiares, en la festividad del Aid o del Mawlid Nabi, o siempre que se celebraba una boda o un funeral. Por eso quedaba cerca de la puerta principal, para que los codiciosos ojos masculinos no penetraran en el tierno latido de la intimidad familiar. Era la clase de estancia que, salvo excepciones, no se usaba demasiado porque mi padre no solía recibir a desconocidos y, a diferencia de otros, tampoco abría las puertas de su casa a las visitas durante el Aid y el Mawlid Nabi. Cuando se murió mi abuelo paterno supongo que se usaría para los rezos y el velatorio de las mujeres, pero entonces yo sólo tenía tres años y no guardo recuerdo alguno de todo aquello.

Por lo general aquella habitación permanecía cerrada, con los postigos echados, y se usaba como una especie de trastero, pero no había mucho que guardar y por algún motivo a mi padre le gustaba tenerla limpia y despejada, como si el día menos pensado fuera a darle algún uso público. Había una alfombra enrollada a lo largo de la pared para protegerla de la escasa luz que se colaba a través de los postigos y, en un rincón de la estancia, una cama con somier de lamas de madera y colchón de paja. Era una estancia de aire espartano, pero su aroma penetrante me hacía pensar en el musim, los dóus que cabeceaban en el puerto y los marineros que olían a pescado en salmuera, piel curtida por el sol y salitre. Me hacía pensar en lugares áridos y pedregosos, en la mugre y los harapos manchados de sudor de los hombres de mar.

Mi padre llamaba «bujara» a la alfombra que se guardaba allí enrollada, y le tenía un gran aprecio. Todos los años, durante el Ramadán, la extendíamos en el patio y le sacudíamos el polvo con varas de mimbre antes de volver a enrollarla y cubrirla con una lona. Por lo demás, la habitación permanecía cerrada y casi desnuda, salvo por unos pocos sacos, cajas y un baúl de madera tallada con candado de bronce. En cierta ocasión, estando yo solo en casa, se me metió en la cabeza que tenía que encontrar la llave de esa habitación. La busqué en el armario ropero de mi madre —su escondrijo preferido para todas las cosas valiosas o secretas—, detrás de los frascos de medicinas, en el joyero del tocador, debajo de los felpudos, en los anaqueles que había por encima de las ventanas, en los jarrones vacíos, en los bolsillos de los pantalones, sin dudar ni por un segundo de que acabaría encontrándola; tampoco es que guardáramos en esa habitación nada de gran valor o que resultara peligroso.

Finalmente la encontré encajada en una diminuta grieta que había por encima del marco de la puerta, y sólo alcancé a verla poniendo una silla sobre el banco encastrado adyacente a la puerta principal. Cuando entré, en la habitación reinaban la penumbra y el frescor de siempre, pero advertí la presencia de dos grandes tinajas de barro que nunca había visto y que seguramente pertenecían a un pariente o amigo, al pariente de un amigo o al amigo de un pariente. Al verlas me vinieron a la mente cuentos y leyendas de yins que surgían de dentro de una tinaja, de muchachas raptadas y transportadas en su interior, de jóvenes príncipes que se escondían en una tinaja para colarse en la alcoba de su amada. Conocía muchas historias de ésas, por ejemplo la del pescador en horas bajas que atrapa una tinaja en su red; al principio el hombre no cabe en sí de alegría, convencido de que por fin su suerte ha cambiado y que en vez de viejos desechos ha atrapado un gran pez. Pero según va recogiendo la red y notando el peso muerto que ésta arrastra, empieza a sospechar que en el mejor de los casos habrá pescado el cadáver hediondo de algún perro o burro. Al cabo resulta que es una enorme tinaja de barro tan alta como el escuálido y ajado pescador, y sellada con un grueso tapón de plata. «Bueno, alhamduliláh por haber pescado algo», dice para sus adentros pero también dando gracias a Dios, no sea que esté pendiente de cómo acepta ese humilde botín que más parece una broma: nunca hay que perder la compostura cuando vienen mal dadas, puesto que el Gran Dador puede estar pendiente para comprobar hasta qué punto confiamos en Su misericordia y tal vez decida castigarnos con nuevos infortunios para enseñarnos a tener más fe en Su sabiduría. Así que el pescador da gracias a Dios por haber pescado algo y se consuela pensando que ganará unas monedas vendiendo el tapón de plata y la propia tinaja, si no está demasiado sucia por dentro. Entonces forcejea con el tapón hasta que finalmente consigue arrancarlo, momento en el que una gran ráfaga de humo negro, amarillo y rojo sale de la vasija, esparciendo un olor a pólvora, mazmorras y criaturas marinas. El pescador, que por supuesto se ha caído del susto, se levanta a trompicones y huye como alma que lleva el diablo, pero no llega demasiado lejos porque la columna de humo, que para entonces se ha hecho tan enorme que eclipsa el sol, empieza a cobrar forma y se convierte en un yin cubierto de escamas plateadas que empuña una larga y reluciente cimitarra. Como es de esperar, el hombre se queda paralizado de terror, a la espera de que el yin se incline desde las alturas y lo aniquile con su legendario aliento sulfuroso.

—Llevo más de mil años encarcelado en esa tinaja —dice el yin con voz de trueno—, en la que me encerró el gran Salomón, al que Dios en Su sabiduría concedió autoridad sobre los yins y los animales. Salomón lanzó un poderoso hechizo sobre el tapón, por lo que no he podido abrirlo pese a haberlo intentado con todas mis fuerzas. Durante los primeros cien años de mi cautiverio juré colmar de reinos, riquezas, conocimientos, sabiduría y vida eterna a quien abriera la tinaja; durante el segundo siglo decidí que sólo premiaría a mi liberador con los reinos y riquezas; al cabo de cien años más, juré matarlo por haberme dejado encerrado durante tanto tiempo, y con cada siglo que ha venido después he ideado formas cada vez más crueles de acabar con su vida. Y hete aquí, insignificante y vil criatura, que te ha tocado el premio. Te tengo a mi merced y vas a sufrir una muerte atroz.

Convencido de que va a morir pase lo que pase, el pescador decide arriesgarse y tenderle una improvisada trampa:

—No me creo que hayáis salido realmente de esa tinaja, ni que el gran rey Salomón os encerrara en ella. ¡No hay más que veros, señor! Sois tan inmenso, tan magnífico, tan imponente que ni tan siquiera el dedo gordo del pie os cabría en su interior.

El yin ríe con ganas y replica:

—Ahora lo verás.

Entonces se convierte de nuevo en una gran nube de humo y se introduce en la tinaja, momento en que el astuto pescador se abalanza sobre ella y vuelve a colocar el tapón. Luego, haciendo rodar la vasija con cuidado, la devuelve al mar.

—Alhamduliláh —dice, mirando de reojo hacia arriba—. Muchas gracias.

Yo acerqué una de las tinajas a la cama y luego, subiéndome al colchón, me metí dentro. Estando de pie, la boca de la vasija me llegaba por los hombros, pero descubrí que si me agachaba en su abultado vientre desaparecía por completo. El interior estaba fresco, oscuro y agradablemente húmedo, como me imagino el fondo de un pozo seco en una tarde de bochorno. Cuando dije, sólo por probar, «alhamduliláh», mi voz retumbó como si estuviera en un largo túnel y sonó apagada al punto de resultar irreconocible, como si el propio espacio me presionara la cabeza y me aplastara la laringe. Probé con otras palabras, imaginando otros mundos, y al cabo de un rato me quedé dormido (esto último no pasó, por supuesto, pero Ali Babá sí se quedó dormido y se despertó en la cueva de los cuarenta ladrones). El caso es que fue en esa estancia donde el tío Hussein comió con nosotros ese viernes, y donde se instalaría la semana siguiente.

Quiero mirar hacia delante, pero siempre me descubro volviendo la vista atrás, hurgando en tiempos lejanos y deslucidos por todo lo que ha pasado desde entonces, sucesos tiránicos que se alzan imponentes ante mí y dictan cada una de mis acciones cotidianas. Y sin embargo, al mirar hacia atrás descubro objetos que siguen destellando con un brillo perverso, y cada recuerdo reabre una herida. Es un lugar desangelado, el reino de los recuerdos, un maltrecho almacén en penumbra con tablones podridos y escaleras oxidadas donde a veces uno pasa el rato rebuscando entre mercancías abandonadas. Aquí, donde ahora estoy, hace una tarde gélida y sombría, alumbrada ya por el cálido fulgor de las farolas, agitada por el sordo murmullo del tráfico y el trajín de la multitud, un rumor incesante como el zumbido y el aleteo de una colonia de insectos. El otro lugar en el que vivo es todo quietud y sigilo, un lugar donde las voces enmudecen y nada se mueve apenas, un silencio que llega al caer la noche. Es allí donde siempre me encuentro con mi pobre padre. Era un hombre menudo, callado y puntilloso que se iba a trabajar todos los días con su impecable camisa blanca, la cabeza ligeramente ladeada, sin despegar los ojos del suelo. A mediodía venía a comer a casa, acariciaba el rostro de sus dos hijos, se duchaba y se echaba una siesta. Por la tarde salía y a veces no volvía hasta bien entrada la noche, sin apenas tenerse en pie y avergonzado por haber bebido. A veces imaginaba a mi abuelo paterno y me preguntaba qué habría pensado mi padre de él, o qué habría opinado el abuelo de haber sabido en qué se había convertido su hijo. Jamás oí a mi padre hablar de él, ni mencionar siquiera su existencia. Me preguntaba si caminaba con la cabeza gacha porque sabía que su padre lo habría despreciado o porque temía que nosotros no lo respetáramos y no quisiéramos mencionar siquiera su existencia a nuestros propios hijos, o quizá porque sabía que había perdido el amor de mi madre. Sólo más tarde me dio por pensar en estas cosas, cuando habían pasado tantas cosas más que nada era ya impensable, nada era ya sagrado. Y para entonces sabía que mi abuelo paterno había sido una decepción para los suyos, un tarambana que bebía, fornicaba en los burdeles y murió joven.

De pequeño no se me habría ocurrido pensar en mi padre como un hombre menudo y desdichado, ni en mi madre como una mujer hermosa capaz de amar a mi padre y luego retirarle su amor. Pero era menudo, demasiado menudo para el tío Hussein, desde luego, que era demasiado grande para todos nosotros. El tío Hussein era un hombre de apetito voraz y talante hedonista, un cafre risueño donde los haya, que sin embargo contagió su alegría y vigor a mi padre cuando se vino a vivir con nosotros. Mi padre, por su parte, temía a la oscuridad.

No recuerdo cómo acordaron que se vendría a vivir con nosotros, sólo que una tarde todos nos afanamos en limpiar la estancia, sacando las tinajas de barro al patio, sacudiendo la alfombra como si fuera Ramadán y luego extendiéndola en el suelo de la sala, que de pronto resplandeció con el fulgor de sus cálidos tonos ambarinos. Mi padre sonreía y bromeaba, insinuando a Hassan que su inglés mejoraría porque podría practicar con el tío Hussein, haciendo caso omiso de las reservas que mi madre expresaba entre dientes. Sólo se quedaría un mes, hasta el final del musim, adujo él. Y entonces el tío Hussein se instaló. Todos los días saludaba a mis padres antes de desayunar y luego me detenía junto a su puerta abierta para despedirme de él camino de la escuela. Y todas las mañanas él me daba un chelín y dos a Hassan con gesto sigiloso, llevándose un dedo a los labios para que no hiciéramos pública su generosidad. A veces mi padre bajaba a almorzar con su amigo y luego se quedaba una o dos horas charlando con él antes de retirarse a dormir su indispensable siesta. Más tarde se iban juntos al café o a dar un paseo, y al volver se sentaban a escuchar programas ingleses en el aparato de radio que el tío Hussein se había comprado. En ocasiones recibían visitas que venían a oír la radio y charlar, hombres con los que yo ignoraba que mi padre tuviera amistad, y todos hablaban dando voces, mezclando el inglés, el árabe y el suajili en un alegre batiburrillo políglota, y las risas y el bullicio de la sala llenaban toda la casa. El vendedor de café empezó a incluir nuestra casa en sus rondas, venía todas las noches a preguntar si los caballeros deseaban café y luego se quedaba un rato maravillándose con el «fofofó», que era su manera de referirse al inglés. Por entonces se acabaron las visitas de mi padre al cochambroso bar goeta que había al pie de la catedral. No sé si era allí donde iba a beber, pero era el único bar de cuya existencia yo tenía conocimiento, así que daba por sentado que era ése. Durante mucho tiempo pensé que todos los bares eran como aquél, con las ventanas cubiertas por una malla de alambre oxidado. Cuando mi madre llegaba a casa al atardecer saludaba a los hombres pasando de largo sin asomarse a la estancia, y si sabía que mi hermano y yo estábamos allí nos llamaba para que subiéramos con ella.

El tío Hussein nunca venía arriba. No era necesario: había un lavabo abajo, al fondo del patio. Bueno, era un cubículo provisto de un váter con cisterna, un rudimentario grifo, un cubo de aluminio y una pala hecha con una lata de margarina Blue Band, todo ello perfectamente limpio y respetable, más que en muchas otras casas. Era un poco oscuro, eso sí, y por la noche inspiraba terror, por lo que sólo lo usábamos si el baño de arriba estaba ocupado y teníamos una necesidad urgente. Pero el tío Hussein había surcado cientos de millas a bordo de un barco para llegar hasta nuestras costas y apenas repararía en las criaturas que correteaban entre las sombras mientras hacía sus abluciones. El caso es que nunca venía arriba. Si necesitaba algo, llamaba a mi padre desde abajo, apostado al pie de la escalera. Y si mi madre se veía obligada a contestarle porque su marido había salido o estaba durmiendo la siesta, no se dejaba ver, sino que se detenía a cierta distancia del hueco de la escalera. Si quienes contestábamos éramos mi hermano o yo, nos plantábamos en el rellano superior en señal de respeto, o bien bajábamos a la carrera para recoger lo que el tío Hussein hubiese traído. En cualquier caso, él siempre decía lo que tuviera que decir sin despegar los ojos del suelo, por si mi madre estaba en lo alto de la escalera y, en un descuido, él miraba hacia arriba y la hacía sentir incómoda. Por lo general, traía algo cada día y lo compartía con nosotros: pescado fresco que cenábamos esa misma noche, fruta o verduras de la mejor calidad que le habían llamado la atención, café en grano y dátiles, en cierta ocasión un tarro de miel, muy bien envuelto en una funda de arpillera, que le había comprado a un marinero somalí, en otra ocasión almáciga y mirra, y a veces objetos caprichosos que nos ofrecía sin hacer comentario alguno: un manual de conversación de chino para mí, un rosario para Hassan.

Solía llegar justo antes que mi padre, pasada la oración del mediodía. Se sentaba en la alfombra de su habitación, con la puerta entornada y las gafas de lectura puestas, a hojear su cuaderno de notas o a leer el Corán. Aquellas gafas siempre me parecieron una pequeña frivolidad, como si en realidad no las necesitara, como si no estuviera concentrado en sus cuentas ni leyendo y lo hiciera tan sólo por divertirse. Cuando pasábamos por allí al entrar o salir de la casa, lo saludábamos alzando la voz, y si no lo hacíamos él nos obligaba a volver atrás, pero su forma de requerir nuestra presencia nunca me resultó desagradable. Y si era una mujer la que pasaba por delante de su puerta y lo saludaba, él contestaba sin levantar los ojos, en señal de respeto. Cuando mi padre llegaba a casa se detenía junto a su puerta e intercambiaba con él unas pocas palabras en inglés o —las más de las veces— un sinfín de palabras, una verborrea incontenible e ininteligible salpicada de risas y bromas que los absorbía al punto de que a veces mi padre olvidaba llamarnos para acariciarnos la cara con su particular tristeza. Había días en los que pedía que le llevaran el almuerzo a la habitación de abajo, y entonces los dos amigos podían pasar una hora entera comiendo y charlando.

Hassan era el encargado de llevarle al tío Hussein la bandeja con el almuerzo. Por lo general mi madre lo servía a él primero y luego nosotros cuatro comíamos juntos en la planta de arriba. Después de almorzar, Hassan bajaba a recoger la bandeja y más tarde volvía con el tío Hussein para la clase de inglés, algo que se le había ocurrido al mercader. Un día, Hassan había recitado el discurso de Bruto por insistencia de mi padre y el tío Hussein se había mostrado impresionado al punto de sugerir esas lecciones diarias. Le había dicho a mi padre que el chico tenía un don natural para el inglés, algo que él nos contó más tarde, henchido de orgullo. De modo que Hassan comía apresuradamente a mediodía y esperaba que el tío Hussein lo llamara. Si mi padre estaba abajo charlando con él, mi hermano se removía y daba vueltas por la habitación, impaciente. Yo tenía que ir a la escuela coránica todos los días después de almorzar, así tronara o cayera un sol de justicia, por lo que nunca presencié ninguna de aquellas clases, y por algún motivo Hassan no parecía interesado en comentarlas conmigo. Sólo sabía hablar del tío Hussein: que si patatín, que si patatán. ¿Sabes que ha hecho tal cosa o ha visto tal otra o ha estado en tal sitio? ¡Y fíjate en lo que me ha regalado hoy! Un reloj de pulsera, una estilográfica, una libreta, cosas caras. Yo escuchaba sus historias con avidez —aunque no me parecían tan emocionantes como las de ricos mercaderes y hombres humildes, princesas encantadas y yins enfurecidos que contaba mi madre— y aquellos regalos me daban envidia —mitigada por la generosidad con la que Hassan compartía sus cosas conmigo—, pero por encima de todo deseaba que el tío Hussein me quisiera a mí también, tanto como lo quería a él. Deseaba que me llamara a su habitación por las tardes y sentarme a su lado mientras me contaba historias y me hacía regalos de valor incalculable.

Debió de ser por entonces cuando se cerró el trato por el que mis padres perdieron la casa. Yo era demasiado joven para percibir o comprender una cuestión de semejante complejidad, y sospecho que nunca se comentó delante de mí, no fuera a irme de la lengua en el momento menos oportuno, como acostumbran a hacer los niños. Para cuando me enteré del acuerdo al que mi padre había llegado con el tío Hussein, éste ya había dado pie a una crisis a la que sólo cabía referirse como un agravio y un acto de traición. Recuerdo lo feliz que había visto a mi padre durante el mes aproximado que el tío Hussein pasó en casa, lo íntimamente satisfecho que parecía por tener un nuevo amigo, y también cómo, durante ese tiempo, se comportó más que nunca como un verdadero padre: se lo veía seguro de sí mismo y convencido de sus razones, resuelto a la hora de manifestar afecto y exigir obediencia, apartándonos con aire ajetreado para seguir dedicándose en cuerpo y alma a sus asuntos, yendo y viniendo con prepotencia masculina en compañía de esos hombres de mundo que eran sus amigos. Oírlo decir obscenidades y reír a mandíbula batiente, al modo bronco e insensible de las calles, fue toda una revelación, habida cuenta de que hasta entonces caminaba con la cabeza agachada y podía pasar días sin articular palabra. Supongo que de ese júbilo y ese aplomo nació la temeridad de meterse en negocios con el tío Hussein. Tal vez hablaran de eso mientras conversaban a media voz, sentados en la alfombra de Bujara, reclinados sobre un codo con la rodilla doblada, inclinándose ligeramente el uno hacia el otro mientras el incensario liberaba delicadas volutas de humo junto a la cama. Hablaban en inglés, que a mí me sonaba a fofofó, por lo que no tenían verdadera necesidad de bajar la voz, pero así eran ellos, siempre cuchicheando en un tono más propio de la seducción, temerosos de ser escuchados. Según entendí más tarde, el acuerdo consistía en que mi padre entraba a participar en el negocio del tío Hussein mediante un préstamo cuyo aval era nuestra casa. Resumiendo mucho: cuando, según el mercader, el negocio se fue al garete, mi padre no pudo devolver el préstamo y tuvo que renunciar a la vivienda. Sólo puedo suponer que llegaron a ese acuerdo porque el tío Hussein tentó a mi padre con tratos secretos que le brindarían un nuevo peso en el mundo y lo harían parecer audaz y avispado, todo un hombre.

Una tarde volví a casa un poco antes de lo habitual; el profesor de la escuela coránica me había dejado marcharme porque tenía diarrea, seguramente por culpa de algo que había comido en la calle. Mi malestar era tan evidente —me retorcía y gemía sin pudor, y hasta salí corriendo al lavabo sin pedir permiso— que cuando volví al aula el profesor me dijo que me fuera. Para cuando llegué a casa necesitaba aliviarme otra vez, pero me encontré el cuarto de baño ocupado. Corrí hacia el oscuro excusado del patio, pero también había alguien dentro. Volví arriba y me puse a bailotear ante la puerta mientras suplicaba a quienquiera que estuviese dentro que me dejara entrar. El agua de la ducha manaba con fuerza, y yo sabía bien que el rugido y el caudal de ese chorro de agua podían llegar a envolverte de tal modo que costaba horrores cerrar el grifo, pero estaba desesperado, así que aporreé la puerta y lloriqueé con la lastimera insistencia de un niño de nueve años a punto de estallar. Hassan abrió la puerta de sopetón, se quedó allí plantado, empapado y chorreando, y luego se fue sin despegar los ojos del suelo. Yo entré corriendo en el cuarto de baño, y sólo más tarde, cuando el dolor había remitido y me había aseado, sentí una pequeña punzada de miedo.

Cuando Hassan abrió la puerta había en sus ojos desorbitados una profunda desolación, o quizá fuera vergüenza, o culpa. Luego había clavado la mirada en el suelo y se había marchado sin decir palabra, sumido en lo que quiera que fuese que lo consumía por dentro. Nada de eso era propio de él: nunca lo había visto ducharse a esa hora de la tarde; se había quedado allí plantado, desnudo y resplandeciente, y luego se había ido del baño sin taparse, cuando nunca iba sin ropa fuera de nuestro dormitorio. De haber estado presente alguno de mis padres, su desnudez le habría parecido una indecencia. Hassan tenía un cuerpo fuerte y bien proporcionado, estaba en la flor de la vida, y últimamente se había vuelto tan consciente de su madurez física que se cubría los genitales incluso estando los dos a solas, cuando hasta entonces se paseaba por nuestra habitación como Dios lo trajo al mundo si le venía en gana. Y qué decir de esa expresión de absoluta derrota en alguien cuyos ojos habitualmente miraban sin pudor o se alzaban irreverentes, derrochando sorna y malicia, ante cualquier desliz ajeno. Cuando me fui a la habitación, él ya se había marchado, y luego estuve demasiado enfermo para recordar o preocuparme por su extraño comportamiento de esa tarde, pues resultó que tenía algo peor que una simple diarrea y estuve varios días sumido en un delirio de fiebre y evacuaciones dolorosas.

Cuando regresé al mundo de los vivos y recobré la conciencia, abrí los ojos y me descubrí a solas en la habitación que compartía con mi hermano. Su cama ni siquiera tenía colchón. Había pasado tres días inconsciente (¿por qué siempre serán tres días?) y más de una vez había estado al borde de la muerte. Suena como la típica exageración que los padres cuentan sobre sus hijos, pero era evidente que estaban asustados y habían llegado a temer por mi vida. No sabían a ciencia cierta qué me había pasado, ni ellos ni el médico, aunque eso no era raro en el caso de este último: por lo general le ponía una inyección a todo el mundo porque eso engordaba un poco la factura, y les endilgaba algún preparado o pastillas de su propia botica para asegurarse de que volvieran a por más. Su diagnóstico fue tan incierto que expulsaron a Hassan de nuestra habitación para que no se contagiara, siendo como era el primogénito y heredero de un reino hecho de aire. Se proponían que durmiera en una esterilla en el suelo de la sala de estar, pero cuando el tío Hussein se enteró dijo que ni hablar: el suelo era incómodo y además allí en medio estorbaría el paso. Si acaso era él quien debía marcharse para que Hassan pudiera dormir en la habitación de abajo, algo a lo que mi padre se opuso firmemente. De modo que cogieron el colchón de la cama de Hassan y lo llevaron a la habitación del tío Hussein. «Así podrá darte clases extra de inglés», imagino a mi padre diciéndole.

La noche siguiente de que yo recobrara la conciencia Hassan volvió a nuestra habitación, pero a regañadientes. Se quedó tumbado en la cama con la cara vuelta hacia la pared, sin apenas prestar atención a su hermano convaleciente. Yo lo había oído discutir con mi madre cuando ella sugirió que volviera arriba, y luego había visto cómo ella insistía, apremiante, a punto de perder los estribos. «Vas a dormir en tu habitación quieras o no, hijo del pecado», le dijo con una ira tan poco habitual en ella que no hubo más que hablar. Aquello me hizo preguntarme por qué estaría tan enfadada, y si lo estaba con Hassan o con el tío Hussein. Antes ya me había preguntado qué opinaría de tener a ese hombre viviendo en casa. Nunca había dicho nada al respecto estando yo presente, pero a veces sus silencios eran sospechosamente elocuentes. Cuando mi padre nos entretenía con los relatos de lo que el tío Hussein había dicho o hecho y su tono invitaba al regocijo y a la participación, o incluso los exigía, mi madre se quedaba callada con gesto impertérrito. Yo creía que castigaba a mi padre por su bochornoso entusiasmo, pero lo hacía tan a menudo por otros motivos que era imposible saber con certeza si la presencia del tío Hussein le parecía un fastidio. Otras veces, cuando se acercaba sin asomarse al hueco de la escalera para contestarle, o cuando la bandeja del almuerzo estaba lista para llevársela, parecía querer asegurarse de que todo estuviera en orden y de que él se sintiese apreciado.

A lo largo de los días siguientes me quedé en casa; estaba demasiado débil para ir a la escuela, aunque ya no tenía que guardar cama. Hassan seguía enfadado conmigo, o en todo caso apenas me dirigía la palabra. Por las tardes seguía yendo a sus clases de inglés con la misma ilusión de antes y al volver parecía emocionado y desolado a partes iguales. En condiciones normales yo no lo veía cuando llegaba de las clases con el tío Hussein porque estaba en la escuela, y me preguntaba si su reacción se debía a que las lecciones eran especialmente difíciles. Fue por entonces cuando una mirada de mi madre me hizo comprender que el tío Hussein le inspiraba temor. Los días que pasé en casa la seguía de aquí para allá toda la mañana y me sentaba a su lado en la cocina mientras preparaba la comida. Supongo que ella me hablaba y me sonreía, animándome y bromeando como las madres saben hacer cuando sus pequeños están enfermos. Pero hubo un instante que se me quedó grabado en la memoria: al oír la llave en la cerradura se puso rígida y miró hacia la puerta con los ojos como platos. Luego tragó saliva y parpadeó, y yo tuve la sensación de que corría peligro o se sentía mal. Es posible que entonces me mirara de reojo y sonriera. Es posible que todo lo demás —la mirada de temor, el tragar saliva, el parpadeo— fueran imaginaciones mías. Es posible incluso que yo estuviera en otra parte de la casa cuando el tío Hussein llegó ese día, y sólo más tarde imaginara cómo habría reaccionado mi madre al oír la llave en la puerta. Y es posible que todo sucediera otro día y no ese día en concreto, cuando la vi hablar con él y luego seguirlo hasta su habitación.

Debieron pensar que yo estaba jugando fuera. Me había recuperado lo bastante para que me dejaran salir, y darían por sentado que me había ido a casa de algún vecino. Así era, pero había vuelto al poco rato y me había metido en una de las enormes tinajas de barro que habíamos sacado al patio. Estaba acurrucado en la tranquila oquedad de la vasija, mirando el trozo de cielo que se veía más allá de la terraza de arriba. Al oír la voz de mi madre me reí para mis adentros, pensando que me levantaría de repente para darle un susto. Pero entonces caí en la cuenta de que hablaba en susurros, con tono apremiante, y vacilé. Me asomé despacio al borde de la tinaja y los vi hablando a escasos centímetros el uno del otro en el umbral de la puerta abierta de la habitación de abajo. Entonces la oí preguntar:

—¿Unataka niingie ndani? —«¿Quieres que pase?», y entrar sin más en la estancia seguida por el tío Hussein, que cerró la puerta a su espalda. Eso fue lo que vi. No entendí nada, pero sentí cierta incomodidad y un gran alivio por no haber sido descubierto.

El tío Hussein debió marcharse poco después en el viaje de regreso del musim, porque no tengo más recuerdos suyos de ese año. Los hombres que venían de visita mientras él estuvo en casa siguieron viniendo durante algún tiempo, pero luego dejaron de hacerlo. Al principio mi padre hablaba de él a menudo, recordando algún gesto amable o alguna de sus hazañas, pero luego aquellos comentarios también se fueron espaciando cada vez más. Con el paso del tiempo la casa volvió a quedar sumida en el silencio y mi padre recuperó su natural reservado, aunque empezó a tener arrebatos de brusquedad insólitos, sobre todo con mi madre. Si hasta entonces encajaba su desprecio con cara de circunstancias, encogiéndose con aire disgustado y dolido, ahora se revolvía y le contestaba de malos modos. Cuando eso sucedía, torcía el gesto con una expresión de amargura que nunca hasta entonces le había visto. Pero si para mi padre la partida del tío Hussein supuso una pérdida, para Hassan fue un abandono, un duelo en toda regla. Apenas hablaba con nadie, y cuando estaba en casa pasaba las horas tumbado en la cama con la cara vuelta hacia la pared, apuntando cosas en el cuaderno que el mercader le había dado o escribiendo aerogramas. Daba largos paseos a solas, andando o en bici, y parecía haber perdido todo interés por la pandilla de chicos de la que había formado parte. Los rumores no tardaron en empezar a circular, y mis compañeros de clase me lanzaban pullas al respecto. Decían que nuestro invitado se había comido a Hassan, que había probado su miel. Era una forma velada de decir algo más crudo, y también había quien lo decía sin paños calientes. Uno de los compañeros de secundaria de mi hermano, con el que había tenido cierta amistad, me persiguió calle abajo mientras me iba a la escuela coránica para preguntarme si era cierto que tenía un nuevo padre. Cuando veía a un grupo de adultos remoloneando en una esquina, cosa que sucedía a menudo, me parecía que se reían a mi espalda, o temía que lo hicieran.

Después de aquello, los buitres ya no dejaron en paz a Hassan. No había nada alegre ni festivo en lo que hacían o intentaban hacer: codiciaban su elegancia, su grácil e innata belleza, y le hablaban entre dientes cuando lo veían pasar, ofreciéndole dinero, regalos y sonrisas que no ocultaban su afán depredador. Un hombre me dio una carta para que se la entregara, una página arrancada de un cuaderno escolar y doblada de cualquier manera, como una en la que se han hecho cuentas o una lista de la compra. Intenté leerla al llegar a casa, pero estaba escrita en inglés y no entendí ni una palabra. Hassan la leyó y la rasgó en pedacitos que metió en un viejo sobre y guardó en el bolsillo del pantalón para tirarlos lejos. Nunca estaba a salvo de aquellas miradas y comentarios, de algún roce fortuito, de las constantes insinuaciones, algo a medio camino entre un juego cruel y un premeditado ejercicio de acoso. Y sufría. El desparpajo y la cháchara que lo caracterizaban desaparecieron mientras aprendía a rehuir esos crueles gestos galantes, esas zalamerías que sólo encerraban una promesa de sufrimiento. Yo pensaba que tarde o temprano se daría por vencido.

Pero un día llegó un aerograma para Hassan. Mi padre lo trajo a casa a mediodía. Ya no nos llamaba cuando llegaba de trabajar para acariciarnos el rostro después de que un día Hassan le apartara el brazo bruscamente. Lejos de amilanarse, mi padre abofeteó la cara que había querido acariciar, y a partir de entonces nunca más volvió a tocarnos. El día que trajo la carta, llamó a Hassan tras subir las escaleras y se la entregó. Estaba abierta, y mientras se la tendía intercambió una larga mirada con mi hermano. Era del tío Hussein, lo sé porque me lo dijo el propio Hassan, aunque no añadió nada más. A partir de entonces debió de pedirle que enviara las cartas a otra dirección, porque algún tiempo después me contó que el tío Hussein iba a volver al cabo de unos meses, con el siguiente musim.

Para cuando llegó, nuestra familia estaba completamente sumida en su pequeña y turbulenta tragedia doméstica. Mis padres apenas se toleraban el uno al otro, y Hassan se había buscado nuevos amigos, mucho mayores que él. Mi madre salía casi todas las tardes y no volvía hasta el anochecer, mi padre llegaba a casa más tarde todavía, oliendo a alcohol. No sé qué hacía Hassan con sus nuevos amigos, ni si lo habían hecho sucumbir a los tormentos que le prometían. Nunca se lo pregunté. Cuando el tío Hussein volvió no se quedó con nosotros, pero vino a darnos la noticia de que el negocio en el que se había embarcado con mi padre no había dado frutos, pese a lo cual había que devolver el préstamo. Hasta entonces, y puesto que había avalado el préstamo, el tío Hussein conservaría el documento por el que se ofrecía la casa como garantía, con la esperanza de que la empresa acabara prosperando. No puede haber sido tan sencillo, pero así me lo contaron. El tío Hussein nos había robado la casa, pues no había la menor posibilidad de que mi padre reuniera el dinero suficiente para devolver el préstamo. Lo más increíble de todo, ahora que lo pienso, es que aquel asesino siguió visitándonos de tarde en tarde, trayendo regalos como de costumbre, pescado, fruta, almáciga, oud y telas, y en cierta ocasión una reluciente mesita de ébano que mi padre amenazó con destruir pero que acabó en la habitación de la planta baja.

Para entonces, Hassan apenas paraba en casa, y cuando lo hacía se enzarzaba en interminables discusiones con mi madre. Si yo le preguntaba adónde iba me decía que a ver a sus amigos o a visitar al tío Hussein. Ya no me hacía ningún caso. Nunca se mostró cruel conmigo, pero vivía en un lugar lejano que yo no conocía y donde no era bienvenido. Luego, cuando el musim empezó a soplar en dirección contraria y el mercader volvió a marcharse, Hassan desapareció. Resumiendo mucho, zarpó con arrogante indiferencia rumbo al horizonte en compañía del tío Hussein y nunca más volvimos a tener noticias suyas. De eso hace ya treinta y cuatro años. Entonces me pareció asombroso, y más me lo parece ahora, que se sobrepusiera de ese modo a todo lo que pasó y tuviera el valor de seguir a ese hombre como si fuese su joven esposa.

La partida de Hassan fue tan sólo el primer acto del clímax que habría de poner fin a nuestra pequeña y lamentable historia. El tío Hussein vendió el documento de aval y, con el dinero obtenido, canceló el préstamo. Se lo vendió a Saleh Omar, un fabricante de muebles con el que estábamos lejanamente emparentados y que se convirtió en propietario de la casa familiar. Dos años después, Saleh

Omar tomó posesión de la vivienda y todo su contenido, por lo que nos vimos obligados a abandonarla. Para entonces mi padre, Rayab Shaabán Mahmud, había abrazado la sobriedad y la devoción —tanto que la gente empezaba a compararlo con el venerable abuelo Mahmud— y se había desentendido por completo de mi madre, que durante esos años inmediatamente previos a la independencia había encontrado nuevas relaciones y una especie de gozoso propósito vital.

Y de pronto, treinta y dos años después de la pérdida de aquella casa, un hombre que se hace llamar Rayab Shaabán llega a Inglaterra como solicitante de asilo y necesita un intérprete. No podía ser mi padre, que había muerto mucho antes y al que, en todo caso, tampoco imagino emprendiendo semejante viaje. Puede que el hombre en cuestión se llamara realmente así, o que hubiese tomado prestado ese nombre para obtener un pasaporte falso, o incluso que se tratara de una simple jugarreta. O puede que sólo fueran imaginaciones mías, fruto del rencor, los remordimientos y la paranoia. Tal vez no fuera sino un mal presentimiento, pero estaba convencido de que alguien me quería gastar una broma, de que ese hombre había tomado prestado el nombre de mi padre como una especie de guiño. Y sospechaba que ese alguien era Saleh Omar, que siempre había tenido un sentido del humor de lo más retorcido, cuyas bromas por lo general sólo le hacían gracia a él y se reía para sus adentros con las agudezas que se le ocurrían. No tenía motivos reales para creer que se trataba de él, sólo un mal presentimiento, un miedo atroz a que ese hombre no hubiese acabado del todo con nosotros. Deseé poder dar carpetazo a todo aquello, sacudirme las incontables historias que llevaba a la espalda, pero sabía que no podría, que la incertidumbre me reconcomería y acabaría avergonzándome de mi actitud cobarde y timorata, de modo que volví a llamar a la oficina de ayuda a los refugiados y le pedí a Rachel Howard que me concertara una entrevista con Rayab Shaabán tan pronto como fuese posible.

4

Había visitado a Saleh Omar en otra ocasión, muchos años atrás; entonces, su forma de recibirme me sorprendió. Esperaba que se mostrara displicente y escueto, dispuesto a echarme sin miramientos; y eso imaginaba cuando me planté ante la puerta abierta de la casa evitando mirar hacia el interior en penumbra y llamé en voz alta, si bien procurando que mi tono no resultara ofensivo: esperaba que alguien surgiera de la oscuridad, me mirara con frialdad reprendiéndome en silencio por quedarme ahí plantado sin hacer nada y luego me invitara a pasar tan sólo porque las reglas de la hospitalidad no le dejarían alternativa. «Vengo a ver a Saleh Omar, el comerciante de muebles», diría, y enseguida me sumergiría en la malévola presencia de aquel hombre, le transmitiría la reclamación que me habían encomendado y me marcharía. Huiría, escaparía de todos ellos.

Un hombre alto y rollizo apareció ante la puerta, surgido sin prisa de la oscuridad de la casa, se detuvo en el umbral y, al verme, una suerte de sorpresa complacida le iluminó la cara. Era el «hombre para todo» de Saleh Omar. Se ocupaba de cualquier cosa que hiciera falta: trabajaba en la tienda de muebles, acudía a la puerta de la casa cuando llegaban desconocidos o proveedores, barría los peldaños de la entrada, hacía la compra y, qué duda cabe, se encargaba de muchas otras tareas de las que sólo tenía conocimiento el hombre a quien servía. La gente lo llamaba Faru, «rinoceronte», por razones que no recuerdo y que ya no me importan. Se me había olvidado que sería él quien acudiría a la puerta. Me había vestido con cautela, esperando un examen riguroso, un insolente repaso de arriba abajo, pero los ojos de aquel hombre no se apartaban de mi cara y en ellos se veía interés y atención, como si esperara mi visita e incluso la deseara. Parecía a punto de sonreír, pero entonces su expresión se tornó neutra e impasible como dictaba la cortesía.

—He venido a verlo —anuncié.

—Sé bienvenido —repuso él sin la menor vacilación, e hizo ademán de invitarme a la penumbra del interior—. Todos bien por casa, espero.

Lo primero que me asaltó en aquella oscuridad fue el olor: un perfume profundo y recio que había impregnado paredes y alfombras, y que me dejó sin aliento. Tras recorrer unos pasos, el hombre abrió una puerta que daba a un espacio inundado de luz. Se trataba de un pequeño patio interior con las paredes alicatadas hasta la altura de un hombre adulto. Los azulejos eran de un delicado azul que los años habían vuelto más profundo, con un vidriado que me resultaba familiar por los trocitos de cerámica que a veces encontrábamos en la playa. Contra una de las paredes se alzaban dos palmeras enanas colocadas en grandes macetas hechas de la misma arcilla gris ceniza que la tinaja de Alí Babá con la que yo solía jugar años atrás. No pude evitar levantar la mirada y vi una galería balconada de celosía que rodeaba toda la primera planta y daba al patio. Me pareció oír las voces apagadas de unas mujeres que conversaban.

—Tuna mgeni —«Tenemos visita», anunció el hombre que me había recibido. Su voz era amable pero se proyectaba bien; era una voz tan delicada y cultivada que resultaba sorprendente en un hombre con su apariencia y su reputación. Las voces femeninas se interrumpieron un instante y luego reanudaron su charla.

El hombre me condujo hacia la primera habitación de la izquierda, se detuvo a un lado de la puerta y adoptó una postura que sugería una invitación a entrar. Miraba cortésmente al suelo, pero de nuevo creí ver en sus ojos un atisbo de sonrisa, y me pregunté si yo le parecía ridículo ahí, a su lado, o si se reía de sí mismo por tener que hacer el papel de un manso eunuco salido de un cuento de *Las mil y una noches*. Yo conocía a ese hombre, había visto sus ojos en las calles, había visto cómo miraban a Hassan años atrás e incluso había aceptado entregarle a mi hermano una carta suya. Si no había sido él quien me había dado aquella carta, había sido un hombre que se le parecía mucho, y si esos ojos no eran los mismos de años atrás, se les parecían mucho. Aquel atisbo de sonrisa hizo que me estremeciera.

La habitación en la que entré era amplia y cuadrada, con dos grandes espejos de marco dorado en las paredes. No pude ignorarlos, y tampoco mi reflejo en ellos; uno junto al otro de cara a la puerta, la imagen que ofrecían de mí parecía destinada a empequeñecerme e intimidarme. Antes de que pudieras apartar la mirada, te decían: «Conque aquí estás, conque esta imagen tan patética eres tú.» Saleh Omar estaba sentado en una silla junto a una ventana que daba al mar. Creo que leía. Cuando entré, miró por encima del hombro y se volvió de nuevo hacia la ventana durante unos instantes; luego se levantó y esperó a que me acercara.

Allí estaba yo, a sólo unos palmos del asesino, el hombre que, tras años de conflicto y humillación, le había arrebatado a mi padre nuestra casa y todo su contenido, aquel del que había oído interminables historias de cruel engaño, depravación y codicia descarada. En la estrecha vecindad en la que vivíamos, había tenido que aprender a no mirar nunca a la cara a Saleh Omar cuando reconocía su figura en la calle, a nunca dar muestras de haberlo visto. Era demasiado joven para saber cómo ignorar a alguien: si lo veía y lo reconocía, sentía el impulso de saludarlo porque eso nos dictaba la cortesía que nos habían inculcado desde la más tierna infancia, pero saludarlo habría supuesto una traición a mi padre y a mi madre. En ese momento, teniéndolo delante, reparé en que tenía un rostro enjuto y decidido, y que me miraba con fijeza y severidad, como si anticipara alguna equivocación inevitable; como si, igual que un maestro o un padre, esperase que lo decepcionara; como si pudiera planear sobre la inmundicia sin mancharse y mirar con sorna y desprecio cómo los demás nos adentrábamos en ella a trompicones; como si fuera el Dáii supremo, el iluminado capaz de distinguir entre el bien y el mal; como si no tuviera fama de lamerles el culo a los ingleses y de hurgar por ellos en las pertenencias de la gente en busca de baratijas que pudieran llevarse a casa como botín de sus conquistas. Como si... como si no fuera el hombre al que yo había visto dos años atrás elegantemente vestido y plantado con desenvoltura sobre los escombros de nuestras vidas, hablando sin prisa mientras echaba rápidos vistazos aquí y allá para no perder detalle de lo que lo rodeaba.

Esa vez en que lo había visto, yo iba siguiendo los carros que transportaban todas nuestras posesiones hacia su hermosa casa. Mi padre me lo había prohibido, pero los había seguido de todos modos. Todo se había cargado en tres carros: los muebles, las alfombras —incluida la de Bujara—, el antiguo reloj de pared de esfera plateada, la máquina de coser de mi madre, las copas de latón y cristal de colores que mi padre había heredado de alguien y hasta las tablillas enmarcadas con versículos del Corán que colgaban en las paredes. Nos permitieron conservar la ropa, las alfombras de oración y las cacerolas y sartenes de la cocina, pero se llevaron incluso los colchones, pese a que estarían inevitablemente manchados y olerían a los cuerpos que habían dado vueltas en ellos durante años. Supongo que se les podría quitar el relleno y secarlo al sol durante un par de días para matar las chinches y que se disipara el olor a sudor y a otros fluidos corporales involuntarios, y luego embutirlos en nuevas fundas. Me había quedado a ver cómo descargaban los carros, y fue entonces cuando vi a Saleh Omar caminando entre los fragmentos de nuestras vidas. Escogió algo y, acto seguido, ordenó que el resto se subastara ahí mismo, como si no esperara sacar más que una miseria de todo aquello.

Al ver que no iba a acercarme más, dejó que su cuerpo adoptara una postura evasiva y se tomó su tiempo antes de indicarme una silla cercana. Fingí no haber visto su somera invitación y cometí la grosería de pasear la mirada por la estancia y su costosa decoración: las mullidas butacas, las alfombras, una cómoda negra con grabados en latón, los espejos dorados. Todos eran objetos hermosos y útiles, pero en aquella habitación semejaban refugiados, que seguían en pie porque el orgullo y la dignidad así lo requerían, pero que habrían tenido una vida más plena en otra parte. Parecían objetos de una galería o un museo, acordonados y brillantemente iluminados para celebrar la astucia y la riqueza de alguien. Parecían frutos del saqueo.

—¿Están bien tus padres? —preguntó amablemente.

Había esbozado una sonrisa, divertido por mi silencio y mi actitud grosera, pero por lo menos su cara ya no lucía aquella expresión de severo desengaño. Al desafiarlo me había alterado mucho, y era tanta mi indignación que notaba cómo me temblaban los labios. Temía hablar, por si mi voz también emergía trémula (y no era que temiera al dolor).

—Ismail —dijo induciéndome a trasmitirle lo que él suponía que había venido a transmitirle—. ¿Se encuentran bien tus padres? ¿En qué puedo serles de ayuda?

Yo había acudido a su casa, de modo que no podía tratarse de negocios. Debía de creer que estaba ahí en busca de dádivas, de limosna; que había venido a suplicarle; y supongo que en cierto sentido era así.

—Me envía mi madre —anuncié, y noté un leve temblor en la voz. Había rogado que me dispensaran de aquel triste recado, pero mi madre me imploró que lo llevara a cabo, y no me quedó otra que presentarme ante el jeque al-Yebal, el jefe de los asesinos.

En su rostro empezó a formarse una sonrisa de satisfacción, pero la atajó de inmediato.

—Entonces es probable que tu mensaje sea para la señora de la casa —dijo, e hizo ademán de dirigirse a la puerta.

—Mi madre me envía a hablar con usted —repuse con una voz más firme: ya estaba en medio del asunto y no me quedaba otra—. Es sobre una mesita de ébano.

Se sentó en una silla, no en la de antes, desde donde miraba el mar, sino en una que estaba más cerca. Se inclinó y apoyó el codo derecho en la rodilla y la barbilla en la palma de la mano. Después de todos estos años, recuerdo con una intensidad que aún me hace hervir la sangre las ganas que tuve de arrancarle aquel codo de la rodilla de una patada y soltarle un puñetazo en la cara. La mía era una mano pequeña y poco acostumbrada a pegar, poco acostumbrada siquiera a cerrarse en un puño: probablemente me habría hecho más daño a mí mismo que a él, lo cual habría resultado doblemente estúpido. Sólo recuerdo la frustración que sentí al verlo ahí, tan pagado de sí mismo, esperando a oír la ridícula propuesta que fuera a hacerle yo sobre la mesita de ébano.

—Me ha pedido que le diga que no era de ellos, sino de Hassan: que fue un regalo que le hicieron a Hassan, de modo que mi madre quiere que se la devuelva, que le devuelva usted la mesa para cuando Hassan regrese. Quiere que se la devuelva porque es de Hassan: fue un regalo. Me ha pedido que le diga que no les pertenece a ellos, así que no debería usted habérsela llevado porque es de Hassan.

Me dejó seguir con aquella cantinela hasta que me quedé sin nada que decir, y entonces, antes de responder, me concedió unos veinte segundos de silencio para que pudiera oír el eco de mis propias divagaciones.

—Lamento tener que decirte que no soy experto en leyes, así que no sé hasta qué punto tienen peso tus argumentos. Tomé posesión de la casa y de cuanto se dejó abandonado en ella. Todo eso lo vendí y el dinero que obtuve se lo mandé a tu padre, que lo rechazó. Entonces hice que le mandaran el dinero a tu madre, que también lo rechazó, de modo que lo doné a la mezquita aljama para que sus responsables lo utilizaran como creyeran oportuno. Conservé una mesita, que es la que tu madre quiere, pero lamento tener que comunicarte que ya la he vendido. Dile eso a tu madre, por favor, y transmíteles a ella y a tu padre mis mejores y más afectuosos deseos.

La mesa estaba en su tienda, a la venta: alguien que la había visto en nuestra antigua casa la reconoció y se lo contó a mi madre; fue entonces cuando ella se acordó de que era de Hassan y se empeñó en recuperarla. Pobre Hassan, apenas lo mencionábamos, y cuando mi madre empezó a hablar sobre aquella mesita, la tristeza y las recriminaciones que había causado su partida volvieron en tropel. De repente, para mi madre se volvió muy importante recuperar aquella mesa. «No nos la va a devolver», le dije, pero me rogó que lo intentara; por Hassan, por ella misma y por todo lo que había hecho por mí. Así pues, lo intenté, y aguanté como un idiota la sonrisita triunfal de aquel hombre. Tras su pequeño discurso de despedida, Saleh Omar llamó a Faru, que me acompañó hasta la salida. Izquierda, derecha; izquierda, derecha, «y muchos recuerdos a tus padres». Tal como lo veo ahora, marcharme de aquella casa era el principio de mi partida; de algún modo, fue como si abandonara el país directamente desde la casa de Saleh Omar y desde entonces hubiera estado abriéndome camino hasta esta otra casa a orillas del mar. No fue sino un espejismo, fruto de un momentáneo desaliento, el creer que toda mi lucha y mis esfuerzos habían sido inútiles, que mi destino se había trazado de antemano.

Mi partida. He tenido años para pensar en eso, en mis idas y venidas, tantos que los recuerdos se retuercen y desfiguran, y adquieren una corteza que les confiere una suerte de pátina noble. Me marché a los diecisiete años a estudiar a Alemania del Este. Si a estas alturas parece disparatado se debe en parte al hecho de que ese país se ha transformado a un ritmo furibundo en un delirante páramo de la imaginación, una ficción televisiva, con gobiernos tenazmente corruptos y, últimamente, neofascistas desempleados y descontentos cuyas cabezas rapadas se recortan contra las casas en llamas de los inmigrantes. En aquellos tiempos no lo veíamos así, ni mucho menos: se nos antojaba un nuevo orden flamante con una confianza en sí mismo tan ferviente y brutal que nos intimidaba. Los primeros años tras la independencia trajeron consigo muchos cambios, demasiado numerosos para mencionarlos aquí, como solemos decir los académicos cuando nos puede la pereza y no estamos por la labor de dar todos los pequeños pasos que nos permitirían ilustrar debidamente una materia.

Al principio, nuestro país despertó el interés de los Estados Unidos de América y del presidente John F. Kennedy, que invitó a nuestro presidente a Washington en visita oficial. El documental sobre dicha visita, con nuestro sonriente mandatario plantado en el césped de la Casa Blanca junto al emperador de Hollywood y del rock'n'roll, se proyectó durante semanas como encabezamiento de cualquier programa en los cines. La Agencia de Información de Estados Unidos inauguró una biblioteca y sala de lectura climatizada en un anexo de la embajada: sillas acolchadas, escritorios relucientes, vidrio reforzado de líneas sobrias, baterías de libros e hileras de revistas sobre mesas con flexo. En sus sesenta años de gobierno colonial, a los británicos nunca se les había ocurrido hacer algo así. Existía la biblioteca del Club Inglés, con acceso exclusivo para socios, rejilla metálica en las ventanas y un portero, sentado a un escritorio en la recepción, que concedía o negaba la entrada. Tras la independencia y la marcha de los Señores de los Mares, sus puertas se cerraron a cal y canto, y la biblioteca pasó a tener, desde la calle, el aspecto de un almacén o una tienda en desuso. No sé qué fue de los libros, si los abandonaron, los despacharon por barco o los vendieron. Algunos fueron robados y de algún modo acabaron en circulación, pero yo ya me había marchado antes de que el destino definitivo del grueso de la biblioteca saliera a la luz. La mejor alternativa era la biblioteca de nuestra escuela, durante décadas la favorita de administradores salientes que le donaban los libros que les sobraban quizá porque la mayoría de los profesores de la escuela eran europeos —provenientes de Inglaterra, Escocia, Rodesia y Sudáfrica— y los conquistadores que se marchaban tenían la sensación de dejar en manos responsables aquel fruto del intelecto de Europa. Mis compañeros y yo elegíamos libros al azar, sabedores de que se habían cribado previamente para nuestro consumo, y a veces dábamos en el clavo con ellos. Había una sección de la biblioteca que era zona prohibida, pero los vistazos que echaba a hurtadillas en aquellos volúmenes no me revelaban nada, aparte de mapas, prosa latina y un registro que me era ajeno. Imagino que habrían constituido lo más subido de tono de la biblioteca de algún caballero, como las traducciones de Burton de *Las mil y una noches* o algo parecido, pero su atrevimiento peculiar y erudito significaba bien poco para un adolescente autóctono. Los libros tenían un aspecto y un olor especiales, los lomos desvaídos o ensombrecidos por una capa de suciedad que el uso no hacía sino consolidar y una historia ligada para siempre a la de sus antiguos propietarios, que con sus nombres, dedicatorias o notas al margen parecían a ratos exigir que les fueran devueltos. A veces acertábamos al elegir, pero en otras ocasiones nos echábamos a temblar ante el abuso y el desprecio que destilaban, que nos resultaban más hirientes porque los encajábamos por primera vez.

La biblioteca de la Agencia de Información de Estados Unidos era harina de otro costal. Allí podíamos leer revistas y periódicos bajo el aire acondicionado, escuchar discos con auriculares acolchados en una cabina y llevarnos libros en préstamo. Los libros eran hermosos: grandes y pesados, con un papel grueso y brillante, tapa dura y cantos dorados o plateados; en los lomos aparecían grabados —repujados— los títulos, acompañados de los nombres de autores —Ralph Waldo Emerson, Nathaniel Hawthorne, Herman Melville, Frederick Douglass, Edgar Allan Poe— jamás pronunciados en nuestra educación colonial que, precisamente porque no estaban contaminados por el tutelaje y la jerarquía, nos despertaban una noble curiosidad. Era increíble que me permitieran llevarme esos libros a casa y que pudiera colocarlos sobre el cajón que me servía de mesa para ver cómo, a su lado, el resto de las cosas que había en mi habitación parecía insignificante.

Y entonces nuestro presidente dejó de sentirse deslumbrado por los estadounidenses. El motivo fue, en parte, el creciente coro de descontento que Estados Unidos despertaba por toda África en aquella época: habían enseñado demasiado abiertamente sus cartas en el asesinato de Patrice Lumumba en el Congo —unos fanfarrones agentes de la CIA no pudieron resistir la tentación de jactarse de haber participado, aunque sin dar la cara—; estaban asesinando a los afroamericanos en su propio país cuando sólo querían votar y tener los mismos derechos como ciudadanos, unas aspiraciones que nos resultaban familiares en aquellos tiempos y que sintonizaban con nuestro descontento ante la arrogante opresión de los no europeos en el mundo entero. En los periódicos aparecían, lado a lado, fotografías de la policía estadounidense y de la policía del terror del apartheid, ambas azuzando perros contra manifestantes negros. Daba la impresión de que los estadounidenses y su Agencia Central de Inteligencia pretendieran interferir en todo, manipulando y controlando cuanto llamaba su atención por pequeño o grande que fuera. La gota que colmó el vaso llegó cuando, tras largas negociaciones, el gobierno de Estados Unidos rehusó financiar unos proyectos de urbanización que nuestro presidente consideraba esenciales para el progreso de la nación; entonces, la República Popular China accedió a proporcionar la financiación necesaria, la Unión Soviética ofreció armamento a crédito y la República Democrática Alemana, programas de formación en gestión y ciencias aplicadas.

Así pues, a medio camino de nuestra primera década de independencia, los americanos nos dejaron plantados por andar tonteando con el enemigo. Entretanto, nuestro presidente se había convertido al socialismo. A su debido tiempo acabaría siendo un teórico, y un modelo, de una variante propia de dicha doctrina. Redactaba discursos, promulgaba decretos y después escribía los libros que venían a explicar cómo todo eso nos volvería mejores seres humanos. Daba igual: para entonces, teníamos la oportunidad de leer a Mijaíl Shólojov (*El Don apacible*) y a Antón Chéjov (*Cuentos escogidos*), cuyas obras salían a la venta en ediciones baratas, o de hojear las obras completas de Schiller en el Instituto de Información de la RDA (esos ejemplares no estaban en préstamo), y por supuesto teníamos a nuestra disposición ejemplares de bolsillo del *Libro rojo* e insignias de solapa con la imagen del presidente Mao.

Me seleccionaron para ir a Alemania del Este a formarme como dentista. La noticia nos la dio un funcionario del Departamento de Educación, a mí y a diez o doce colegas más, en persona: nos convocaron a una reunión a la que también asistió un representante de la embajada de la RDA —canoso, con un mohín de desdén en los labios rojos— que antes de empezar el asunto parecía ceñudo, un poco impaciente, incluso irritable, pero luego, una vez la reunión se puso en marcha, fue todo sonrisas. Según el funcionario, había habido cientos de solicitantes, pero el ministro nos había escogido a nosotros precisamente. Unos serían médicos, otros ingenieros, y yo, dentista: daktari wa meno. Al oír esto último todo el mundo soltó unas risitas, yo mismo incluido. El representante de la RDA frunció momentáneamente el entrecejo y luego me miró y asintió con ademán alentador: ser dentista no tiene nada de malo. No nos habían pedido que hiciéramos constar nuestras preferencias en la solicitud, de modo que ansiábamos averiguar qué habría escogido para nosotros el ministro o la persona en la que éste hubiera delegado la tarea, sin importar con qué criterios. Lo de ser dentista me supuso un pequeño disgusto al principio, pero no tardé en acostumbrarme cuando empezamos a bromear dirigiéndonos unos a otros por los títulos de nuestras futuras profesiones. El representante de la embajada asumió entonces el control y nos explicó los planes: documentación, viaje, escuela de idiomas durante un año y luego los cursos profesionales. Nos transmitió los fraternales saludos del pueblo alemán y añadió que la amistad entre nuestros dos países era motivo de orgullo y satisfacción para ellos.

A mi madre no le hizo ninguna gracia que fuera a convertirme en dentista. Lo vi clarísimo: cuando se lo dije, sin querer puso cara de asco. «Ser dentista no tiene nada de malo», le dije para tranquilizarla, pero no fue suficiente. Esbozó una leve sonrisa y pareció escéptica hasta lo indecible. Unos días después me hicieron presentarme de nuevo en el Departamento de Educación, esta vez a solas, y el mismo funcionario me informó de que había tenido lugar una misteriosa equivocación: el ministro en persona, el jeque Abdalá Jalfán, me había escogido para cursar estudios de medicina, pero alguien, de algún modo, me había cambiado a odontología. Mientras me lo explicaba, el funcionario trató de parecer desconcertado y hasta un poco suspicaz, como si tras el confuso suceso se ocultara una maliciosa conspiración. En realidad no había ningún misterio, y ambos lo sabíamos, pero le agradecí que hiciera teatro por pura cortesía. Mi madre era la amante del ministro; por lo que sé, podría haber sido una de las dos, tres o más mujeres a su servicio. El tipo era una figura en ascenso en el gobierno y debía de estar encantado de demostrar la autoridad de su verga mediante la cifra de candidatas dispuestas a concederle sus antojos. Pero estoy siendo demasiado duro con mi madre; en realidad, sé poco sobre sus motivos para seguir ese camino. Sea como fuere, el coche oficial del ministro venía a recogerla y esperaba al final del sendero de acceso a la casita a la que nos mudamos después de que mi padre perdiera nuestra casa original, y entonces mi madre, sin prisa y sin temor, casi emperrada en su negativa a mostrarse discreta, salía de casa con el aspecto de una mujer hermosa que va al encuentro de su amante.

Era sin duda esa conexión la que me había hecho figurar en la lista de becados, para empezar, y la que había propiciado el cambio a los estudios de medicina. Me encogí de hombros, le dije al funcionario que en realidad yo quería estudiar odontología y él esbozó una sonrisa y dijo que el ministro había tomado ya su decisión y que no debería quejarme de mi buena suerte. Insistí diciendo que lo que deseaba de verdad era dedicarme a la odontología y el funcionario, que había sido maestro durante muchos años y sólo en fechas recientes se había visto trasladado al ministerio, me miró en silencio durante largo rato y yo diría que se contuvo por los pelos para no decir: «Eso a tu madre no va a gustarle.» Y en efecto no le gustó, pero también ella se limitó a encogerse de hombros y a decir que, en su humilde opinión, era más honroso ser un médico de cuerpos que un médico de dientes que se pasaba el día con los dedos metidos en saliva y bocas apestosas con dentaduras manchadas, pero que si quería ponerme terco con el tema era asunto mío.

Cuando le conté a mi padre que me iba a la RDA a formarme como dentista, asintió lentamente con la cabeza y volvió a concentrarse en su lectura. En el punto en que se encontraba, no le llegaba gran cosa. En algún momento durante el rifirrafe por la casa había encontrado a Dios; abandonó por completo el bar goeta y dedicó su tiempo al arrepentimiento, la oración y el estudio. «Piadoso» no es la palabra exacta para describirlo, ni de casualidad, y una golondrina no hace verano. Se convirtió en jeque del islam: a veces dirigía a la congregación durante los rezos; pasaba las tardes, a la vuelta del trabajo, leyendo el Corán, y las veladas en la mezquita, estudiando y leyendo libros sobre las leyes y la doctrina. Las pulcras camisas blancas y los pantalones marrones cuidadosamente planchados también habían desaparecido y vestía kanzu, kufiyya y sandalias maqbadhi incluso para ir a trabajar. Apenas pareció inmutarse cuando finalmente perdimos la casa y nos vimos obligados a alquilar una de dos habitaciones en otra parte de la ciudad. Se pegaba la caminata hasta la zona donde vivíamos antes para asistir a la mezquita de allí entre gente conocida, gente para quienes la devoción a Dios era motivo de celebración. Apenas pasaba tiempo en nuestra nueva casa y, si lo hacía, era inmerso en sus rezos y sus libros. Cuando hablaba con mi madre lo hacía sin mirarla a los ojos, y a mí ni me hablaba si yo no me dirigía a él. En la época en que yo hacía los preparativos para mi marcha a la RDA, se había convertido en imán: dirigía los rezos con un tono de voz agudo y cantarín, oficiaba con asombrosa soltura las ceremonias fúnebres y se pronunciaba con indiscutible convicción sobre las cuestiones de religión o de leyes que le planteaban. Era como si el eje mismo de su vida se hubiera desplazado y él hubiera pasado a ocupar un espacio distinto donde lo hacían palpitar y vibrar unas resonancias que sólo él era capaz de oír. De modo que, cuando asintió con la cabeza y volvió a su libro, supe qué quería decir: «Largo de aquí. Ve y conviértete en un comunista si es lo que quieres, no podría importarme menos. Ya sabrás a qué atenerte cuando mi Dios y yo te echemos el guante, a su debido tiempo.»

La tarde del día de mi partida, mi padre me llamó por mi nombre y me pidió que lo acompañara en su caminata hasta la mezquita. Echamos a andar juntos bajo la luz resplandeciente de un hermoso atardecer, siguiendo el muro de contención de la ensenada mientras subía la marea. Me cogió del brazo suavemente, en un trémulo gesto de intimidad. Mi padre era un hombre menudo y, con el kanzu y la kufiyya, la mirada gacha de costumbre y aquel modo de asirme del brazo, parecía más menudo incluso. Mientras caminaba a su lado con la frente bien alta, para que no nos vieran pasear cabizbajos como un par de filósofos de pacotilla, me preguntaba si todavía pensaría en Hassan, y en si habría sido la partida de su hijo o la pérdida de la casa la causa de que lo abandonara todo y se convirtiera en un zángano que zumbaba en busca de Dios, o si se debía a mi madre que él se hubiera convertido en el hombre herido y necesitado de atención que yo había conocido toda mi vida y que había encontrado bálsamo y socorro en la palabra de Dios y en salmodiar Sus nombres. Y me preguntaba qué iba a decirme cuando reuniera la fuerza suficiente para decirlo. La gente lo saludaba con reverencia a nuestro paso y él respondía con la humildad que correspondía a un siervo y criatura de Dios.

—¿Has hecho ya todos los preparativos? —quiso saber.

—Sí —contesté—. No había gran cosa que preparar.

Me condujo hasta nuestra antigua casa y permanecimos frente a ella durante un rato. Estaba recién pintada de un color crema amarillento, habían reparado las ventanas y repavimentado con hormigón los peldaños de entrada. Desde donde me hallaba alcanzaba a ver el mar, al final del sendero que discurría junto a la casa, y sabía por experiencia que a esa hora, en la terraza de la parte trasera, soplaría la brisa marina.

—Ésta es nuestra casa —declaró mi padre—. Nos pertenece a ti, a mí y a tu madre.

—Y a Hassan —añadí.

Él se quedó callado; sólo continuó cuando el sonido del nombre de Hassan se hubo desvanecido en la distancia.

—Era la casa de tu tía, la hermana de mi padre; ella me la dejó a mí y esa gente nos la robó. Esto es cuanto puedo dejarte cuando me haya ido, tu herencia.

Sinceramente, tuve ganas de echarme a reír. A otro perro con ese hueso. A mí no me la das con queso. Déjate de fantasías, oh dulce príncipe. El viejo plasta santurrón me había arrastrado hasta allí para embarcarme en una disputa dinástica o algo parecido.

—¿Quieres decir que no debería olvidarme nunca de esta casa? ¿Es eso lo que intentas decirme, Ba? ¿Que quieres que algún día regrese y la recupere?

Al cabo de unos instantes volvió a asirme del brazo y echó a andar de nuevo, tirando de mí para asegurarse de que lo siguiera. Y lo seguí, aunque lo que de verdad me apetecía era apartar el brazo y alejarme de él, dejarlo con la historia que quería contarse a sí mismo, con su insignificancia y sus fracasos. Para empezar, yo no podía soportar que mis padres hubiesen perdido a Hassan y que no fueran capaces de enseñarme a llorar su pérdida. Me condujo hasta la mezquita y se aseguró de que me sentara a su lado mientras esperábamos a que los almuédanos convocaran al rezo vespertino, que entonces condujo. De pie ante la congregación, esperó a que, a sus espaldas, la primera hilera se extendiera ya de un extremo al otro de la mezquita, y entonces se volvió para dirigirse a la qibla y empezó a rezar. Cuando hubo concluido, sentado con las piernas cruzadas, se volvió a medias y fue desgranando las bendiciones que quería que recitáramos en alabanza del Profeta, sus compañeros y su familia. Mientras la congregación entonaba esas alabanzas, se apartó de la qibla y me hizo ademán de que me acercara.

—Cuando llegues a ese lugar impío, no olvides rezar —me dijo—. ¿Me comprendes? Hagas lo que hagas, no pierdas a Dios, no pierdas el norte, o te internarás en las tinieblas.

Ésa era también mi herencia. Creo que aquello fue lo último que me dijo, pues al poco me marché de la mezquita y a la mañana siguiente, cuando me desperté, él ya se había ido a trabajar. Por la tarde salió mi vuelo hacia Berlín. ¿Y las últimas palabras de mi madre? No las recuerdo, no fueron nada memorables. Probablemente me pidió que comprobara que llevaba el pasaporte en un lugar seguro, o me advirtió de que no permitiera que me jugaran malas pasadas, que no dejara que los alemanes me confundieran ni me engañaran. Ya me lo había dicho varias veces, e imagino que volvió a hacerlo en el taxi hacia el aeropuerto y en la terminal, cuando nos despedíamos antes de que me sometieran al registro de seguridad y el consabido cacheo. Mi madre, con su ropa fragante de oud y su rostro hermoso y sereno, atrajo todas las miradas mientras me lanzaba un beso de despedida.

Tampoco sé cuáles fueron mis últimas palabras antes de separarme de ella, ni siquiera recuerdo si en realidad pensaba en mi madre o en lo que ella estaría pensando al verme marchar. Recuerdo que al cruzar el punto de acceso a la zona sólo para pasajeros me notaba tembloroso de aprensión y angustia, pero era porque iba a volar por primera vez y no quería hacer nada vergonzoso e infantil. No pensé en ella, ni pensé en la alargada sombra que ese momento proyectaría sobre mi vida posterior. Tampoco me dije a mí mismo que debía prestar atención a cuanto me rodeaba para recordar más adelante aquellos últimos segundos antes de partir, no me dije que debía atesorar las imágenes, los paisajes y los olores de aquel instante para los estériles años venideros, para cuando los recuerdos arremetieran contra mí desde el silencio y me dejaran estremecido de pena y desamparo por la forma en que me había separado de mi preciosa madre.

Salimos en octubre, dos o tres semanas después de que hubiera dado comienzo el curso escolar alemán. Como yo era el único que estudiaría odontología, me mandaron a una ciudad distinta que a los demás. Todos debíamos pasarnos el primer año aprendiendo alemán, pero cerca de los lugares a los que más tarde iríamos a estudiar. Supongo que tenía sentido, pues así te familiarizabas con la zona, pero habría preferido estar con los demás, sobre todo en el trayecto en tren que siguió al aterrizaje. La ciudad adonde me enviaron se llamaba Neustadt, pero no conservo recuerdo alguno del primer viaje hasta allí. Alguien tuvo que haberme dado un billete y haberme metido en el tren, y todo tuvo que ocurrir según lo previsto. Me acuerdo de cosas raras: de que en cierto punto caía un aguacero, y al arreciar contra los cristales, la lluvia dejaba en ellos riachuelos de barro; de lo rápido que iba el tren, al menos para mí, y de lo ruidoso que era. El paisaje era monótono y verde, gris y embarrado según se terciara, y regular y ordenado otras veces, pero siempre parecía encapotado y sombrío. En algún lugar del vagón había una ventana abierta y por ella entraba una corriente tenaz y gélida. Ni siquiera estoy seguro de cómo supe en qué estación bajarme. Había una persona allí para recibirme, pero no recuerdo cómo llegamos a la residencia de estudiantes; sería en algún vehículo. Más tarde me di cuenta de que aquella persona era el portero de la residencia, un hombre de mediana edad que nunca sonreía, miraba a los estudiantes como si fueran un fenómeno incomprensible y se ocupaba de las tareas que llevaba a cabo como si se le antojaran imposiciones injustas. Me resultaba tranquilizador porque, en ese aspecto, era como el conserje de mi antigua escuela, y mientras que los demás alumnos hacían el saludo fascista a sus espaldas y se burlaban de su cara de pocos amigos, a mí me satisfacía haber reconocido un género. A veces conducía una furgoneta que hacía ruido y soltaba mucho humo, de modo que debe de haber sido con ese vehículo que me recogió en la estación. Estoy seguro de que no llegamos a la residencia de estudiantes en autobús, pues recuerdo con claridad mi primera vez a bordo de uno de la RDA.

La residencia era un moderno bloque rectangular de hormigón, cristal y amianto con diminutas habitaciones sin calefacción compartidas por dos estudiantes. Los pasillos eran estrechos y trazaban ángulos cerrados, de modo que, si bien desde fuera el edificio transmitía una impresión monumental, por dentro era claustrofóbico y agobiante. Hasta que me acostumbré, me daba la sensación de que me costaba respirar; tendido en la cama presa de un pánico silencioso, aspiraba a bocanadas el aire rancio con sabor a putrefacción vegetal. Las ventanas siempre estaban cerradas porque en el bloque entero había muy poca calefacción: si se abría una en el rincón más remoto del edificio, penetraba una corriente gélida por cada grieta y resquicio, lo que conducía a la búsqueda inmediata del delincuente y su castigo. Me hacía pensar en aquella escena de *Rojo y negro* en la que Julien se aloja en casa de la duquesa prácticamente convencido de que heredará su fortuna y, por la noche, se asoma a la ventana de su dormitorio para fumar un pitillo sin saber que la duquesa detesta el olor a tabaco, ni que, con la ventana abierta, una corriente gélida se colará por cada grieta y resquicio de la casa y conducirá a que lo descubran, lo echen y lo deshereden. ¿O ese incidente aparecía en *La feria de las vanidades*? Bueno, da igual; de lo que no cabía duda era de que en aquel edificio no podías abrir una sola ventana sin que te descubrieran, de modo que vivíamos, respirábamos, comíamos y defecábamos en una atmósfera viciada y con el perfume de multitudinarias podredumbres.

Yo compartía habitación con un estudiante de Guinea que se llamaba Ali. Todos los estudiantes de la residencia procedíamos del extranjero, es decir, de tierras oscuras y lejanas. Al principio, le inspiré a Ali desagrado y desdén, pero debo decir en su descargo que fue sólo al principio, y quizá para establecer una jerarquía entre ambos. Hablaba bien inglés y antes de que nos hiciéramos amigos lo utilizaba para aconsejarme mal siempre que le pedía ayuda. Aquella primera noche se sentó sonriente en su cama a ver cómo sacaba mis escasas pertenencias mientras me hacía preguntas: «¿Has traído chocolate? ¿Dólares? Esto es Europa del Este, aquí no tienen nada: las cosas están tan mal como en África. ¿Cuándo te has creído que vas a ponerte esas ridículas camisetas? Aquí hace siempre un frío de narices. ¿Cuántos años tienes? ¡Dieciocho! (Le había mentido.) ¿Te lo has montado ya con una chica blanca? ¿Y a qué esperas? Todas las noches nos dan lo mismo de cenar: estofado. Lo hacen con trocitos de carne seca, y ya nadie sabe de qué es la carne, o si es carne siquiera y no cagarrutas de cabra o bolitas de amianto.»

Me habitué rápidamente a él, y cuando no me ponía furioso o me disgustaba ante sus crueldades —cuando, de hecho, agachaba la cabeza y le ofrecía sonrisas zalameras—, él bajaba el tono y las convertía en meras bromas pesadas. Yo no tenía elección: parecía fuerte y seguro de sí, y me intimidaba con la burda potencia de cada palabra de desprecio, cada burla y pedantería. Compartía la habitación con él y quería caerle bien, no tanto como un hermano, pero sí lo bastante para que no me incordiara, ni me acosara, ni me hiciera sentir idiota. En aquel momento no le daba muchas vueltas al asunto, y me había fijado en que casi todos tenían ya un amigo y los que no parecían melancólicos y asustados. No sé por qué me pongo a la defensiva cuando confieso que procuraba mostrarme halagador y deferente: era una actitud sensata, y que ni me hubiera parado a pensar en ella la volvía más sensata incluso. Quizá era también cuestión de instinto: quizá captaba un dejo de exageración en Ali, que fingía ser más duro y cruel de lo que era en realidad. Sea como fuere, al cabo de unos días empezó a incluirme en sus planes y a querer saberlo todo sobre mis idas y venidas, así que, al fin y al cabo, es probable que yo no tuviera más opción que convertirme en su vasallo.

Todos los estudiantes de la residencia éramos varones de piel más o menos oscura, y todos africanos sin excepción: egipcios, etíopes, somalíes, congoleños, argelinos, sudafricanos... Debíamos ser más de un centenar apiñados en aquellas catacumbas con un orden de precedencia y exclusiones y antipatías de lo más detallado y preciso pese al bullicioso y alegre caos aparente. Nunca había vivido en medio de tanto ruido, de todo aquel juego y aquella violencia, y al principio lo disfrutaba con cierta cautela, sin cuestionarme nada, sin extrañeza. Hasta entonces, ni una sola noche había dormido bajo un techo distinto del de mis padres, quienes, pese a sus excéntricas idas y venidas, siempre pasaban la noche en su propia cama. Cuando me fui, no se me ocurrió pensar que nunca volvería a compartir casa con ellos; en ese momento era lo que más deseaba en el mundo: no volver a estar bajo el mismo techo que ellos, no volverlos a ver jamás, abandonarlos en su indignante decadencia, en sus vidas envenenadas. Ahora me siento culpable al pensarlo, pero era lo que deseaba en aquel momento, y lo deseaba de verdad.

Me gustaban mucho las clases, me encantaban. Me despertaba por las mañanas con un estremecimiento de placer y expectativa, y entonces recordaba por qué: tenía clases. Las aulas estaban en un edificio contiguo, más pequeño, y contaban con un buen equipamiento: cabinas para prácticas, escritorios cómodos, buena calefacción. Pasábamos largas horas del día allí, y se esperaba que por las tardes siguiéramos estudiando un buen rato por nuestra cuenta. Por mi parte, a veces me quedaba hasta la hora de cierre porque se estaba mucho más caliente que en la residencia. Según me dijo mi profesor, tenía aptitudes para el alemán y mi acento ya era bastante bueno. Todos los maestros eran alemanes y como segunda lengua tenían tan sólo el inglés, idioma que muchos de los estudiantes no sabían, de manera que había mucho margen para la confusión, los malentendidos, la insolencia y las gamberradas. Me daba la sensación de que a los profesores no les agradaban particularmente sus alumnos. En general, no creo que fuéramos buenos estudiantes: demasiadas risas, demasiadas bromas, y lo más curioso de todo eran nuestros aires de superioridad respecto a ellos, como si supiéramos cosas sobre las que los profesores no tenían ni idea, cosas útiles y complicadas, no sólo un par de cánticos nupciales, algún rezo grandilocuente o cómo tocar la armónica. Entonces, como ahora, me preguntaba quiénes nos creíamos que éramos. Tal vez nos sabíamos meros títeres en los planes de algún otro, unos cautivos relegados allí. Encerrados allí. Quizá nuestro desdén era como la maliciosa insumisión del preso, rayana en la insurrección, ante la autoridad del carcelero, o quizá la mayoría éramos estudiantes remolones, y los estudiantes remolones siempre se comportan así con sus profesores. O quizá el aire adusto, inflexible y despreciativo de los profesores nos hacía oponerles resistencia; o quizá, incluso, como nos decía un maestro, el calor de nuestros países y la comida picante habían minado nuestra motivación y nuestro ímpetu hasta volvernos prisioneros de los instintos y la autocomplacencia. El único día que no teníamos clases era el domingo.

La rutina y la novedad me resultaban tan agotadoras que no salía de la residencia excepto para ir a clase, y hasta al cabo de un par de semanas de mi llegada no fui a pasear una tarde de domingo con Ali. Neustadt era una ciudad moderna, una ciudad nueva con hileras de casas grises y azules formando una cuadrícula, separadas por calles sombrías barridas por el viento, aceras desiertas y grandes espacios abiertos, también desiertos. Las casas tenían paredes de grava, los marcos de las ventanas pintados de gris o azul marino y tejados a dos aguas con poca pendiente y con puntiagudas antenas de televisión aquí y allá. Un edificio en concreto, no muy alto y de ladrillo, lucía tres letreros distintos: OFICINA DE CORREOS, SUPER-MERCADO y VERDULERÍA. La verdulería tenía una entrada pequeña y oscura que parecía conducir bajo tierra y junto a la que había cajas vacías; las puertas de los otros dos establecimientos eran de cristal con marcos metálicos y estaban cerradas con cadena y candado. La única señal de vida eran las coladas tendidas que se alcanzaban a ver entre las hileras de casas.

—Es domingo, por eso está todo tan vacío. La gente trabaja en Dresde y sólo viene aquí a dormir —me explicó Ali señalando una parada de autobús—. Dresde no queda lejos. Iremos un día de éstos, cuando consigamos pasta para el billete. Pasaremos el día allí.

—¿Estamos cerca de Dresde? —pregunté—. Conozco a alguien que vive cerca de Dresde.

—¿Alguien de tu país?

—No, de Alemania —contesté.

—¿De Alemania? ¿Y quién es? —preguntó Ali sonriendo con cara de incredulidad—. Sólo llevas aquí dos semanas, y apenas has salido de tu habitación excepto para ir a clase o al lavabo.

—Es una amiga por correspondencia: Elleke.

Ali soltó un silbido de burlona admiración.

—Menudo calavera estás hecho... Pues tenemos que ir a visitar a Elleke lo antes posible. ¿Tienes una foto?

—No la llevo encima —repuse.

Ya me sentía bastante traidor por haber revelado su nombre, pues en cuanto lo hube pronunciado supe que la reacción de Ali sería silbar de esa manera y empezar a hablar de ligarse a una chica alemana. Pensé que si le enseñaba la fotografía haría algún numerito obsceno con ella, o empezaría a meterse con la cara o la ropa de Elleke. Pero sí, llevaba una foto encima: la había traído conmigo junto con la dirección de mi amiga, no porque imaginara que estaríamos lo bastante cerca para vernos, sino para escribirle y darle una sorpresa. A propósito, no le había mencionado que iba a venir a Alemania, pese a que había pensado en ella en cuanto surgió esa posibilidad. Ya tenía lista la primera frase de mi carta sorpresa: «A que no sabes qué: ¡estoy en la RDA!»

Su nombre y su dirección habían aparecido en el tablón de la escuela, junto con los datos de otros dos o tres estudiantes de Alemania del Este que, según se informaba, estaban interesados en encontrar amigos por correspondencia. Escribí una nota informal, por pasar el tiempo, y obtuve a modo de respuesta una carta alegre y simpática; no esperaba que le contestara nadie y, en cambio, recibía noticias de alguien a miles de kilómetros de distancia. Y así, durante casi dos años, intercambiamos cartas amistosas y locuaces, poco frecuentes y nada trascendentes. A estas alturas, después de tantos años, me veo incapaz de recordar una sola palabra de lo que nos escribimos, pero no creo que en la época de mi amistad con Ali hubiera podido ser mucho más preciso. Quizá hablábamos de libros, o de cosas que hacíamos con nuestros amigos. La fotografía en blanco y negro que me había mandado mostraba a un grupo de seis mujeres, de pie una junto a otra luciendo abrigos y zapatos elegantes, como si hubieran salido de paseo. «Soy la segunda por la izquierda.» Llevaba un chaquetón de leopardo y el cabello claro peinado con raya en medio. Tenía el hombro izquierdo ligeramente inclinado hacia la cámara y el pie izquierdo medio paso por delante del derecho. Era una pose calculada, pero su sonrisa simpática y burlona la volvía desenfadada y cómplice, como si supiera qué género fotográfico estaba parodiando. Las otras cinco mujeres de la imagen, ya fuera que apartaran la vista de la cámara o la miraran fijamente, parecían disimular, procurando evitar su escrutinio. Cuando le escribía, imaginaba que Elleke sonreiría de la misma forma al leer mi carta.

Disfrutaba más con sus cartas que con las de mis otros amigos por correspondencia. Sí, tenía otros: Adam en Cracovia, Helen en Inverness, Fadhil en Basora. A lo mejor Elleke tenía una edad más cercana a la mía, o escribía bien. Adam tendía a dar consejos y a defender las virtudes de Byron frente a Keats (yo prefería a Keats), o me enviaba fotografías de sí mismo en sus caminatas o escaladas. Recuerdo una en particular en la que aparecía en bermudas, botas y camisa de manga corta, sentado en una roca junto a un río burbujeante con una mochila a su lado. Sonreía con tanto aplomo que me hacía sonreír a mí cada vez que la miraba. Casi podía oír cómo brotaba de él el tono pausado de sus cartas, la actitud de hermano mayor que había adoptado desde el principio por la diferencia de edad entre nosotros, aunque, si he de ser franco, no conseguía que las cartas y las fotografías que me enviaba cobraran vida. Desde Inverness, Helen me hablaba de la nieve y de los últimos éxitos del pop, y me enviaba recortes de revistas y periódicos en los que aparecían sus estrellas favoritas. Me hacía preguntas acerca de las playas y el mar, y sobre cómo era vivir en un lugar con un clima cálido. A veces yo no tenía ni idea de qué me estaba contando, por mucho que leyera y releyera sus cartas. Keats no le interesaba, y tampoco a Fadhil, quien, sin embargo, escribía cartas hermosas y llenas de lirismo sobre Basora y la Vida en mayúsculas. Opinaba que los románticos tenían algo de blandengues y de falsos, que eran idealistas de pacotilla, radicales de pacotilla. Prefería el tono intransigente de Whitman o Iqbal. Yo conocía a Whitman de los tiempos de la biblioteca de la Agencia de Información de Estados Unidos, y probablemente fingía tener una opinión sobre el asunto, aunque *Hojas de hierba* sólo me había producido rechazo y una irritante desaprobación. Por aquel entonces prefería a los románticos. En cuanto a Iqbal, lamento decir que nunca había oído hablar de él; qué típico de nuestra colonizada ignorancia. Disfrutaba con las cartas de Fadhil y trataba de estar a su altura, aunque era consciente de que fracasaba: ni por asomo lograba reproducir la lúcida y ceremoniosa belleza de su lenguaje, y me preguntaba con envidia cómo habría aprendido a escribir frases tan rotundas y equilibradas. Y luego estaba Elleke: nada de Keats con ella tampoco, sólo aquellas cartas parlanchinas y entretenidas con un levísimo toque de escepticismo. Se me antojaban las cartas de una amiga, y leerlas me hacía sonreír.

No quería que Ali, como digno representante de un internado de varones, se burlara de ella y del placer que me producía leerla. Diría que no la consideraba un ser real, ni una mujer de carne y hueso, aunque sí la encontraba atractiva cuando miraba su foto. Pero nunca imaginaba que tras aquellas cartas hubiera una mano que pudiera tocar o un cuerpo que pudiera rodear con el brazo: oía una voz con aquella sonrisa simpática y pícara flotando en torno a ella. Recordar esa sonrisa me despertaba ternura. Ali se dio cuenta de que guardaba silencio y no dijo nada, sobre todo porque en aquel momento vimos que un grupo de jóvenes se dirigía hacia nosotros haciendo botar una pelota de fútbol. Noté cómo Ali se ponía tenso y, cuando me volví, vi que apretaba los dientes, irradiando furia, y que abría y cerraba los puños, preparándose. De haber sido yo uno de aquellos chicos, me habría bastado una sola mirada a aquel cuerpo fuerte y macizo para decidir cambiarme de acera, pero eran valientes muchachos alemanes. A medida que se acercaban, sus sonrisas se volvieron más amplias, y al pasar junto a nosotros a duras penas pudieron contener la risa. «Afrikernische», dijo uno de ellos, y los demás prorrumpieron en sonoras carcajadas. Su arrogancia y su hilaridad volvieron muy fea esa palabra. Esas burlas fortuitas me parecieron espantosas, pero ya tendría tiempo de acostumbrarme a eso y a cosas peores, para aprender a recobrarme de esa clase de desplantes.

Más tarde, tendidos en la oscuridad en camas separadas sólo unos centímetros, Ali me preguntó:

—¿Fue por esa chica, tu amiga por correspondencia, que viniste a la RDA?

Pronunció «RDA» como lo hacían nuestros profesores: haciendo reverberar la erre para que sonara grandilocuente, mofándose de ellos.

—No, qué va. Ella no tuvo nada que ver —contesté sorprendido, riendo. Vine por curiosidad, para ver sitios y cosas. Habría accedido a ir prácticamente a cualquier parte, aunque no tuvieron que convencerme de marcharme precisamente; quería irme. Pero no fue eso lo que le dije a

Ali, sino—: He venido a la RDA a estudiar y a aprender un oficio. En cuanto consiga ese objetivo, volveré a mi país y haré lo que pueda por ayudar a mi gente.

Ali soltó una risita en la oscuridad.

—¿De modo que para eso has venido, joven pionero? Pues yo no quería venir aquí, quería ir a Francia, pero las únicas becas disponibles eran en los fraternales países socialistas, así que era esto o irme a la Unión Soviética a aprender a conducir una quitanieves. Creo que todos los que estudiamos aquí preferiríamos estar en otra parte.

Yo también lo había pensado, y me parecía que era por eso por lo que los alumnos veían las clases y a los profesores como si fueran inferiores: porque no querían estar ahí. Todos habríamos querido estar en la tierra de la Coca-Cola y los pantalones vaqueros, aunque no fuera más que por esos refinados placeres. ¿Por qué había venido yo? Porque mi madre me había convencido de ello. El tema surgió una mañana, cuando acababa de traducirle una de las cartas de Elleke, y ella me dijo: «¿Por qué no te vas a Alemania? Tengo entendido que dan becas para estudiar allí, ¿por qué no pides una?» Siguió insistiendo y, al cabo de unas semanas, rellené la solicitud. Quería marcharme, quería ver mundo. Ella contribuyó a que me fuera fácil ir a la RDA, aunque de haber tenido elección habría preferido Massachusetts. Qué nombre tan bonito: Massachusetts.

—¿Y por qué has venido aquí, entonces? —le pregunté a Ali.

—Porque mi madre quería que viniera —fue su respuesta.

—Yo igual —repuse, y de nuevo solté una risa de sorpresa—. Pero ¿por qué? ¿Cómo?

Ambos nos reímos alegremente de las artimañas de nuestras madres llenas de recursos, sin duda, a la vez, echándolas terriblemente de menos y con el corazón encogido de pena.

—Porque ella creía que aquí estaría a salvo —respondió Ali.

No recuerdo cuánto me contó aquella noche, pero era la primera vez que hablaba de esas cosas conmigo. Su padre, según me dijo, estaba en la prisión de Sékou Touré, como tantos miembros de la *intelligentsia*. Recuerdo que utilizó esa palabra. Había sido maestro de inglés en Lyon durante diez años y Ali había nacido allí, al igual que su hermano mayor, Kabir. Y entonces, en 1960, Ahmed Sékou Touré, bisnieto del mismísimo Samory Touré que había batallado durante años contra los invasores franceses en el siglo XIX, logró la independencia de Guinea tras una lucha encarnizada. Entonces, el padre de Ali, en un arranque de vergüenza poscolonial, decidió volver. A su debido tiempo, el entusiasmo se transformó en amargura, y quién sabe qué clase de desliz cometería, pero Sékou Touré no estaba de humor ni para la rebelión más insignificante, pues ya habían tenido lugar demasiados intentos de asesinarlo. Así, el padre de Ali acabó detenido, como tantos otros miembros de la *intelligentsia* que habían regresado. Eso había sido tres años atrás. De vez en cuando les llegaban noticias a través de alguien a quien habían liberado, o de un contacto que trabajaba en la prisión y al que tenían que pagar por la exigua información de que su padre seguía vivo. Entonces, dos años después de la detención del padre, el hermano mayor desapareció: salió una noche a ver a un amigo del trabajo y ya no volvió. Alguien difundió el rumor de que había huido, de que había abandonado el país, como hacía tanta gente por entonces para librarse de las intrigas del Estado, pero aquello no era más que un intento de las fuerzas de seguridad de desacreditarlo y encubrir lo que realmente había sucedido. A lo mejor seguía vivo en alguna prisión, o quizá ya se habían deshecho de él. No consiguieron tener noticias suyas. Fue entonces cuando la madre de Ali lo convenció de marcharse, de ir a algún lugar donde estuviese seguro porque allí, en Conakri, estaba destinado a tener, tarde o temprano, algún encontronazo del que sólo podía salir malparado. Nadie le haría daño a una vieja inútil como ella, dijo la madre, y había parientes a los que podía recurrir en caso de necesidad. De modo que Ali solicitó una beca del gobierno para ir a la RDA, y en ésas estábamos.

En ésas estábamos, ciertamente, pero había muchos más flecos en aquel relato que se han desvanecido con el tiempo. Me hablaba de una abuela a cuya casa se mudaron después de la detención del padre, que contaba historias enigmáticas y vagamente sabias y que de algún modo se las apañaba para levantarles el ánimo y dotar de nobleza sus tribulaciones; de la escuela a la que asistió en Lyon hasta los diez años y de sus amigos allí: Karim, Patrice y Anton (por alguna razón, no he olvidado sus nombres); de una chica con la que salía en Conakri durante los meses previos a su partida. Me hablaba de Conakri y de su gran puerto, y de lo persistente y copiosa que era la lluvia en aquella ciudad. Y había muchísimos flecos más. En cuanto a mí, no me acuerdo de lo que llegué a contarle; creo que me mostraba muy reservado, más por costumbre que por otra cosa. No recuerdo que le preocupara si yo le correspondía o no, pero estoy seguro de que, en aquel ambiente de confianza e intimidad en el que hablábamos, debo haberle revelado varias cosas. No es que tuviera algo importante que ocultar, sino más bien que ahora me avergüenza la posibilidad de haberle contado nuestros ridículos melodramas domésticos a cambio de su terrible historia de pérdida y represión. Estoy seguro de que no le expliqué en qué circunstancias se había ido Hassan, aunque sí que le revelé, cuando él me dijo cómo había desaparecido su hermano una noche, que yo también tenía un hermano mayor que se había desvanecido en algún lugar más allá del horizonte.

Le escribí a Elleke cuando llevaba en Alemania alrededor de un mes, pero no obtuve respuesta. Ali se rió de mí. «Te quería allí, a miles de kilómetros de distancia, y no en la puerta de su casa», me dijo. Al cabo de unas semanas volví a escribir y entonces recibí una respuesta casi inmediata con una educada nota de bienvenida y la invitación a visitarla si lo deseaba, como yo había sugerido. «Da igual, sólo ha sido una idea.»

Estábamos en lo más crudo del invierno y hacía un frío glacial. Por Año Nuevo habíamos hecho el ansiado viaje a Dresde para comprar ropa de abrigo para mí y pasar el día en la ciudad. No teníamos mucho dinero y no había gran cosa que comprar, de modo que nos pasamos la jornada paseando por la preciosa ciudad intentando no reparar en cómo nos miraba la gente. Yo no sabía nada sobre Dresde, pese a que llevaba varios meses viviendo en lo que eran prácticamente sus afueras, a veinte minutos de trayecto en autobús. No estaba al corriente de sus triunfos medievales, de su riqueza y su creatividad, de sus grandes industrias y sus hermosos edificios. No sabía nada sobre los príncipes electores de Sajonia, ni siquiera había oído hablar de ellos; no sabía que Dresde fuera una gran ciudad portuaria a orillas del Elba, ni siquiera sabía de la existencia del Elba. Y no estaba al corriente de la devastación de mayo de 1945, ni de ninguno de los otros horrores que había sufrido o que había infligido a sus enemigos y víctimas. Tenía algunos conocimientos sobre el Gran Banco de Terranova, sobre el gran incendio de Londres y Cromwell, sobre el sitio de Mafeking y la abolición del comercio de esclavos porque eso era lo que mi educación colonizadora me exigía conocer, pero no sabía nada sobre Dresde ni sobre muchas otras Dresdes. Llevaban ahí todos esos siglos a pesar de mí y de mi ignorancia, ajenas a mi existencia. La mera idea de que uno pudiera saber tan pocas cosas y vivir satisfecho resultaba pasmosa.

Pero Ali no era tan ignorante como yo. Me llevó a recorrer el barrio de Altstadt señalándome edificios y describiendo el bombardeo de mayo de 1945 como si hubiera estado presente. Fuimos al palacio Zwinger y vimos la *Madonna Sixtina* de Rafael. Era mi primera visita a un museo de arte y estaba encantado en mi papel de novato, siguiendo a Ali, que iba un poco por delante. Pasamos ante la Ópera Estatal, pero no nos dejaron entrar: un guarda armado nos echó de allí sin ceder a las burlonas súplicas de Ali.

El día siguiente trajo consigo una carta de Elleke, «Por favor, ven a visitarnos», con instrucciones de qué autobús coger y dónde encontrarme con ella. Ali no paró de darme la lata toda la semana diciendo que me perdería si iba solo, que podía toparme con un grupo de matones alemanes o que podía necesitar su ayuda en mi encuentro con Elleke.

—Eres tan joven y tan inexperto... una pobre criatura salida de la jungla. Te hará falta el consejo de alguien con mucho mundo cuando conozcas a la del chaquetón de leopardo.

Me las apañé para contenerlo, aunque a esas alturas, cómo no, ya le había enseñado la fotografía, y el chaquetón de leopardo había llamado su atención. Y así, el domingo me subí a un autobús en la terminal de la ciudad y luego esperé junto a la ventanilla de venta de billetes como me habían indicado. La idea era que Elleke se encontrara conmigo allí e hiciéramos un breve trayecto en autobús hasta su casa, donde nos esperaría su madre, que también estaba deseando conocerme. Confiaba en que no se mostrara paternalista conmigo: a muchos alemanes que había conocido parecía resultarles imposible no hacerlo.

Estaba ojo avizor por si veía el chaquetón de leopardo, aunque sabía que la fotografía sería de por lo menos dos años atrás, y era posible que ya no lo tuviera o que a esas alturas estuviera raído y descolorido, y hubiera quedado relegado a usos menos honrosos. Tan concentrado estaba en vislumbrar el chaquetón de leopardo que no advertí la presencia del hombre que se había plantado a apenas un metro de distancia de mí y que me dijo:

—Soy Elleke.

No, ni siquiera intentaré describir cómo me tomé aquella emboscada. Digamos que me quedé boquiabierto y hasta es posible que soltara un gañido de sorpresa.

—Soy Jan —añadió él tendiéndome la mano.

Sonreía de oreja a oreja, aunque había un destello de inquietud en sus ojos. De haber estado allí mi amigo Ali, le habría apartado el brazo de un manotazo y se habría alejado a grandes zancadas. ¿Dónde estaba Elleke? ¿Ése era su novio, que había venido a burlarse de mí? ¿Su hermano?

Le estreché la mano y vi cómo su sonrisa pasaba a expresar alivio.

—Puedo explicarlo —dijo.

Así pues, recorrimos la corta distancia desde la terminal de autobuses hasta un pequeño parque y nos sentamos en un banco. No estaba dispuesto a subirme a un autobús con un tal Jan, cuando esperaba a Elleke, pese a que Jan tenía una cara redonda y sonriente, y tampoco parecía estar pasándolo bien con todo aquello. Su historia es la que sigue, y debo decir, por si os interesa, que la creí y me subí al autobús con él para ir a tomar el té con su madre. No había ninguna Elleke, o por lo menos no como yo la había imaginado. Un conferenciante había acudido a su instituto para hablar sobre el trabajo que la RDA estaba haciendo en África. Se trataba de un funcionario local, del Departamento de Educación de la ciudad, y acababa de volver de pasar un año como consejero voluntario en un Estado africano. El mío, en concreto. Habló con optimismo sobre el trabajo que estaba llevando a cabo la RDA y el gran interés que existía en que los jóvenes alemanes establecieran lazos con sus hermanos africanos. Les dio la dirección de nuestra escuela en África y los animó a mandarle sus datos al director para ofrecer su amistad. Por puro capricho, Jan se inventó a Elleke y, creyendo que el conferenciante simplemente estaba endilgándoles la consabida patraña de las relaciones fraternales entre los pueblos, no esperó respuesta. Cuando le escribí a Elleke a la dirección de su casa en Altenstadt, Jan quedó encantado, abrumado. Su madre leyó la carta y también se emocionó. Una vez redactada la respuesta, le pidió a la buena señora que comprobara el tono porque temía no haber sabido dar voz a Elleke, con lo que su madre pasó a formar parte de la conspiración: leía las cartas de Jan antes de que él las echara al buzón y a veces añadía algo, y también leía las cartas que yo le mandaba a Elleke.

—Lo hacíamos sólo por diversión —se disculpó Jan con una sonrisa compungida—. Espero que no te enfades.

Era dos o tres dedos más alto que yo y quizá un año mayor, poca cosa. Hablaba con menor fluidez de la que yo había imaginado en la voz de Elleke.

—Me mandaste una fotografía —recordé—, la del chaquetón de leopardo.

Yo le había pedido una foto y no supo qué hacer. Había estado dándole vueltas al asunto desde que recibió mi primera carta: ¿hasta dónde debía llevar el engaño? Y entonces, un día, una prima de Checoslovaquia le mandó una fotografía de grupo a su madre, cuya familia había vivido en ese país. La fotografía parecía perfecta: Elleke era justo como a él le habría gustado que fuera. Lo entendí perfectamente porque yo también habría deseado que Elleke tuviera ese aspecto. Se lo hice saber, y luego le sugerí que cogiéramos el autobús. Cuando le pregunté por qué no había contestado a la carta que le escribí tras mi llegada a la RDA se encogió de hombros con gesto compungido y también entendí lo que eso significaba.

—No quería que te enfadaras —respondió—. En lugar de a Elleke ibas a conocerme a mí. Pero luego me pareció muy grosero no contestarte, muy antipático, así que mi madre y yo decidimos invitarte para poder explicártelo todo, y ahora estoy muy contento de haberte conocido.

Volvimos a estrecharnos la mano y nos pasamos el resto del trayecto hablando de temas menos espinosos. ¿Qué tal el centro de formación? ¿Qué has visto en Dresde? ¿Cuántos cursos tendrás que hacer para aprender el idioma? Me enteré de que estudiaba diseño de automóviles en la Universidad Politécnica de Dresde.

—A lo mejor te envían ahí cuando termines los cursos de alemán.

Vivían en un piso en la primera planta de un edificio alto y antiguo. La escalera estaba sucia y llena de polvo, y del techo colgaban lazadas de cables. Jan llamó suavemente a la puerta y al poco abrió una anciana de cabello blanco. Era alta y esbelta, con un rostro de facciones bien definidas que debía de haber sido hermoso en su juventud. Tenía los ojos castaños, grandes, tranquilos, imperturbables; quizá ya había dejado atrás cualquier clase de ansiedad o tensión. Sonreía con la cabeza levemente inclinada en un gesto de cordial bienvenida. Me hizo ademán de que entrara y luego me ofreció la mano. Me limpié los pies en el felpudo y, al hacerlo, bajé la mirada y vi sangre. La madre de Jan también la vio: la oí soltar una leve exclamación.

Algo me había atravesado la suela del zapato y me había hecho un tajo en el pie, y no me había dado ni cuenta. Eran los zapatos que había traído conmigo, ligeros y de suela fina, cosidos con puntadas amplias en las punteras para dejar pasar el aire: un calzado idóneo para pasear por las calles tropicales que estaba de moda cuando me fui, pero nada adecuado para Alemania; no protegía de la lluvia y el frío y resultaba peligroso en las aceras mojadas. Caminar a la intemperie con esos zapatos era un verdadero suplicio, pues los pies se me iban entumeciendo hasta que ya ni los notaba y después, cuando volvía a estar a cubierto y entraba en calor, empezaban a dolerme. Los calcetines que llevaba también eran finos, propios del trópico, y muy usados. Tampoco podría haber metido otros más gruesos en aquellas ajustadas zapatillas. Cuando llovía, el agua se colaba en ellas directamente y me veía obligado a caminar entre resbalones y chapoteos. Mi primera vez en la nieve me bastó dar un paso para patinar y aterrizar de culo, y mis siguientes pasos sobre ese peculiar elemento tuvieron idéntico resultado. Aprendí a caminar sobre la nieve como un bailarín de ballet novato, o mejor incluso, a no caminar por ella en absoluto: me limitaba a quedarme dentro y verla por la ventana. La excursión que Ali y yo habíamos hecho a Dresde unos días antes había supuesto un fracasado intento de sustituir mis zapatos, porque él creía que tarde o temprano se me congelarían los pies y tendrían que amputármelos, y no soportaba el olor cuando me los quitaba («Es posible que ya sea demasiado tarde», decía). Pero no habíamos encontrado zapatos; de hecho, ni siquiera los habíamos buscado. En lugar de eso habíamos recorrido las calles y Ali se había dedicado a enseñarme los hermosos edificios y a contarme su historia: Wagner adoraba la Ópera Estatal de Dresde, y Schiller había vivido durante un tiempo en esa misma calle, un poco más abajo. ¡Nada menos que Schiller, nuestro Schiller del Instituto de Información de la RDA! Saber dónde había vivido lo hacía parecer real, no sólo una figura legendaria y atemporal. Y durante todo ese tiempo los pies se me iban entumeciendo cada vez más, y la amputación acechaba.

Me quedé allí plantado, sangrando sobre el felpudo del piso de la madre de Jan, con los pies tan dormidos que ni había notado el tajo en la planta. Mi anfitriona dio un paso hacia mí, me asió la mano y tironeó de ella para que la siguiera; Jan nos siguió de cerca soltando leves exclamaciones de disculpa y no pude evitar fijarme en que, pese al dramatismo de la escena, había cerrado la puerta con llave y pestillo. La madre, con el rostro contraído en una mueca de compasión, me hizo sentarme en el sofá, miró alrededor en busca de algo en que yo pudiera apoyar el pie y terminó cogiendo un periódico viejo de una pequeña pila bajo la ventana; a ambos lados de ésta, casi rozando las gruesas cortinas rojas que la enmarcaban, se alzaban sendas estanterías. Sobre un estante había dos fotografías con marcos de madera: en una aparecía un hombre con un jersey deportivo delante de un paisaje montañoso y en la otra, una mujer alta con un vestido suelto; junto a ella, de pie sobre una silla, un niño con pantalón corto le apoyaba la barbilla en el hombro derecho con el rostro vuelto a medias hacia la cámara. Al otro lado de la chimenea había una tercera estantería, con una vieja butaca marrón junto a ella y, detrás, una mesa llena de papeles y, en un rincón, un montón de revistas. En la pared sobre la chimenea se adivinaba la sombra de un cuadro ausente y, al pasear la vista por la habitación, me fijé en que había huellas de otros dos marcos.

Jan volvió a la habitación con un trapo y un gran cuenco de cristal con intrincadas figuras delicadamente talladas y borde festoneado, que había llenado de agua. Lo dejó junto a su madre, que estaba arrodillada en el suelo ante mí.

—Menuda bienvenida te estamos ofreciendo —comentó.

Murmurando algo, la madre desató con cuidado los cordones de mi zapato izquierdo. Luego me levantó el pie para descalzarme, pero descubrió que, por culpa de la sangre, la hoja de papel de periódico se me había pegado; la desprendió procurando no hacerme daño y me quitó el zapato lentamente. Tras pedirle a Jan que me sostuviera la pierna en alto, me bajó el calcetín con ambas manos hasta quitármelo también, y chasqueó la lengua ante el desastre que encontró debajo. Rasgó el trapo en tres o cuatro pedazos, mojó uno en el cuenco de agua y empezó a lavarme la planta del pie. El agua estaba fría, pero la sensación era calmante. Al cabo de un ratito, comentó:

—No ha quedado nada ahí dentro, diría yo.

Luego mojó un trapo limpio en el agua y me lavó el resto del pie: entre los dedos, el empeine, el talón. Rasgó otro trapo en tiras y me vendó la herida, y cuando hubo acabado se echó atrás sobre los talones y sonrió.

—Sabía que te conocería, aunque no que serías tú —dijo.

No comprendí sus palabras, y seguramente fruncí el entrecejo, pero sí entendí algo: que estaba expresando un deseo que yo venía a cumplir de algún modo sorprendente, un antiguo anhelo que yo satisfacía. «Sabía que te conocería, aunque no que serías tú.» De alguna manera extraña, sonaba razonable. Si un médico, o el piloto de un avión en el que fueras de pasajero, te dijera algo así, sin duda te entraría un sudor frío, pero si una anciana dama alemana que a todas luces había sido muy hermosa se arrodillaba en el suelo ante ti y, tras haberte lavado una herida, te lo soltaba sin inmutarse y por lo visto sintiéndose cómoda al decirlo, parecía lleno de significado. Al menos a mí me lo pareció: me daba la impresión de que estaba al principio de una historia.

—¿Te ayudo? —le preguntó Jan a su madre, ofreciéndole la mano.

—Sí —contestó ella aceptándola, y luego esbozó una sonrisa de agradecimiento.

Todo cuanto hacía aquella mujer parecía pausado, fruto de la reflexión. Supuse que, fuera lo que fuera que le ocurriese, lo afrontaría con aquella misma sonrisa exenta de sorpresa.

—¿Recuerdas la escena en la que Ulises vuelve a casa al cabo de veinte años sin anunciarse y su esposa, Penélope, no lo reconoce? Quien lo reconoce es una anciana, una tal Eureclita o algo así, que le lava los pies para darle la bienvenida a la casa. Como suele ocurrir en esas historias, ella había sido su nodriza cuando era un bebé. ¿Lo recuerdas? A todo gran héroe o príncipe lo ha amamantado una mujer que ya anciana, cansada y abandonada por todos, se sienta junto a las cenizas del hogar real. Eureclita reconoce la cicatriz en el pie de Ulises y sabe que el señor de la casa ha regresado. Cuando tú vuelvas a nosotros en años venideros, ¿te reconoceremos también?

En aquel momento yo no sabía lo de la vuelta a casa de Ulises, ni gran cosa sobre Homero, la *Ilíada* o la *Odisea*, salvo lo que había visto en películas como *Jasón y los Argonautas*, *Hércules encadenado* o *Helena de Troya*, que para colmo no me gustaba nada. ¿No había sido idea suya que los griegos construyeran un caballo de madera para colarse en Troya mediante el engaño y, una vez dentro, matar, mutilar y violar, y finalmente prender fuego a la ciudad? En esa cuestión, yo estaba de parte de los troyanos. Pero la mujer había dicho todo aquello con una sonrisa cada vez más amplia, como si disfrutara enormemente de su extravagancia. Y cuando miré a Jan, vi que sonreía de la misma manera, vuelto a medias hacia la estantería como si en cualquier momento fuera a alargar la mano para sacar el libro y leernos el pasaje en voz alta. Y en efecto, acto seguido sacó un volumen y resiguió la tabla de contenidos con un dedo mientras su madre esperaba.

—Se llamaba Euriclea —declaró él por fin, sin prisa, y luego nos leyó un pasaje—: «Euriclea se acercó a su amo y se puso a lavarlo, y vio al punto la señal que dejó un jabalí con su blanco colmillo...»

—Exactamente —comentó la madre—: Euriclea, la anciana agazapada en las sombras del jardín de Penélope. Auerbach hace maravillas con ese pasaje. ¿Conoces la lectura que hace Auerbach de ese incidente? Puedo dejártela. ¿Lees alemán?

—Todavía no —contesté—, o no cosas difíciles.

Puso cara de comprensión.

—Bueno, pues cuando puedas leerlo te prestaré el libro.

—Hablaba inglés con fluidez, pero con un acento que no me resultaba familiar. Tras haber recogido los trapos y el cuenco, y habernos servido café, me preguntó—: ¿Qué te ha hecho venir aquí? ¿Qué te ha hecho abandonar tu precioso país para venir a este lugar? Nos entristeció recibir tu carta: me hacía más feliz pensar en ti viviendo allí, a orillas del mar, libre al calor del sol radiante mientras nosotros seguíamos aquí, preocupándonos por nimiedades. Así por lo menos alguien estaba a salvo. Mira, Jan ya está preocupado por lo que te estoy diciendo, no vayas a delatarnos.

—No... —protestó Jan, que sólo prestaba atención a medias, ocupado en medir mi zapato ensangrentado con uno suyo.

A mí no me pareció muy preocupado, excepto quizá por el tamaño de mis pies, que son excepcionalmente grandes. Y supuse que habrían sacado la idea de que llevaba una vida libre y al calor del sol a orillas del mar de todas aquellas cartas encantadoras que solía escribir, al igual que yo mismo nunca habría imaginado que el lugar donde vivían fuera así, ni los habría imaginado a ellos en absoluto, pues no conocía siquiera su existencia, sino sólo la de una voz que me hablaba sonriente envuelta en aquel chaquetón de leopardo.

—¿Te has enfadado mucho con Jan cuando has descubierto que no era Elleke? —preguntó la madre recostándose en la silla y sonriendo confiada en que no hubiera sido así—. ¿Te has sentido decepcionado?

—Al principio sí —contesté tomando sorbitos de café amargo y tratando de no esbozar una mueca. El pie me palpitaba, tanto de dolor como por la manipulación y sus resonancias en antiguas historias de valor y crueldad. ¿No debería ir al hospital a que me pusieran una inyección, por si se infectaba?

—Bueno, yo me llamo Elleke —confesó ella—. En serio, Jan fue demasiado perezoso para pensar en otro nombre. No es lo mismo, pero al menos puedes decir que has conocido a Elleke, y será cierto.

—¿Cómo se llama en realidad la chica del chaquetón de leopardo? —quise saber—. La prima de Checoslovaquia. Jan me ha contado que su familia es oriunda de allí.

—Se llama Beatrice, «la que guía en la oscuridad» —respondió la madre—. Sí, nuestra familia procede de allí: eran grandes terratenientes cerca de Most, no en la ciudad en sí, sino junto a un pueblecito que no queda muy lejos. Most está aquí mismo, sólo cruzar la frontera. Deberías ir de visita con Jan; él mismo lleva años sin ir.

—Me quitaron el pasaporte cuando llegué —repuse. Eso me preocupaba. ¿Por qué habían hecho algo así? Supongamos que necesitaba marcharme, o ir de visita a Most, ya puestos. Al llegar a la residencia de estudiantes, una empleada de la oficina me había quitado el pasaporte para sustituirlo por una tarjeta identificativa. Me puso nervioso pensar que desconfiaban de mí nada más llegar, pero me sentía demasiado intimidado para armar jaleo.

—Cuando yo era niña, Most estaba en Austria —comentó Elleke—. Hace mucho de eso. —Miró a Jan y le sonrió con expresión atribulada, como disculpándose—.

Ha oído tantas veces esta historia que en cuanto empiezo se le cae el alma a los pies.

—Cuéntale lo de aquella vez, mamá —intervino Jan asintiendo enérgicamente—. Siempre lo describes de manera diferente, de modo que nunca me canso de oírlo. Por favor, cuéntaselo, mamá.

—Ay, no... no queremos aburrir a nuestro nuevo amigo en su primera visita —repuso Elleke riendo por lo bajo—. Pero lo que dices sobre las historias es verdad: siempre se nos escurren entre los dedos, cambian de forma, se retuercen en sus intentos de salir a la luz.

—Me encantaría oír lo de aquella vez —intervine con la sensación de que la cortesía no me dejaba alternativa, pero también atraído por la intensidad de aquellos intercambios.

—Bueno, pues había una gran casa con hermosos jardines —empezó Elleke—. Más que un jardín era un parque con un riachuelo que cruzaba el bosque para luego verterse en un pequeño lago. Había extensiones de césped, y arriates siempre plantados y en flor, y preciosos huertos. Un huerto constituye un espectáculo verdaderamente satisfactorio, con sus brotes en primavera y toda esa fruta perfectamente formada después, en verano. Había un bosquecillo de rododendros de un morado oscuro tan intenso y profundo que parecía extraído de las mismísimas vísceras del arbusto. Había un sendero para carruajes, así como un cochero y lacayos, establos, caballos y mozos, y una legión de otros criados y sus familias, para ocuparse de cuanto hiciera falta. En el sendero se habían plantado árboles de todo tipo; un antepasado había instaurado aquella pasión por los árboles generaciones atrás. Había un árbol de Cachemira que tenía doscientos años, un ciprés que se retorcía y desplegaba como si anhelara que lo liberasen: aquél era el árbol exótico de nuestra infancia.

»Son recuerdos de cosas perdidas —continuó tras un silencio que duró un largo minuto mientras su mirada iba de uno al otro y ella daba un sorbo al repugnante café sin inmutarse—. Es posible que en mis recuerdos todo se vea más simple de lo que era en realidad. Recuerdo las hermosas flores que había en todas las habitaciones, incluso en invierno. Cuando pienso en ellas ahora, el alma se me llena de añoranza, quién sabe por qué. Y también pienso en todos aquellos criados, muchos de ellos con tareas degradantes en las que nosotros ni nos fijábamos, y viviendo en medio de carencias. Eso fue antes de la guerra, de aquella guerra tan terrible que trajo consigo tantos desastres. Y Austria perdió esa guerra y luego perdió la siguiente, y entonces lo perdió casi todo.

Yo advertía que aquellos recuerdos la deprimían, igual que a Jan, pero quería saber más. ¿Cómo habían llegado de aquello a lo de ahora? Eché un vistazo a las dos fotografías en el estante.

—¿Ése es Jan? —pregunté.

—No, no —contestó ella riéndose—. ¿Por qué iba a tener una foto de Jan en la estantería cuando lo veo todos los días? Son mi madre y mi hermano pequeño, y el de la izquierda es mi padre. Esas fotografías se tomaron justo antes de que saliéramos hacia Kenia, en una excursión a los Cárpatos que supuso nuestra despedida de lo que había sido Austria.

—¡Kenia! —exclamé. Eso explicaba su inglés. Pero también me dieron ganas de decir «los Cárpatos»: qué palabra tan hermosa, quizá no tan dúctil y sugerente como Massachusetts, pero enrevesada y misteriosa a su manera—. ¿Eran colonos?

Elleke hizo un gesto de contrariedad.

—Sí, colonos.

—¿Y por qué fueron a Kenia?

Ella hizo una pequeña pausa antes de contestar, y entonces, cuando empezó a hablar de nuevo, advertí que la concentración la hacía fruncir el ceño.

—No creo que nadie me haya planteado nunca esa pregunta exactamente de ese modo. Porque no has querido decir «por qué fueron a Kenia y no a otro lugar» en el entendido de que, al fin y al cabo, los europeos podíamos ir a cualquier sitio que nos apeteciese. No, lo que me has preguntado en realidad es por qué decide uno ir a quitarle a otra gente lo que le pertenece para llamarlo suyo y prosperar a base de hipocresía y violencia; incluso ir a luchar y mutilar por algo a lo que no tiene derecho. ¿Es eso lo que has querido decir? Bueno, pues porque vivíamos en una época en la que nos parecía que teníamos derecho a todo eso, derecho a lugares que sólo estaban habitados por gentes de piel oscura y pelo crespo. En eso consistía el colonialismo, y se hacía todo lo que fuera necesario para que no advirtiéramos los métodos que posibilitaban que fuéramos allá donde quisiéramos. Mis padres compraron tierras al pie de las colinas de Ngong y se dedicaron al cultivo de café. Se había pacificado a los nativos y la mano de obra era barata. Mis padres no preguntaban cómo se había llegado a aquella situación, y nadie los animaba a hacerlo, aunque viviendo allí no costaba mucho darse cuenta. ¿Conoces Ngong? ¿Has estado en Nairobi?

—No, yo no conozco nada —repuse—, ni he estado en ninguna parte.

—Has estado en Dresde —intervino Jan con una sonrisa.

—Sí, también se puede preguntar «¿Y por qué Kenia?» inocentemente —zanjó Elleke ignorándonos para continuar con su historia, con sus enseñanzas—. Pues para huir de Europa y sus guerras. Mis padres ya no querían vivir en Austria, de modo que echaron mano de lo que les correspondía del patrimonio y compraron aquella granja en Ngong. Eso fue en 1919 y vivimos allí hasta 1938, haciendo lo que nos parecían grandes cosas, alcanzando grandes logros. Viajábamos y aprendíamos mucho, aunque ahora sé que no aprendimos lo suficiente. Con el paso del tiempo, cada vez parece menos excepcional lo que hicimos y sentimos allí.

—Mi madre ha escrito unas memorias sobre sus años en Kenia —reveló Jan—. En alemán. Es un libro precioso.

—No son más que mentiras dictadas por la nostalgia —repuso Elleke con una sonrisa, despreciando las palabras de Jan con un ademán—. Si las escribiera ahora, contaría también las historias terribles y deprimiría a todo el mundo, como la vieja aburrida que soy. ¿Sabes por qué nos marchamos para venir a Alemania justo cuando la guerra estaba a punto de empezar? Porque las autoridades nos advirtieron que, una vez que estallara la guerra, nos recluirían y, de algún modo, con el paso de los años mis padres habían vuelto a sentirse orgullosos de ser austríacos. La Austria que ellos conocieron ya no existía, por supuesto: la zona donde habíamos vivido se llamaba Checoslovaquia para entonces, y el resto de Austria había pasado a formar parte de Alemania. Pero aun así prefirieron irse a esa Alemania de ladrones aristócratas y triunfalistas arrogantes, con sus cascos puntiagudos y sus uniformes con galones plateados, que verse recluidos por los británicos en Kenia.

Todos preferimos marcharnos antes que sufrir la humillación de vernos privados de libertad y que esos malditos negros se burlaran de nuestra desgracia. Perdona, pero entonces hablábamos así. O no me perdones, si crees que no lo merecemos, pero así hablábamos entonces, y no pretendo parecer despreciativa al reproducirlo ahora; sólo quiero que te hagas una idea de la autocompasiva y jactanciosa estima en que nos teníamos a nosotros mismos. A mi padre le gustaba decir que nuestra superioridad sobre los autóctonos sólo era posible con su consentimiento: todos los europeos tenían que respetar el fino límite más allá del cual se desvanecería nuestra misteriosa autoridad moral sobre los nativos, y habría que torturar y asesinar para recuperarlo. Pobre papá, él no creía, para empezar, que fueran las torturas y asesinatos que se cometían en nuestro nombre lo que nos proporcionaba esa autoridad, él creía que era algo misterioso que tenía que ver con la justicia y la templanza, algo que se adquiría leyendo a Hegel y Schiller, y asistiendo a misa. No tenía nada que ver con las exclusiones y expulsiones, ni con los juicios sumarios perpetrados con desdeñosa firmeza; nada que ver con los regimientos ni las cárceles: era nuestra superioridad moral lo que hacía que los autóctonos nos tuvieran miedo. No tardaríamos en probar nuestra propia medicina y en entender que la filosofía y la poesía, lejos de explicar el enigma, no hacían sino acrecentarlo, pero no podíamos quedarnos en Kenia y dejar que esos malditos negros se rieran de nosotros. Y así, Europa y sus guerras acabaron por alcanzar a mis padres, a pesar de todo, y nos vinimos a vivir a Dresde, a esta casa, que no quedaba muy lejos de nuestro antiguo hogar. Ay, querido, la cosa se pone fea a partir de este punto, y me parece que ya no quiero darte más la vara con esta lúgubre historia mía. Tú sólo querías saber cosas sobre Beatrice, en realidad, pero cuando me embarco en estas historias cada vez me resulta más difícil parar; supongo que es el egocentrismo que trae consigo la vejez.

—Le estaba preguntando por las fotografías —dije pretendiendo que mis palabras sonaran tranquilizadoras, pero brotaron con voz débil y enfurruñada. Me sentía un poco febril a causa de la herida y, como ya había oscurecido, hacía un frío glacial en el piso.

—Asante —agradeció ella en suajili, y sonrió—. Aún recuerdo unas cuantas palabras. Mi querido amigo, ¿cómo deberíamos llamarte? ¿Debemos llamarte Ismail? ¿Es así como te llaman tus amigos?

—Latif —contesté.

Lo había decidido en el avión: no utilizaría el nombre que me habían puesto, sino el de Latif, por su dulzura y la suavidad de sus modulaciones; uno de los nombres de Dios, que llevaría con respeto, sin buscar ofender ni blasfemar. Mi nombre de nacimiento era Ismail Rayab Shaabán Mahmud, así figuraba en mis documentos: mi nombre, seguido del de mi padre, el de mi abuelo y el de mi bisabuelo. Cuando empecé el viaje, la azafata se dirigió a mí como «señor Mahmud», al igual que los funcionarios de la RDA. No tuve oportunidad de protestar y decir que en el lugar de donde vengo me llamarían Ismail Rayab, por mi nombre y el de mi padre. Decidí no protestar y, por si acaso, pensé que en adelante adoptaría el nombre de Latif, pues anhelaba esa dulzura. Y así quedó la cosa: a partir de entonces fui Ismail Mahmud, a quien los amigos llamaban Latif. Así me llamaban Ali y todos los demás en la residencia de estudiantes, y así podían llamarme Jan y Elleke.

—Ismail es mi nombre formal —aclaré—, mis amigos me llaman Latif.

—Mira por dónde —comentó Elleke riendo y con lo que pareció un destello de alegría en los ojos—, Elleke resulta ser Jan e Ismail, Latif, y con otro nombre olerían igual.

Capté la referencia a *Romeo y Julieta* y solté una carcajada para asegurarme de que ella lo supiera.

—Latif, creo que no vas a poder volver esta noche a la residencia, con el pie en ese estado y antes de que podamos limpiar y coser esos zapatos tan finos. Y por cierto, deberías buscarte unos zapatos mejores. Por favor, quédate con nosotros esta noche y mañana Jan te acompañará hasta tu residencia y dará las debidas explicaciones. Ahora, comamos algo.

Vi la expresión de alarma en la cara de Jan, que negaba con la cabeza.

—No, mamá. Será mejor que Latif vuelva a la residencia esta noche. Yo iré con él. Si no aparece, van a hacerle muchas preguntas: son muy estrictos con que los estudiantes extranjeros vuelvan siempre a dormir. Y luego también nos interrogarían a nosotros. Lo acompañaré y me aseguraré de que todo esté bien. Quizá más adelante pueda volver, otro fin de semana.

Ali se indignó cuando le conté que Elleke era un hombre, o más bien que Elleke era el nombre de la madre del tipo que solía escribirme haciéndose pasar por Elleke.

—Estos alemanes... qué formas más raras tienen de divertirse —comentó—. Mejor que te mantengas alejado de ellos, vete a saber qué quieren de ti.

Pero no seguí su consejo, y la primera vez que hice preparativos para volver a Dresde y visitar a Jan y a su madre me miró furibundo y enfurruñado, como si fuese una traición. La herida ya se me había curado, pero era un día triste y gélido de febrero y ya notaba los pies entumecidos antes de haber salido por la puerta. Ali me hizo probarme su par de zapatos de repuesto y frunció el entrecejo, decepcionado, cuando vio que me entraban y podía llevarlos.

—Ven conmigo —dije—, estoy seguro de que estarán encantados de conocerte.

Pero él hizo una mueca y negó con la cabeza.

—No quiero tener nada que ver con sus jueguecitos. Y tú asegúrate de no meterte en líos con las autoridades: tengo la sensación de que son unos folloneros.

En el autobús sólo había otro pasajero, un hombre bajito y de tez morena que se asomó sobre el respaldo de su asiento y se me quedó mirando fijamente durante cinco largos minutos. Llevaba un pesado abrigo de obrero cuyas hombreras se arrebujaron en torno a sus orejas cuando apoyó los brazos cruzados sobre el asidero metálico del asiento, acomodándose mejor para observarme sin tapujos. Miré por la ventanilla y agradecí los zapatos de Ali, pese a que me quedaban pequeños y me hacían daño en los dedos. Tenía pinta de que iba a nevar. Cuando volví a mirar hacia dentro, me encontré los vidriosos ojos de aquel hombre clavados en mí como si descifraran un profundo misterio. Lucía un espeso bigote algo canoso ya, que se le crispó nerviosamente. Capté la mirada del conductor a través del retrovisor y me pareció que se divertía. Pasados los cinco minutos, el tipo soltó un bufido y se volvió de nuevo hacia delante. Al cabo de unos instantes se puso a tararear una melodía y luego a cantar bajito. De tanto en tanto, una silenciosa risita le sacudía los hombros. Volví a mirar el retrovisor y comprobé que el conductor también se estaba riendo, aunque no sabía de qué. Salió el sol cuando cruzábamos el río, un sol bajo que convertía el agua en una ondulada lámina de plomo y proyectaba las sombras de los barcos atracados, con sus marañas de cabos y amarras, sobre los muelles.

Recuerdo sólo retazos de aquella segunda visita a Jan y Elleke: se me mezcla con las siguientes, y todas ellas, en mis pensamientos, se resumen en su alegre hospitalidad, en la ceremonia que imprimían a sus modestas comidas, en la elaborada y a veces hermosa vajilla, todo lo cual parecía remitir a una elegancia de otro tiempo. Recuerdo el modo en que encajaban cada pregunta como si ésta pusiera a prueba su integridad, como si tuvieran que mostrarse precavidos ante la clase de rememoración artera que es capaz de alterar el equilibrio de una historia y convertirla en algo heroico. Me maravillaba la seguridad que proyectaban, y me preguntaba si lo que veía era la autocompasiva y jactanciosa estima en que, según Elleke, se tenían a sí mismos sus padres en Kenia, o si se trataba de otra cosa, de una especie de confianza ciega en el valor de las ideas que se les antojaban irrefutables. Yo habría comprendido mejor ahora esa pasión inquebrantable por unas ideas que nada podía destruir por completo, ni siquiera las obscenidades del colonialismo, las atrocidades de la guerra de los nazis y el Holocausto, el declive autoritario de la RDA. Entonces los conocía muy poco, y su modo de ser, en la reducida realidad de aquel piso en Dresde, no me parecía más que una atractiva excentricidad.

—La vida da muchas vueltas —comentó Elleke en cierta ocasión—, nos lleva por aquí y luego por allá.

Lo que no dijo fue que, en ese vaivén, nos las apañamos para aferrarnos a lo que tiene sentido para nosotros.

Al margen de todo lo demás, mis recuerdos de esas visitas se resumen en las historias que Elleke, y después Jan, me irían contando. Elleke tenía veintiocho años cuando había llegado a vivir en aquella misma casa en Dresde, sólo que entonces la poseían entera, y no sólo las tres habitaciones que la RDA les permitía ocupar. Sus padres eran ricos cuando volvieron a Europa. Elleke echaba muchísimo de menos Kenia, y también al hombre —ahí le sonrió a Jan— al que había dejado atrás. Se llamaba Daniel, y ella se habría quedado si él se lo hubiera pedido.

—Pero entonces no habría tenido a Jan, ¿y qué sería de mí sin mi hijo?

Fue durante esa época de añoranza y desasosiego cuando empezó a escribir las memorias de su vida en Kenia. Sus padres la animaron a hacerlo: también ellos echaban de menos África y estaban sobresaltados con lo que habían encontrado en Alemania.

Apenas dispuso de tiempo para acabar de escribir el libro cuando la reclamación de los Sudetes por parte de los alemanes llegó a su clímax, en agosto de 1938, y luego una crisis sucedió a otra hasta que la guerra se hizo inminente. Elleke nunca hablaba sobre la guerra, sólo negaba con la cabeza y apartaba la mirada. Su hermano Joseph había muerto en el norte de África, y su padre se desplomó en plena calle un poco antes del terrible bombardeo de 1945, y unos desconocidos tuvieron que llevarlo de vuelta a casa. Y entonces, en 1949, llegó la RDA. Ése fue el año en el que murió su madre, el año en que les arrebataron la casa y el año en que conoció a Konrad, el padre de Jan.

—Él recuperó este piso para que pudiéramos vivir aquí. Ahora es un pez gordo en la administración, pero entonces era un profesor de matemáticas muy activo en el partido —explicó Elleke—. Era un hombre bueno, pero impaciente y nervioso, siempre anhelando cosas que yo no era capaz de compartir. Es posible que él entendiera mejor que yo los tiempos en que vivíamos.

—¿Qué fue de la familia en Checoslovaquia? —quise saber.

—Después de la guerra los echaron a todos —contestó Elleke—. A los alemanes los expulsaron, por millones, de todas partes: de los Sudetes, de Silesia, de Prusia Oriental. Dresde era un montón de escombros con millares de refugiados arrastrándose por ellos. Nuestra insaciable necesidad de destrucción acabó con todo en todas partes.

—Pero Beatrice... —insistí.

—Su abuelo era checo —respondió Elleke con una sonrisa, alegrándose por ella.

Elleke nos urgió a Jan y a mí a ir a Checoslovaquia, así dio comienzo el plan para nuestro viaje: cogeríamos un autobús hasta Most y a partir de ahí sencillamente seguiríamos adelante hacia Praga, Bratislava, Budapest; luego vendría un precioso e interminable trayecto hasta Zagreb, y un inquietante viaje en tren hasta Graz, en Austria. Antes de partir, ya sabía que Jan planeaba escapar, y me uní a él porque era mi amigo, porque yo era joven e inexperto y me daba igual dónde acabara o qué me ocurriera. Viajamos hasta llegar a la frontera alemana con un dinero que Elleke y él habían ahorrado, y allí nos declaramos refugiados de la RDA. Nos mandaron a Múnich, donde vivimos en un refugio durante tres semanas, con Jan abrumado por la tristeza y la culpa de haber dejado a Elleke. Cuando dije al agente de inmigración que me interrogó que quería viajar a Inglaterra, éste sonrió y se ocupó de que recibiera una ayuda económica que me permitiera pagarme el billete de tren hasta Hamburgo. Jan y yo nos despedimos en la estación de tren de Múnich y nunca volvimos a vernos ni a hablar.

—Confío en no haberte destrozado la vida al obligarte a emprender esta aventura —me dijo.

Yo ni siquiera me había despedido de Ali, temiendo que me disuadiera, y a veces me pregunto dónde estará y qué andará haciendo. Me acordé de él cuando, en 1984, Sékou Touré murió y el nuevo gobierno de Conteh liberó a los presos políticos. Me pregunté si su padre estaría entre los hambrientos y los heridos que habían sobrevivido a aquellos oscuros calabozos y que salieron, tambaleantes y aturdidos, a la luz del nuevo caos que se estaba fraguando. Durante los tres meses de aquel verano, yo había viajado por todo el centro de Europa describiendo un enorme círculo, y lamentaba haberme perdido Bulgaria.

Llegué a Inglaterra por Plymouth, con la sensación de haber dado la vuelta al mundo surcando los mares. Desembarqué junto con la tripulación y crucé con ellos la verja. Nadie me increpó ni me preguntó mi nombre. Luego caminé durante horas por la ciudad, agradecido por la suerte increíble que había acompañado hasta entonces mis andanzas. No le preocupaba gran cosa a nadie, por lo visto, o nadie estaba tan preocupado como para darme caza o confinarme en vistas a una expulsión posterior. Nadie quería mis servicios ni mi lealtad. Aquella tarde, unas horas después, empezó a caer una gélida lluvia de verano y caminé de vuelta al puerto sin saber muy bien qué hacer. Quizá debería subir de nuevo a bordo del barco, continuar la travesía y ver dónde acababa: vivir mi vida de esa manera hasta que me diera de bruces con el destino. El miedo y el apocamiento eran lo que me hacía pensar en dejar mi vida en manos de otros, en manos de los acontecimientos. Pero cuando llegué al puerto el barco había zarpado y mi viaje llegó a su fin. En la verja de entrada, un guarda me preguntó si necesitaba ayuda, y cuando le di el nombre del barco que andaba buscando me llevó a la oficina de la policía portuaria.

—Soy un refugiado —le dije a un agente de aspecto severo con el cabello cano casi al rape y un bigote bien recortado.

Se enderezó en la silla y adoptó una expresión más severa incluso, mirándome con el ceño fruncido y franca suspicacia.

—Vaya, muchacho, eso son palabras mayores —contestó—. Tenía entendido que eres un miembro de una tripulación que ha perdido el barco. Será mejor que vaya en busca de los detalles de tu registro de entrada, así encontraremos la mejor manera de asegurarnos de que vuelvas con tus compañeros.

—Soy un refugiado —insistí—... de la RDA.

—¿De dónde? —preguntó el agente volviendo levemente la cabeza entrecana y ofreciéndome una vista inmejorable de su oreja izquierda, como para asegurarse de haber captado bien las escurridizas siglas que yo había pronunciado.

—De Alemania del Este —aclaré.

Soltó una risa de incredulidad y se recostó en el asiento para saborear el delicioso giro cómico que habían tomado las cosas. Lo imaginé pergeñando el relato al que daría forma después con aquel inesperado bocado que le deparaban las pequeñas farsas de la vida. Sonreí yo también, y advertí su satisfacción por el hecho de que hubiera entendido la broma o estuviera dispuesto a compartir mi ridiculez.

—*Guten tag* —dijo.

Contesté a las preguntas que me hizo y, al cabo de unos minutos, advertí que algo que había dicho o hecho, o algo en mi forma de ser, lo había predispuesto a mi favor. Quizá simplemente fue que, al preguntarme mi edad, le respondí que tenía dieciocho años, porque entonces negó con la cabeza y sonrió. Fue una sonrisita breve y algo tensa, una mera muestra de cómo debía sonreír cuando lo hacía con ganas, pero una sonrisa al fin y al cabo, algo así como un breve apretón de manos que, sin embargo, logra transmitir cordialidad.

—Exactamente la clase de idiotez que hace uno cuando tiene dieciocho años —comentó.

Pasé la noche en la oficina de la policía portuaria, agradecido de que el agente compartiera conmigo el café y los sándwiches: no había comido desde que había desembarcado. Me pidió que le contara la historia de mi temporada en la RDA y mi viaje por el centro de Europa. Sonó magnífica incluso a mis propios oídos, y me encontré con que, al rememorar el viaje para aquel hombre, recordaba paisajes y detalles en los que no había reparado hasta entonces, o quizá los añadía porque eran lo que habría visto de haber prestado mayor atención. Él me dejaba hablar, sólo interrumpiéndome de vez en cuando para pedirme detalles y hacerme preguntas sugerentes desde la enorme silla giratoria en la que estaba repantigado.

—¿Qué te pareció Hungría? De ahí vienen los gitanos, ¿no? Mi madre solía decir que teníamos sangre gitana, aunque también es verdad que todas las familias presumen de tener algún antepasado gitano.

En algún punto debí de quedarme dormido, porque me desperté al amanecer y me encontré solo y tapado con una manta. Suelo tener dificultades para dormirme, pero es posible que el miedo y la tensión me produjeran sopor.

El agente se llamaba Walter, y antes de que lo relevaran los del turno de día me dio el nombre y la dirección de una organización de refugiados y me dijo que me largara de allí.

—Ve derecho a ver a esa gente y no deambules por las calles. Encontrarás unos baños públicos en la calle principal, justo al otro lado de la verja. Lávate un poco —me aconsejó con severidad—, y córtate el pelo, ¡los jóvenes sois todos iguales!

Silencios

5

Yo estaba en el umbral del piso, con el brazo izquierdo extendido y apoyado en el marco de la puerta. Era una pose estudiada, preparada de antemano. Lo vi ganar el último tramo de escalera, deteniéndose brevemente con la mano derecha sobre el pasamanos, bañado por la luz que dejaba pasar el gran ventanal del rellano. Por la mañana, el sol se colaba por los callejones que separaban las casas y entraba directamente por ese ventanal, jugando a arremolinar las partículas de polvo y restos orgánicos que flotaban suspendidos en el aire. Sin embargo, ya a primera hora de la tarde la luz se deslizaba, escurridiza, por las paredes circundantes, sumiendo la escalera en un débil resplandor grisáceo. Se detuvo bajo esa deslavazada luminosidad con el cuerpo ligeramente inclinado hacia delante y advertí en su rostro enjuto y recién afeitado una expresión hermética, de cautelosa reserva. Si me hubiese cruzado con él por las calles de Inglaterra lo habría mirado dos veces, preguntándome si lo conocía de algo, si era quien yo creía ser. Cuántas veces habré tenido esa sensación en las calles de este país: me sorprende lo extrañas y desubicadas que parecen algunas personas y me pregunto con una punzada de culpa si serán viejos conocidos míos, aunque sepa que es harto improbable. Creo que también habría pasado de largo al cruzarme con él, pensando que me recordaba vagamente a alguien que conocí en tiempos, quizá sin demorarme lo suficiente en ese recuerdo como para ponerle nombre, quizá incluso huyendo de él antes de que se volviera lo bastante sólido para adueñarse de mi memoria y convocar otros pensamientos que creía tener a buen recaudo. Con el paso de los años, son muchos los detalles nítidos y precisos que se han vuelto vagos y borrosos. Puede que en eso consista hacerse mayor, en comprobar cómo el sol y la lluvia van borrando las líneas del dibujo, una tras otra, hasta convertirlo en su propia y difusa sombra. Pero, pese a ese empeño del tiempo en borrar y desdibujar, son muchos los trazos que permanecen y de pronto se revelan como fragmentos de un todo cada vez más difícil de reconstruir: una mirada cálida en un rostro que se ha desvanecido, un olor que evoca esa música cuya melodía se nos escapa, el recuerdo de una estancia cuando la casa o su ubicación han caído en el olvido, un prado orillado por una carretera en medio de la nada. Así va desmembrando el tiempo las imágenes de nuestra existencia, o —por expresarlo en términos arqueológicos— es como si los detalles de nuestra vida se hubiesen ido depositando en capas sucesivas, algunas de las cuales se ven desplazadas por la fricción de otros sucesos, dejando a su paso fragmentos desperdigados sin ton ni son.

Ojalá pudiera decir que recordaba los ojos que me miraban en ese instante, estando yo en el umbral de mi piso, ojos que trataban de ocultarlo todo bajo una estudiada serenidad sin lograrlo, pero dudo que hubiese reparado en ellos de no haber sabido que venían a verme. Habría percibido su evidente desinterés y disimulado el mío. Cuando enfiló el último tramo de la escalera, aparté la mano de la puerta, poniéndome en guardia ante su llegada. Avivó el paso, cuidando de no tropezar, de modo que en dos zancadas se plantó ante mí, sonriendo abiertamente y alargando la mano derecha.

—Assalam alaykum —dijo sin dejar de sonreír, yendo a lo seguro, postergando el instante del reconocimiento con el menos personal de todos los saludos. Yo asentí y le di la mano, pero sin devolver el saludo como estaba mandado, «alaykum assalam». Vi que tomaba nota de esta omisión y supuse que se mostraría más cauto en adelante. Lo mejor era andarse con pies de plomo. Me sostuvo la mano unos segundos mientras escrutaba mi rostro, y mi propia mano me pareció frágil, huesuda y grande en comparación con la suya, que era cálida y parecía latir como el cuerpo de un animalillo atrapado—. Soy Latif Mahmud —se presentó.

Volví a asentir, le estreché la mano y me desasí.

—Bienvenido —dije, haciéndome a un lado para invitarlo a pasar.

Nos quedamos unos instantes delante de la puerta abierta, estudiando el plano ampliado de mi casa: ante nosotros quedaba la cocina, a mano izquierda la sala de estar y a la derecha el dormitorio. Lo vi echar un vistazo alrededor y me di cuenta de que su mirada se detenía en la pequeña fotografía de un patio andaluz pegada con celo en el primer armario de la cocina. También yo me había detenido a observarla unas horas antes, preguntándome si contaba algo más de lo que yo quería desvelar, pero al final la dejé donde estaba, presintiendo lo inútil de mi hermetismo. Por la mañana había quemado lavanda y almáciga para impregnar mi casa del olor a edad provecta y mortalidad cercana, como si hubiese abierto recientemente el baúl en el que guardaba mi mortaja perfumada a la espera del día señalado.

—He pensado que podría venir a saludarlo, presentarle mis respetos —dijo plantado ante mí en la pequeña sala de estar, juntando levemente las yemas de los dedos de una mano—. La organización de ayuda a los refugiados se puso en contacto conmigo hace ya algún tiempo... meses, en realidad. Creo que se lo dijeron. Creían que necesitaba usted un intérprete, pero resultó que no. —Sonrió como dando a entender que estaba al tanto de mi ardid.

—Es usted muy amable —repuse, sonriendo también ante tan gentil intercambio—. En lo tocante a ese asunto, me aconsejaron que al menos en un primer momento no hablara inglés: «No abras la boca salvo para pedir asilo», eso fue lo que me dijo el hombre que me vendió el billete, y fue muy insistente.

—¿Por qué? —preguntó con curiosidad, aunque yo hubiese querido hacerle esa misma pregunta—. Supongo que si no hablas inglés eres aún más extranjero, y por tanto más convincente como refugiado —aventuró—. No eres más que esa circunstancia, no tienes ni siquiera historia.

—Y tal vez te ahorres tener que contestar a preguntas difíciles —apunté—. O eso, o el hombre que me vendió el billete quería gastarme una broma pesada. Era un granuja, se jactaba de serlo, pero al final no me hizo ningún daño, y en cierto sentido propició esta amable visita.

—Tendría que haber venido antes —se disculpó—. Debe de hacer casi seis meses que llegó usted.

¿Por qué no lo había hecho? Lo imaginaba contrariado por el deseo de venir, rehuyéndolo, consumido por la curiosidad y luego furioso por mi llegada y mi nombre, debatiéndose entre el impulso de verme y el rechazo a hacerlo. Supongo que al final la vida acabó imponiendo su caótica lógica, difuminando el impulso inicial.

—Pronto hará siete meses —precisé, notando el resquemor en mi propia voz—. Se ha hecho usted de rogar, Latif Mahmud. Hasta hace unos días, Rachel no me dijo que quería usted venir a verme. Mencionó su nombre y su intención de hacerme una visita, aunque ya me había hablado de usted hace más de seis meses, la primera vez que conversaron.

—Tendría que haber venido antes —repitió, tratando de ganar tiempo, quizá pensando que no lo había reconocido porque se había cambiado el nombre o porque tenía el pelo más ralo y encanecido, aunque me pareció advertir en su mirada que era perfectamente consciente de que yo conocía su identidad. Ahora estábamos sentados en la sala de estar, en dos sillas colocadas en ángulo recto y separadas por una anodina mesa de centro rectangular. Antes de seguir hablando cogí un termo de café que había preparado con antelación y llené dos tacitas.

—Me sorprende que no haya venido antes, por mera curiosidad, para ver quién había tomado prestado el nombre su padre —dije.

Y ahí estaba: el instante de mutuo reconocimiento. Nos quedamos observándonos en silencio, y me pregunté qué estaría pensando y qué creería que estaba pensando yo allí sentado frente a él, impávido y sereno; qué creería que había venido a hacer a mi casa.

—Suponía que sería usted —repuso.

Esperó a que yo tomara la palabra con una media sonrisa resignada y yo esperé a que lo hiciera él, sin asomo de tensión o angustia, simplemente sorprendido de que, al despojarnos de nuestras respectivas identidades falsas, un tropel de recuerdos acudiera a mi memoria, dulce y cruel a la vez. Fue un alivio ver ese amago de sonrisa y la resignación o serenidad que lo acompañaba: había venido en son de paz.

—¿Qué le hizo pensar que era yo? —pregunté en tono tranquilo y afable, reprimiendo cualquier inflexión de mi voz, aunque me sorprendía que lo dijera tan a las claras—. Me cuesta creerlo.

—No lo sé —contestó, encogiéndose de hombros—. Una corazonada. Me pareció la clase de jugarreta de la que usted sería capaz.

No pude por menos que sonreír, complacido con su franqueza.

—Será la intuición del poeta, del vidente, la que ha guiado sus sospechas con tanto acierto —insinué.

—¿Cómo se ha enterado? —preguntó tras una breve pausa, sorprendido de que yo supiera que era poeta, acaso pensando que tal vez supiese mucho más de lo que él creía. Cómo disfruté con este pequeño y vano tira y afloja, estos delicados dimes y diretes: un leve amago por aquí, el más sutil de los gestos por allá. No contento con mi absurda e inútil existencia, me regodeo en su inmensa banalidad.

—Ah, todos sabemos que es usted un ilustre poeta —dije con el debido respeto y solemnidad—. Primero nos enteramos de sus logros académicos y de que ocupaba una cátedra en una universidad de Londres, luego supimos que tenía usted el don de la poesía y que firmaba sus poemas con un pseudónimo. ¡Qué gran hazaña, distinguirse escribiendo en una lengua adoptada! Debe de tener usted muy buen oído para la música. Alguien me enseñó incluso uno de sus poemas en una revista que le había enviado algún familiar. Nos hizo sentir muy orgullosos. Cuando Rachel me dijo que Latif Mahmud deseaba venir a verme, me sentí honrado. No sabía cuándo vendría usted, aunque confiaba en que lo hiciera algún día.

—No soy catedrático, y tampoco un ilustre poeta —replicó, fulminándome con la mirada y luego apartando los ojos, aparentemente molesto por mi torpe intento de alabanza—. He publicado un puñado de poemas lamentables en una revistilla que debería tener más criterio por su propio bien. Me sorprende que alguien más sepa de su existencia.

—Pues ya lo ve —repuse, interesado en ver cómo se castigaba por ese logro, que al fin y al cabo era real y legítimo, en vez de aceptar mis humildes halagos sin concederles mayor importancia. Quizá creía que me mofaba de él. Me hizo pensar que era la clase de persona que puede llegar a ser cruel consigo misma.

—¿Por qué usó el nombre de mi padre? —preguntó mirándome a los ojos, exigiendo una confesión, negándose a dejarse desarmar por mi cortesía—. Después de todo lo que le hizo, ¿por qué usó su nombre? No es que su nombre sea sagrado ni mucho menos, pero ¿por qué eligió el suyo y no cualquier otro, después de todo lo que le hizo?

Yo sabía que me lo preguntaría, seguramente conteniendo la ira, y sin embargo me resistía a contestarle. ¿Después de todo lo que le hice? Pero ¿qué le había hecho? Me sentía hastiado ante lo que tenía que decir, agotado hasta la extenuación por la cascada de acontecimientos que habían desembocado en ese instante, pero también sabía que debía saciar su curiosidad, pues de lo contrario me tomaría por un anciano pecaminoso y desalmado, y se marcharía de mi casa con la misma opinión de mí que tenía al llegar. Y aunque haya sido un hombre pecaminoso y desalmado, una de las funciones de la edad madura es explicar y redimir la insensatez y la crueldad de la juventud con la esperanza de ofrecer reparación y recibir a cambio comprensión. Yo debía rendir cuentas y no podía haber encontrado un confesor más adecuado, pues él también necesitaba saber lo que yo sabía para rellenar los huecos y dar voz a los silencios de su vida aquí, en medio de la nada. O eso creía yo.

—Usé el nombre de su padre para salvar mi vida —dije—. Había en ello una sutil ironía, teniendo en cuenta que él estuvo a punto de destruirla.

Me casé en 1963, el mismo año en que gané el juicio contra Rayab Shaabán Mahmud por la propiedad de su casa y un año antes de que los británicos se marcharan despechados, dejándonos sumidos en el caos y la violencia que marcaron el fin de su imperio. Estaba enamorado de mi mujer, aunque entonces me habría dado vergüenza emplear esas palabras para expresar lo que sentía. Conocía a su familia y seguramente había coincidido con ella en el pasado, la había visto corriendo y jugando en las calles como los demás niños, saliendo a hacer algún recado para su madre o su tía, yendo a la escuela con su pichi rosa salmón sobre una blusa beige. Pero eso era lo que pasaba entonces con las mujeres: a partir de cierta edad desaparecían tras los muros de la casa y uno olvidaba qué aspecto tenían, olvidaba incluso que existían, hasta que reaparecían años después convertidas en esposas y madres. Salha y su madre vinieron a la tienda para encargar un sofá que querían tapizar con un terciopelo verde oscuro que traían consigo. «Es un regalo de un familiar que vive en Mombasa», precisó la madre de Salha, «un género magnífico, fíjese qué tacto más fino, cómo cambia de tonalidad al pasarle la mano». Ambas creían que aquella tela era perfecta para tapizar el nuevo sofá. «Salha», me encanta esa última sílaba aspirada, como si al pronunciar su nombre uno lo estuviera sorbiendo o tragando. Me enamoré de ella en la tienda, aunque por entonces era demasiado insensible e ingenuo para darme cuenta. No quiero regodearme en ello, pero entonces no habría tenido suficientes palabras para describir lo que me había sucedido, y las que conocía me habrían hecho sentir infantil y ridículo. Tenía treinta y dos años, la misma edad que Nabi Isa, el Nazareno, cuando se disponía a culminar su ministerio terrenal de amor y compasión, pero era incapaz de imaginar siquiera con qué naturalidad se establecía esa comunión de sentimientos entre un hombre y una mujer. Cuando pregunté a la mayor de las dos mujeres si tenía una invitada en casa, refiriéndome a la joven que la acompañaba, contestó:

—No, es mi hija Salha. ¿Ya no te acuerdas de ella?

Y Salha sonrió a su lado mientras yo balbuceaba e intentaba retomar mi vana cháchara de mercader. Tal vez había estado viviendo fuera una temporada, aventuré. No, había estado allí todo el tiempo, me aseguró su madre, y hasta habían pasado por delante de la tienda unas cuantas veces, pero era posible, añadió, que de un tiempo a esta parte sólo tuviera ojos para mi negocio.

No me cabe duda de que pasaron por delante de la tienda, pero no habría sabido quiénes eran bajo los metros de tela negra que las mujeres se veían obligadas a usar para proteger su honor. Yo siempre apartaba los ojos cuando las veía pasar tapadas de pies a cabeza con un buibui. ¿Cómo podías estar seguro de que esa mujer a la que mirabas con irrespetuosa y descarada admiración no era tu hermana o la amada de tu hermano? Yo no tenía hermanas ni hermanos, pero aun así me sentía cohibido. Hasta circulaban anécdotas de hombres que, al ver pasar a sus propias hijas, les echaban piropos subidos de tono y acto seguido las oían darles las buenas tardes con sorna. Conque no, no había visto pasar a Salha; y, aunque su madre insinuara que era un miserable tendero sin sangre en las venas por no haberme fijado en ella, me alegré de volver a verla de ese modo tan dramático cuando se presentó en la tienda un buen día y yo me enamoré de ella.

Madre e hija volvieron dos veces más, y en otra ocasión Salha me habló en la calle; un simple saludo, nada inapropiado:

—¿Hujambo, Buana Saleh?

«¿Cómo estás, Buana Saleh?» Yo no me había dado cuenta de quién era hasta que abrió la boca, pues llevaba el rostro cubierto por el velo del buibui. Me disponía a pasar de largo cuando reconocí su voz. Un mes después, cuando el sofá quedó listo, pedí su mano y me la concedieron. Al cabo de otro mes, en noviembre de 1963, nos casamos. Fue el día más feliz de mi vida. Más de una vez me he estremecido de vergüenza ajena al oír esta clase de afirmaciones, tachándolas de torpes o exageradas, pero en mi caso era cierto, y tal vez lo fuera también en el de todas esas personas a las que creía insinceras.

Yo quería una boda sencilla: una ceremonia íntima seguida de una comida de celebración con un puñado de amigos y familiares, pero sus padres se negaron en redondo. Ellos corrían con todos los gastos por ser los padres de la novia, me dijo el padre de Salha, y yo no tenía voz ni voto. Salha era la menor de sus hijas y no querían que nadie los acusara de hacerla de menos: celebrarían la boda de su hija por todo lo alto, así les costara la ruina. Organizaron una fiesta que se prolongó durante tres días, con música, canciones y bailes; después de la ceremonia se celebró un banquete Biryani con una halva especial encargada para la ocasión y un cortejo de músicos y cantantes escoltó a la novia hasta mi casa. Mientras duraron las celebraciones se sirvió comida sin descanso —samosas y mahamri, curris y pan de sésamo, helado de almendras y yalebis— y acudieron incontables invitados, algunos de los cuales ni siquiera se molestaron en volver a casa en esos tres días, unos aprovechados y unos gorrones en mi opinión. Fue un derroche de miles de chelines.

Si me había opuesto a una gran boda había sido, entre otras cosas, por temor a pasar vergüenza, ya que no tenía una familia digna de ese nombre, ni familiares que me quisieran bien. Tampoco tenía amigos a los que invitar, pues los pocos que había conservado a lo largo de los años se habían vuelto contra mí por el asunto de la casa de Rayab Shaabán Mahmud. Había ganado el juicio escasos meses antes, y muchos seguían opinando que no había obrado bien llevando el asunto a los tribunales a sabiendas de que el resultado no podía ser otro que el desalojo de toda la familia. Por lo menos eso me habían dado a entender los pocos que me habían abordado al respecto, gente que tenía una opinión sobre casi todas las cosas y no dudaba en airearla, gente henchida de orgullo que se creía muy lista, y cuya sabiduría emanaba de la convicción de que todos los demás eran imbéciles. No me preocupaba su opinión, pero temía que fuera compartida por todos aquellos que callaban por cortesía. Cuando pedí la mano de Salha hasta se me pasó por la cabeza que tal vez me rechazaran por esa inquina generalizada hacia mi persona. Pero en eso me equivocaba, y también en lo tocante a la boda: fue un momento de júbilo y felicidad, un día mejor que cualquier otro porque nunca me había sentido tan dichoso y colmado, tan bien acogido entre las personas con las que vivía.

Salha tenía diecinueve años y yo treinta y dos, una diferencia de edad no tan abismal como pueda parecer hoy en día. Había pasado cinco o seis de esos escasos años enclaustrada, desarrollándose y madurando como un fruto hasta que viniera un hombre a pedir su mano. No había estado en ninguna parte, apenas si había leído nada y ni siquiera oía la radio. Sus días transcurrían entre las tareas y placeres de la casa, y sólo se acicalaba y se ponía sus mejores galas para recibir o visitar a otras mujeres sometidas a un confinamiento similar al suyo. Yo, por el contrario, había viajado, recibido una muy exigua formación, trabajado para los británicos —y por tanto aprendido algo sobre cómo funcionaba nuestro irredimible mundo—, fundado un próspero negocio y adquirido dos viviendas. Ella y yo apenas habíamos intercambiado palabra y nunca habíamos estado a solas antes de casarnos; de hecho, ni siquiera la había visto sin aquel velo negro. No obstante, tuvimos suerte e iniciamos nuestra vida común sin apenas dificultades. A ella la casa le gustaba tanto como a mí, disfrutaba sentándose conmigo en la sala de arriba, con la puerta de la galería abierta al mar, a escasos metros de distancia, y la otra puerta abierta al balcón que daba al patio interior. Allí oíamos la radio o jugábamos a las cartas, allí charlábamos y nos decíamos cosas que nunca antes habíamos dicho. Y sólo entonces supe que mi vida había sido un desierto hasta ese instante, y conocí la dulzura del silencio entre compañeros.

No siempre estábamos a solas; de acuerdo con nuestras costumbres, había un constante vaivén de mujeres que venían a ver a Salha y a las que debía recibir y entretener ella sola. No habíamos tenido visitas femeninas en la casa desde hacía unos años, concretamente desde la muerte de mi madrastra, y yo las vivía como una intrusión en los espacios íntimos de mi vida, de los que su presencia me excluía. Me veía obligado a abandonar las estancias de la planta superior y oír desde la sala de abajo la caprichosa cadencia de su interminable cháchara. Salha estaba acostumbrada a su compañía y seguramente la habría echado de menos, se habría sentido apartada de todas las demás familias con las que se había criado y del amistoso trato de ese mundo restringido, dicho sea sin ánimo de burla. Yo, en cambio, tenía la sensación de que la apartaban de mí, de que me la estaban arrebatando, y además creía que la atosigaban por no quedarse embarazada.

Salha sufría por ese motivo. Perdió tres embarazos en el plazo de dos años, algo que le producía dolor y desaliento, que le impedía ser feliz. A lo largo de esos dos años asistí al deterioro de su salud: vi cómo perdía peso y vitalidad, siempre apática y callada, consumida por la pena. Yo le suplicaba que antepusiéramos su bienestar a todo lo demás, le aseguraba que para mí tener un hijo era lo de menos. Mi amada Salha. La ginecóloga que la visitó en el hospital dijo que tenía el útero desplazado en un ángulo que dificultaba el embarazo, y que su única esperanza de dar a luz era guardar cama durante los nueve meses de gestación. Yo creía que las mujeres la agobiaban con su cháchara, pero puede que estuviera equivocado. Ser madre era también su deseo, no se imaginaba de otro modo. Esto sucedió en los años posteriores a la independencia, tiempos de austeridad, crueles e inciertos, el peor momento posible para traer un hijo a ese mundo devastado. Pero tres años después de casarnos Salha volvió a quedarse embarazada y, tal como había ordenado la médica, guardó reposo. Seguimos sus consejos lo mejor que pudimos, pues ya no estaba allí para atenderla personalmente; para entonces había huido del país, como muchas personas capaces de ganarse la vida dignamente en otro lugar, de modo que mi suegra se instaló en casa para cuidar de ella.

Salha fue bendecida con una hija. El confinamiento y el embarazo, así como las angustias y la carestía de la época que nos tocó vivir, la dejaron exhausta. Yo temía por ella, temía que cada pequeño revés hiciera mella en su salud, sin un médico, sin más medicinas que la corteza de árbol y los polvos que su madre compraba y le daba a mis espaldas. Sin embargo, fuimos bendecidos. Salha se frustraba e inquietaba ante la inactividad forzosa, y su cuerpo se resentía de maneras insospechadas, pero durante los últimos meses de gestación ganó algo de peso y una nueva vitalidad. Además, no le faltaba compañía. Daba la impresión de que siempre había alguien —su madre o alguna amiga— en la habitación con ella a cualquier hora del día y la noche, a veces hablando entre risas, a veces durmiendo a pierna suelta en el suelo junto a su cama. Cuando nació nuestra hija yo quise ponerle Ra'iyya, «ciudadana de a pie», para que su vida fuera una declaración de principios, una exigencia a nuestros gobernantes de que nos trataran con humanidad, como ciudadanos de pleno derecho en la tierra que nos había visto nacer. «Es un nombre con solera», le dije a Salha, «usado durante siglos para nombrar a los habitantes de países que habían sufrido la conquista de otro pueblo sin por ello perder su condición de ciudadanos». Cabría añadir que los conquistadores que lo habían acuñado eran musulmanes, a diferencia de los conquistados, y que ofrecer ciertos derechos a los vencidos después de haberles arrebatado la libertad de organizar sus propios asuntos a duras penas podría considerarse un gesto magnánimo, pero la idea de los derechos ciudadanos era noble y siempre podíamos dar al nombre nuestro propio significado. Salha se negó, aduciendo que eso sería una provocación y que nadie conocería ese otro significado, por lo que nuestra hija acabaría siendo objeto de burlas. De modo que le pusimos Ruqayya, como la hija que el Profeta tuvo con su primera mujer, Jadiya. A partir de entonces la casa se llenó de llantos y gritos, pero también de alegría, cambios imprevistos y un incesante ir y venir de mujeres entre risas y cháchara.

—Yo fui a verlo a su casa en una ocasión —dijo Latif Mahmud—. No sé si se acordará, hace mucho de eso. Y ahora, toda una vida después, vengo a verlo a esta otra casa. Es como si un trozo de cordel nos atara la pata a un poste clavado en el suelo, y nosotros venga a rascar sin salir de ese rincón por más que nos imaginemos surcando los cielos.

—Sí que me acuerdo —repuse. Esperé que él indicara qué sentido debía tomar la conversación, pero al parecer no estaba listo.

—Ahora que lo dice, oí voces de mujeres en aquella ocasión, cuando estuve en su casa. Fue el año que me marché a Alemania —añadió, hablando a media voz, con el tono pensativo que adoptamos al contemplar nuestro yo del pasado a la luz de acontecimientos posteriores, al comprobar cómo éramos entonces y las cosas que hicimos, nostálgicos ante la ingenuidad y la convicción perdidas, que nos gusta recordar como valentía—. Fue en 1966: fui a verlo a su casa unos doce días antes de partir. Era una casa preciosa... recuerdo el patio con las paredes cubiertas de azulejos, el balcón de celosía que daba a ese patio y la luz que se colaba por el entramado de madera. Había grandes tiestos con palmeras y una enredadera que trepaba por el muro... un jazmín, diría. ¿Era un jazmín? Sí, ya me lo parecía. Creo que nunca hasta entonces había visto un patio como ése, aunque después he vuelto a verlos en fotos, con una leyenda del tipo: «Patio interior tradicional de una casa costera en el que se aprecia la influencia de la arquitectura islámica morisca.» Nunca había visto esa clase de azulejos, ni un balcón de celosía, por lo menos no en una casa pequeña como la suya, de modo que no creo que fuera demasiado tradicional. O tal vez lo fuera en otras zonas de la costa. ¿Lo era? No he visitado otras zonas de la costa.

—¿De veras? Rachel me dijo que era usted un experto en nuestra «región» —repuse, incapaz de disimular mi sorpresa, aunque tuve los reflejos suficientes para rematar mi comentario con ese leve apunte irónico a costa de Rachel.

—No soy un experto en nada —replicó él con amargura—. Enseño literatura inglesa. Mientras viví allí nunca viajé a ninguna parte y no he vuelto una sola vez desde mi partida. De eso hace ya casi treinta años. Sin embargo, sigo viendo esa casa como si fuera ayer, tan nítidamente como lo veo a usted. Y ahora aquí me tiene, en esta otra casa que tal vez no sea tan hermosa como la que dejó usted atrás. —Dijo esto último con una sonrisa, sin ánimo de ofender—. Puede que venir a verlo sea como visitar un trozo del lugar que también yo dejé atrás. ¿Le inquieta que así sea?

—Sí —contesté, y él asintió, pero me di cuenta de que tenía algo más que decir.

—En aquella ocasión salió a recibirme un hombre que trabajaba para usted, una especie de secuaz y factótum, aunque no sé si empleo esta palabra adecuadamente. La gente lo llamaba Faru. Cuando salió a abrir la puerta parecía uno de esos bawwabs malcarados que salen en los cuentos de *Las mil y una noches*, un hombretón negro entrado en carnes que montaba guardia a la puerta del amo.

—Faru, sí. En realidad se llamaba Nuhu —dije con una sonrisa.

—No le veo la gracia —me espetó Latif Mahmud en tono severo, mirándome con gesto ceñudo, rayano en la descortesía. Esperó que se me borrara la sonrisa del rostro para proseguir y yo me plegué a sus deseos—. Puede que usted lo recuerde con afecto. A los bawwabs de los cuentos de *Las mil y una noches* los castraban de niños para que pudieran custodiar los objetos de valor del amo sin caer en la tentación de robarlos. Por eso se volvían rollizos y dóciles, porque vivían ajenos a la urgencia de los bajos impulsos. ¿Cómo lo hacían en los cuentos, lo sabe usted? ¿Cómo se supone que los castraban? ¿Con un bisturí o aplastando los testículos con una piedra? No, con una piedra no creo, porque eso habría generado complicaciones, heridas peligrosas. Conque un bisturí, una ciencia de la castración. Todos los rumores que circulaban sobre Faru decían que era una amenaza sexual, así que tal vez hubiese hecho usted bien en solventar ese asunto. ¿Qué fue de él?

—Nuhu no era un esclavo al que yo pudiera reprimir o castrar —respondí.

—¿Para qué reprimirlo cuando podía usar su brutalidad para intimidar? —preguntó, apenas conteniendo la ira. Ni por un instante se me ocurrió pararle los pies, decirle que se estaba excediendo. No creía que ésa fuera su intención, pues de lo contrario ni siquiera se habría molestado en venir a verme—. Al fin y al cabo, era un negocio brutal, eso de hurgar en las desgracias ajenas en busca de objetos de valor para venderlos, ¿no cree? Y Faru era el hombre perfecto para el puesto, ¿verdad que sí? Él se encargaba del trabajo sucio mientras el amo quedaba como un señor.

Luego, como si de veras se hubiese excedido, se replegó y permaneció en silencio unos segundos, mirando por la ventana. Desde esa ventana también se alcanzaba a ver el mar si uno se ponía de puntillas: apenas un borrón azul en la lejanía, si bien en los días soleados se vislumbraba el reflejo de la luz cabrilleando en la superficie metálica del agua. El día que él vino a verme hacía sol, y quise decírselo, decirle que si se ponía de puntillas y alargaba la mirada más allá de los tejados de las casas podría vislumbrar el mar.

—No he venido a verlo después de tantos años para discutir con usted —dijo, sonriendo compungido, como decepcionado consigo mismo. Era una sonrisa apenas insinuada, pero se extendió en señal de arrepentimiento a todo el rostro y los ojos—. He venido hasta aquí para saber quién es usted, para ver si es quien yo creía que era. No para discutir, ni para mostrarme descortés en su propia casa, ni para juzgarlo, si bien no siempre podemos evitar juzgar a los demás, mal que nos pese. Lo que pasa es que hoy venía pensando en él, en Faru, por el camino. Venía pensando en ese día que fui a verlo a usted y me he acordado de él y de ese nombre tan feo que le iba como anillo al dedo. Y me he dicho que siempre hay gente como él, bawwabs y eunucos carentes de motivación personal pero impulsados por una maldad innata, y que siempre hay gente dispuesta a usarlos en su provecho.

Lo oí sentenciar, había oído sentencias similares tiempo atrás, y no tenía nada que decir al respecto, salvo quizá que también yo había juzgado equivocadamente a los demás en el pasado. Pero no quería que se marchara hecho una furia y, puesto que me había dedicado aquella sonrisa conciliadora, le hablé en tono apaciguador para invitarlo a tomar un poco más de café, que rechazó amablemente. Entonces me ofrecí para prepararle un té, aunque no quería levantarme de la silla. Me sentía cansado y descorazonado, y no sabía si estaba en condiciones de soportar toda la crueldad que parecíamos empeñados en revisitar millones de años después. Además, desde hacía algún tiempo tenía a veces una extraña sensación de oquedad en las extremidades, como si en lugar de brazos y piernas tuviera cañas hechas de hueso. Cuando eso ocurría, no podía ni pensar en moverme. Pero por suerte tampoco quiso té.

—Se llamaba Nuhu, y fue mi padre quien le puso el apodo de Faru. Hace muchos años —dije, cambiando el tono, tratando de restarle gravedad a mi voz—, cuando mi padre vendía halva, eran Nuhu y él quienes la elaboraban. En realidad Nuhu lo hacía todo, o al menos el trabajo más pesado, como cortar la leña que alimentaba el horno. Tenía que ser leña de clavero, según mi padre no podía ser otra, con el grado de secado justo para que la temperatura de cocción fuera la adecuada y la halva se impregnara de ese singular aroma a clavo de olor pasado por las llamas. Nuhu pesaba el ghee, la fécula, el azúcar, ingredientes cuya calidad y proporción variaba en función del tipo de halva que fueran a preparar ese día. También pelaba los frutos secos, limpiaba y molía las especias. Había que dedicar todo un día a los preparativos antes de la elaboración propiamente dicha. Después Nuhu limpiaba y engrasaba la inmensa cazuela de la halva, que medía metro y medio de diámetro, y encendía el horno, situado bajo un armazón de madera sobre el que mi padre se sentaba a remover la halva a la vista de todos los transeúntes. Cuando él estaba listo, Nuhu le llevaba los ingredientes y los vertía en la cazuela mientras mi padre removía sin cesar. Para entonces ambos estaban sudando la gota gorda por el esfuerzo físico y la cercanía del fuego. A veces, bastante a menudo, la gente se detenía en la calle a observarlos. Hay que tener gracia y destreza para remover la halva con un cucharón de mango largo estando de pie o sentado en esa estructura bajo la cual arde un fuego abrasador, y había que removerla sin parar para lograr la consistencia adecuada, pues de lo contrario la fécula y el ghee formaban grumos en cuestión de segundos. Nuhu era tan fuerte que, al verlo en acción, mi padre se deshacía en elogios: «¡Fijaos, si parece un rinoceronte!» Así nació su apodo: «¿Habéis visto al faru?» Nuhu se henchía de orgullo al oírlo, y le seguía la corriente.

»No era más que un niño cuando empezó a trabajar para mi padre, apenas me aventajaba en edad. Tendría a lo sumo nueve o diez años. Era yo quien debería haber aprendido el oficio, ayudando a mi padre a elaborar la halva y luego yendo a la tienda con mi camiseta grasienta a venderla en platitos individuales o en cestos de mimbre de medio kilo. Pero yo tenía otras habilidades, o al menos eso creía mi madre, que Dios se apiade de su alma, empeñada en mandarme a la escuela. De modo que Nuhu estuvo elaborando la halva durante todos esos años, pero también trabajaba en la tienda o allí donde se le necesitara, y con el tiempo acabó considerándose uno más de la familia. Si había que hacer cualquier otra tarea en la casa, él se encargaba; si alguien me acosaba o amenazaba, tenía que vérselas con él. Así entendía Nuhu su función.

»Y entonces, de repente, mi padre murió. Sería usted demasiado joven para recordarlo, y aunque no lo fuera tampoco tendría por qué acordarse tantos años después. Un día, a primera hora de la mañana, se incorporó en la cama y empezó a vomitar de forma violenta, imparable, y a las pocas horas murió. No era joven, pero tampoco estaba enfermo, así que nadie se lo esperaba. Hasta había vuelto a casarse unos diez años antes, mucho después de la muerte de mi madre, que Dios se apiade de su alma, y se había mudado a la casa a la que fue usted a verme. Yo estaba estudiando en el extranjero, y al volver descubrí que nos habíamos mudado y que tenía una madrastra. El caso es que, tras la muerte de mi padre, decidí no seguir con el negocio de la halva. No sé si Nuhu sospechaba que eso pudiese llegar a pasar, pero cuando ocurrió se quedó sin nada que hacer. Entonces caí en la cuenta de que ni siquiera sabía dónde vivía, ni si tenía familia. Resultó que alquilaba una habitación en una casa de Mbuyuni y que los suyos vivían en Pemba. Llevaba toda la vida trabajando para mi padre y ahora trabajaría para mí en aquello que yo decidiera. No podía echarlo sin más. Así que limpiaba la tienda, hacía recados, llevaba los muebles a los clientes o al almacén. Todos los días se presentaba a trabajar y buscaba algo que hacer, se lo pidiera yo o no. Si era un bawwab que custodiaba los objetos de valor de su amo es porque él así lo eligió.

—Lo pinta usted como un pobre desgraciado —apuntó Latif Mahmud con una expresión que me hizo sentir como un charlatán, alguien que inventa proezas de las que vanagloriarse—, casi noble en su opresión. Y no duda usted en retratarse como alguien que hasta se benefició de su tragedia. No obstante, por fuerza debió verlo comportándose como un bravucón y un acosador, pavoneándose por las calles con los de su calaña, bromeando a voces. Debió llegar a sus oídos que era un depredador de muchachos, a los que perseguía una semana tras otra, tentándolos con monedas y paquetes de halva hasta que cedían o hasta lograr que una tercera persona los obligara a ceder, tras lo cual se sometían a otros por pura vergüenza. Él y los de su ralea se creían fuertes y varoniles porque podían acechar, torturar e intimidar a simples muchachos hasta doblegar su voluntad. Por fuerza debió usted darse cuenta. Cuando fui a su casa, hace ya tantos años, eso fue lo que vi: no una víctima a la que habían arrebatado la infancia y obligado a trabajar de sol a sol mientras usted iba a la escuela, sino un caníbal que se regodeaba en su crueldad y se complacía en torturar la carne de los jóvenes y los pobres. ¡Vaya por Dios!, ya vuelvo a discutir con usted.

—Tal vez sea inevitable que discuta usted conmigo —apunté.

—Preferiría no hacerlo —dijo, y sonrió.

Me lo quedé mirando unos instantes para asegurarme de haberlo entendido bien.

—Bartleby —comenté. No lo hice adrede, pero la voz me salió como un susurro apenas audible.

—«Bartleby, el escribiente» —confirmó él sonriendo de oreja a oreja, las comisuras de los ojos fruncidas de pura sorpresa y deleite, feliz de pronto—. ¡Conoce usted ese cuento! Es una historia preciosa. ¿Le gusta? Sí que le gusta, ya se ve. A mí me apasiona el imperturbable aplomo de ese hombre en medio de la derrota, la noble banalidad de su existencia. Cuénteme cómo llegó a sus manos. ¿Se lo dieron a leer en la escuela? Yo solía usarlo en clase hace años, cuando empecé a enseñar.

—Lo leí por mi cuenta, hace mucho tiempo. Acumulaba una sorprendente cantidad de libros cuando compraba todos los enseres de una casa, y más cuando los británicos se disponían a abandonar el país. Mi dedicación a ese negocio coincidió con el fin del protectorado, por lo que en más de un sentido los británicos eran mis mejores clientes y aprendí mucho de ellos.

—Sí, se decía que era usted muy amigo de ellos —comentó Latif Mahmud reprimiendo una sonrisa, como insinuando que había algo más.

—Lo sé —repuse.

—En realidad, lo que se decía era bastante peor —añadió, ahora sonriendo abiertamente, incapaz de resistirse a repetir lo que había oído de labios de su padre—. Se decía que era usted un lameculos, un títere de los británicos.

—Sí, lo sé —concedí, pero no le dije que fue su padre, Rayab Shaabán Mahmud, quien hizo circular esos rumores, y que no contento con eso también me acusó de buscarles amantes a los británicos, espiar para ellos y en general hacer cualquier cosa que me pidieran—. Les vendía muebles y les compraba el contenido de sus casas cuando decidían marcharse, pero sí, sé que circulaban esos rumores. Y el caso es que a veces también les compraba libros. No es que comprara bibliotecas enteras, pero sí una docena de libros por aquí, un puñado más por allá. Creo que algunos de aquellos volúmenes pasaban de mano en mano entre los funcionarios como si fueran un mueble más: no los habrían dejado si los hubieran considerado objetos valiosos. Amaban los libros, como demostraba la cantidad y variedad de sus bibliotecas y el cuidado con que los empaquetaban, pero tal vez se hubiesen cansado de esos que me vendían, o los tuvieran repetidos en la metrópoli. Yo los guardaba todos pensando que algún día los leería, cuando tuviera tiempo, o al menos ésa era la intención.

—¿Qué clase de libros eran? —preguntó, todavía sonriente, todavía pensando en aquellas acusaciones febriles.

—En su mayoría, lo que cabría esperar: antologías poéticas, aventuras de tintes imperialistas y libros infantiles, algunos de los cuales nos resultaban familiares porque habíamos recibido una educación colonial: Rudyard Kipling, Rider Haggard, G.A. Henty... De Kipling había muchísimos, como si se hubiesen hartado de ellos. Y también varios ejemplares de *El origen de las especies* y libros didácticos de una época menos turbulenta, *La historia del mundo*, ese tipo de obras, además de algún que otro atlas desfasado. Qué interesantes eran los atlas, qué afán competitivo dejaban entrever, no sólo por la proporción de mundo pintada de rojo y esas cosas, sino también por las páginas de ilustraciones ordenadas jerárquicamente: «La montaña más alta del mundo pertenece al Imperio británico», y luego venía una página con otras montañas y los imperios a los que pertenecían. Y así con todo: las cataratas más altas del mundo, el río más largo, el mar más profundo, el desierto más árido. Y después estaban las ilustraciones de los habitantes nativos de todas esas montañas, ríos y desiertos, con facciones cinceladas por los elementos y los ojos entornados para protegerse del sol en las montañas; niños larguiruchos con el vientre abultado en la sabana, poco menos que desnudos y sosteniendo una brazada de leña; campesinos con turbante que manejaban una noria a orillas de un río. Pero entre todos esos libros descubrí los relatos cortos de Herman Melville. Nunca había oído hablar de él, y entonces ni siquiera acabé de leer el libro, pero sí leí «Bartleby, el escribiente» y me pareció una historia muy conmovedora. Por algún motivo, al llegar aquí me acordé de ella y desde entonces no ha dejado de rondarme. De vez en cuando, me viene a la mente.

«¿Había libros entre nuestras pertenencias?», me pareció que pensaba fugazmente. No recuerdo si los había. Bajó la mirada y se quedó sentado frente a mí con el mentón apoyado en la mano, en un gesto que rezumaba serenidad y delicadeza.

—¿La gente iba alguna vez a exigir que le devolviera usted sus cosas, como hice yo en aquella ocasión? —preguntó, al fin listo para señalar el rumbo de la conversación—. ¿Lo hizo alguien, que usted recuerde?

—No, nadie —contesté—. La gente vendía porque necesitaba vender o porque quería deshacerse de muebles que ya no le gustaban. Era un negocio.

—La mesita de ébano que pertenecía a mi hermano Hassan, ¿la recuerda? Eso es lo que fui a reclamarle, no sé si se acordará —dijo, todavía con el mentón apoyado en la mano, pero enseguida se incorporó en el asiento y me miró a los ojos, obligándose a encararme—. La que ese amigo suyo, Hussein, le regaló a mi hermano antes de arrebatárnoslo, hace la friolera de treinta años. Ha pasado mucho tiempo, pero ya lo ve, aquí sigo, rasca que te rasca. No he vuelto a tener noticias suyas desde entonces. Nunca nos escribió, o al menos no hasta mi partida. ¿Por qué no le devolvió la mesa a mi madre y punto? ¿Por qué no lo hizo? Tenía usted la casa, los muebles, todos los trastos. Tenía también su propia casa, que era preciosa, además de una mujer y una hija a la que llamó Ruqayya en honor a la hija que el Profeta tuvo con Jadiya. ¿Por qué tenía que quedarse también con la mesita?

—No lo sé —contesté—. Por avaricia, por mezquindad. Era un negocio. Ojalá se la hubiese devuelto.

Lo que entonces vi en sus ojos me hizo sospechar que sabía menos de lo que yo creía: vi que se compadecía de sí mismo por el bochorno que tuvo que pasar cuando su madre le encargó que fuera a verme, y también que sufría por ese hermano que huyó siguiendo a su amante persa. Lo que le dolía no era que yo me mostrara mezquino en la cuestión de la mesa, mezquindad por la que habría de pagar un alto precio, sino haber sufrido tanto y haberse desentendido después de lo que había dejado atrás. O eso me pareció.

—Treinta y cuatro años —insistió—. ¿Le consta que Hassan regresara alguna vez? No he vuelto a tener noticias de nadie. Ni siquiera sé si ha dado señales de vida desde entonces.

Esperé un buen rato y, al ver que no continuaba, pregunté:

—¿Puedo ofrecerle un poco más de café?

Se dio cuenta de que no había contestado a la pregunta y vi que se le escapaba un pequeño suspiro de alivio, como si en el fondo no quisiera saber qué había sido de su hermano.

—No, no, ya he tomado bastante café. Se lo agradezco, pero de verdad que no puedo quedarme mucho rato —dijo—. Su hija Ruqayya, ¿qué edad tiene ahora? ¿Treinta y pico?

—Murió antes de cumplir los dos años —respondí—. Me parece absurdo llamarla mía. Apenas vivió. Se murió estando yo ausente, al igual que su madre, Salha. Mi amada Salha.

Ruqayya nació el 24 de enero de 1967, por lo que Salha aún estaba guardando reposo cuando él vino a casa para reclamar la mesita, y las voces que oyó debían ser las de mi mujer y su madre o alguna de sus muchas amistades. La tuve conmigo durante tan poco tiempo —y sabiendo siempre que la perdería, o al menos eso me parece ahora— que a veces temo que su existencia sea fruto de mi imaginación o de un sueño. La sensación de irrealidad que me dejaron los cuatro años que pasamos juntos es tal que ya no estoy seguro de qué sucedió realmente y qué podría ser fruto de mis peores pesadillas. Salha se me antoja más real cuando otras personas hablan de ella y mencionan algo que hizo, rescatando así algún recuerdo de esos años que la tuve junto a mí.

Ahora, pasado tanto tiempo, me parece una canallada haberme negado a devolver la mesa. Habría sido un gesto cortés, generoso, civilizado incluso, devolverla sin rechistar. Si no lo hice fue por resentimiento, aunque entonces me creía por encima de todo eso y me había negado a participar en los maliciosos chismes e intrigas que habían precedido ese momento.

Creo que cuando Hussein me pidió aquel préstamo me sentí halagado: tenía ante mí a un hombre que coleccionaba historias sobre esos lugares lejanos y hermosos que para mí no eran sino señales en un mapa, lugares que eran hermosos precisamente por ser lejanos y estar envueltos en un halo de leyenda. Aunque él no hubiese estado físicamente en todos esos lugares, las historias le concernían de algún modo y a través de ellas formaba parte de ese gran mundo. Además, al contarme aquellas anécdotas establecía conmigo como una especie de íntima complicidad, y por si fuera poco lo hacía en inglés, subrayando así lo distintos que éramos los dos respecto al lugar en el que nos encontrábamos, el insignificante, miserable y pequeño lugar en el que nos encontrábamos. Yo creía que nos habíamos hecho amigos gracias a ese sentimiento compartido. Hussein me tenía fascinado. Que me pidiera un crédito equivalía a decir que yo también era un hombre de mundo, que depositaba en mí su confianza: era como un abrazo fraternal. Además, yo tenía ese dinero. Las cosas me habían ido bien y, ante su petición, no pude evitar alardear un poco de ello. Sin embargo, por mucho que Hussein me tuviera fascinado, no creo que hubiese accedido a prestarle esa suma si no creyera que me la devolvería al cabo de un año. Lo creí a pie juntillas, al menos durante un tiempo, aunque estaba al tanto de los rumores sobre sus intenciones con el muchacho. Yo no tenía el menor interés en la casa de Rayab Shaabán Mahmud ni en los objetos que contenía. No tenía ni idea del trastorno que Hussein causaría en el seno familiar, ni que convencería al muchacho para que lo siguiera después de haber obligado a su madre a humillarse de ese modo, ni que se jactaría de sus hazañas ante hombres que veían con buenos ojos semejantes tropelías y no tenían empacho en contárselas a otros en tono de burla. Todo eso salió a la luz más tarde, y sólo después de que el joven desapareciera sin decirle una palabra a nadie. Puede que Hussein exigiera a sus admiradores que guardaran silencio hasta que él estuviera lejos y a salvo, o puede simplemente que, como a menudo sucede con los escándalos, los detalles tardaran un poco en empezar a circular, si es que no eran meras invenciones.

Me incliné hacia delante de un modo casi imperceptible, hablando con los gestos tanto como con las palabras y los silencios. Él ya conocía una parte de lo que yo tenía que decir, y yo no había usado exactamente las mismas palabras que he empleado aquí, pero aun así me incliné ligeramente hacia delante: hay cosas que nadie soportaría oír en voz alta. Así que esperé, avanzando con tiento, hasta entrever cómo iba encajando mi testimonio. Entonces asintió y yo proseguí.

• • •

He aquí la historia, tal como se contaba entre tazas de café en reuniones cordiales, repetida con una mezcla de fruición y desdén: durante su estancia con la familia, Hussein perseguía al muchacho sin descanso, y la madre de éste, sospechando lo que el mercader tenía en mente, se le ofreció para que dejara a su hijo en paz. Ya circulaban ciertos rumores sobre ella, de modo que semejante descaro resultaba verosímil de algún modo. Hussein accedió a la oferta, y se contaba con pelos y señales lo que la había obligado a hacer, pero cualquier detalle sobre asuntos de tal naturaleza sólo sirve para deshonrar a quien lo cuenta. Fue por entonces cuando Hussein llegó a un acuerdo con Rayab Shaabán Mahmud por el que lo hacía partícipe de un negocio que tenía entre manos y que esperaba financiar mediante un préstamo que él mismo se encargaría de pedir y que los dos socios avalarían con la casa de Mahmud. Cuando regresó al año siguiente, anunció que la empresa no había prosperado pero que no había motivos para el pánico. Mientras, acabó de seducir al muchacho, con el que acordó en secreto que lo seguiría cuando se marchara. Al final del musim, Hussein partió rumbo a Bahréin y el joven desapareció sin dejar rastro. Eso es lo que se contaba.

Sucedió en el musim de 1960, el año que yo lo conocí y él decidió trabar amistad conmigo, y también el año que acudió a mí para que le hiciera un préstamo que avaló con el acuerdo previamente firmado con Rayab Shaabán Mahmud. Yo no debería haber aceptado ese aval, pero lo hice. Creía que se trataba de un acuerdo redactado y firmado ante testigos, según manda la ley, y que al cabo de un año Hussein me pagaría el dinero que me debía y yo le devolvería el aval.

Cuando sus devaneos salieron a la luz y se convirtieron en la comidilla del momento, supe que Hussein no iba a volver, y que también a mí me había seducido y embaucado. Lo más probable es que ese tal negocio nunca existiera, y que el acuerdo con Rayab Shaabán Mahmud fuera una vil y perversa triquiñuela, un ardid con el que se mofaba del cornudo obligándolo a ofrecer su casa como aval. Es probable que Hussein dijera la verdad al afirmar que no tenía intención de obligar a Rayab Shaabán Mahmud a cumplir lo acordado. Seguramente no era sino una bravuconada, paparruchas, una forma de humillar a ese hombre mientras hacía lo que se le antojaba con sus seres queridos. Pero luego me conoció a mí, un empresario inexperto sin conexiones ni prestigio, y algo empezó a germinar en su fértil mente. Agitó aquel trozo de papel a modo de señuelo y me sacó miles de chelines con la promesa de volver.

Mi negocio había empezado con buen pie, pero la suerte dejó de sonreírme al cabo de poco tiempo, y la pérdida de ese dinero no me puso las cosas fáciles. Las elecciones de marzo de 1961, con las que los británicos pretendían prepararnos para algo parecido a un mínimo autogobierno, desembocaron en disturbios, derramamiento de sangre y la declaración del estado de excepción. Tuvo que venir el ejército de verdad, el británico, a restablecer el orden en colaboración con los Reales Fusileros Africanos, que llegaron en avión desde Kenia. Aquello fue demasiado para nuestros gobernantes, y en cuanto lograron que las aguas volvieran a su cauce iniciaron las negociaciones para la independencia. En ese ambiente de precipitado éxodo, nadie tenía interés en comprar objetos tan exquisitos como costosos, y por supuesto los cruceros habían dejado de hacer escala en la ciudad. Tal como yo lo concebí, el negocio había llegado a su fin. Pensé que lo mejor, dadas las circunstancias, era expandir la vertiente de fabricación de muebles, o por lo menos mejorar la calidad del mobiliario que manufacturaba para la clientela local, pero eso requería invertir en maquinaria, conocimientos específicos y nuevas instalaciones. Mis carpinteros trabajaban de forma artesanal: serraban y cepillaban la madera a mano, pintaban y barnizaban los muebles de forma laboriosa y a veces torpe. Los gustos cambian, y para poder ofrecer los diseños y el acabado homogéneo que se estaban poniendo de moda necesitaba nuevas máquinas. Me fui a Dar es-Salam para ver qué estaban haciendo los grandes fabricantes de muebles, todos ellos indios, que vivían quejándose de la marcha de los negocios y la política. Oyéndolos, se diría que estaban al borde de la quiebra, pero a mí me parecieron tan prósperos y herméticos como siempre, y se dedicaron a contarme medias verdades de forma compulsiva a cuenta de su inveterado secretismo. No obstante, deduje lo suficiente para trazar una especie de plan y calcular cuánto dinero iba a necesitar.

Tras las elecciones de 1961, al ver que Hussein no había dado noticias, le escribí a Bahréin, agradeciéndole el regalo del mapa y contándole lo feliz que me había hecho. También le preguntaba cuándo creía que podría devolverme el préstamo y le explicaba para qué necesitaba ese dinero. No contestó a esa carta, ni acusó recibo de otra que le hice llegar a través de un abogado. Se me planteaba un dilema. Hacia el mes de julio de ese año escribí a Rayab Shaabán Mahmud pidiéndole que nos reuniéramos para tratar un asunto. La idea que yo tenía en mente, y que aún hoy me parece razonable y honrada, consistía en explicarle, en primer lugar, cómo había llegado a mis manos el acuerdo que él había firmado con Hussein. No creía que fuera consciente de que, en cierto sentido, yo se lo había comprado al mercader. Luego le aseguraría que no tenía intención alguna de arrebatarle la casa ni su contenido, pero que necesitaba ese dinero para reinvertirlo en mi negocio y anticiparme así a los cambios que llegarían con la independencia. Pensaba sugerirle que me permitiera negociar un préstamo bancario usando su casa como aval. El banco no tendría por qué saber que la casa ya estaba comprometida por un acuerdo previo y, tan pronto como me concedieran el préstamo, rompería el documento del acuerdo que él había firmado con Hussein, así como el del préstamo que Hussein había firmado conmigo, que contabilizaría como pérdida. Entonces redactaría un nuevo acuerdo con Rayab Shaabán Mahmud por el que me comprometía a devolverle el préstamo bancario que solicitaría en mi nombre, según los plazos previamente convenidos, ofreciendo mi negocio como garantía. De este modo, él recuperaría la propiedad de su casa, si bien seguiría hipotecada por el banco, y yo podría invertir en mi negocio y devolverle el crédito bancario. Es decir, él no perdería nada y recuperaría la casa sin coste alguno. No había rebuscados trucos contables ni turbias artimañas en lo que le proponía.

Le envié un mensaje con Nuhu, simplemente para decirle que deseaba hablar con él de cierto asunto y que le estaría agradecido si pudiera venir a verme cuando tuviera ocasión. Nuhu volvió sin respuesta, más allá de que Rayab Shaabán Mahmud había escuchado mi petición, le había dado las gracias y había cerrado la puerta. No me complacía hacer negocios con él, pues no era un hombre por el que sintiera aprecio ni respeto. Antes incluso de la desgracia que se abatió sobre su hogar, iba por ahí aparentando humildad, pero había en su rostro una expresión de resentimiento, como si creyera que la vida lo había tratado de forma injusta. De día se comportaba como un hombre asustadizo al que cualquier ruido brusco haría dar un respingo, pero por la noche merodeaba por las calles buscando mujeres que se iban con él a cambio de dinero y luego se emborrachaba. Beber alcohol en esa ciudad, después de la promulgación del edicto religioso en contra de su consumo, era someterse a toda clase de vejaciones, una temeridad rayana en la estupidez por las burlas y la persecución que acarreaba. Tarde o temprano todos debemos rendir cuentas ante Dios, y ése es un asunto que sólo concierne al individuo y a su Creador, pero darse a la bebida en esa ciudad era como renunciar a ser respetado.

Su padre, Shaabán, también empinaba el codo, pero se decía que eso era porque su propio padre, Mahmud, había sido un santo varón, y muchas veces sucedía que los hijos de los más piadosos resultaban ser los más perversos, como si el demonio se hubiese encargado de seleccionarlos personalmente para el vicio y el pecado, como si así quisiera demostrar la fragilidad de la voluntad humana y el poder del mal. Y Shaabán Mahmud pecó de lo lindo sin pudor alguno, vagando borracho por las calles, cantando a voz en cuello a altas horas de la noche, frecuentando los burdeles y poco menos que viviendo en uno, pavoneándose durante el día con el aire engreído de quien se tiene en alta estima. Tuvo el detalle de morir a los cuarenta y pico años, uno antes que su virtuoso padre, retirándose de escena antes de tiempo para ahorrar molestias a los demás. Rayab Shaabán Mahmud debía de tener siete u ocho años —uno más que yo, calculo— cuando su padre murió. Recuerdo que ese hombre me inspiraba auténtico pavor, no sé muy bien por qué. En cuanto lo veía por la calle echaba a correr como alma que lleva el diablo, sin vacilación ni dignidad, una virtud que, por lo demás, me traía sin cuidado a esa edad. Él sabía que me daba miedo, y en cierta ocasión se me acercó sigilosamente mientras jugaba con otros niños bajo la margosa que había delante de la comisaría y me plantó las manos sobre los hombros sólo para ver cómo chillaba y corría despavorido mientras él se sumaba al coro de risas de todos los presentes ante mi ridícula espantada.

Por qué Rayab Shaabán Mahmud siguió sus pasos es algo que ignoro. Debió de ocurrir poco a poco, en secreto, y en su caso era evidente que se avergonzaba de esa debilidad. Más tarde, cuando empezaron a circular rumores sobre su mujer, todos dijeron que le estaba bien empleado, que primero le había perdido el respeto a él y luego se lo había perdido a sí misma. Menos mal que el abuelo no vivió para ver semejante descalabro. No sé hasta qué punto son ciertas estas historias. Yo nunca lo vi con prostitutas ni bebiendo, pero eso era lo que se decía, y a fuerza de escucharlas acabé pensando que, fueran o no ciertas, él tenía la culpa de que circularan. Luego, cuando la desgracia se abatió de veras sobre su hogar, Rayab Shaabán Mahmud se volcó en la religión con tal fervor que me resultaba imposible verlo sin sentir vergüenza ajena. Se le acentuó el aire de humildad, hablaba con un hilo de voz y deambulaba con la cabeza gacha y ladeada, como una víctima propiciatoria. Como si todo lo que había pasado fuera culpa suya y penara por ello, en un alarde de arrepentimiento que escondía una gran arrogancia. Nada más salir de trabajar se iba a la mezquita y pasaba allí el resto del día, leyendo y rezando, comportándose como si ya estuviera en el purgatorio, viviendo la vida como un lento suicidio. Desde entonces me he preguntado más de una vez si quizá la desgracia, la humillación y la deshonra que sufrió a manos de Hussein le arrebataron la cordura, la necesaria noción de equilibrio.

No obstante, tenía razones para sentirse estafado, y la propuesta que yo quería hacerle no era plato del gusto de nadie, por más que fuese razonable. Por si eso fuera poco, Rayab Shaabán Mahmud creía que yo estaba en deuda con él por otros motivos, si bien entonces ignoraba hasta qué punto seguía guardándome rencor. El caso es que pasé varios días sin tener noticias suyas, por lo que una tarde lo abordé en la mezquita, después de las oraciones de la magrib. Yo acudía a rezar cuando podía, y confiaba en que Dios sabría perdonarme por las veces que no había cumplido a tiempo mis obligaciones como creyente. En ese sentido, tenía una deuda enorme con mi Creador. Ese día esperaba encontrar a Rayab Shaabán Mahmud donde siempre, a escasos pasos del mihrab, y así fue. Le pregunté si podía ir a verlo a su casa para tratar un asunto que nos concernía a ambos o si prefería pasar por la tienda al día siguiente después de comer, dado que a esa hora él ya habría vuelto de trabajar y yo solía cerrar durante un par de horas porque todo el mundo aprovechaba para dormir la siesta hasta que el calor empezaba a aflojar. Me dijo que allí estaría.

Dejé una de las puertas plegables de la tienda ligeramente entornada para que ningún transeúnte pensara que cuchicheábamos sobre algo indecoroso y para que entrara un poco de aire de la calle. Él se sentó en la pequeña silla de madera que por lo general ofrecía a las visitas, una delicada silla plegable de listones ligeramente alabeados para acomodar la curva de la espalda y el volumen de las nalgas, de modo que cuando uno se sentaba parecía que los listones se desplazaban sutilmente para adaptarse al cuerpo. Tenía elaboradas aplicaciones de latón en el listón superior del respaldo, y el ligero armazón que la sostenía era de hierro fundido pintado de negro. Había pertenecido a un poderoso banquero guyaratí cuya buena estrella se extinguió en 1939, con el estallido de la guerra, y cuyo nombre seguía grabado en la placa de latón fijada en el centro del respaldo junto al año 1926, acaso su momento de máximo esplendor. Yo adquirí la silla cuando uno de sus descendientes, que regentaba una agencia de viajes, decidió modernizar el mobiliario de oficina y me la vendió, junto con un par de piezas más, a modo de pago parcial por las obras de reacondicionamiento que mis carpinteros llevarían a cabo en su empresa. Rayab Shaabán Mahmud se sentó en esa bellísima reliquia con la mirada baja y la cabeza ligeramente ladeada. Yo me senté cerca de él, en una silla que coloqué delante de mi escritorio. Su actitud no me inspiraba demasiada confianza.

Era una tarde calurosa de principios de Kaskazi, cuando el mar se encrespa y los vientos empiezan a soplar en dirección noreste para luego estabilizarse paulatinamente con la llegada de los monzones. Cogí una jarra de barro y llené dos vasos de agua aromatizada con almáciga. Me encantaba esa agua, a la que el barro prestaba un especial frescor y la resina perfumada un punto ácido y fragante. Empecé explicándole cómo había llegado a mis manos el acuerdo que en su día él había firmado con Hussein. Tal como sospechaba, no sabía que estaba en mi poder. Se me quedó mirando fijamente, sorprendido y quizá también un poco aterrado, y por un instante pensé que rompería a llorar o soltaría un alarido y saldría corriendo. Cuando empecé a plantearle mi propuesta, frunció ligeramente el ceño y volvió a bajar la mirada. Yo había decidido que se la explicaría en términos sencillos, sin intentar persuadirlo ni dorarle la píldora hasta que me hubiese contestado. Supongo que esperaba que se resistiera, pero en honor a la verdad creía que no tendría más remedio que aceptar mi oferta. Huelga decir que la rechazó.

Después de escucharme se quedó un par de minutos en silencio, sin levantar los ojos, y tuve que morderme la lengua para no seguir hablando. Luego me sostuvo la mirada y dijo que no podía creer lo que acababa de oír. Que cómo podía sentarme a su lado y decirle todas esas cosas después del calvario que habían pasado él y los suyos. Que si lo había planeado todo desde el principio con ese maldito embustero, esa alimaña, ese demonio; no pronunció su nombre. Que si lo habíamos tramado todo juntos desde el principio. Y siguió insistiendo en esa idea, erre que erre:

—No puedo creer que me vengas ahora con éstas, te juro que no puedo creerlo. Seguro que lo tenías todo planeado desde el principio.

Cada vez que yo intentaba meter baza, él alzaba el dedo índice a modo de advertencia: «Silencio.» Tenía la frente perlada de sudor que le iba resbalando por las mejillas, los ojos desorbitados de indignación y rabia, y entre sus comentarios airados farfullaba oraciones para tranquilizarse. Cuando por fin hizo una pausa intenté explicarle que no podía haber planeado la pérdida de semejante cantidad de dinero y que mi propuesta sólo le supondría un riesgo nominal, puesto que, en virtud de nuestro acuerdo, mi negocio avalaría el crédito que él solicitaría al banco. No creo que escuchara una sola palabra.

Cuando acabé de hablar, se puso en pie y alargó el brazo en mi dirección, señalándome con el dedo índice en ademán acusador, como el melodramático príncipe de una película.

—Eres un ladrón —me espetó—. Le robaste la casa a mi tía y ahora quieres robarme también la mía. ¿Qué os hemos hecho, a ti y los tuyos, para que quieras vengarte así de nosotros? ¿O acaso lo haces simplemente porque nos crees débiles y estúpidos? ¡No eres más que un ladrón! —Para entonces chillaba a pleno pulmón, lanzándome salivazos. Sin dejar de señalarme con el dedo, retrocedió hacia la puerta evitando darme la espalda, como si temiera que fuera a levantarme de pronto para atacarlo. Acabó de abrir la puerta de una patada y se quedó allí plantado unos instantes, hecho un basilisco—. ¡Maldita sabandija! —soltó a modo de bendición final—. Nos robaste esa casa y ahora quieres robarnos lo poco que nos queda. ¡No puedo creer que Dios haya creado un ser tan abyecto como tú!

Dicho esto, salió al sol deslumbrante y desapareció.

Nuestra conversación no había durado demasiado, diez minutos a lo sumo. Él no había tocado el vaso de agua, así que lo cogí y fui hasta la puerta para tirarla a la calle. No se veía un alma, pero por algún motivo tuve la sensación de que alguien había escuchado las acusaciones de Rayab Shaabán Mahmud. Lo achaqué a la paranoia que uno no puede evitar sentir cuando vive hacinado junto a otras personas. No había nadie, aunque tampoco hacía falta que hubiese un público atento. Yo estaba seguro de que, espoleado por la indignación, Rayab Shaabán Mahmud no tardaría en gritar a los cuatro vientos su versión de los hechos. Ni que decir tiene que yo ya había acudido al banco para intentar obtener un préstamo a mi nombre. Lo había intentado con los tres bancos de la ciudad y todos me habían rechazado. Los gerentes bancarios británicos siempre nos denegaban los préstamos, y esos tres lo eran, si no me equivoco, o en todo caso europeos.

Cuando digo que nos los denegaban, incluyo en ese plural a cualquier mercader u hombre de negocios que no fuera indio. Me limito a consignar ese dato. Suyo era el dinero, por descontado, y eran libres de nombrar a quien quisieran para gestionarlo, no digamos ya prestarlo a quienes consideraran más capaces de salvaguardarlo y hacerlo crecer. Me limito a consignar que los gerentes bancarios europeos no nos creían dignos de confianza ni avispados para los negocios, así que siempre nos denegaban los préstamos, que yo sepa. De modo que seguía enfrentándome a un dilema. Después de las acusaciones de antiguos atropellos que Rayab Shaabán Mahmud había vertido contra mí, quedaba descartada toda esperanza de acuerdo con él. Aquellas acusaciones me parecían sacadas de quicio, pero tampoco es que me sorprendieran. Nunca me las habían dicho a la cara, aunque algo sabía por los rumores que me hacían llegar los maestros de la intriga y los cotilleos.

—Así que en realidad fue el orgullo lo que le hizo seguir adelante con la reclamación de la casa y lo que contenía —concluyó Latif Mahmud con aire despectivo, regodeándose en la derrota que yo acababa de reconocer.

Temiendo que no soportara oír lo que tenía que decirle, que montara en cólera conmigo y se marchara creyendo que le había soltado una sarta de infundios, no le conté todo lo que acabo de relatar, pero casi casi. Más o menos.

—Sí, puede que fuera el orgullo —concedí—, y lo injusto de las acusaciones. Pero además necesitaba el dinero, como he mencionado; estaba entre la espada y la pared.

Él asintió. Pensé que tendría apetito y querría marcharse antes de que yo retomara el hilo de la conversación, pero se limitó a afirmar que debía irse sin hacer el menor amago de cumplir su palabra. No le ofrecí comida: apenas tenía nada que ofrecerle y dudo que considerara comida de verdad lo poco que tenía. Por las noches solía hervir un plátano macho o un trozo de calabaza que comía espolvoreado con azúcar, luego bebía un vaso de agua tibia y con eso tenía bastante para pasar la noche. Quería que se marchara, dándose por satisfecho con lo escuchado, y que volviera más adelante, pero al mismo tiempo no quería que se fuera todavía. Quería encontrar el modo de hacer un alto y decir: «Por hoy ya basta, estoy cansado. Váyase y vuelva otro día.»

—Recuerdo cuando mi padre llegó a casa ese día —dijo en tono quedo, mirándome sin verme, volviendo la vista al pasado—. Bueno, recuerdo que nos contó que le había robado usted la casa a su tía y que ahora quería robarnos la nuestra. Ni siquiera sé si recuerdo ese día, pero sí lo que nos contó porque aquellas palabras marcaron mi juventud. Cuando leí «Bartleby» por primera vez comprendí que así era como veía yo a mi padre, resignado en su abandono, y a usted como su azote. Más tarde aprendí a interpretar el relato de otro modo, a ir más allá de la resignación y el abandono, pero esa primera vez me pareció reconocerlo en el protagonista. A usted esa historia le pareció conmovedora. Ha empleado esa palabra, «conmovedora». ¿Por qué no le pareció conmovedor mi padre? ¿O sí que se lo pareció? ¿Le molesta que lo describa como su azote? Quiero decir, por supuesto que le molesta, pero ¿le parece insolente, incorrecto, de mala educación?

Negué con la cabeza. Estaba realmente cansado, quería que se fuera para abrir una lata de alubias rojas y comerlas frías. No sabía si tenía la presencia de ánimo para volver a evocar todas esas miserias bajo su mirada acusadora.

—Hace tan sólo unos instantes estaba pensando que me cuesta creer que esto esté pasando de veras —dijo Latif Mahmud con amargura, y quizá también un poco cansado—. Era algo sumamente improbable, y sin embargo pensé que sólo podía ser usted. Ignoro por qué. No tenía motivo alguno para creerlo, no era más que una corazonada, una intuición. Y luego, incluso después de haberlo pensado, no quería venir a verlo. Me parecía que no tenía ninguna razón para hacer semejante cosa, aparte de soltarle cuatro frescas, pero después de tanto tiempo tampoco me apetecía. Ahora creo que en el fondo no estaba enfadado con usted, pero entendía que era mi deber estarlo. Si con alguien estaba enfadado era conmigo mismo, aunque creo que más que enfado era culpa, que estaba a la defensiva por mi ignorancia, por la distancia que he puesto entre mi vida actual y aquellos tiempos. ¿Le molesta que le hable así? Ahora que he venido a verlo y que usted me ha hablado con tanta franqueza, no puedo creer que esto esté pasando de veras, no puedo creer que tenga tanta suerte. No quiero escuchar lo que dice usted. No sabía que aspiraba a tener esta clase de suerte pero, si estoy aquí, por algo será. Eso es: al margen de todo lo demás, quiero darme el lujo de haber actuado como quien sabe lo que hace. Como si ésa fuera mi forma de vivir, en vez de ir dando tumbos, acatando una imposición tras otra sin ocultar nada, sin arriesgar nada. Además, ambos hemos hecho gala de una franqueza y una cortesía que no habría podido imaginar antes de venir a verlo. Creo que lo imaginaba como una especie de reliquia, una metáfora del terruño, y pensaba que lo observaría sin disimulo mientras usted se quedaba quieto como un pasmarote, disimulando una ira apenas contenida, como un yin salido de las profundidades del averno. ¿Le molesta que le hable así?

—Si no puede evitarlo... —repuse—. ¿Qué yin tiene en mente? ¿Qué yin se imagina usted quieto como un pasmarote, disimulando una ira apenas contenida?

—¿Se refiere a qué cuento tengo en mente? —preguntó, sonriendo pero con el ceño fruncido, hurgando en los recovecos de la memoria—. No me acuerdo, pero tengo una imagen de él.

—¿Y en esa imagen tiene un cuerno? ¿Ve usted a un yin con un cuerno que le sobresale en medio de la gran frente? —pregunté.

—¡Sí! —contestó con aire triunfal, sonriendo de oreja a oreja, y por un segundo dejó de ser ese hombre melancólico y atormentado con el que había pasado la tarde para parecerse a su madre, cuya alegría suicida me pareció entrever—. Se cree usted muy listo, ¿verdad? De acuerdo, dígame en qué cuento sale.

—En «La historia de Qamar al-Zamán» —contesté—. En ese cuento aparece el yin más sigiloso y furtivo de *Las mil y una noches*, y luce un cuerno en medio de la frente. Es mi yin preferido, un personaje de lo más grotesco, que es como me imaginaba usted.

—No, en «Qamar al-Zamán» seguro que no sale —replicó—: conozco ese cuento al dedillo.

—¿Pues en cuál, entonces? Es usted el experto. ¿En qué cuento aparece un yin salido de las profundidades del averno que se queda quieto como un pasmarote, disimulando una ira apenas contenida? El yin de «Qamar al-Zamán» encaja a la perfección.

—No, ése no es. Ahora mismo no recuerdo cuál era, pero ya me acordaré. Se lo diré la próxima vez que venga.

Fuera, la tarde se iba cuajando de sombras; quedaba un resquicio de luz, pero teñida de ese deslavazado gris plomizo que tanto pesa en el corazón. Miré por la ventana sin el menor disimulo para persuadirlo de que comentara lo tarde que se nos había hecho. Si pensaba volver otro día, bien podía marcharse ahora para dejarme descansar y recobrar la calma, para dejarme restablecer el orden en mi catacumba.

—¿Lo estoy fatigando? No tardaré en irme —dijo—. Me gustaría preguntarle algo. Ha dicho usted que siguió adelante con la reclamación de la casa por lo injusto de las acusaciones de mi padre. ¿Qué tenían de injusto, podría explicármelo?

Negué con la cabeza.

—Es una larga historia y tal vez no le guste escucharla. ¿No se ha dicho ya bastante por un día?

—Yo querría escucharla, si usted se siente con fuerzas para seguir —repuso. Parecía azorado porque sabía que me estaba presionando, pero también un poco altivo porque exigía saber, porque me retaba a demostrar la veracidad de mis afirmaciones.

No me cabía duda de que acabaría contándoselo todo. Necesitaba confesarme. No pretendía que se me perdonaran o borraran los pecados, que eran de mezquindad y engreimiento, más que de maldad, y cuyas consecuencias ya habían marcado profundamente mi vida y la de otros. Poco cabía hacer para aligerar esos pecados, pero necesitaba liberarme del peso de tantos hechos y episodios que nunca he podido contar a nadie, y satisfacer así el anhelo que siento de ser escuchado y comprendido. Él era mi confesor, y yo sabía que le diría lo que quería saber. Luego podría hacer un alto en el camino y decirle que hasta Sherezade se las arreglaba para descansar un poco todos los días al alba. Me hacía de rogar, fingiendo una reticencia mayor de la que sentía, para asegurarme de que se iría una vez que le hubiese contestado. Además, él se había sincerado sobre sí mismo y yo no podía por menos que corresponder a su generosidad, de modo que preparé té negro dulce para los dos y reanudé mi relato.

Supe de las complicaciones que rodeaban la propiedad de la casa en 1950, al volver del Makerere University College. Había pasado fuera más de tres años, y al concluir los estudios no tenía ninguna prisa por regresar. Durante mi estancia en Kampala había hecho dos grandes amigos: el keniano Sefu Ali, oriundo de Malindi, que estudiaba Bellas Artes, y Yamal Hussein, que vivía en Bukoba —en la ribera del lago Victoria, que entonces formaba parte de Tanganica— y estudiaba Administración de Empresas. Sefu lo vivía todo con gran pasión y hablaba como si no se debiera más que a sí mismo y su conciencia, como corresponde a un verdadero artista. Yamal estudiaba Administración de Empresas por complacer a su familia, y solía defender el valor de la responsabilidad y los conocimientos prácticos cada vez que Sefu lanzaba una de sus diatribas contra la costumbre y el deber. Yo estudiaba Administración Civil y por entonces parecía abocado a convertirme en funcionario de carrera del gobierno colonial. En la residencia de estudiantes ocupábamos habitaciones contiguas que daban al mismo pasillo, y puede que cursáramos carreras distintas, pero todo lo demás lo hacíamos juntos, como estudiar para nuestros respectivos exámenes o presentarnos en el comedor. En aquella época sólo nos estaba permitido sentarnos a la mesa llevando puesta la toga roja de los alumnos, como si aquello fuera el Oxford del ecuador. Paseábamos juntos por la ciudad, jugábamos al fútbol, descansábamos bajo las enormes higueras, en Ramadán rompíamos juntos el ayuno cada día, celebrábamos juntos el Aid. Todo lo hacíamos juntos.

Era algo propio de la adolescencia, supongo, y algunos de nuestros compañeros se burlaban de nosotros diciendo que íbamos al baño juntos y a saber qué más, pero fue una época maravillosa y entre nosotros se estableció una especie de hermandad que suponíamos inquebrantable. No recuerdo que llegáramos a verbalizarlo en esos términos, pero en retrospectiva sé que eso era lo que esperábamos: la clase de compañerismo incondicional y eterno que se tiene con un hermano. Perdón, yo no tengo hermanos. Es posible que en esa comparación salga a relucir otra de mis ilusiones optimistas, pues siempre he deseado tener hermanos y creía que con ellos podría imaginar cómo sería esa relación. El caso es que al terminar los estudios nos sentíamos reacios a separarnos. Me producía mayor tristeza distanciarme de esos dos buenos amigos que nada de lo que me había sucedido hasta entonces, salvo la pérdida de mi querida madre, que Dios se apiade de su alma; pero su muerte, cuando yo tenía once años, se me antojaba más un desastre natural que una separación, un cataclismo, un tsunami, un eclipse.

De manera que, para retrasar de algún modo el momento de la separación, decidimos viajar juntos a nuestros respectivos lugares de origen, donde pasaríamos un par de meses, o el tiempo que nos permitieran nuestros padres o las diversas oficinas del gobierno a las que seguramente nos destinarían a Sefu y a mí. Para empezar, nos quedamos en el campus después de que todo el mundo se marchara, durmiendo hasta las tantas, jugando a las cartas, aprendiendo a jugar al tenis o lo que se terciara, creyéndonos invulnerables y solazándonos en esa irreprimible sensación de ligereza que uno tiene cuando es joven y está lejos de casa. Al final el administrador de la residencia, que por lo general era un hombre afable y comprensivo, perdió la paciencia y nos echó del campus. Entonces nos fuimos a Bukoba para visitar a la familia de Yamal Hussein. Desde Entebbe cruzamos el lago en ferry, y recuerdo que la lluvia cayó con fuerza durante toda la travesía, azotando la extensión de papiros que bordeaba la orilla y transformando la superficie del lago en oscuro azogue. Los relámpagos rasgaban la pesada panza del cielo y el viento aullaba como una criatura aterrada. No volvimos a cruzar el lago, y me apena decir que lo único que vi de él fue ese aparatoso espectáculo gótico, por no hablar del creciente pánico del pasaje mientras el barco amenazaba con zozobrar bajo la lluvia torrencial.

La familia de Yamal Hussein regentaba una gran ferretería situada en la calle principal de cuyo lúgubre interior parecían brotar como por ensalmo y desparramarse sobre la acera ollas y sartenes, martillos y clavos, así como bandejas y cuencos esmaltados con motivos florales. Además, tenían un negocio de venta de bicicletas y maquinaria agrícola en un espacioso almacén de las afueras. En el solar adyacente, y al calor de la incipiente prosperidad que llegó con el fin de la guerra, habían abierto asimismo un concesionario automovilístico de la marca Austin y una gasolinera con un solo surtidor. Ahora mismo no recuerdo si la marca era Austin o Morris. Por entonces Bukoba formaba parte de la Tanganica británica, donde no era tan sencillo convertirse en concesionario de marcas de coches «extranjeras» como Ford o Peugeot. En otras palabras, era un próspero negocio familiar con visos de transformarse en una gran fuente de riqueza. Nunca acabé de entender el organigrama de la empresa, pero daba la impresión de que todos los trabajadores estaban emparentados entre sí, y había varios primos y tíos de Yamal que se afanaban incansablemente en sus asuntos, yendo de aquí para allá a grandes zancadas con aire dramático, reuniéndose en estruendosos corros para compartir algún cotilleo o noticia, o bien tomándose un descanso en medio de sus interminables cuitas. En la casa familiar también había tías y primas igual de ajetreadas cocinando, lavando, yendo y viniendo, aparentemente increpándose a gritos. Digo «aparentemente» porque no entendía ni una palabra de lo que decían, ya que hablaban en guyaratí y por tanto no habría sabido decir si esos intercambios eran una forma sostenida de desavenencia o si servían para dirimir cuestiones prácticas del día a día, como a quién le tocaba barrer el patio o algo por el estilo. Sin embargo, sus gestos desabridos sugerían más bien lo primero.

La familia, entendida en el sentido más amplio de la palabra, vivía en dos grandes casas adyacentes y compartía un patio trasero cercado con malla metálica y un seto de guandú. En el patio, al que Yamal llamaba «el jardín», había varias plataneras y jazmines, un guayabo, un pequeño huerto de hierbas aromáticas junto a la puerta trasera y también un corral. En un rincón había una zona asfaltada con un grifo donde el dhobi que venía todos los días salvo los domingos lavaba la ropa de la casa y la tendía en cuerdas que cruzaban el patio en todas direcciones. Nos acomodaron a Sefu y a mí en una edificación anexa a la casa que daba al patio y que tenía dos habitaciones con sus respectivas puertas y un excusado entre ambas. La otra habitación, que normalmente estaba cerrada con llave, se usaba como despensa donde a veces veíamos entrar a alguna prima de Yamal para coger provisiones.

A nuestra llegada, había percibido cierta tensión en el ambiente. Yamal no había informado a su familia de que íbamos a venir, dando por sentado que los suyos recibirían con los brazos abiertos a esos amigos de los que tanto habían oído hablar. Es posible que su descuido tuviera algo que ver con la sensación de bienestar de la que habíamos disfrutado los últimos meses en Kampala. Yamal era el único de los tres que vivía lo bastante cerca del campus para volver a casa por vacaciones, pues sólo tenía que cruzar el lago en ferry, aunque Sefu también había hecho el viaje hasta la costa en una ocasión, al final del primer curso, para asistir al funeral de un pariente. Sé que Yamal le había hablado a su familia de nosotros porque algunos de los primos estaban al tanto de nuestras correrías más disparatadas, y tal vez por eso había deducido que dormiríamos los tres en su habitación o, en todo caso, en la que le tocara compartir con hermanos y primos. En cuanto vi lo compenetrada y atareada que vivía esa familia, y descubrí que las jóvenes primas de Yamal dormían bajo ese mismo techo, supe que ni en sueños nos acogerían como si fuéramos de los suyos. Pero a mi amigo lo afligía que nos alojaran en uno de los cuartos que se usaban como despensa y temía que pudiéramos sentirnos ofendidos.

En realidad no eran despensas, como evidenciaba el excusado que había entre ambas, sino habitaciones destinadas a criados o jardineros y, puesto que la familia no empleaba a nadie que ejerciera esos oficios, podía destinar esos espacios a otros usos. Intentamos bromear con Yamal al respecto, diciéndole lo agradable que era salir directamente al jardín por las mañanas o quedarnos despiertos hasta tarde jugando a las cartas sin molestar a nadie, insistiendo en lo mucho que apreciábamos esa privacidad. Pero había otras fuentes de tensión. Nos daban de comer aparte y una de las hermanas de Yamal se encargaba de llamarnos para que fuéramos a recoger nuestros platos, siempre los mismos cuencos esmaltados con motivos florales, como si los hubiesen separado para nuestro uso exclusivo. Además, el propio Yamal debía ausentarse a menudo para atender diversas obligaciones de las que no siempre nos daba cuenta. Por encima de todo, a Sefu lo agobiaba que las tías y primas hablaran de nosotros en guyaratí sin el menor disimulo mientras nos miraban con evidente impaciencia cada vez que salíamos al patio. Al cabo de unos días, Yamal nos anunció que debía personarse a diario en alguno de los múltiples negocios familiares, por lo que no podríamos visitar los lugares de interés cercanos como nos había prometido, aunque sí tendríamos ocasión de reunirnos con toda la familia el domingo siguiente, cuando tenían previsto celebrar un pícnic a escasos kilómetros de allí siguiendo la carretera que bordeaba el lago.

Pero al final no pudimos quedarnos sino un par de semanas. Una tarde Sefu y yo pasábamos por detrás de las casas, de camino al callejón que llevaba a la carretera, con la intención de dar un paseo a orillas del lago. No vimos a Yamal por ninguna parte, aunque había dicho que vendría con nosotros si conseguía escapar a sus obligaciones. De pronto nos cayó encima un chorro de agua tibia y alzamos la cabeza justo a tiempo para ver en una de las ventanas de la planta superior a una mujer sonriendo sin disimulo, aunque enseguida se retiró hacia dentro. Acto seguido oímos una cascada de risas, y un instante después tres rostros más se asomaron a la ventana para contemplar el espectáculo. Aquello fue la gota que colmó el vaso de nuestra paciencia, sobre todo porque estábamos convencidos de que nos habían arrojado agua sucia mezclada con jabón. Para cuando Yamal bajó a la carrera desde la casa, volviéndose a medias para reprender a las mujeres a voz en grito, Sefu y yo ya nos habíamos aseado, cambiado y recogido nuestras escasas pertenencias. En cuanto lo vio llegar, deshaciéndose en disculpas y explicaciones, Sefu cogió el armatoste de su maleta y salió de la habitación a trompicones. Yo lo seguí sin vacilar. Cuando casi habíamos llegado a la carretera, se volvió hacia Yamal y le espetó:

—¡Sois todos unos imbéciles y unos engreídos de mierda!

—Escríbele —le dije a Yamal—, tienes su dirección. No dejes que esto se quede así.

Pero nunca le escribió. Fue muy triste. Tal vez le pudiera la vergüenza, o llegara a la conclusión de que no había nada que decir. Recuerdo las dulces ciruelas que cultivaban en Bukoba y los atardeceres teñidos de violeta sobre el lago.

Sefu y yo cogimos un autobús hasta Mwanza y luego otro que nos llevó hasta Kisumu. Desde allí seguimos en tren hasta Nairobi y por fin, tras cuatro días de viaje, llegamos a Mombasa. Habíamos pasado una noche en la cochera de los autobuses y las demás en el propio tren. En Mombasa nos quedamos a dormir en casa de un pariente de Sefu y a la mañana siguiente cogimos otro autobús que nos llevó hasta Malindi. Volver a la costa fue como volver a casa; más aún, pues me sirvió para comprender que tenía un lugar en el orden universal. Buena parte de lo que había aprendido en Kampala resultaba asfixiante porque me permitía atisbar la vastedad de mi propia ignorancia, de esa insignificancia autocomplaciente en la que nos regodeábamos. De vuelta en la costa me sentí parte de algo que, al fin y al cabo, tenía mucho de generoso y noble, una forma de vida que no me excluía y que yo me había apresurado a tachar de indolente atraso. Pasé tres meses con Sefu y las diversas ramas de su familia, viajando juntos hacia el norte a lo largo de la línea costera hasta Pate y Lamu, deteniéndonos unos días allí donde Sefu conocía a algún lugareño o tenía las señas de alguien que nos abriría las puertas de su casa, luego subiéndonos a un autobús o barco para continuar nuestro viaje. Adondequiera que fuéramos nos recibían como a miembros de la familia y nos acogían con hospitalidad, compartiendo con nosotros lo poco o mucho que tuvieran. Adondequiera que fuéramos siempre había alguien que sabía quién era mi amigo, aunque nunca se hubiesen visto en persona. Fue una experiencia maravillosa, y en todas partes me acogían a mí también con los brazos abiertos. Sefu intentó convencerme de que buscara trabajo y me quedara a vivir en Kenia, aunque de sobra sabía que no podía hacerlo porque la beca que me habían concedido llevaba aparejada la obligación de volver y trabajar para la administración colonial británica durante por lo menos tres años.

A las pocas semanas de haber llegado a la costa le había escrito a mi padre para decirle dónde estaba y explicarle que volvería a casa sin prisa, dando algún que otro rodeo. No esperaba que me contestara, ya que no había contestado a una sola de las escasas y desganadas cartas que le había mandado a lo largo de los cerca de tres años anteriores, algo que tampoco me había dolido pues sabía que no había en ello mala intención. Yo le mandaba noticias de vez en cuando porque era mi obligación, pero por lo general los padres no mandaban cartas a los hijos salvo que tuvieran que comunicarles alguna orden o prohibición. Sin embargo, mi padre me escribió a Malindi para decirme que ya iba siendo hora de que volviera, ya que un funcionario había ido a verlo para preguntar por mi paradero. Debía presentarme en mi nuevo destino a la mayor brevedad posible en cumplimiento de mi deber, ese que parecía haber olvidado. De todos modos, añadía mi padre en la carta, ya era hora de que regresara porque había otros asuntos que atender. Se despedía rogando que no me olvidara de decirle en qué barco llegaría, pues tenía intención de ir a esperarme. Esos «otros asuntos que atender» eran su forma velada de anunciar que había vuelto a casarse, aunque no lo deduje hasta mi regreso.

El caso es que mi padre se había casado dos años antes. Cuando me lo dijo, se me antojó un capricho. Volvíamos caminando a casa desde el puerto y me sentía eufórico por estar de vuelta tanto tiempo después, saludando a gente a la que no veía desde hacía años, así que no debí prestarle demasiada atención, pero sé que, mientras sonreía y saludaba a los conocidos con los que nos íbamos cruzando, me preguntaba para qué iba a querer casarse un hombre como él. No se lo dije en esos términos, claro está: mi padre no habría dudado en correrme a guantazos por semejante insolencia. Lo cierto es que me alegro de no haberlo hecho porque ahora sé cosas que entonces ignoraba: sé que nunca se pierde el deseo de vivir, ni el deseo de tener compañía y dotar de sentido la propia existencia. Supongo que temía que yo no encajara bien la noticia de su boda por lo mucho que ambos habíamos querido a mi madre, pero la verdad es que eso nunca me inquietó, ni entonces ni después. Cuando llegamos a casa, la casa a la que él se había mudado después de volver a casarse, recordé a las personas que solían vivir allí.

—Ésta es tu madre —dijo mi padre, y su mujer y yo nos besamos con cierta formalidad y charlamos cordialmente. Debería haber dicho «mi madrastra» en vez de «su mujer», pero nunca la vi de ese modo: para mí era la mujer de mi padre. La recordaba de antes como Bi Maryam, y así la llamé siempre sin la menor intención de faltarle al respeto.

He dicho que recordé a quienes solían vivir en la casa, quizá dando a entender que eran poco menos que desconocidos para mí... Tal vez debería haber añadido que los conocía muy bien. El primer marido de Bi Maryam era nahodha —patrón de un dóu—, además de comerciante. Todo el mundo lo conocía. Los hombres de mar no pasaban inadvertidos, y él siempre iba de aquí para allá con aire resuelto, atento a la mercancía y los pormenores técnicos, llamando y arengando a los porteadores y la tripulación para que todo estuviera a punto antes de que la marea cambiara o el viento cesara. Cuando pasaba calle arriba o calle abajo, atareado en sus quehaceres, la gente lo saludaba y lo llamaba a voz en grito, a veces por su nombre, otras veces por el título de patrón. Yo no recordaba su muerte, así que debió suceder mientras yo estaba en Kampala, y mi padre debió echarle el lazo a Bi Maryam en cuanto salió del duelo. No tengo ni la más remota idea de cómo sucedió, ni qué lo hizo dar semejante paso, ni a ella aceptarlo, ya puestos. Lo único que puedo afirmar a ciencia cierta es que durante los años que pasé con ellos parecían bien avenidos, y tan compenetrados en sus opiniones —que defendían con la vehemencia de quien se cree moralmente superior— como cabría esperar de una pareja consolidada. De no haber conocido la historia, habría dado por sentado que llevaban décadas juntos y no los escasos años transcurridos desde que habían contraído segundas nupcias. Siempre parecían saber lo que pensaba el otro y nunca los vi contradecirse en cuestiones importantes. Cuando mi padre arremetía contra algo, Bi Maryam se aseguraba de tener a mano una piedrecilla o un pequeño dardo para arrojarlo en la misma dirección. Sus métodos eran por lo general más sutiles que los de mi padre, que tendía a insistir y a mostrarse resentido si no se salía con la suya. Cuando a mi padre se le antojaba algún manjar especial o Bi Maryam se sentía contrariada por alguna decisión, sus respectivos deseos no se convertían en una carga para el otro, o al menos nunca me dieron a entender que así fuera. En pocas palabras, aunque no quisiera parecer superficial o despreciativo al decirlo, se los veía satisfechos con su vida.

Lo que sí puedo afirmar es lo que diré a continuación, porque así me lo contó mi padre a las pocas semanas de mi regreso para que supiese lo que se estaba cociendo cuando me llegaran los rumores que tarde o temprano me llegarían. Repetiré lo que entonces entendí y creí. En lo tocante a este asunto doy crédito a las palabras de mi padre, aunque en muchos otros aspectos fuera ignorante, testarudo y tan avaricioso como cualquier hombre criado en la época de penuria y carestía que le tocó vivir. Creo que, como intento hacer yo ahora, me contó las cosas tal como él las entendía y me dijo lo que podía decirme. No le pregunté si se había casado con Bi Maryam para salir de un apuro, si se había abalanzado sobre la viuda por su fortuna; no podía preguntárselo. Le habría parecido una falta de respeto, y seguramente se consideraba afortunado y astuto por haberle echado el guante antes que nadie. Ignoro si eso fue lo que pasó o si hacía años que le tenía afecto y no vaciló a la hora de declararle sus sentimientos cuando se presentó la ocasión.

Lo que sí sé es lo siguiente: el primer marido de Bi Maryam, Nassor el nahodha, querido por todos y recibido por la calle entre sonrisas, no era inmune a las disputas familiares en torno al dinero que son el pan nuestro de cada día. Para empezar, se vio privado de la herencia de su padre, cuyos parientes le arrebataron antes incluso de que él naciera y se repartieron hasta el último penique mientras flotaba tan ricamente en una ingravidez amnésica, firmemente envuelto en la bolsa amniótica. Vino al mundo después de que su padre muriese, huérfano de nacimiento, y los hombres de su familia arramblaron con todo sin dejarle nada mientras él seguía en un limbo. Como solían decir los ancianos, no le dejaron ni un trozo de tela con el que amortajarlo. Esto había sucedido en Omán, en la ciudad de Mascate, y la madre de Nassor tampoco heredó nada de su difunto marido, aunque uno de los hermanos de éste se ofreció para casarse con ella en cuanto hubo pasado el duelo. El hombre tenía dos mujeres más y un enjambre de hijos, pero dijo que lo hacía para ofrecerle protección y respetabilidad. Ella pensó que no tenía más remedio que aceptar, pues no veía otra manera de eludir la vergüenza y el desamparo que le supondría tener un hijo sola. Su nuevo marido acogió a Nassor y lo crió en su casa como un pariente menesteroso.

Cuando Nassor se hizo lo bastante mayor para comprender estas cosas, su madre le reveló que le habían robado lo que le pertenecía por derecho de nacimiento. Ambos habían sido víctimas de una traición, le dijo, seguramente mientras ella se mecía acurrucada a oscuras, llorando la muerte de su pobre marido. Lo que los parientes de su padre habían hecho, aseguró, era contrario a la ley de Dios, que determinaba con precisión las normas que rigen el reparto de una herencia. Cuando alguien muere, sus pertenencias deben disponerse como sigue: 1) las deudas del difunto deben ser saldadas, así como cualquier otro negocio u obligaciones públicas que tuviere; 2) la mitad de la herencia restante debe repartirse equitativamente entre los hijos varones que le sobrevivan; 3) un tercio de la herencia debe repartirse entre las esposas que le sobrevivan; 4) el resto debe repartirse entre las hijas. Puesto que Nassor era el único hijo varón —por no decir el único descendiente— de su padre, debería haber heredado por lo menos la mitad de lo que éste poseía; es decir, dos casas en Mascate y un terreno con palmeras datileras en su aldea natal. Y ella, su única mujer, debería haber recibido un tercio de lo que quedara. Los parientes del nahodha sabían que Bi Maryam estaba encinta cuando él falleció y se apresuraron a repartirse la herencia para que el niño no pudiera reclamar su parte, mientras que ella, la madre de Nassor, se vio obligada a casarse con uno de ellos, renunciando así a su tercio de la herencia. Lo que les habían hecho era traición y pecado; la ley era muy clara al respecto, todo estaba detallado en el Corán, aunque ella no habría sabido citar el sura ni el versículo correspondientes. El mismísimo Profeta había nacido huérfano de padre y tampoco había podido gozar de su herencia, que se repartieron sus tíos varones mientras él quedaba bajo la tutela del abuelo y se criaba con una tribu de beduinos del desierto. Por eso se especifica en el Libro Sagrado qué parte de la herencia deben recibir cada uno de los parientes del difunto, para evitar las injusticias que se daban en la era de la ignorancia.

A una edad temprana, doce o quizá trece años, Nassor viajó por primera vez con el musim a nuestra parte del mundo, embarcándose como una especie de grumete, y a partir de entonces volvió todos los años. Fue entonces cuando descubrió su don para la navegación, y al volver a

Mascate se hizo marinero y trabajó como aprendiz a las órdenes de varios nahodhas que pagaban a su tío los salarios que le habrían correspondido a él. Esta situación se prolongó durante años, y bien podría haber seguido así hasta su muerte, pues los hijos de su tío no habrían visto motivo alguno para darle un trato distinto cuando llegaron a cabezas de familia. Su madre estaba a salvo porque había tenido hijos con el hermano de su marido, pero Nassor no era sino una carga familiar y debía ganarse el jornal como pudiera. Su madre lo atosigaba y azuzaba, incitándolo a reclamar la herencia de su padre, pero él sabía que de hacerlo, de atreverse siquiera a insinuar esa posibilidad, sus primos le darían una paliza, lo expulsarían de la familia y poco después perdería la vida en circunstancias misteriosas. De modo que un día decidió no regresar con el musim y escribió a su madre para decirle que volvería cuando pudiera, es decir, si no le quedaba más remedio, si todo lo demás fallaba o si ella se veía en apuros por culpa de su ausencia. Debía de tener entonces diecisiete o dieciocho años y trabajaba como marinero en los barcos que hacían la ruta comercial a lo largo de la costa. Era trabajador, avispado y frugal, y para cuando cumplió la treintena se había hecho socio de varios negocios menores y copropietario del dóu que patroneaba.

Durante todos esos años, Nassor no había vuelto a Mascate ni una sola vez. Un musim, recibió carta de su tío a través de uno de los mercaderes con los que tenía tratos. En ella lo felicitaba por la prosperidad que había alcanzado, pues la buena nueva había llegado a Mascate, y lo conminaba a volver para casarse mientras su madre aún vivía, para que pudiera disfrutar de las celebraciones. Ya le habían buscado esposa, una de sus primas, y aguardaban su llegada con el musim de regreso. Nassor no disimuló su regocijo al contestar que ya estaba casado y no deseaba tomar otra esposa, pero que intentaría por todos los medios visitar a la familia cuando los negocios y la salud se lo permitieran. Es decir, nunca. Pero aquella carta le sirvió para comprender que sus parientes estaban al tanto de su buena fortuna y empezó a temer por la suerte de la familia que había fundado si le ocurría una fatalidad. Por ese motivo, cuando le surgió la oportunidad de comprar una casa, la puso a nombre de Bi Maryam a fin de que quedara a salvo de las garras de su familia paterna en el caso de que él muriese de forma súbita, como podía suceder en cualquier momento a quienes trabajaban en el mar. Cuando llegaran los hijos, tenía intención de poner el negocio a su nombre para que también ellos estuvieran a salvo. Por desgracia, Bi Maryam y él nunca tuvieron descendencia, algo que también acabó llegando a oídos de sus parientes, que le ofrecieron de nuevo desposar a una de sus primas y le suplicaron en nombre de la madre que no olvidara su deber y se asegurara de perpetuar el linaje paterno.

Nassor había vivido tranquilo y feliz con Bi Maryam hasta que la familia lo descubrió, y estos nuevos acercamientos acabaron de convencerlo: decidió poner cuanto poseía a nombre de ella, todo el negocio, porque ninguna ley le impedía disponer de sus pertenencias como le viniera en gana mientras viviera. De ese modo, si algo le pasaba, la parentela podía maquinar todo lo que quisiera, pero ella no vería peligrar su independencia. Sin embargo, el deseo de mantener esta decisión en secreto para no sembrar la angustia entre sus socios y colaboradores le hizo postergarla demasiado. Al final, Dios en su misericordia se lo llevó antes de que tuviera ocasión de hacerlo, y no en el mar, como siempre había temido, sino de un derrame cerebral que lo fulminó un día al alba, nada más despertar. Mientras Bi Maryam seguía guardando luto, y por tanto no podía recibir visitas masculinas ni ocuparse de asuntos relacionados con los negocios, un primo de Mascate fue a verla en representación de la familia; puesto que no había hijos varones, de acuerdo con la ley los parientes del difunto podían reclamar la mayor parte de los bienes de Nassor una vez que se hubiesen liquidado sus deudas, salvo la casa, que era intocable. Y Bi Maryam recibió un tercio de los bienes restantes, tal como estipulaba la ley, si bien el grueso de la fortuna fue a parar a la familia de su marido. Todos cuantos supieron del desenlace se congratularon por la buena fortuna de Bi Maryam y aplaudieron la astucia y prudencia de Nassor el nahodha, que llegó a ser más querido incluso tras su muerte de lo que había sido en vida. Nadie osó pronunciar una sola palabra en contra de la ley de Dios.

Llegados a este punto debería explicar quién era Bi Maryam y con quién estaba emparentada. Me he refrenado de hacerlo hasta ahora para poder contar la historia de Nassor sin complicaciones. Maryam era la hija más joven del piadoso Mahmud, que tuvo tres descendientes: la mayor era Sara, seguida por un varón llamado Shaabán, y por último la propia Maryam. Shaabán no era otro que el redomado tarambana al que Rayab Shaabán Mahmud tuvo por padre. En otras palabras, la segunda mujer de mi padre, Bi Maryam, era la tía de Rayab Shaabán Mahmud.

Cuando Bi Maryam se casó con Nassor, su padre seguía vivo y muchos vieron como una bendición para el nahodha que el piadoso anciano accediera a la unión de ambos pese a las terribles sospechas que pesaban sobre los marineros. ¿Qué sospechas?, diréis. Los hombres que faenaban en el mar pasaban tanto tiempo lejos de todo escrutinio moral que no había manera de saber a qué clase de vicios se entregaban, por no decir que el propio mar, tan desolado como imprevisible, tendía a nublar el juicio, volviendo viscerales, excéntricos o incluso extrañamente violentos a quienes pasaban largas temporadas a bordo. Pero el piadoso Mahmud no había vacilado a la hora de aceptar a Nassor el nahodha, como tampoco había vacilado Bi Maryam.

Su hermano Shaabán también seguía vivo, dando tumbos y cantando por las calles a altas horas de la noche, haciendo pasar vergüenza y disgustos a su padre, pero se mostró complacido con el hombre al que Bi Maryam había tomado por esposo, un hombre que rara vez pisaba una mezquita porque no se lo permitían sus quehaceres. Shaabán prefería evitar a quienes frecuentaban asiduamente las mezquitas.

Sara, la mayor de las hijas de Mahmud, iba por su tercer matrimonio cuando Bi Maryam se casó por primera vez, pues los dos primeros maridos se le habían muerto al poco de desposarla. El tercero era corto de estatura y rechoncho, de carácter tranquilo y adicto al rapé, un hombre harto anodino. Bi Sara sólo aventajaba en cuatro años a su hermana, pero estaba poco menos que imposibilitada físicamente y era de natural pesimista, de modo que siempre se ponía en lo peor, algo que la hacía especialmente proclive a añadir un tono catastrofista al más inocuo de los cotilleos. No había tenido hijos y no era probable que fuera a tenerlos habida cuenta de sus numerosos achaques, pero su anterior matrimonio no había sido del todo infructuoso, pues a la muerte de su segundo marido había heredado la casita en la que vivía. Sería una mezquindad insinuar que fue gracias a la casa que pescó al tercer marido, pero aparte de su espíritu devoto apenas si poseía otros encantos que pudieran haber atraído a un hombre, y su carácter lúgubre sin duda habría desanimado a muchos. Esa casita que Bi Sara heredó de su segundo marido es la misma que más tarde se convertiría en motivo de disputa entre Rayab Shaabán Mahmud y yo.

Cuando Nassor el nahodha murió de esa forma repentina, cerca de una década después, Shaabán ya no estaba entre los vivos, pues sucumbió en poco tiempo a una fulminante enfermedad de naturaleza incierta. Su padre, Mahmud, lo seguiría pocos meses después. El tercer marido de Bi Sara también había pasado a mejor vida, pero ella no se había molestado en buscarse otro, o puede que para entonces su reputación de matamaridos le impidiera persuadir a ningún incauto para que se arriesgara a una muerte prematura casándose con ella. El caso es que Bi Sara invitó a Rayab Shaabán Mahmud, su bella mujer Asha y los dos hijos de ambos a vivir con ella. Se lo habría ofrecido antes, pero hubo de esperar a que muriese la madre de su sobrino: no habría soportado la presencia de esa mujer en su casa por lo que definía como repugnantes y antihigiénicas costumbres, pues al parecer soltaba flatulencias hediondas sin el menor disimulo y rompía a reír ante las protestas de los presentes, que huían en desbandada ante sus potentes ventosidades. Yo nunca había presenciado semejante espectáculo, pero su comportamiento era legendario. Debía sufrir alguna dolencia intestinal, y se decía que no estaba muy bien de la cabeza.

De modo que cuando Nassor el nahodha murió, sin duda preocupado hasta el último aliento por dejar todos los bienes a nombre de su querida esposa, el único pariente varón que le quedaba a Bi Maryam era Rayab Shaabán Mahmud. En estos asuntos es fundamental contar con el apoyo de un hombre de la familia para que esté presente en las negociaciones, dé el visto bueno a lo acordado y en general garantice que se observan las debidas formalidades. Rayab Shaabán Mahmud contaba casi treinta años, estaba casado y tenía dos hijos, pero era un hombre de carácter apocado y afable, y seguramente se dejó intimidar por el avaricioso pariente de Nassor. Fue Bi Sara quien le sugirió que consultara a mi padre al respecto, pues al margen de cualquier otra consideración era un hombre de negocios solvente y de reconocida discreción a la hora de tratar asuntos delicados.

Bi Sara y mi madre habían sido amigas años atrás, y ella siempre me insistió en que la llamara tía, o incluso madre cuando le salía la vena sentimental. Tras la muerte de mi madre, pidió consejo a mi padre sobre varias cuestiones de las que yo no estaba al tanto por mi corta edad. Puede incluso que llegara a verlo como un marido de recambio al que podía tener de reserva hasta que surgiera la necesidad. Quién sabe. La de vueltas que damos con tal de doblegar o burlar nuestra propia voluntad o la de los demás. En cualquier caso, Bi Sara recomendó a Rayab Shaabán Mahmud que acudiera a mi padre, y él seguramente hizo cuanto estaba en su mano con la sabiduría y los conocimientos de los que disponía, pero nada de eso impidió que los parientes de Nassor se hicieran con casi todos sus bienes. Puede que la ayuda prestada explique que mi padre estuviera en lo alto de la lista de pretendientes de Bi Maryam cuando terminó el duelo, o tal vez le estuviera agradecida por su ayuda, o puede incluso que Bi Sara hiciera de celestina entre ambos. Nunca les pregunté a ninguno de los dos cómo se había gestado su matrimonio. Puede que se eligieran mutuamente y punto. Él tenía cincuenta años cuando se casaron, ella frisaba los cuarenta y no había tenido hijos tras más de una década con un hombre al que todos consideraban bueno y respetable. Cuando la conocí no percibí en ella el menor atisbo de desesperación. Era una mujer de cuarenta años madura y acaudalada, no una niña cuya vida estuviera supeditada a la voluntad de sus padres, y eligió al que sería su compañero con cierto conocimiento del mundo. Cuando los vi juntos, al volver de Kampala, parecían satisfechos y siguieron así durante los ochos años que les quedaban de vida en común. Nunca les pregunté cómo surgió la idea de casarse porque me bastaba verlos acomodándose a los deseos del otro para darme cuenta de que su relación era algo que ambos deseaban.

La casa en la que vivíamos antes de que me fuera a Kampala era la misma en la que yo había nacido y mi madre había muerto entre dolores atroces en 1941. De niño nadie me dijo de qué había muerto, pero recuerdo lo repentino que fue todo, su rostro desencajado por el dolor y los insoportables estertores que acompañaron su agonía. Más tarde, al volver de Kampala, le pregunté a mi padre de qué había muerto y me dijo que de una rotura del apéndice. En su ignorancia, él había dado por sentado que mi madre tenía dolor de tripa por culpa del estreñimiento o de algún tipo de obstrucción, de modo que le había dado un laxante: en aquellos tiempos la gente tenía una fe ciega en los laxantes. Quiso llamar a un taxi para llevarla al hospital, pero ella dijo que no, que era mejor dejar que el laxante hiciera efecto. Se hizo la valiente hasta que fue demasiado tarde; el veneno se había esparcido por sus entrañas y la mató causándole un terrible sufrimiento. Cuando por fin mi padre la llevó al hospital el médico que la atendió, un inglés, lo increpó a gritos con palabras que él no alcanzó a entender pero supo que le reprochaba su ignorancia y negligencia. La enfermera se abstuvo de traducirlas para no herir sus sentimientos, limitándose a articular sonidos ininteligibles que denotaban compasión, pero él sabía que el médico había montado en cólera con él por haber dejado que mi madre sufriera una muerte tan espantosa. «De eso murió tu madre», concluyó intentando contener los sollozos. «Que Dios se apiade de su alma.»

Vivíamos de alquiler en dos habitaciones de la planta de arriba, que tenía su propia puerta independiente, a la que se accedía por una escalera exterior, algo relativamente habitual en las construcciones de la época. Allí pasé toda la vida hasta que me fui a Kampala. Mientras mi madre vivía, la puerta principal siempre estaba abierta y las mujeres iban y venían a todas horas o enviaban a sus hijos a hacer algún recado. Después de su muerte, mi padre se acostumbró a cerrar la puerta por dentro con cerrojo o candado, y cuando yo volvía a casa tenía que ir en su busca o llamar a la puerta para que me dejara entrar. Él ocupaba la habitación que daba a la fachada y la calle principal, mientras que yo dormía en el cuarto de atrás, con vistas a la marisma en cuyo lecho lodoso hurgaban los pescadores en busca de cebo. Cuando había luna llena, la marea invadía la marisma y transformaba aquel pestilente cenagal en una laguna de aguas resplandecientes.

Después de casarse con Bi Maryam, mi padre renunció a nuestra vieja casa alquilada y se trasladó a la de su mujer, llevándose consigo todas nuestras pertenencias, de modo que en cierto sentido me trasladó a mí también sin que yo lo supiera. Gastaron una fortuna en mejorar la casa a lo largo de los años, y buena parte de la inversión debió hacerla mi padre pues, aparte de la vivienda en sí, Bi Maryam no había heredado nada de su marido. Al parecer, mi padre había descubierto una nueva pasión. Durante los años que viví con él nunca había revelado el menor interés por embellecer o mejorar su entorno, y no recuerdo que se pintaran las paredes ni que se reemplazara nada salvo que hubiese dejado de funcionar, y a veces ni así, o al menos no de forma inmediata. Cuando volví de Kampala mi padre se había vuelto puntilloso y exigente respecto a la casa que compartía con Bi Maryam, cuyo difunto marido, el nahodha, era apreciado por su generosidad hacia los demás, pero al parecer no se prodigaba demasiado consigo mismo ni con su mujer: en su casa no había electricidad, el cuarto de baño era oscuro y no tenía más ventilación que dos estrechas ranuras a ras de techo: una mazmorra, un lugar destinado a las necesidades más vergonzosas. Algunas de las vigas del techo estaban infestadas de carcoma y la decoración se había quedado obsoleta. Bi Maryam y mi padre hicieron muchos pequeños cambios para modernizar la casa —abrir ventanas, instalar postigos de celosía, comprar macetas con plantas— que la transformaron en un espacio más leve, diáfano y bello.

Creo que Bi Maryam fue incapaz de sacudirse la angustia en torno a la propiedad de la casa que tanto había marcado los años que pasó con Nassor el nahodha. O es posible que mi padre y ella hubiesen hallado en su relación algo más que un arreglo satisfactorio y que ella quisiera celebrarlo con una prueba de confianza y amor. El caso es que puso a nombre de ambos la casa que Nassor el nahodha había tenido la precaución y la astucia de dejarle a ella sola. Yo no supe nada de todo esto hasta después de la muerte de mi padre, cuando Bi Maryam, abrumada por la pena y consternada por esa segunda pérdida, me contó lo que había hecho. Las gestiones se llevaron a cabo en vida de ambos para que ninguno de los dos sufriera el acoso de la parentela, fuera quien fuese el primero en morir. Sin embargo, Bi Maryam nunca pensó que eso ocurriría tan pronto ni de un modo tan súbito, tan imprevisto.

La noche de la muerte de mi padre, en cuanto oí a Bi Maryam gritando y pidiendo auxilio supe, antes incluso de llegar arriba, que se trataba de él y que se estaba muriendo. Cuando entré en la habitación aún había vida en su rostro, y vi a Bi Maryam arrodillada junto a la cama, sobrevolando su cuerpo frenéticamente con las manos, como si buscara algo de lo que tirar, algo que pudiera girar o desconectar. Aún había vida en su rostro, pero no respiraba. Las sábanas estaban manchadas de vómito. Yo también me arrodillé a su lado y le cogí la mano. Aún había vida en su rostro, pero estaba muerto, y me conmovió la extrañeza de ese instante: que mi padre hubiese dejado de existir, que hubiese muerto, que se hubiese ido para siempre, así sin más. Me encargué de organizar el entierro, y los vecinos acudieron en nuestra ayuda con esa entrega desinteresada que tan sólo la muerte despierta. Nuhu y yo ayudamos a lavarlo, y me maravilló lo delgado y enjuto que era su cuerpo. Incluso después de muerto, mi padre parecía firme y rebosante de vigor. Entonces no sabía que la muerte suele tener ese aspecto. Nuhu sollozaba sin parar. A la tarde del día siguiente llevamos el cadáver de mi padre en andas hasta la mezquita para rezar las oraciones fúnebres. Las recitamos en silencio, decenas de personas dispuestas en filas ante el cadáver amortajado, pronunciando el takbir cuatro veces, «Allahu akbar», sin arrodillarnos ni postrarnos. Luego lo sacamos en andas de la mezquita, coreando el nombre de Dios, y la gente se levantaba en señal de respeto al vernos pasar y se unía al cortejo fúnebre durante un trecho, de modo que cuando llegamos al cementerio había una muchedumbre de más de un centenar de personas. Mientras tanto, Bi Maryam había vuelto a encerrarse en casa para cumplir los cuatro meses y diez días de confinamiento y abstenciones que imponía la ley de Dios.

No había sido un buen padre, ni yo un buen hijo: nos habíamos desentendido el uno del otro y la relación entre ambos se regía por la inercia, pero él había despertado en Bi Maryam un afecto que ahora se traducía en una pena inconsolable. Durante el período de duelo, la viuda sólo puede recibir a mujeres y a los parientes varones más cercanos y queridos, por lo que no puedo comparar su sufrimiento con el de nadie más pero, cuando las visitas se marchaban, a menudo lo hacían también entre lágrimas, y cuando estaba sola se quedaba mirando al vacío sin despegar los labios, envuelta en su negro manto de viuda. En el transcurso de los meses de duelo, su hermana Bi Sara, afligida como siempre por misteriosos padecimientos, se arrastraba a diario hasta nuestra casa, pero ni siquiera ella, pese a su dilatada experiencia en tragedias de índole similar, logró consolarla. Bi Maryam dejó todos sus asuntos en mis manos. A la muerte de mi padre yo había pasado a ser copropietario de la casa que Nassor el nahodha había puesto a su nombre, y ella había pasado a ser copropietaria de la tienda de halva que Nuhu seguía regentando en nombre de ambos. Mi padre también había dejado algunos ahorros, que repartimos entre los dos según mandaba la ley, si bien ninguno de nosotros tenía intención de tocar ese dinero de momento. Fue por entonces cuando empecé a sopesar la posibilidad de cerrar el negocio familiar y reconvertirlo en una tienda de muebles, pero Bi Maryam no mostraba el menor interés en tales asuntos y se limitaba a decirme que hiciera lo que considerara mejor.

Durante los primeros tres meses de duelo su sobrino, Rayab Shaabán Mahmud, no fue a visitarla una sola vez, aunque era el único pariente varón que le quedaba. Su esposa Asha sí fue a verla en compañía de Bi Sara, y en un par de ocasiones hasta llevó consigo a su hijo pequeño, pero Rayab Shaabán Mahmud nunca se dejó ver por allí. Tal vez temiera que su tía fuera a inquietarse con la visita, o quizá, dado que recibía noticias de Bi Maryam a diario a través de su hermana, en cuya casa se había instalado con la familia, no creyera necesario interesarse personalmente por su estado. Pero hete aquí que una tarde, mientras yo estaba en la planta baja oyendo la radio, Bi Maryam cayó presa de una gran agitación. Desde la muerte de mi padre no le gustaba quedarse a solas por las noches en la planta superior, así que después de escuchar el noticiario me iba arriba y dormía en la habitación de invitados. Puede que esa noche tardara un poco más en subir, o puede que ella estuviese más sensible de lo habitual. El caso es que, en cuanto la oí llamarme en tono desesperado, me fui arriba lo más deprisa posible y la encontré sentada en una esterilla del salón, apoyada contra la pared. Parecía exhausta, desahuciada.

—Me muero —dijo—. No me quedan fuerzas.

Me arrodillé delante de ella y la reconvine, diciéndole que no debería hablar así, pues sólo servía para entristecernos a los dos. Le propuse ir en busca de un médico, recordando que mi padre había esperado demasiado en el caso de mi madre y anotando mentalmente que debía mandar instalar un teléfono, pero no logré tranquilizarla: estaba convencida de que iba a morirse y quería que fuera a decírselo cuanto antes a su hermana Bi Sara por si quería y se sentía con fuerzas para despedirse de ella antes de que Dios se la llevara. Cumpliendo sus deseos salí apresuradamente hacia la casa de Bi Sara, donde esa noche reinaba un gran alboroto: Rayab Shaabán Mahmud había vuelto a casa borracho como una cuba. Por lo general evitaba cruzarse con nadie, pero en esa ocasión Bi Sara lo había interceptado por algún motivo. Cuando llegué con el mensaje de Bi Maryam fue su hermana quien salió a abrirme, hecha una furia por la imperdonable conducta de su sobrino, que según ella no era sino un holgazán y un pecador, un borracho de la peor calaña que había salido al padre. ¿Qué diría su abuelo si viviera para verlo en semejante estado? No había ni rastro de Rayab Shaabán Mahmud, que estaría arriba, y Bi Sara daba vueltas por el patio a oscuras, apoyándose de tanto en tanto en la escalera que llevaba a la planta superior, absorta en sus lamentos y acusaciones, pero se detuvo en seco cuando le hablé de Bi Maryam y corrió arriba para coger su buibui. Antes de bajar, soltó desde el rellano otra andanada que remató con la noticia de que su hermana se estaba muriendo y que por lo menos se libraría de tener que vivir con esa nueva vergüenza a cuestas.

Bi Maryam no se murió, o no esa noche, tal vez cohibida al constatar la indignación de Bi Sara por lo sucedido en su propia casa, una indignación que parecía incapaz de contener pese a que supuestamente había acudido al lecho de muerte de su hermana, algo que por lo general movía al recogimiento y la reconciliación. Es posible que, habiendo fantaseado en tantas ocasiones con la idea de su propia muerte, no creyera de veras que Bi Maryam fuera a salirse con la suya al primer intento. Bi Sara se quedó a pasar la noche y la oí hablar durante horas, dando rienda suelta a su ira. Al día siguiente pasé por la consulta del doctor Balboa de camino al trabajo y le pedí que fuera a ver a Bi Maryam lo antes posible porque la noche anterior había tenido una especie de ataque. Cuando llegué a casa al volver del trabajo, me enteré de que el médico le había recetado calmantes y le había puesto una inyección, como de costumbre. Bi Sara me estaba esperando para irse a su casa, ahora mancillada por la deshonra, según sus propias palabras. Con su talante austero y pragmático, el doctor Balboa había logrado tranquilizar a Bi Maryam, que tras el acceso de pánico ya no parecía sumida en la desesperación, sino lúcida y pensativa.

Unos días después, estando yo en la tienda de halva —algo que me había acostumbrado a hacer por las tardes para darle un descanso a Nuhu—, Rayab Shaabán Mahmud vino a casa en mi ausencia a petición de la propia Bi Maryam, que según me contó más tarde lo llamó porque su hermana le había revelado cosas de las que quería cerciorarse preguntándoselas en persona. Llevada por la indignación, Bi Sara le había contado que Rayab Shaabán Mahmud no sólo era un mal hombre, un libertino y un beodo, sino que iba por ahí difundiendo calumnias, diciendo que mi padre la había embaucado para que pusiera la casa a su nombre, que gracias a sus artimañas yo había heredado esa casa y arramblaría con todas sus demás pertenencias el día que ella faltara. También sostenía que él, Rayab Shaabán Mahmud, sobrino y legítimo heredero de Bi Maryam, me llevaría ante los tribunales cuando su tía falleciera y reclamaría todo lo que mi padre y yo le habíamos arrebatado. Bi Maryam lo confrontó a propósito de todas estas afirmaciones que había oído de labios de su hermana y le pidió que las confirmara o negara. Según me relató ella misma, Rayab Shaabán Mahmud protestó entre balbuceos, diciendo que sólo tenía en mente su bienestar y el de toda la familia, pero no negó nada.

Bi Maryam sólo me contó lo sucedido semanas después, horrorizada ante la perspectiva de volver a vivir las rencillas familiares a las que Nassor el nahodha y ella se habían visto arrastrados. Cuando me lo dijo había tenido tiempo para pensar en lo que quería hacer. Ya no estaba de luto y tenía intención de contratar a un abogado lo antes posible para que se encargara de poner la totalidad de la casa y el negocio a mi nombre. De ese modo, no habría lugar a disputas de ningún tipo cuando ella pasara a mejor vida. Su sobrino se había convertido en un borracho, dijo, tal como su padre, y temía que si le dejaba una parte de sus bienes acabaría malgastándolos en la bebida. A su modo de ver, yo era el legítimo propietario de la mitad de la casa que había pertenecido a mi padre y, puesto que sólo me había comportado como cabría esperar de un buen hijo desde que había vuelto y me había instalado con ellos, era su deseo que me quedara también con su mitad de la casa el día que ella falleciera. La única manera que tenía de asegurarse que así se haría, puesto que la ley de Dios estipulaba con claridad meridiana el reparto de la herencia entre los parientes del difunto, era ponerlo todo a mi nombre mientras siguiera viva. Las injurias de su sobrino contra mi padre eran inadmisibles, las que lanzaba contra mí eran injustas y ella no quería que a, su muerte, me viera sometido a humillaciones que nada había hecho para merecer.

Todo esto me sorprendió sobremanera. No tenía ni la más remota idea de lo que Rayab Shaabán Mahmud murmuraba a mis espaldas, aunque a la luz de ese descubrimiento recordé los comentarios que me habían hecho algunas personas, insinuaciones con las que intentaban sonsacarme información, averiguar si tenía algo que añadir, cualquier cosa que sirviera para engrosar los rumores y hacerlos más jugosos. Mi primera reacción fue dar un paso atrás, recomendarle a Bi Maryam que actuara con prudencia; no quería verme en medio de una contienda que quedaría enquistada durante generaciones. Sin embargo, cuanto más lo pensaba, más se disipaban mis recelos. Me sentí halagado por su proposición, que alimentaba mi vanidad y codicia, así que busqué la manera de hacerla aceptable para mí pese a esos escrúpulos iniciales. Bi Maryam y mi padre habían acordado entre ambos lo que estimaron oportuno por sus propias razones, que eran fruto de la confianza y el afecto, y además mi padre también había puesto de su parte reformando la casa y embelleciéndola. Si Bi Maryam quería que yo, y no su sobrino, heredara la mitad de la vivienda que le pertenecía era asunto suyo. ¿Por qué me empeñaba en echar piedras sobre mi propio tejado cuando la suerte me sonreía de forma tan inusitada? A modo de solución intermedia, acordamos que Bi Maryam mandaría redactar los documentos de cambio de titularidad pero no los firmaría hasta haber reflexionado un poco más sobre la cuestión.

Sólo más tarde descubrí que no cumplió lo acordado conmigo, sino que ordenó ultimar los papeles un día después de que Bi Sara volviera a pasar la noche en nuestra casa. Esta vez fue ella la que acudió a nosotros, consternada por el comportamiento de Rayab Shaabán Mahmud, que había vuelto a casa ebrio y lloroso, lanzando acusaciones y repartiendo culpas, llamando a sus hijos para que abandonaran juntos esa casa de putas, mentirosos y maquinadores que se disponía a cambiar por un lugar menos viciado. Asha había echado el cerrojo por fuera de la habitación de sus hijos para que no pudieran salir y ver a su padre en semejante estado, y Bi Sara, menuda y frágil, se había plantado en lo alto de la escalera cerrándole el paso para que no se acercara a su mujer mientras él iba y venía a un palmo de su cara berreando airado y echando espumarajos por la boca entre quejumbrosas acusaciones. Pero al final no soportó el pavor que le producía la desesperación de su sobrino ni se vio capaz de presenciar el inútil sufrimiento que se cernía sobre la familia al completo, por lo que abandonó a Asha a su suerte y fue a lamentarse de todo ello a su hermana, dejándola de nuevo al borde del pánico. Unos días después, Bi Maryam dio orden al abogado de que ejecutara sus deseos.

Ninguna de las dos hermanas vivió mucho más. Un día, tres meses después, Bi Sara se cayó al bajar los escalones del muelle y se rompió la cadera. Quién sabe qué estaría haciendo allí, quizá había ido a comprar pescado fresco a los pescadores que en ese momento estaban descargando las capturas del día, o quizá bajara impulsada por un súbito antojo, o evocando una etapa anterior de su vida en la que hacía esa clase de cosas, o tal vez bajara hasta la orilla movida por curiosidad sin darse cuenta de lo resbaladizos que eran esos escalones. No llegó a recobrar la conciencia y murió a las pocas horas de ser operada. El cirujano explicó que su cuerpo débil y consumido no había podido recuperarse del trauma. Su funeral fue multitudinario, como si fuera una mujer adorada por las masas, una santa. No pude por menos que preguntarme a qué se dedicaría Bi Sara cuando nadie la veía. A su hermana se la llevó la fiebre tifoidea de un modo fulminante y sigiloso al cabo de un mes, después de comprar un zumo de fruta contaminado en la calle, al lado de la consulta del doctor Balboa. Esa mañana se había visitado con el médico, que le había recetado una nueva dosis de calmantes y le había puesto la consabida inyección. Quienes acudieron a su funeral veían cierta lógica en el hecho de que muriera tan poco tiempo después de que lo hicieran su hermana y el marido de ésta, no porque le desearan ningún mal, y en todo caso eso era cosa de Dios, sino porque les parecía justo que no siguiera mucho más tiempo en este mundo cuando sus seres queridos le habían sido arrebatados de un modo tan súbito. A mí se me antojó una pequeña tragedia, pues casi había superado lo peor de la depresión y apenas había tenido tiempo de volver a pensar en todos los planes que había hecho. La enterré con el debido respeto y decoro y lloré su pérdida, apenado por saber que había pasado los últimos meses de su vida sumida en la tristeza.

Rayab Shaabán Mahmud heredó la casa de Bi Sara, en la que vivía con su familia, así como varias joyas de oro que seguramente eran la dote conjunta de sus sucesivas bodas. Cuando se supo que Maryam había puesto todas sus pertenencias a mi nombre antes de morir, los rumores y las calumnias se redoblaron al punto de que llegaban intactos a mis oídos. Se decía que mi padre y yo éramos unos embaucadores, que la habíamos engatusado para que nos lo dejara todo a nosotros, que habíamos desheredado a la familia del piadoso Mahmud aprovechándonos de la ignorancia de una mujer con poco mundo. Pero yo seguí adelante con mis planes de convertir el negocio familiar en una tienda de muebles y mandé decorar el patio de la casa con hermosos azulejos azules como los que había visto años atrás en mis viajes con Sefu por el norte de Kenia.

Latif Mahmud estaba recostado en la silla, el rostro ensombrecido y crispado por una mueca de contención, los labios apretados en un mohín que parecía insinuar una sonrisa grotesca. Supongo que no sabía si arremeter contra mí por exponer la dudosa conducta de su padre o sonreír como quien estaba de vuelta de todo y desdeñaba nuestras míseras trifulcas familiares, como quien consideraba deleznables mis esfuerzos por descargarme de toda culpa. La habitación había quedado sumida en el interminable crepúsculo de una tarde de verano inglés, una penumbra que al principio me generaba angustia e indecisión pero que había ido aprendiendo a soportar, resistiendo al impulso de correr las cortinas e inundar la estancia de una luminosidad artificial con tal de conjurar la melancolía que traía consigo esa lenta y pesada caída de la noche. Pensé que debería levantarme y preparar más té, encender la luz de la cocina, deshacer el maleficio de ese silencio que nos tenía atrapados desde hacía unos minutos. Sin embargo, no bien hice amago de moverme, Latif Mahmud descruzó las piernas y adelantó el torso. Esperé que hablara, pero no dijo nada, y al cabo de un instante soltó un suspiro y volvió a retreparse en la silla. Me levanté con cuidado, procurando no tropezar a causa de la fatiga para que no me tuviera por un hombre frágil, y me fui a la cocina. Encendí la luz evitando reparar en la cadavérica sombra humana que aparecía reflejada en los cristales, rehuyendo la afilada amargura que afloraba en ese rostro, como un profundo defecto que ningún subterfugio alcanzaba a disimular. Corrí las cortinas procurando mirar a un lado y luego me quedé allí como un pasmarote, contemplando el fregadero, temblando incontrolablemente, frágil al fin y al cabo, abrumado por recuerdos que nunca acaban de difuminarse, por la compasión que me despertaba yo mismo y tantos otros que habían sido demasiado frágiles, al fin y al cabo, para soportar la mezquindad y las aristas de nuestras almas. Tantas muertes, y luego todas las demás muertes y mutilaciones que habrían de venir, recuerdos a los que no puedo resistirme, que vienen y van siguiendo un patrón que no consigo anticipar. No sé cuánto tiempo me quedé allí, quizá un poco más de la cuenta. Puede que hiciera algún ruido; el caso es que oí a Latif Mahmud removiéndose en la habitación contigua, lo que me obligó a abandonar mi trance para llenar el hervidor y enjuagar las tazas para servir el té. Lo oí entrar en la cocina, noté su presencia en ese reducido espacio y, al volverme hacia él, me topé con dos ojos grandes y luminosos, relucientes de pena. No fui capaz de sostenerle la mirada, temeroso de lo que pudiera decir, cansado de las amargas recriminaciones que habían consumido mi existencia.

—Lo estoy cansando —dijo en tono afable.

Me esforcé por contener las lágrimas ante la tregua que me ofrecía, aunque fuera momentánea. Frágil, al fin y al cabo. Cuando levanté los ojos vi que se obligaba a sonreír y pensé que también él necesitaba una tregua.

—Habrá sido duro para usted oír algunas de las cosas que he dicho —repuse—. Habrá sido muy desagradable.

—Había olvidado muchas cosas —dijo frunciendo el ceño, desfrunciéndolo, ensayando un gesto animoso, intentándolo—. Adrede, sospecho. Quiero decir que he preferido olvidar muchas cosas. Según lo escuchaba iba pensando: Dios mío, era así, exactamente como lo ha contado usted. Las peleas y riñas, los insultos. Los mayores con sus interminables rencillas y amarguras... Eso era lo que percibía siendo un niño: murmullos y acusaciones, agravios de origen incierto que se remontaban a tiempos inmemoriales. Mientras lo oía hablar, he recuperado esa sensación. Y hacía años que no había vuelto a pensar en la Bibi, Bi Sara para usted: en casa la llamábamos Bibi, «abuela». La había olvidado por completo. No, eso no es posible, ¿verdad que no? Me habré obligado a olvidarla. No nos tenía en gran estima, aunque nos invitó a vivir con ella esos últimos años. Pero sí, recuerdo aquella noche, la que ha mencionado. Bueno, la recuerdo ahora que usted me la ha recordado, ahora que me ha obligado a recordar, a pensar en ella. Ha sido un suplicio oírlo hablar de aquello. Lo tenía por algo que había quedado en el seno familiar y de lo que nadie más estaba al tanto, y sin embargo usted lo sabía desde el principio, y a saber quién más, a saber qué más. Yo tendría unos siete u ocho años. No guardo el menor recuerdo de la noche en que la Bibi interceptó a mi Ba, nada en absoluto. Estaría dormido. No noto el menor espasmo nervioso al intentar evocarla, como suele pasar con los recuerdos reprimidos, nada aparte de una mezcla de curiosidad y asombro. Pero sí recuerdo la noche en que mi padre nos llamó a gritos desde abajo y Ma echó el cerrojo por fuera de nuestra habitación y nos ordenó, también a gritos, que nos durmiéramos. Eso sí lo recuerdo, a mi padre chillando toda clase de improperios entre sollozos. Verá, él nunca levantaba la voz, y qué decir de ese llanto inconcebible, mi propio padre llorando a moco tendido, y si usted no lo hubiese mencionado seguramente no habría podido recuperar ese recuerdo. Pero los insultos que gritaba eran espeluznantes, y Ma le contestaba en el mismo tono, llamándolo borracho mientras la Bibi lloraba y le suplicaba que se callara, que se fuera: «Vete, hijo del pecado.» Sí, eso sí lo recuerdo. Tanto alboroto por la bebida, tanto alboroto por nada. No recordaba que la Bibi se hubiese marchado de casa, de su propia casa, pero sí me acuerdo del griterío. La Bibi se pasaba la vida buscando defectos en nosotros, dando órdenes, quejándose de cada pequeño descuido. Yo tenía la impresión de que la habíamos decepcionado, de que no le caíamos bien.

El agua había roto a hervir, así que me di la vuelta para preparar el té. Lo preparé al gusto inglés porque no había tiempo para dejar hervir la leche y que el té se hiciera en ella.

—Tal vez no sea buena idea ponernos con eso ahora —dijo a mi espalda—. Ya he abusado bastante de su hospitalidad por un día, será mejor que me vaya.

Yo me volví y lo miré sonriendo sin disimulo.

—Para mí que no se irá usted nunca —dije.

—Otro cafre risueño... —comentó con un amago de sonrisa—. Me tomaré el té y me iré, pero volveré otro día, si no le importa. Al fin y al cabo, parece que estamos emparentados.

—El nuestro es un parentesco meramente político —precisé en el mismo tono de chanza—, y sin descendencia de por medio.

—Ya, pero luego tomó usted el nombre de mi padre. ¿No cree que entre una cosa y otra es como si hubiéramos entroncado de algún modo? Y además henos aquí, en una tierra ajena, lo que nos convierte en poco menos que parientes carnales, o eso me dice la gente cuando acude a mí para pedirme algún favor. Aún no me ha explicado esa parte, por qué tomó su nombre. De todos modos eso es agua pasada, es historia, y en el fondo da igual. No digo que me dé igual la Historia con mayúsculas, saber qué sucedió en el pasado para comprender quiénes somos, cómo hemos llegado hasta aquí y en qué términos lo relatamos. Lo que quiero decir es que no pretendo hurgar en las acusaciones, la reyerta familiar, los dimes y diretes que se remontan cada vez más atrás en el tiempo. ¿Se ha fijado alguna vez en lo mucho que se entremezclan las rencillas familiares con la historia del islam? Se lo diré de otra manera porque no quisiera ofenderlo; de sobra sé lo susceptibles que somos los musulmanes. ¿Se ha fijado en el descomunal peso de las disputas familiares en la historia de las sociedades islámicas? Los omeyas desplazaron a Hassan, nieto del Profeta, y se establecieron durante un siglo en Damasco. Luego la familia de Abbás ibn Abd al-Muttálib, tío del Profeta, tomó las armas para derrocar a la dinastía omeya en nombre de la sacrosanta familia y gobernó el califato desde Bagdad durante quinientos años. Bueno, no exactamente quinientos años, pues durante los primeros doscientos eran los generales y los mercenarios turcos quienes tenían la sartén por el mango, pero ejercían ese poder en nombre de la familia de Abbás. Mientras tanto, en el norte de África estaba la dinastía fatimí, que descendía de Fátima, la hija del Profeta, y de los hijos de ésta, Hassan y Hussein. Luego vinieron los otomanos, descendientes de Uzmán, que dominaron medio mundo lo que dura un parpadeo y se las ingeniaron para aferrarse a grandes porciones de ese imperio hasta bien entrado el siglo xx. Y ya en nuestra era tenemos a los hijos de Abdulaziz bin Saúd nadando en un mar de oro negro en una región que llamaron Arabia Saudita en honor al apellido familiar. Odio a las familias.

Le tendí una taza de té y él le dio un sorbo al instante, como si estuviera tan desesperado que no podía esperar a que se enfriara. Hizo una mueca, se estremeció y me dio la espalda por un instante. Pensé que quizá necesitara tomarse un descanso después de aquel desahogo y lo acompañé de vuelta a la sala de estar.

—¿Qué fue de su amigo Sefu? —me preguntó al cabo—. El que tenía vocación artística. ¿La siguió?

—Acabó dando clases —contesté, y lo vi sonreír abiertamente, como si supiera desde el primer momento que ésa sería la respuesta—. Por lo menos al principio. Durante un tiempo seguimos escribiéndonos, y en cierta ocasión hasta vino a verme y se quedó en casa. Yo no he vuelto a Kenia. Luego, al cabo de unos años, justo después de la independencia, le concedieron una beca para ir a estudiar a Estados Unidos y desde entonces no he vuelto a tener noticias suyas. Supongo que vive allí. No sé si se quedó en Estados Unidos cultivando su faceta artística o si regresó a su país. Pocos lo hacían.

Rachel apareció el sábado por la tarde de forma inesperada, «sin anunciarse». Vaya forma de pensar tan rara, vaya
idea absurda de por sí: que, cuando uno visita a alguien,
tenga que esperar a que lo anuncien si quiere ser cortés.
De otro modo tendría que abrirse paso entre lacayos, pajes
y chambelanes, o comoquiera que se llamen, zafarse del
mayordomo e irrumpir en el salón importándoles a uno un
cuerno la descortesía y el rechazo, como si se hallara ante
gente que se imita a sí misma imitando la idea que tiene
de cómo debería actuar. En todo caso, Rachel apretó el
botón del interfono y se anunció ella sola. A veces me
avisa de que va a venir y luego no aparece, y el sábado se
presentó sin avisar. Pero su informalidad, que en mi opinión pretende resultar cautivadora, siempre es cortés, y
por tanto casi soportable.

—Debería ponerse teléfono —me dijo a la defensiva
ante mi involuntario y ceñudo gesto de irritación.

—Una vez estuve a punto de hacerlo —contesté—, en
mi vida anterior.

Esperó para ver si continuaba, valorando mentalmente si debía ponerse pesada. Por supuesto, me refería a la
ocasión, tiempo atrás, en que había solicitado que me ins-
talaran un teléfono después de que Bi Maryam sufriera
un pequeño acceso de pánico. Me pusieron en una lista
de espera y nunca más supe del asunto. Rachel se quedó de
pie, apoyada contra la jamba de la puerta, en lugar de sentarse en la silla que le ofrecía, quizá para indicar que sólo
estaba de paso, quizá porque había venido para llevarme a
rastras a algún sitio. Hacía esto último de vez en cuando,
y aquella tarde de sábado resultó que en efecto se trataba
de eso. Es probable que por esa razón no insistiera tras mi

respuesta, que no hacía sino confirmar mi resistencia a tener teléfono, cosa de la que ella siempre se quejaba. En sus ojos marrones, casi ambarinos gracias a una suerte de transparencia, parecían brillar mil planes, cuando otras veces se veían apagados y en calma, vigilantes en su quietud. Cuando quería, se le daba bien escuchar.

—Mi madre ha venido a pasar el fin de semana conmigo y a las dos nos gustaría mucho invitarlo a cenar con nosotras. Ella cocinará, de modo que la comida estará deliciosa, seguro —concluyó, y frunció el ceño porque me vio negar con la cabeza. Luego arqueó levemente las cejas invitándome a darle una explicación.

—Preferiría no hacerlo —repuse.

—Ay, ya está otra vez con su numerito de Bartleby —dijo con un suspiro de exagerada resignación—. Madre mía, espero que no dure tanto como la última vez. ¿Le importaría explicarme por qué no quiere venir a cenar? No me parece una respuesta muy educada a mi sincera y generosa invitación de venir a conocer a mi madre y probar su deliciosa comida. Me gustaría mucho que aceptase, la verdad. No conoce a mi madre y creo que le encantará conocerla.

Le había mencionado el cuento de «Bartleby, el escribiente», y ella lo había leído y me había comentado que no le parecía gran cosa; en su opinión transmitía demasiada melancolía, demasiada resignación, y su simbolismo resultaba agobiante: los muros, las Tumbas, las pirámides y las hierbas que crecen en el patio umbrío de la prisión. Para su gusto, todo aquel melodrama decimonónico destilaba demasiada autocompasión. A lo mejor temía que yo me considerara una especie de Bartleby, alguien con una historia secreta y lastrado por una culpa que trataba de expiar mediante el silencio.

Anticipándome, le pregunté si no reconocía algo en el personaje, si no le provocaba alguna reacción. ¿No captaba algo familiar en él, algo que anhelaba, algo heroico?

—Qué va —respondió—. Me pareció un tipo peligroso, capaz de cometer pequeños pero constantes actos de crueldad contra sí mismo y contra otros más débiles que él, un maltratador.

Yo nunca había pensado eso de Bartleby, aunque no cabía duda de que era cruel consigo mismo.

—Es posible que, en los tiempos que corren, haya llegado usted a considerar hipócritas a quienes prefieren la humildad y el retraimiento —dije—, a creerlos trastornados sin remedio y capaces de cometer terribles crueldades. Puede que ya no tolere ese deseo de aislamiento que se vuelve heroico cuando uno cree en la ambición del espíritu. La reclusión que Bartleby se impone y con la que se mortifica sólo tiene sentido en su dimensión imprevisible, en particular porque el cuento no nos permite saber qué lo ha llevado a ese estado, no nos deja sentir compasión por él. No nos permite decir: sí, sí, en este caso comprendemos el significado de una conducta como la suya y la perdonamos. El relato sólo nos presenta a ese hombre que no revela nada sobre sí mismo ni sobre su pasado, que no parece emitir juicio ni análisis alguno y que no desea nuestra indulgencia ni nuestro perdón, sino tan sólo que lo dejen en paz.

—Un héroe existencial —repuso ella con una sonrisa que tuvo un aire de superioridad—. Pues a mí me parece un ser consumido por la autocompasión que se regodea en su derrota.

Tras un breve silencio durante el que ambos rememoramos sin duda aquella conversación anterior, volvió a preguntarme:

—¿Por qué no viene a cenar hoy con nosotras? —Se sentó por fin y se inclinó hacia delante en su intento de hacerme cambiar de opinión—. A mi madre le encantaría conocerlo, estoy segura. Ya le había hablado de usted, y esta tarde al llegar me ha preguntado cómo estaba, de modo que se me ha ocurrido que podíamos invitarlo. Le ha encantado la idea, y al salir hacia aquí la he dejado ya preparando el pescado. Tiene fama de cocinar muy bien, y apenas viene a verme, de manera que es una gran ocasión. Llevan vidas muy atareadas, allá arriba en el lejano Londres: mi padre nunca viene de visita, y ni siquiera me contesta el teléfono, ya no digamos llamarme... Bueno, da igual, el caso es que ella está aquí. Tiene montones de historias que contar y es una mujer extraordinariamente culta. Y yo misma le he contado ya algunas de sus historias, espero que no le importe. Le caerá de maravilla. No diga que no con la cabeza, déjeme terminar. Estoy segura de que harán buenas migas y usted necesita salir, en vez de quedarse aquí encerrado. Venga, póngase las zapatillas y vayámonos ya.

Me había regalado un par de zapatillas deportivas que yo me había forzado a ponerme una vez, pero me sentí chabacano y un poco payaso caminando a orillas del mar con ellas y desde entonces no las había vuelto a usar. Sin embargo, la compra de aquellas zapatillas decía mucho de su generosidad: una tarde me convenció de que saliera de paseo con ella y terminó llevándome hasta unos grandes almacenes. Yo no había estado antes en esos en concreto, aunque sí venía haciendo placenteras y graduales visitas a otros durante mis andanzas. Siempre recorro la sección de perfumería para captar los acres olores en el aire y maravillarme de la luz radiante y los cincelados rostros de las jóvenes dependientas. Sea como fuere, mientras estábamos en aquel centro comercial me hizo probarme unas zapatillas deportivas como si se tratara de una broma. Yo le seguí la corriente e hice comentarios educados sobre ellas, por mostrarme amable y no parecer incapaz de divertirme un poco, y entonces me dijo que me las regalaba. Al principio protesté, pero vi un asomo de bochorno en su cara y me pareció que estaba siendo descortés y poco amable ante su gesto protector y considerado, y acepté el regalo con agradecimiento.

—No sé por qué dice que estoy aquí encerrado, si salgo todos los días —dije.

—A las tiendas de muebles —repuso ella.

Se lo había contado en un momento de descuido, cuando ella intentaba convencerme de salir a almorzar o algo parecido: «Hay un bar restaurante libanés calle abajo, le encantará.»

—Salgo todos los días —le había dicho—: cada mañana visito las tiendas de muebles de Middle Square Park.

Debió de sonarle como la típica cosa que hacen los viejos solitarios que han perdido la chaveta. Quizá cualquiera pensaría lo mismo.

—Esta mañana he recorrido durante un cuarto de hora el paseo marítimo —repuse sonriendo ante su acoso—. He ido del Centro Deportivo Avalon hasta el muelle y he visto a un grupo de monjas de hábito marrón y blanco en la acera delante del hotel Hampton, en medio de una multitud que parecía estar esperando la llegada de algún dignatario. Al lado, dos robustos y espléndidos bawwabs, con sus uniformes con entorchados y sus gorras de plato, estaban esperando para abrir las puertas de la limusina cuando llegara, y las banderolas del Hampton chasqueaban y restallaban sin parar sobre sus cabezas. Esos dos hombres corpulentos, fornidos y macizos plantados en el bordillo, y el grupo de mujeres menudas junto a ellos, con las tocas aleteando como el anodino plumaje de una bandada de hembras de pavo real... El espectáculo tenía algo de eterno, con esos hombres incapaces de resistirse al impulso de pavonearse.

—¿Cómo ha llamado hace un momento a los encargados de abrirle la puerta del coche al dignatario? ¿Qué palabra ha utilizado?

—Bawwabs —respondí—, los guardianes de las puertas: elementos indispensables en cualquier cultura civilizada y próspera. Cuando Simbad puso fin a su primer viaje y regresó a Basora con una fortuna, se compró una casa y se consiguió un bawwab antes de adquirir concubinas y esclavos con los que entretener a sus amigos.

—En estos tiempos más sosegados los llamamos porteros uniformados —repuso Rachel—: la gente espera de ellos que se pavoneen y llamen la atención de esa manera. ¿Eso ha sido antes o después de visitar las tiendas de muebles?

—Después, claro: siempre es mejor ir a las tiendas a primera hora de la mañana, antes de que el ajetreo de la jornada alborote las fibras sintéticas. En la que he entrado hoy había una nueva gama de mesas que no cuadraba mucho con su estilo habitual: madera clara y gruesa, líneas rectas y crudas. A mí me encantan las volutas, las filigranas y las cenefas de marquetería delicada. Reconozco la calidad de la madera de esas mesas, pero me repugna su descarado utilitarismo, su celebración de la fealdad.

—Y eso ha hecho aflorar su vena bartlebiana, ¿no? Y entonces ha pensado que un paseo por la orilla le calmaría los nervios. Venga, póngase las zapatillas y déjeme llevarlo a dar una vuelta en coche por los acantilados. Veremos cómo cabrillea el sol en el agua y lo convenceré de que se venga a cenar esta noche.

Le expliqué que estaba cansado. Vi que se había rendido y, como siempre me pasa con ella, llegado ese momento tuve la sensación de haber sido desagradecido, cuando ella no hacía otra cosa que ser amable. Resistí el impulso de decirle que sí, que iría. Era cierto que estaba cansado, o por lo menos demasiado cansado para entablar una conversación desde cero con alguien a quien no conocía. O quizá era sólo que en mi espíritu reinaba la calma y sólo deseaba sentarme a leer el libro sobre viajes por Asia Central que había comprado unas horas antes en la librería de segunda mano junto a la floristería. Justo enfrente había otra librería de viejo, pero el hombre que la llevaba parecía detestar sus libros: enfundado en un traje mugriento y con corbata, se plantaba ante ellos con los brazos cruzados como quien monta guardia ante un pelotón de babuinos rebeldes. Tenía los libros metidos en cajas que apilaba sin miramientos, como mercancía adquirida a toda prisa que pretendiera vender de baratillo. *Herat* de G.B. Malleson, 1880. Lo había abierto y leído esta frase que me hizo comprarlo: «De las alfombras emanaban efluvios de ámbar.» Me hizo sentir nostalgia de mi oud-al-qamari y del incienso de almáciga.

Le he cogido mucho cariño a Rachel, aunque nunca me atrevería a decírselo. Viene cuando viene, a veces sin avisar, y casi siempre con un plan para salir a hacer algo. No todos sus planes son muy inspirados, y debo oponer una firme resistencia para que no me lleve a rastras a hacer algo que no me apetece, pero a menudo resultan sorprendentes y me obligan a reconsiderar mi inclinación a rechazarlos y a quedarme a leer un libro o a contemplar un mapa. Ella no aprueba mi afición a los mapas, diría yo, aunque no sé por qué me lo parece, pues nunca ha dicho nada semejante e incluso me trajo un libro hace poco sobre cartografía medieval portuguesa. Es posible que mi afición me haga parecer excéntrico, o demasiado sedentario, cuando ella preferiría que tuviese intereses que demostraran que, pese a mi apariencia, aún conservo vestigios de juventud.

Y sus visitas me han hecho bien: me han mostrado más cosas de las que habría visto si me hubieran abandonado a mis propios recursos; me han hecho recordar fórmulas de cortesía y buena educación, me han traído afecto y la oportunidad de demostrarlo a mi vez. No son cosas insignificantes, ni mucho menos, aunque temo darles demasiadas vueltas, incluso cuando estoy a solas, por si he entendido mal y, como un tonto, estoy correspondiendo a un cariño que nunca se me ha ofrecido. Sin embargo, soy consciente de que sus visitas me han hecho bien. No sé por qué viene a verme, ni por qué se preocupa de que salga a conocer este valle o aquel acantilado, o a pasear por una playa pedregosa sin ningún atractivo a simple vista. Nunca se lo he preguntado, y ella nunca se ha ofrecido a hablar del tema, se limita a venir y trajinar por aquí y por allá, o se sienta en la butaca y conversamos un rato ante un café bien fuerte o un té negro con azúcar, y si ella tiene ganas y yo estoy de humor, paseamos a orillas del mar o me lleva en el coche adonde le apetezca, y me habla de esa forma suya tan frenética y desarmante. Sus visitas me han hecho bien y me han hecho quererla como a la hija a la que tanto me recordó cuando la conocí. A veces, cuando la veo asirse la melena revuelta y retorcerla con gesto distraído, algo que suele hacer sin motivo evidente, pienso en nuestro primer encuentro en el centro de detención y, sin razón, me acuerdo de mi hija Ra'iyya, de mi hija Ruqayya, a quien conocí brevemente porque apenas vivió, porque la perdí. Cada vez que Rachel hace ese gesto pienso en mi hija Ra'iyya, en mi hija Ruqayya, aunque nunca tuvo un cabello así ni se lo retorció de esa manera. No me atrevería a contarle nada de eso, y no sé por qué se toma la molestia de venir a verme, de «invadirme», como ella dice. Se queja de que no tengo teléfono, de modo que no puede llamarme de antemano y se ve obligada a venir hasta aquí y preguntarme si me gustaría hacer algo que resulta que no me apetece, y entonces no le queda otra que darse la vuelta en redondo como un ciclón ajetreado y, sin más, enfilar en otra dirección. Como hacía en ese momento. Pero yo no quería un teléfono: detestaría el ruido y la intrusión de quienes llaman a la hora que les da la gana para hablar contigo, quieras oírlos o no, desde aquí o desde allá; para hablar contigo aunque no los hayas visto venir ni hayas tenido tiempo de preparar una fórmula de cortesía o una excusa; para invadir tu casa con ese chirriante y vibrante toque de rebato y, acto seguido, exigirte respuestas y urbanidad. Prefería las erráticas visitas de Rachel que, en cualquier caso, me temía que no tardarían en volverse menos frecuentes hasta interrumpirse. Y mientras pensaba eso, me pregunté si mi negativa a cenar con ella y su madre no haría sino acelerar la llegada de ese día y a punto estuve de decir que sí, que iría.

—Pues mañana, a almorzar —dijo Rachel con una sonrisa persuasiva—. Venga mañana a almorzar con nosotras. Tiene que venir porque, si no, mi madre se creerá que es usted una invención mía. Le encanta decir eso: que soy una soñadora y vivo en un mundo de fantasía, o por lo menos solía decirlo hasta que empecé a trabajar con los solicitantes de asilo, y entonces pensó que por fin tenía los pies en la tierra. «Bueno, eso sí que es algo que vale la pena hacer», me dijo. A mi madre le gusta pensar que sabe cómo funciona el mundo real. Debo decir que, cuando la oigo contar la historia de su familia, de mi familia, creo que es ella quien vive en alguna clase de fantasía histórica inventada sobre la marcha. Por lo visto, hace cientos de años vivíamos en Haifa; luego fuimos sefarditas en España, de donde nos expulsaron siglos después; nos fuimos a Trieste y de allí nos trasladamos a Ginebra, y entonces, a finales del siglo pasado, su abuelo se instaló en Londres. Es una historia rocambolesca, por decirlo de algún modo.

—¿Sabe historias sobre esos viajes? —pregunté siempre ávido de relatos sobre odiseas y viajes imposibles—. ¿Sobre la España, el al-Ándalus, de la época en que expulsaron a musulmanes y judíos?

—Diría que sí —repuso Rachel—. ¿Por qué no viene y se lo pregunta usted mismo? Ya los veo a los dos charlando hasta bien entrada la noche sobre los jardines del Alcázar de Córdoba. Ella colecciona libros sobre los judíos en España. Una vez me enseñó uno sobre canciones religiosas de Andalucía, canciones musulmanas, ¿cómo las llaman?

—Casidas —contesté.

—Eso. Pues ella tenía aquel librito maltrecho.

—Me gustaría oír sus historias sobre al-Ándalus, pero mañana yo mismo tengo un invitado —confesé sintiéndome como si hubiera estado ocultándole algo—. Latif Mahmud. ¿Se acuerda de él? Es el hombre al que aquella vez le pidió que...

—Sí, ya lo sé, he hablado por teléfono con él. Me ha llamado esta semana —repuso ella con una sonrisa enigmática y un poquito arrogante.

—Vaya —comenté. ¿Y?

—Me contó que son parientes. Usted no lo había mencionado. Creo que haberse encontrado con usted lo tiene bastante emocionado. Según dice, han hablado de un montón de cosas en las que no había vuelto a pensar en muchos años y de otras que ni siquiera sabía. Estaba tan entusiasmado que casi me ha dado envidia. Imagínese sentirse así... me refiero a lo que supone descubrir cosas sobre tu vida que ni siquiera sabías que habían ocurrido. Me ha hecho pensar en lo que hacemos en mi trabajo; en que a menudo estamos tratando de conseguir que la gente recuerde, que argumente en su propia defensa. Y si no son capaces de recordar, nosotros tenemos que intentar llenar las lagunas. Imagínese que alguien pudiera completar las historias medio olvidadas: se parece un poco a cuando eres niño y tus padres te cuentan cosas que hiciste o dijiste y que tú no recuerdas.

—Hay cosas que no merece la pena saber —tercié.

Rachel consideró mis palabras durante unos instantes ladeando la cabeza con expresión severa.

—No, creo que pensar así sólo te lleva derecho a la mentira y el caos. Creo que es mejor saber, en general. ¿Viene a verlo por cosas terribles? Quiero decir... ¿tiene usted que contarle cosas tristes que había olvidado o de las que nada sabía?

—Sí —respondí.

—Vaya, ¿y también son tristes para usted? Cuánto lo siento. No estará siendo una molestia, ¿no?

—No, quiero que venga —repuse.

—Estaba muy contento de que se hubieran encontrado, me lo dijo varias veces, de modo que no puede ser que todo eso de lo que tienen que hablar sea triste. Al menos por teléfono parece buen tipo. ¿Que qué quiero decir? Pues no sé... parece un hombre tranquilo, pensativo e interesante. Me encantaría conocerlo. La próxima vez que venga podríamos hacer algo juntos, como ir a Water Valley, comer allí y después dar un paseo por la orilla del lago o algo así. ¿O prefiere que me mantenga al margen?

—No, no —contesté—, la próxima vez hacemos algo juntos.

El interfono sonó puntualmente a la hora convenida, lo que me hizo preguntarme si habría estado esperando abajo antes de llamar. Yo había preparado un almuerzo frugal a base de arroz y pescado cocido con verduras, y en cuanto llegó, sonriente y expectante, lo conduje a la cocina para que compartiéramos tan suntuoso banquete. No tenía ni idea de en qué estado me lo encontraría a su llegada, pese a lo que había dicho Rachel: no sabía si vendría a entablar una enconada batalla, a acusarme de falsear y distorsionar las cosas o si se sentiría avergonzado y no sabría muy bien qué decir. Además, no descartaba que su aspecto me sorprendiera. Aunque me había pasado una tarde entera y parte de la noche con él tan sólo unos días atrás, me costaba recordar bien los detalles de su rostro. Quizá había evitado observarlo mientras yo mismo hablaba, y esquivado su mirada mientras lo hacía él, pero me había percatado, al pensar en él durante aquella semana, de que sería incapaz de describir sus expresiones faciales y el gesto de sus ojos ante las historias que yo le contaba. No quiero decir que no lo hubiera reconocido, simplemente que no estaba seguro de recordar los movimientos más sutiles de su cara. Por eso me propuse que almorzáramos en cuanto llegara: eso nos daría tiempo para encontrar un lugar desde el que poder entablar de nuevo una conversación.

Mira por dónde, llegó con una sonrisa y me estrechó la mano con energía. De modo que todo estaba en orden y probablemente no había venido a despotricar contra mí. Pasamos a las fórmulas de cortesía: «¿Cómo le va? ¿Qué tal el trabajo? ¿Su mujer y sus hijos?», a lo que contestó: «No tengo esposa ni hijos.»

Le había planteado la pregunta como sigue:

—¿Todos bien por casa?

Y respondió:

—Vivo solo.

No dije más, y lo vi reparar en mi silencio y sonreír.

—Estuve con alguien durante mucho tiempo —explicó mientras yo ponía la comida sobre la mesa y lo invitaba a servirse—. Durante seis años, pero siempre supe que la cosa iba a acabarse tarde o temprano porque no éramos felices. Se llamaba Margaret. Vivíamos juntos, nos llevábamos bien y compartíamos gustos, pero no éramos felices. Había muchos motivos de irritación, y soy consciente de que a veces ella me desagradaba e incluso la odiaba. Nos conocimos de estudiantes y sencillamente acabamos juntos. Nuestra relación se volvió monótona, pese a los momentos felices y el cariño, y llegamos a aburrirnos uno del otro mucho antes de atrevernos a admitirlo. Después estuve con otra persona durante dos años y medio. De eso no hace mucho, un año más o menos. Hablábamos de vez en cuando de encontrar un sitio donde vivir juntos, pero nunca llegó a ocurrir. Transcurrían las semanas sin que acudiera siquiera a mis pensamientos, y entonces pasaba algo y me daba por pensar que no, que jamás, que otra vez no, que no pensaba vivir con nadie nunca más. Era más fácil y más seguro seguir como estábamos. Ella tenía una casita dúplex en Clapham y yo un piso en Battersea. ¿Conoce Londres?

—No he estado nunca —repuse—. ¿Cómo se llamaba la mujer de la que se separó hace poco?

—Angela —contestó él sonriendo ante su omisión. El hecho de nombrarla lo hizo pensar en ella y su rostro se puso tenso momentáneamente—. Trabajaba como traductora por cuenta propia: traducía libros de texto, artículos científicos y esa clase de cosas del italiano. Sea como fuere, se cansó de nuestro arreglo antes que yo y quiso que tomara una decisión. Y sencillamente no pude, o más bien no quise. ¡Las familias! Y no conseguía olvidar algo que me había contado en los primeros tiempos, cuando hacía poco que la conocía. Su hermano y ella tuvieron que viajar un fin de semana a la casa familiar en Dorset para hablar con su madre, que ya no quería tener relaciones sexuales con el padre. «Qué injusto por su parte», comentaba sobre su madre. De modo que Angela y su hermano fueron a hablar con ella para convencerla de que no fuera tan egoísta; el padre los animó a hacerlo. Yo no conseguía olvidar esa historia, sobre todo cuando las conversaciones sobre el tema de irnos a vivir juntos se volvían más reñidas: imaginaba a mis hijos un día, en una expedición de vuelta a casa para echarme un sermón e insistirme en que me acostara con Angela mientras ella, sentada allí cerca y farfullando, los apoyaba en su afán. No soportaba pensar en eso, mal que me pesara: no conseguía olvidar esa historia tan desagradable. Así que, finalmente, ella se negó a seguir viéndome de la forma ocasional que yo prefería, y rompimos. Desde entonces no me he molestado mucho en buscar pareja. Qué amable por su parte, esta comida.

—No es nada, sólo unas tristes migajas para ahuyentar el hambre.

—Es muy generoso al permitirme volver —comentó—. La semana pasada tuve la impresión de dejarlo muy cansado, y lo hice hablar sobre cosas difíciles, y fui desabrido y grosero.

—No, no, quería que viniera. Es usted bienvenido.

—Bueno, lo cierto es que llevo toda la semana pensando en las cosas de las que me habló la última vez, tratando de hacerlas casar con lo que recuerdo y lo que creía saber. Soy consciente de que algo en mí se resistía a lo que me estaba contando, pese a que me interesaba muchísimo. De manera que he estado dándole vueltas, comparando historias, pensando en los huecos que nunca he sido capaz de llenar y los que nos las arreglamos para evitar la última vez. Me siento agotado tras todo este tiempo, todos estos años pensando en aquella época y aquel lugar; y viviendo aquí, con tantas idas y venidas, batallando entre hostilidad, desprecio y altanería. Me siento exhausto, en carne viva, como si me hubieran dado una paliza. ¿Sabe lo que quiero decir? Tiene que conocer esa sensación. He estado pensando en eso esta semana, en lo agotado que estoy tras todos estos años de saber y no saber, de no hacer nada al respecto y sentirme impotente. De manera que estaba deseando venir aquí a escucharlo para que ambos nos desahoguemos.

—Sí, para que nos desahoguemos —corroboré.

—Por favor, cuénteme qué le ocurrió a Faru, ¿quiere? Ya se lo pregunté la otra vez.

—A Nuhu: se llama Nuhu. Se convirtió en agente de la policía aduanera. Ya sabe, uno de esos que se plantan en la entrada de los puertos, registran todos los vehículos e impiden la entrada a la gente no autorizada, y a los que hay que sobornar. No hacía falta saber leer y escribir para esa clase de empleo, un empleo muy humilde a ojos de la mayoría; supongo que por eso lo consiguió Nuhu. No sabía que le atrajera ese tipo de trabajo, con los uniformes y

esas botas tan pesadas. Acabó allí después de mi detención, según me enteré más tarde, porque al principio trabajaba para mí en la tienda, por supuesto.

—No sabía que lo hubieran detenido —dijo él con
una cucharada de arroz a medio camino de la boca.

Seguro que no lo sabía, visto el asombro con que me
miraba. Proseguí:

—Detuvieron a mucha gente, a miles. Sea como fuere, al cabo de unos años Nuhu encontró la forma de salir
de allí, de escapar sabe Dios adónde. Cabría pensar que
estaba en buena posición para hacerlo, pero en aquellos
primeros tiempos la policía portuaria permanecía siempre alerta; me refiero a los tipos que llevaban armas y potentes lanchas motoras, no a los bawwabs holgazanes
de los que formaba parte el propio Nuhu. En aquella
época, los castigos por intentar huir eran severos. Debió
de viajar de polizón en algún barco mercante y, a juzgar
por el destino de los barcos que hacían escala en la ciudad por entonces, ahora estará viviendo en Rusia, en
China o en la antigua RDA. Eso si sobrevivió sin que lo
descubrieran, si la tripulación no lo arrojó por la borda o
si no encontró el modo de desembarcar antes en Adén,
Mogadiscio o Puerto Saíd.

—Yo estuve en la RDA —dijo negando con la cabeza
ante las ruines complicaciones de nuestras vidas—. En
Dresde. Bueno, cerca de Dresde.

—Sí, me lo contó —repuse.

—¿Y le hablé del amigo por correspondencia que resultó que vivía en Dresde? Le escribía desde nuestro país,
y cuando me fui a la RDA descubrí que vivía muy cerca. Su
madre me enseñó a leer a Homero. Bueno, no me enseñó
directamente, pero sí me hizo desear leerlo. Perdone, me
estaba hablando sobre Faru.

—Sí, ya me contó que vino a verme justo antes de partir hacia la antigua RDA. No mencionó que Salha bajó a hablar con usted mientras estaba allí. Quizá lo ha olvidado. Nuhu le dijo que había venido y ella bajó. La madre de usted solía visitarla cuando estaba confinada, y debió de creer que le traía algún mensaje suyo. No debería haber bajado: le habían dado instrucciones de hacer reposo y evitar las escaleras, pero bajó porque la madre de usted solía visitarla pese a la inquina entre su padre y yo. Las mujeres tenían un sentido más acusado de la misericordia, mayor sensatez. Se cuidaban mutuamente, se preocupaban de que las cosas no llegaran tan lejos que luego no fuéramos capaces de encontrar el camino de regreso. Salha le habló, se interesó por usted y por su madre, y usted se negó incluso a mirarla y luego se marchó sin responder a su saludo. Supongo que ha olvidado eso; fue hace mucho tiempo.

—No, no lo he olvidado. No me acordaba, pero tampoco es que me pareciera algo tan importante como para que valiera la pena olvidarlo. Lamento haber sido tan grosero con ella.

—Fue hace mucho, y yo debería haberle entregado aquella mesa, tener ese mínimo gesto con ustedes. Salha me pidió que se la devolviera, pero yo estaba demasiado furioso. La dejó horrorizada que me hubiera llevado las cosas de la casa de su padre, aunque no había mucho que llevarse, la verdad. Le pareció vengativo, imperdonable, y quizá si hubiera estado conmigo entonces, si hubiéramos estado ya casados, me habría disuadido de hacerlo. Pero entonces no tenía a nadie que me hiciera entrar en razón: la frustración y el agravio eran mis únicos consejeros. Las calumnias me habían enfurecido y estaba convencido de llevar la razón. Para cuando usted me reclamó la mesa, habían arreciado por culpa de la imposible santidad de su padre, que se jactaba de que Dios me haría ver mi pecado un día, y entonces, lleno de vergüenza, tendría que devolvérselo todo a sus legítimos propietarios. No pude devolverle la mesa cuando usted acudió en su busca, aunque más me hubiera valido hacerlo porque eso, finalmente, volvió a su madre en contra de Salha y de mí.

Quise llegar a un compromiso con Rayab Shaabán Mahmud incluso después de que él hubiera rechazado mi primer plan y el caso se hallara ya en los tribunales coloniales británicos: le expliqué que no quería quedarme con la casa, que sólo me interesaba la posibilidad de pedir un préstamo porque mi negocio necesitaba capital y yo estaba a punto de casarme. El dinero me pertenecía por derecho, pero no quería la casa, ni que ellos tuvieran que mudarse y pagar un alquiler. Si me permitía ostentar la propiedad nominal de la casa para poder pedir un préstamo, cuando mi negocio estuviera afianzado se la devolvería con todas las de la ley. Pero se negó en redondo, y cuando gané el juicio se trasladó a una casita que había alquilado en alguna parte llevándose consigo a su familia. Para entonces las cosas habían llegado demasiado lejos y yo había perdido toda noción del significado de lo que había hecho. Alquilé la casa y tramité un préstamo que resultó muy por debajo de la cantidad que necesitaba. Poco después de la independencia, los bancos habían empezado a ponerse nerviosos, y con razón, visto lo que pasó a continuación: la austeridad y el caos del gobierno culminaron dos años más tarde con la nacionalización y el saqueo de todos los bancos. Se hizo en nombre del pueblo y la autodeterminación, pero en realidad fue puro latrocinio, como también lo fue el embargo de todo aquello que generara algún beneficio. Nuestros gobernantes construyeron bien poco: básicamente se dedicaron a esquilmar a aquellos que sí lo hacían y a atiborrarse las culposas panzas.

Cuando me hice con la casa de Rayab Shaabán Mahmud e intenté conseguir un préstamo, la situación todavía no había llegado a su clímax, pero los bancos ya se olían el peligro y se mostraban cautelosos. El pequeño crédito que conseguí rascar no me permitió llevar a cabo mis planes; de hecho, no me permitió hacer gran cosa, aunque al final no importó demasiado: al cabo de un año más o menos, el país estaba inmerso en el caos y todos los que podían andaban buscando formas de llevarse el dinero al extranjero. En mi caso, no me quedó más que seguir como antes, pese a que ya no había mercado para objetos exquisitos. Cuando recuperé la mesa de ébano, la puse en mi tienda no porque creyera que iba a venderla, sino porque era hermosa y me hacía recordar a diario hasta qué punto eran vanas la amistad y la ambición.

Rayab Shaabán Mahmud acudía a rezar a la mezquita del barrio, aunque se hubiera mudado a otra zona, y pasaba todos los días ante mi tienda con la cabeza gacha y el aire de un hombre de Dios vencido y humillado. Y la gente, al verlo pasar, se lamentaba de la tragedia que se había abatido sobre él y su familia, y a mí me miraban como si fuera la encarnación del mal. En aquella época, su esposa Asha era la amante de Abdalá Jalfán, ministro de Fomento y Recursos o algo así: alguna horrorosa fantasía por el estilo. Su coche oficial la recogía en casa, la llevaba adonde el ministro determinara y luego de regreso. Se rumoreaba que eran amantes desde hacía años pero, como Abdalá Jalfán había llegado a ser alguien, ya no veían motivo para seguir ocultándose. Supongo que dice mucho en favor del ministro que, estando como estaba en la cumbre del escalafón, no dejara a su amante por una mujer más joven. Porque Asha ya no lo era, aunque sí seguía siendo hermosa. Tampoco el ministro era joven a esas alturas, pero eso nunca ha impedido a otros hombres en sus circunstancias actuar como si lo fueran. El caso es que aquel asunto era una tragedia más que se había abatido sobre el piadoso Rayab Shaabán Mahmud.

Y entonces yo me negué a devolver la mesa, después de que Asha hubiera visitado a mi esposa durante su confinamiento, se hubiera mostrado conciliadora durante y después del juicio y hubiera mandado a su hijo Ismail a pedirme aquel pequeño favor. Mi mezquindad debió de antojársele repugnante, pues la volvió completamente en mi contra. A partir de entonces emprendió su propia campaña, que con el tiempo sabría conducir hasta una victoria aplastante. Contaba con la ayuda del ministro, por supuesto, si bien su intervención tardó un tiempo en notarse. Cualesquiera que fuesen originalmente los planes de Asha para mí, las cosas se les iban a todos de las manos una vez que el engranaje del terror empezaba a moler y pulverizar. Durante los dos años siguientes fui víctima de una serie de persecuciones que pasaré a detallar en el orden en que tuvieron lugar, pero antes debo mencionar que fue en los albores de esa cadena de sucesos cuando Salha puso fin a su confinamiento y nos dio a nuestra hija Ruqayya. Que Dios se apiade de sus almas.

Me interrumpió, y no por primera vez: no he mencionado las otras ocasiones porque no quiero recargar en exceso mi relato y porque, en general, sólo pretendía expresar su sorpresa o pedirme más detalles. Pero esa vez se puso en pie y salió de la cocina, donde seguíamos sentados tras la comida, y cuando regresó, unos instantes después, parecía furioso, iracundo.

—Ahora va a emprenderla con ella —me espetó con el ceño fruncido y el rostro ensombrecido por el desagrado y la ira—. Ya ha acabado con él, supongo. No es más que un hombre vengativo e incompetente que se negaba a entrar en razón. «Mi padre y su imposible santidad.» Bueno, ese tema ya está zanjado y ahora le toca el turno a ella. Sí, yo ya sabía lo del ministro, todo el mundo lo sabía. Era una buena mujer, así la recuerdo. Me entraba el pánico al verla por las tardes, toda acicalada para ir a su encuentro. Eso solía producirme terror no sé por qué, ni sé por qué ella se había vuelto así. Llevo escuchándolo a usted todo este tiempo y pensando: «Miente, miente. Sólo está obsesionado con su propio relato, con hacer que resulte creíble.» Pero ahora está dispuesto a mejorarlo, a convertirlo en un verdadero drama. Ahora viene cuando ella y su asqueroso amante emprenden una persecución contra usted.

Evité mirarlo. No era una perla de sabiduría, pero en la cárcel había aprendido que lo mejor era no mirar a los ojos a alguien que estuviera furioso; aprendí a sentarme cerca y volver la vista en la misma dirección que esas personas. De modo que eso hice, y esperé mientras él, de pie en el umbral, daba rienda suelta a su ira.

—No quiero oír nada más —soltó, y volvió a salir de la cocina.

Esperé unos instantes y luego me levanté para recoger los platos y bandejas de la mesa y lavarlos en el fregadero. Después encendí el hervidor de agua y preparé un té de jengibre con azúcar. Cuando entré en la sala de estar con la bandeja, él estaba de pie ante la ventana y contemplaba mi franja de mar. Serví el té y esperé a que viniera a sentarse frente a mí.

He aquí, pues, los acontecimientos que siguieron. De muchos de ellos resulta difícil hablar sin dramatizar, y algunos me llenan de angustia, pero ansío contarlos, exponerlos como testigos de mi época y de la insignificancia de nuestras hipócritas vidas. Seré breve, pues muchos de ellos son acontecimientos con los que he procurado no obcecarme por temor a menoscabar lo poco que me queda de pasado tiñéndolo de amargura e impotencia. He tenido muchos años para pensar y para ponerlos en la balanza del devenir de las cosas, y he llegado a entender que no está tan mal vivir calladamente con mis heridas y mis zozobras cuando otros deben soportar crueldades intolerables.

Tras la nacionalización de los bancos en 1967, un suceso que el presidente de la república en persona nos anunció por radio con tono grandilocuente, recibí una llamada del director del que había sido antaño el banco Standard y a la sazón era el Banco Popular para exigirme la amortización completa del préstamo que me habían concedido. Fui al banco a suplicarles pues, aunque yo llevaba la razón porque me había comprometido a pagar en cinco años y sólo habían pasado dos desde el inicio de la liquidación de la deuda, no corrían tiempos para andar citando derechos y sutilezas legales. Fui al banco a rogarle clemencia al director. La nacionalización significaba que todo el personal con cargos relevantes había tenido que sustituirse de la noche a la mañana por temor al sabotaje del equipo anterior, compuesto en su mayoría por extranjeros. El nuevo director se negó a recibirme y un ayudante me explicó que la solicitud de amortización no era negociable. Actuaban según las instrucciones del departamento gubernamental competente: como los extranjeros habían interrumpido sus líneas de crédito y en esos últimos meses los clientes habían retirado grandes sumas de efectivo, estaban reclamando la amortización de todos los préstamos. ¿Y cómo era posible que yo no hubiera oído mencionar el tema a otros hombres de negocios?, le pregunté. Bueno, respondió el ayudante, la devolución de los préstamos se estaba reclamando por etapas y yo entraba en la primera etapa. No me quedó otra que decirle que no tenía dinero suficiente para amortizar todo el monto del crédito. «En tal caso, la casa que aportó como garantía pasará a ser propiedad del banco.»

Cuatro semanas más tarde, la vivienda que le había disputado a Rayab Shaabán Mahmud en los tribunales salió publicada en el boletín oficial como propiedad del banco, y a los inquilinos que yo había instalado en ella se les dio aviso de que debían abandonarla con efecto inmediato. Rayab Shaabán Mahmud y su esposa Asha se mudaron de vuelta en cuanto quedó vacía. A partir de entonces, él pasaba todos los días por delante de mi tienda de muebles de camino al Departamento de Obras Públicas, donde lo habían ascendido. Y si antes hacía alarde de su humillación bajando la vista y ladeando la cabeza, ahora me miraba directamente con unos ojos que echaban chispas. Él había recuperado la propiedad que le correspondía por derecho y yo estaba pagando mis pecados. Aunque yo no alzara la vista, algo que aprendí a hacer en cuanto lo veía acercarse, notaba sus ojos clavados en mí a su paso. Ya casi nunca veía a Asha en la calle, pese a que había vuelto a vivir en la antigua casa y tenía un coche a su disposición, pero cuando lo hacía me daba la impresión de que sus andares se volvían más sosegados cuando pasaba de largo sin decir palabra.

Entonces, cinco meses después, me ordenaron comparecer en el cuartel general del Partido. El encargado de transmitirme la orden fue el delegado municipal, que acudió a mi tienda una mañana de miércoles y se tomó un vaso de agua conmigo antes de comunicarme que debía personarme allí al día siguiente por la tarde. Me explicó que Rayab Shaabán Mahmud había presentado una reclamación formal contra mí. En dicho documento me acusaba de haber falsificado el testamento de su tía Bi Maryam y de haberme apoderado de manera fraudulenta, a su muerte, de la casa que ahora habitaba pese a no tener parentesco alguno con ella. Le aseguré al delegado que eso no era verdad, pero se limitó a encogerse de hombros y a contestar que no le correspondía a él decir nada: podía exponer todo eso en el cuartel general del Partido, a ver qué opinaban. Cuando le conté a Salha lo de la orden de comparecencia, se desesperó. Había esperado que me cayera otro golpe, pero con el paso de los meses empezaba a creer que lo peor había pasado ya. Yo había temido cosas peores que una orden de comparecencia en la sede del Partido: había temido humillaciones y perjuicios inenarrables, una mutilación. A veces, en el mundo de fantasía que media entre el sueño y la vigilia, vislumbraba una figura que había tenido cerca durante mi infancia, un hombre a quien le habían rebanado la nariz, de modo que en el espacio entre los ojos y la boca sólo tenía dos orificios de color carne que asomaban directamente al interior de su cabeza. Lo habían mutilado como castigo por una violación, y vagaba por las calles vestido con harapos y sin otra opción que soportar las burlas y la humillación de los más enclenques, demasiado intimidado para contemplar siquiera la defensa o el contraataque. Yo había temido algo peor que el cuartel general del Partido, y sin embargo temblaba al pensar en lo que me podían tener reservado allí.

Habíamos oído hablar de las vistas en la sede del Partido; en realidad, juicios sumarísimos que hacían con las leyes lo que les venía en gana. Las presidía el secretario general, y se constituían con quienes tuvieran tiempo libre, en ocasiones con el presidente de la república en persona, si estaba de humor para andarse con jueguecitos entre sus gobernados, y otras veces con su chófer o con el comisario en jefe de la policía. Cuando comparecí yo, el comité lo formaban las personas que cito a continuación; doy sus nombres porque me gustaría que se conocieran, para que no parezca que las cosas que nos ocurrieron lo hicieron por sí solas: 1) el secretario general del Partido, que fungía como presidente y cuyo nombre es de todos conocido; 2) el ministro de Fomento y Recursos, que no era otro que el jeque Abdalá Jalfán, amante de Asha, la esposa de Rayab Shaabán Mahmud; 3) el director general de Inmigración, Abdulkarim Haji; 4) el teniente Ahmed Abdalá del Ejército Popular; y 5) Bibi Aziza Salmin, maestra de escuela. Estaban sentados a una mesa formando una larga hilera, y yo en una silla frente a ellos en una habitación espaciosa y oscura con una galería en la parte trasera de la sede del Partido. La oscuridad se agradecía bajo la luz radiante de primera hora de la tarde, pero en el aire flotaba el húmedo hedor a descomposición de una sala subterránea. El delegado municipal me había acompañado al interior y se había sentado a un lado para actuar como testigo y levantar acta de cuanto se dijera para luego reproducirlo ante un vecindario ávido de cotilleos.

Los miembros del comité se turnaron para soltarme sermones sobre mi delito, que consistía en aprovecharme de una mujer crédula para estafar a la familia de un hombre piadoso y arrebatarle una propiedad que le correspondía por derecho. El ministro de Fomento y Recursos dijo bien poco, pero pareció complacido con el progreso de la cuestión. Padecí sobre todo a manos del director general de Inmigración, Abdulkarim Haji, y de la maestra Bibi Aziza Salmin, que parecían inclinados a considerarme un hombre de los que convierten en profesión el acoso a las mujeres. No conocía de antemano a ningún miembro de aquel comité, aunque había oído hablar de todos ellos.

Me pidieron que respondiera a un puñado de preguntas autoinculpatorias:

—¿Reconoce que planeó robar a Bi Maryam desde el momento en que su padre se casó con ella?

Intenté contestar hasta el momento en que me silenciaron. Expliqué que la casa había pasado a ser de mi propiedad cuando Bi Maryam seguía viva, no a través de una herencia. Su testamento no decía nada sobre la casa porque ya había dispuesto en vida que fuera legalmente mía para así evitar acusaciones y recriminaciones. No pude añadir mucho más antes de que Bibi Aziza Salmin expresara su asombro ante mi desfachatez y el director general de Inmigración sugiriera al comité que considerara sumar una acusación más a la que ya enfrentaba: la de tomar por idiotas a sus miembros. Aparte de eso no se me exigió otra cosa que escuchar agravios, lo que tuve que hacer durante más de una hora. La sentencia me fue comunicada mientras me hallaba allí sentado ante ellos: Bibi Aziza Salmin habló en primer lugar y los demás la siguieron con creciente animosidad hasta que finalmente el presidente del comité, el secretario general en persona, hizo un resumen del veredicto. Al día siguiente debía entregar los documentos concernientes a la casa en la oficina del secretario general, momento en que la escritura legal revertiría a la familia de Bi Maryam.

Me fui a casa andando con el delegado municipal, quien me aseguró que podría haber sido mucho peor y que había hecho bien en no decir nada después de aquel imprudente arrebato. Aún tenía mi negocio, así que no me moriría de hambre, y quién sabía qué otras cosas podía concedernos Dios. Aquella noche hicimos acopio de cuanto pudimos y, con ayuda de Nuhu, lo transportamos en carretilla a la casa de los padres de Salha y a la tienda. Nuhu ya no trabajaba para mí, pero acudió cuando lo mandé llamar para que echara una mano. Los vecinos escudriñaban tras las ventanas apenas abiertas, pero no decían nada que nos hiciera sentir peor, y algunos pronunciaban palabras piadosas en voz baja lamentándose de los tiempos en los que vivíamos. Evitábamos la calle principal en nuestras idas y venidas: nos parecía preferible tironear de la carretilla por los senderos llenos de surcos que discurrían por detrás de las casas. Insistí en que pasáramos la noche con los padres de Salha, por si había un intento de echarnos a la fuerza de la casa. A la mañana siguiente, temprano, llevé la escritura a la oficina del secretario general, donde tuve que esperar varias horas a que el gerifalte hiciera acto de presencia, poco antes de mediodía. Me hicieron pasar a su despacho, él estaba sentado a su escritorio esbozando su característica sonrisa bonachona. Aceptó los documentos y los dejó a un lado sin ni siquiera mirarlos. Entonces me ofreció una taza de café y me permitió darle dos cuidadosos sorbos antes de hacerle una seña al oficial del ejército que se hallaba con nosotros en la habitación. El oficial dio un paso hacia mí con los brazos en jarras y me indicó con un seco ademán del rostro mofletudo que debía abandonar el despacho. Me condujo a una habitación pequeña que tenía una ventana alta con barrotes y luego se fue. Lo oí echar la llave y el cerrojo por fuera. La habitación olía a orines y en las paredes había vetas y manchones levemente oscuros que parecían huellas dejadas por el sufrimiento.

Vinieron en mi busca mucho rato después, bien entrada la tarde, dos jóvenes soldados armados con ametralladoras. Para entonces necesitaba desesperadamente ir al lavabo y tuve miedo de que, en mi terror, no pudiera contenerme y me lo hiciera encima, sumando el bochorno a la indignidad. Me registraron y me quitaron lo poco que llevaba encima; me gritaron, me zarandearon y me abofetearon por el puro placer que les proporcionaba su trabajo. Luego me condujeron a empujones pasillo abajo hasta el jeep con capota que esperaba ante el cuartel general del Partido a plena luz del suave sol de la tarde y a la vista de todo el mundo. Había testigos, y no sé muy bien quién es peor en un momento así, si el delincuente o los inocentes que observan y actúan como si no ocurriera nada malo. Había testigos ahí fuera, gente que pasaba de largo como si nada, de camino a su café favorito para charlar un rato o a visitar a familiares o amigos.

Sólo estuve unas semanas en la cárcel, apretujado con otros doce o más en una celda pequeña, aunque aireada y luminosa: todas las celdas tenían una pared que sólo llegaba a media altura, con el hueco provisto de barrotes y vistas al patio central, o quizá sería más apropiado decir que el patio daba a todas las celdas, de forma que por las noches no podías tener la seguridad de que en éste no hubiera alguien que vigilaba lo que hacías o soñabas con hacer. Pero al menos corría un poco el aire y veíamos a los presos de otras celdas, y así, en cierto sentido, no parecía tanto una cárcel como yo había esperado. Nuestra celda estaba en un rincón, de modo que la brisa no circulaba tanto como en otras y por las noches nos acribillaban los mosquitos. En el patio de cemento no había una sola hoja ni brizna de hierba, ni siquiera un mísero hierbajo aferrado a una grieta en la pared.

Conocía a mucha gente allí dentro porque el gobierno se había dedicado a llenar la cárcel desde un día después de la independencia. Todos parecían más demacrados y cansados que de costumbre, con la ropa descolorida de tanto lavarla. Pese a la miseria y las privaciones, imperaba una suerte de cortesía. Nos hablábamos con educación, nos hacíamos sitio si era posible, apartábamos la vista sin decir nada cuando debíamos hacer nuestras necesidades, nos interesábamos por nuestras respectivas molestias y dolencias y hablábamos sin cesar. Yo tenía muy poco que decir y mucho que aprender de aquellos hombres que, pese a llevar entre rejas dos o tres años en algunos casos, parecían muy bien informados sobre el mundo exterior. Escuchaba sus fervientes conversaciones con educación y con cierta avidez. Algunas resultaban muy entretenidas, con ese humor imposible que la gente en dificultades se las apaña para esgrimir a pesar de las circunstancias. Dos veces al día nos permitían salir de la celda para asearnos y hacer ejercicio en el patio, y dos veces por semana nos visitaba el médico. Cada tarde, los parientes traían cestas de comida a sus seres queridos, quienes de otro modo habrían dispuesto tan sólo de las exiguas raciones de la prisión: yuca, alubias y té. Tampoco es que esas raciones fueran ridículas, pero las cestas de comida llevaban consigo el hogar de cada cual, hacían que la gente pareciera más cerca, que el pan que partíamos pareciera bendecido por el cariño y la preocupación. Una vez por semana, la cesta contenía una muda de ropa: una camiseta y un saruni.

Las cestas se entregaban a los guardas de la entrada y, como los familiares no tenían permitido ver a los presos, éstos debían revisarlas minuciosamente para asegurarse de que no contuvieran mensajes o armas. Luego se les ponían etiquetas y se dejaban en el patio para que los presos las recogieran. A veces los guardas robaban cosas y hacían que pareciera una broma. Yo recibí una cesta en mi tercer día allí y me llenó de un alivio absurdo porque por lo menos Salha sabía dónde estaba, como si eso fuera a proporcionarle algún consuelo.

A veces tenían lugar castigos, palizas y agresiones, y me enteraba por los demás de cosas terribles que habían presenciado durante su reclusión: azotes con mangueras de goma, golpes de porra, hombres a los que se había obligado a caminar descalzos sobre cristales rotos. Los presos describían con detalle esos incidentes y comentaban en voz baja sus consecuencias en quienes los habían sufrido como si eso los librara de reconocer las humillaciones e intimidaciones que ellos mismos padecían. Los castigos los aplicaban en el patio, a la vista de todos, personas que hoy en día aún recorren las calles de esa ciudad, como algunas de sus víctimas. En mi temporada allí, cuanto presencié fueron gritos e insultos y azotes con una caña de bambú.

En mi tercera semana se dejó caer por allí el presidente de la república. Lo hacía de tanto en tanto por el mero placer de ver a sus enemigos indefensos entre rejas, humillados y muertos de miedo, y de oírlos suplicar que se apiadara de ellos y los liberara. No se detuvo ante nuestra celda, sino que pasó de largo tan tranquilo, la viva y espantosa imagen de la buena salud, mientras su séquito, formado por el médico, el alcaide y su guardaespaldas, lo seguía casi furtivamente. No se detuvo ante nuestra celda porque tenía otras favoritas que siempre visitaba, enemigos en particular a quienes observaba con satisfacción y con los que intercambiaba jocosas chanzas. Le pedía al médico que los examinara con regularidad para asegurarse de que estuvieran bien y, si no lo estaban, para que se les ofreciera tratamiento de inmediato y así pudieran disfrutar de la estancia en prisión durante mucho tiempo más.

Se plantó ante una celda durante un largo minuto mirando fijamente a uno de los presos, como si lo viera por primera vez y captara algo intrigante o perturbador en él. Se trataba de un maestro de primaria cuyo delito era dedicarse a soltar soflamas sobre derechos políticos en las clases de Ciencias Naturales. Incluso tras varias advertencias en tono amistoso por parte de los padres, dio la impresión de que era incapaz de controlarse, y un grupo de ellos acabó por denunciarlo ante las autoridades competentes. Era un hombre alto y desgarbado, tan flaco y con un aspecto tan debilucho que el presidente de la república debía de haberse preguntado quién sería aquel espécimen y de dónde habría sacado la energía necesaria para cometer la temeridad que lo había hecho acabar allí. O quizá sabía muy bien quién era y sólo reflexionaba sobre lo imprevisibles que podían llegar a ser los hijos de Adán. Se hacía imposible imaginar qué rondaría la cabeza de aquel hombre. Esperó allí unos instantes más y soltó un discurso improvisado sobre la necesidad de unidad y de trabajo duro, el lema grabado bajo el escudo nacional. Si todos vivíamos según ese lema, nos dijo dando una vuelta para incluir a todos en el patio de la cárcel, la nación se volvería más fuerte y progresaría. Concluida la visita, el presidente se detuvo ante el portón de salida de nuestro patio y nos contempló satisfecho, apenas capaz de contener una risa ronca que lo hacía estremecerse de pies a cabeza.

A finales de mi tercera semana me sacaron de la celda cuando ya nos habían encerrado para pasar la noche. El guarda me advirtió que no hiciera ruido, pese a saber que todos estarían observando desde sus celdas a la luz del patio. Me hicieron salir por el portón, cruzar el patio central y otro más pequeño que quedaba más allá. Yo sabía que allí estaban las celdas de castigo, donde tenían encerrado al preso solitario cuya identidad nadie conocía. Según los guardas, llevaba allí treinta años: lo habían encerrado los británicos por un delito cometido en otro país, seguramente de cariz político. Tras tanto tiempo había perdido el juicio por completo y nada de lo que decía tenía sentido. En cualquier caso, ya nadie entendía la lengua que hablaba y no quedaba otra opción que dejarlo donde estaba. Me metieron en una de las celdas de castigo y me dejaron encerrado en la oscuridad padeciendo el olor a humedad que impregnaba las paredes de yeso pintadas al temple. Alcanzaba a ver las estrellas a través de un alto ventanuco con barrotes. Desnudo, me senté en el suelo con las piernas estiradas y tanteé en busca del cubo que esperaba que estuviese allí, pero que no estaba. Durante un rato me sentí cómodo y en paz en mi soledad. Tal como llevaba haciendo desde mi ingreso en prisión, traté de no pensar en el significado de lo que estaba ocurriendo o en qué habría sido de los seres queridos de los que me habían separado. Lo intenté y no lo conseguí, volví a intentarlo y fracasé de nuevo, y así seguí mientras me dieron las fuerzas, manteniendo a raya la angustia mediante esa ristra de intentos fallidos. Cuando me venció el agotamiento, la desdicha se apoderó de mí, me hice un ovillo en el suelo y rompí en sollozos acosado por los mosquitos.

En la profunda negrura de la madrugada, oí voces ante mi celda y el corazón me dio un vuelco. Me había quedado dormido, y al despertarme esas voces olvidé durante unos instantes dónde me encontraba; debí creer que estaba en casa y que unos intrusos pretendían hacerme daño. El resplandor de unas linternas iluminó el techo y oí una risotada. Alguien me gritó que me levantara y me enfocó la cara con la linterna, de modo que no podía ver ni dónde ponía los pies. Oí otra carcajada; eran dos, quizá tres, que se reían juntos. La voz de uno de ellos me resultó familiar y tuve miedo. Me hicieron subir a la parte trasera de un jeep con capota y tenderme boca abajo en el suelo. Las voces del patio siguieron con su cháchara y sus bromas mientras alguien se sentaba conmigo en el jeep y me plantaba una bota en la nuca. Supongo que era para impedir que saltara y echara a correr perdiéndome en la noche. La presión de la bota hacía que la sangre se me subiera a la cabeza y ya no pude distinguir, en medio del clamor, aquella risa que antes me había sonado conocida.

Una vez intercambiadas las cortesías de rigor, alguien más subió a la parte trasera del jeep y por fin mi torturador me quitó la bota del cuello. La nueva voz parecía llena de entusiasmo, orgullosa de las atenciones del superior con quien había estado conversando.

—¿Sabes qué ha dicho? Pues me ha dicho: «No voy a olvidar esto, joven.» Va a ser un pez muy gordo algún día; de hecho, ya es prácticamente la mano derecha de...

El tipo de la bota lo interrumpió en seco. Supuse que estaban hablando del ministro de Fomento y Recursos en persona, de quien se decía que era un hombre importante con un futuro prometedor, y a esas alturas prácticamente la mano derecha del presidente. Debía de ser su risa la que me había resultado familiar pues, aunque no conocía en persona a Abdalá Jalfán, lo había oído dar discursos y conocía lo bastante bien su timbre para que me sonara en la oscuridad. No podía creer que hubiera sido tan imprudente y mezquino como para venir personalmente a organizar mi viajecito, cuando podría haberlo dejado en tantas manos bien dispuestas. Quizá yo no era consciente de hasta qué punto Asha y él me consideraban un cerdo, y no había previsto por tanto que querría administrar por sí mismo la sentencia que me hubieran impuesto. No pude evitar una oleada de terror; me atraganté y tosí ahogándome con el olor a gasolina y sudor en el suelo del jeep. Entonces entendí que iban a llevarme a una playa apartada donde me liquidarían, como se rumoreaba que les había ocurrido a tantos. Pero no, no iban a pegarme un tiro. Cuando el jeep se detuvo despuntaba el alba y estábamos en el puerto. Me aparté un poco de los soldados que me habían llevado hasta allí y, sin poder evitar un espasmo de alivio, oriné largo rato sobre los adoquines del malecón.

Me escoltaron hasta una lancha motora amarrada en el muelle, me hicieron subir a bordo y me llevaron bajo cubierta. Allí había otros dos hombres, encadenados por los tobillos a una barandilla baja que recorría el costado de la embarcación. También a mí me hicieron sentarme en el suelo y me encadenaron con grilletes a la misma barandilla. No reconocí a los otros dos hombres; resultó que procedían de una isla distinta y compartíamos ruta hacia la misma cárcel. Con el tiempo averiguaría que eran hermanos, y que los habían acusado de envenenar a un hombre que no sólo era su tío, sino también su benefactor, y de hacerlo mediante la brujería en una parte del país donde la gente todavía creía en esas cosas. Eran inocentes, por supuesto, o eso decían ellos. La lancha zarpó de inmediato y, tras una travesía que duró varias horas, llegamos a nuestro destino poco después de mediodía. Mis compañeros se habían mostrado dicharacheros durante casi todo el trayecto, charlando animadamente sobre cómicas excentricidades de gente que conocían, poniéndome al corriente de los antecedentes cuando lo creían necesario e invitándome a dar mi opinión sobre la supuesta rareza de unos actos que a ellos les parecían extraordinarios, como si estuviéramos haciendo el vago a la sombra del mango de la aldea un largo día sin incidentes o pasando el tiempo en la terraza de un café conversando entre taza y taza. Cuando atracamos, nos quitaron los grilletes, subimos a cubierta y vimos que habíamos llegado a una pequeña isla. Ya sospechaba que ése sería nuestro destino cuando me habían llevado al muelle.

El gobierno venía utilizando aquel lugar como centro de detención desde la independencia. Habían reunido a familias enteras de origen omaní, en particular a aquellas que vivían en el campo y cuyos miembros lucían barba y turbante o eran parientes del sultán derrocado, y las habían trasladado a esa isla que quedaba a cierta distancia del continente. Allí permanecieron detenidos bajo vigilancia hasta que finalmente, meses más tarde, barcos fletados por el gobierno de Omán se los llevaron por millares. Eran tantos que transcurrieron semanas antes de que los barcos dejaran de acudir, pero se sabía que aún quedaba gente detenida. El acceso al lugar entero estaba prohibido, de modo que lo que se sabía sobre lo que ocurría allí se basaba en los rumores y en una fotografía tomada por un desconocido y publicada en un periódico en Kenia. Mostraba una escena no muy distinta de las imágenes de prensa de otros desastres: un montón de gente en cuclillas en el suelo, unos con la cabeza gacha, otros mirando a la cámara con lágrimas en los ojos cansados y otros más con cauteloso interés; hombres barbudos y con la cabeza descubierta, mujeres extenuadas con la suya envuelta en chales y la mirada clavada en el suelo, y niños que observaban fijamente.

El comandante de la isla acudió en persona al embarcadero para recibirnos. Era un hombre abotargado y risueño que nos dio la bienvenida a voz en grito quitándose el gorro cuartelero para blandirlo a modo de saludo. Dio la impresión de que fuéramos invitados largo tiempo esperados a los que por fin recibía encantado. Ése era casi siempre su talante: reía y expresaba a gritos el regocijo que todo le producía, exultante de alegría ante las inesperadas complejidades que prodigaba la vida hasta que era presa de la irritación o el enfado; entonces se volvía malhablado y violento. No siempre se hacía fácil predecir qué lo irritaría o lo haría enfadar, y resultó que tenía víctimas favoritas a las que le gustaba atormentar. Nos escoltó a lo largo de un sendero que ascendía paulatinamente parloteando sin cesar sobre el lugar maravilloso y agradable al que habíamos ido a parar, y hasta nos rodeó por turnos los hombros con el brazo. En lo alto de la ladera, donde el terreno se volvía llano, se alzaba una edificación con un semisótano: era el cuartel, y allí nos llevó para registrar nuestra llegada. Su despacho daba a una larga galería con preciosas vistas de la isla y el mar y, en la distancia, de las costas de la isla principal. Se repantigó en un sillón de mimbre en la galería, donde se acarició lentamente la panza para observarnos con una sonrisa mientras esperábamos bajo el sol, sentados a sus pies con las piernas cruzadas. Tras unos instantes más de tan cordial examen, la sonrisa se le borró de la cara y se inclinó hacia nosotros para sermonearnos sobre nuestras transgresiones y las normas de su reino.

Al parecer, mi delito consistía en haber estado en posesión de unos documentos oficiales del Estado con la intención de cometer un fraude con ellos. Por suerte tenían muy poco interés económico porque, si me hubieran pescado con cualquier cosa que pusiera en peligro la seguridad nacional, él mismo, el comandante del centro de detención de la Isla de la Prisión en persona, me habría pegado un tiro y me habría echado a los tiburones.

—Sí, hay tiburones en estas aguas —añadió volviéndose hacia los dos hermanos.

Supongo que estimaba poco probable que yo tratara de recuperar la libertad huyendo a nado, pero los hermanos sí parecían lo bastante fuertes y resistentes como para intentar esa clase de impetuosa hazaña.

—Vamos a ver —continuó—, ¿qué son todos esos disparates sobre brujería? Nos ponéis en evidencia con esos ridículos delitos. ¿Queréis acaso que todos piensen que somos gente ignorante que anda improvisando hechizos? Si os pillo haciendo alguna estupidez con estómagos de cabra o testículos de rana, os moleré a latigazos. A estas alturas, en este país la gente tiene certificados y títulos universitarios, y los que andáis por las marismas y en los montes seguís creyendo que podéis arreglar las cosas con veneno y sangre de murciélago. ¿Me estáis oyendo? Como me entere de que volvéis a las andadas os azotaré hasta arrancaros la piel a tiras, ¿entendido?

Nos contó que nos habían traído a ese lugar porque éramos peligrosos y estúpidos, y que nos tendrían allí hasta que entráramos en razón.

En la isla había un centro penitenciario construido por los británicos a principios de siglo con la intención de contar con un lugar donde retener a cualquier indígena que causara problemas o que se sublevara, pero muy pocos lo hacían y no estuvo en uso mucho tiempo. Al principio se consideró que una cárcel en la ciudad, la misma en la que yo había pasado unas semanas como invitado, sería más vulnerable a intentos de rescate e insurrección, pero finalmente resultó conveniente y segura. No hubo intentos de rescate ni de insurrección. Entonces, en un acto muy característico de la magnanimidad del protectorado colonial británico —que una vez establecida su supremacía insistiría en recordarse el altísimo imperativo moral que subyacía a toda aquella empresa—, la isla se convirtió en un sanatorio para convalecientes de turberculosis. Las nuevas habitaciones eran poco mayores que celdas, pero daban al mar y cada una tenía una puerta sin barrotes que se abría a un espacio exterior bajo la sombra de las casuarinas. A pesar de que la prisión no estaba en uso, había un capataz encargado de mantenerla en buen estado, y de despejar y cuidar las tumbas de tres oficiales navales británicos a los que se había dado sepultura allí tras un desastre ocurrido a finales del siglo XIX. Según las lápidas, los tres habían muerto en la isla tras un accidente en el mar. El capataz era uno de aquellos pacientes convalecientes: se había quedado después de que el sanatorio cerrara y se abriera uno nuevo en la ciudad. La decisión de cerrar se tomó como resultado del creciente convencimiento de las autoridades sanitarias británicas (dos médicos) de que la tuberculosis estaba bajo control en el territorio. El capataz seguía allí cuando me llevaron; la prisión continuaba en pie, aunque algunos muros se habían venido abajo aquí y allá; las celdas del sanatorio seguían siendo utilizables porque se mantenían bajo llave y se aireaban con regularidad, y las tres tumbas seguían libres de malas hierbas, con las lápidas sin trepadoras y bien visibles, como a los familiares les gustaría saber si es que todavía se acordaban de ellos, de dónde habían muerto y por qué. El capataz era un anciano enjuto y vivaz de ojos pícaros que llevaba una vida secreta de obligaciones imperiales y provisiones acumuladas, velando por los monumentos de un imperio que se había replegado hasta parapetarse tras sus propias murallas y se había olvidado de él.

No pasé privaciones en la isla. El comandante, como le gustaba hacerse llamar, no tenía el menor interés en mí, y tampoco los cinco soldados a su mando. Yo no oponía resistencia alguna a las instrucciones que me daban y obedecía todas las normas. En cuanto a los dos hermanos, se adaptaron de maravilla a la vida allí: se sentaban a charlar con los soldados como si fueran viejos amigos, se ofrecían encantados como carne de cañón para sus provocaciones, les echaban una mano y les robaban cuando tenían ocasión; trepaban a los árboles, nadaban y se comportaban como dos granujas de comedia. Los ojos del comandante brillaban de placer ante sus travesuras, y a veces, cuando hacía varias horas que no los veía, exigía que los trajeran a su presencia, «para echarles un ojo», decía, pero en realidad le gustaba que anduvieran alborotando cerca: yo tenía la corazonada de que no iban a pasar mucho tiempo presos. Había otros once detenidos en la isla, todos hombres, todos a la espera de que los deportaran: habían perdido los barcos de rescate que habían llevado a tantos hasta Omán y aún seguían en ruta hacia la isla desde otros centros de detención cuando los buques dejaron de ir. Se hallaban retenidos en la isla hasta que las autoridades omaníes tuvieran noticia de su situación y se encontrase alguna manera de transportarlos «a casa». En realidad tenían de omaníes lo mismo que yo, excepto por algún antepasado que había nacido allí. Ni siquiera su aspecto era distinto del de los demás; quizá su piel era algo más clara o algo más oscura, su pelo un poco más liso o más crespo. Su delito era la innoble historia de Omán en aquellas latitudes, y no era una conexión que se les permitiera olvidar. En otros aspectos eran autóctonos, ciudadanos, ra'iyyas, y descendían de nativos, pero, ante el trato al que los sometían varios oficiales, tenían prisa por irse y hablaban con tanto desprecio de sus perseguidores como sus perseguidores de ellos. Era a esos detenidos a los que el comandante y sus tropas dedicaban su atención: los atormentaban, les encomendaban infinidad de tareas serviles, los insultaban y a veces les pegaban. Uno de los detenidos llevaba un pequeño diario de todo lo que padecían y escondía los pedazos de papel que daban cuenta de tan inútil denuncia entre las páginas de su ejemplar del Corán.

Fue la contemplación de aquellos facinerosos lo que condujo una mañana al comandante a llevar a cabo su inspirado intento de mostrar clemencia.

—¿Por qué no te vas con ellos cuando llegue el barco? —sugirió—. Aún no tenemos información sobre cuándo llegarán, pero ¿por qué no te marchas sin más cuando lo hagan? Aquí nadie va a impedírtelo.

Me pregunté si ése habría sido el plan desde el principio: que permaneciera en la isla hasta que llegara el barco en busca del resto de los detenidos y entonces me deportaran.

—No —le contesté al comandante—. Es muy amable por su parte, pero no puedo ni considerar esa posibilidad; ni siquiera puedo permitirme pensarlo: mi mujer y mi hija aguardan mi liberación, y debo conducirme con fortaleza y aceptar el castigo que se me haya impuesto por mi delito para así, con el tiempo, poder volver a su lado y vivir con ellas; es lo que esperan, y cuentan con ello. No tengo deseos de estar en ningún otro lugar ni de llevar otra clase de vida.

Lo vi tratar de formarse una opinión sobre mí y darle vuelta a mis palabras, sin duda preguntándose si debería molestarse en enfadarse ante mi mojigato rechazo de su generoso ofrecimiento. Y entonces soltó una carcajada con la panza bamboleándosele de risa, pero sin malicia.

—¡Mujeres! —exclamó—. Bueno, confío en que ella siga esperándote cuando te suelten.

No pasé privaciones en la isla. El edificio del centro penitenciario se disponía en torno a un patio como tres lados de un rectángulo. El lado abierto daba al mar y contaba con una plataforma construida sobre el agua a modo de letrina exterior. Utilizarla era seguro y a veces hasta resultaba agradable agacharse sobre el agujero de espaldas al océano y con el saruni en las rodillas, de forma que no ofrecías una vista indecente. El edificio de la prisión tenía una planta superior, aunque ninguna de sus celdas se utilizaba. Sí se usaban cinco de la planta baja, y yo disponía de una para mí solo; los hermanos compartían otra y los demás detenidos las tres restantes: preferían estar juntos. Las celdas sólo se cerraban al caer la noche, y durante el resto del tiempo teníamos libertad para movernos por la isla o bañarnos en el mar. Era un lugar muy pequeño y hacía falta encontrar un espacio propio y declararlo tuyo para que los demás supieran que era donde preferías estar y te dejaran tranquilo. Todos los días yo iba en busca del anciano capataz y me sentaba un rato a escuchar sus historias sobre los británicos y las obligaciones que le habían impuesto al marcharse. Los soldados dormían en el semisótano y el comandante en un catre de campaña en su despacho. ¿Por qué no utilizaban las viviendas del sanatorio?, le pregunté al anciano capataz, que esbozó una sonrisa traviesa y desdentada y contestó que les había dicho que las celdas aún estaban contaminadas con el bacilo de la tuberculosis y que si dormían en ellas se contagiarían.

—¿Y por qué quiere que sigan vacías? —quise saber—. Hay tanta humedad con la brisa marina que acabarán por desmoronarse.

—No, eso no va a pasar —respondió—: las ventilo todos los días, las barro y reparo el enlucido cuando veo algún daño.

—¿Y por qué? —volví a preguntar.

—Porque quién sabe cuándo volverán los médicos.

—No van a volver, Babu —repuse.

Sus ojos brillaron como si guardaran algún secreto, pero no contestó.

Fueron transcurriendo los meses. Por las mañanas llevábamos a cabo las tareas que nos encomendaban: limpiar, hacer la colada, arrancar malas hierbas y cavar en el pequeño huerto que proporcionaba hortalizas a los guardas y los detenidos. Luego los presos nos turnábamos para cocinar o intercambiábamos nuestras respectivas labores domésticas, y después comíamos todos juntos, soldados y prisioneros. Al caer la tarde, me sentaba en la playa al pie del cuartel a ver cómo zarpaban de la ciudad, una a una, las canoas con balancines, ladeándose un poco cuando el suave viento henchía la vela; embarcaciones frágiles, hermosas bajo la luz rojiza del atardecer. Serían pescadores que partían a faenar durante la noche. Tenían instrucciones de evitar la isla, pero a menudo se acercaban lo suficiente para vernos y corresponder a nuestros saludos. Los guardas podían tener arranques de ira en cualquier momento y golpearnos, y en cuanto caía la noche nos encerraban bajo llave. Nos llegaba el olor de la comida que se preparaban para cenar. Cada dos semanas más o menos, la lancha motora nos traía provisiones: yuca, plátanos, arroz, incluso carne, que era para los soldados y debía prepararse y consumirse el mismo día, puesto que no tenían forma de conservarla. Nuestro sustento consistía en arroz o verduras, y comíamos una sola vez al día.

Hubo un día en que la lancha motora llegó como de costumbre, pero sin provisiones: había venido en busca de los hombres que aguardaban la deportación. El comandante mandó sus tropas a reunir a los detenidos y luego les dio un minuto para recoger lo que quisieran llevarse y formar una fila junto al embarcadero. Se trataba de otro más de sus tormentos, incluso a aquellas alturas. Como los detenidos no eran lo bastante rápidos para su gusto, echaba chispas y los increpaba, y se reía cuando se agachaban para evitar sus golpes e intentaban esquivar sus patadas. Una vez que se pusieron en fila junto al embarcadero, me buscó con la vista y me indicó que me acercara.

—Ve con ellos —dijo con el ceño fruncido, todavía jadeante y empapado en sudor por el esfuerzo invertido con los presos omaníes.

Temí que se enfadara si volvía a rechazar su generosidad, pero negué con la cabeza y retrocedí para apartarme de él. Tenía entonces treinta y siete años; tal como lo veía, había llegado a la mitad de mi vida. No quería abandonar a Salha, la mujer a la que había llegado a amar de forma tan inesperada y en la que entonces sólo podía pensar a solas y en la oscuridad por temor a que la añoranza me hiciera romper en sollozos. Tampoco quería abandonar a aquella hija a la que deseaba amar más plenamente durante lo que me quedara de vida tras mi liberación. Si me marchaba y les impedían marcharse conmigo, estaría perdido, más de lo que estaba entonces o lo estaría jamás. Si creían que las había abandonado a un futuro incierto con tal de salvar mi insignificante vida, habría perdido el único afecto que había sido capaz de mantener, y mi vida quedaría destrozada. Aceptaría lo que me deparara el destino con toda la fortaleza que pudiera y sufriría como había tenido que hacerlo ella a solas para que un día, cuando la opresión llegara a su fin, pudiera volver a su lado con mi dignidad intacta y escuchar los relatos sobre su sufrimiento con la sensación de, al fin y al cabo, haber soportado lo que habíamos soportado por una razón. El comandante negó con la cabeza con gesto tristón al ver cómo retrocedía. Brevemente, en un instante de terror, me pregunté si sabría algo que yo ignoraba, si el destino me tendría reservado algo de lo que él trataba de salvarme. Pero sonrió con cierta exasperación y me indicó con un ademán que me alejara.

En cuestión de unos instantes la lancha zarpó y la vimos describir una larga curva antes de cobrar velocidad hacia las costas de la otra isla. Los prisioneros no miraron atrás, o por lo menos no me devolvieron el saludo. Me quedé observándolos largo rato hasta que se desvanecieron en el horizonte. Durante los días siguientes, los soldados dejaban abiertas nuestras celdas por las noches, y hasta nos sentábamos con ellos en la galería durante las veladas a compartir su comida y jugar con ellos a las cartas. El comandante se sentaba allí cerca a escuchar la radio en un transistor, y me maravillé al enterarme de la fecha: llevaba preso siete meses, y en todo ese tiempo no había escuchado la radio. Me había crecido mucho el pelo y mi ropa estaba raída. Tenía el cuerpo flaco y dolorido.

—Deberías haberte ido con tus hermanos —dijo el comandante.

—También son sus hermanos —respondí, pero en voz baja por temor a ofenderlo; tan baja, de hecho, que tuve que repetirlo para que me oyera.

—Sí —contestó echándose a reír—, los omaníes se follaron a todas nuestras madres.

—Y esta tierra es tan suya como mía, como nuestra —añadí.

—Sote wananchi —sentenció con sarcasmo, y soltó una risotada cómplice y atronadora de las suyas. «Todos somos hijos de la tierra.»

Por las noches, la radio del comandante emitía discursos de una figura pública u otra que soltaba arengas y soflamas, reescribía la historia y ofrecía moralinas de andar por casa para justificar la opresión y las torturas. La estación de radio nunca se cansaba de esos estridentes discursos, aunque en aras de la variedad de vez en cuando incluía boletines informativos con noticias tergiversadas y sesgadas, pero que aun así se agradecían porque nos recordaban que había una vida fuera de la isla. La inminente guerra en Nigeria acaparaba las noticias, así como el hecho de que fuéramos el único país de África, y quizá del mundo entero, que reconocía la existencia de Biafra. Al locutor le encantaba pronunciar el nombre del líder biafreño, el coronel Ojukwu, y cada vez que aparecía en su crónica hacía una pequeña pausa para llenarse la boca con las adoradas palabras: «kanal Ojukwu.» El embate de las olas parecía rodearnos; a veces incluso nos llegaba una levísima nubecilla de gotitas. Nos sentábamos a la luz de una lámpara de queroseno colocada en el centro del tablón sobre el que jugábamos a cartas. En las veladas sin luna de aquellos pocos días, el comandante, apenas visible sentado en su lado de la galería, era un mero retazo de noche ligeramente más profunda con un ojo furibundo cuando fumaba. Desde la galería, todo era mar y estrellas: por las noches era como si no hubiera cielo, sólo una densa aglomeración de puntitos cerniéndose sobre la tierra. El mar ribeteado de espuma formaba ondas interminables, reflejaba la luz de las estrellas formando filigranas, suspiraba y batía las rocas a sotavento. Muy bajo en el horizonte, el resplandor de la ciudad era visible como una aurora en los confines del mar.

Algunas noches, de regreso en mi celda, oía un canto sobre las copas de los árboles: algo etéreo e irreal que se cernía como un susurro en el aire. Creía que era el viejo que canturreaba para sí, pues los edificios del sanatorio quedaban al otro lado de la isla a través del bosquecillo, pero cuando le pregunté me dijo que no era él. En la isla, cerca de la laguna de la hondonada, vivía una serpiente, me contó, y por las noches salía a comer ranas. Alguna que otra vez se alejaba de la laguna: quizá lo que había oído era cómo cortaba el aire al deslizarse. Me aseguró que había visto una vez un surco de espuma ir abriéndose por la superficie del agua a toda velocidad hasta detenerse en la isla. Cuando se acercó a investigar, se encontró con una figura grande y negra, un yin, durmiendo bajo un árbol con un gran cofre abierto a su lado. En el cofre había una mujer que cantaba para sí mientras se peinaba y se chupaba uno por uno los dedos enjoyados como si aún tuvieran trazas de algo dulce. Quizá era a ella a quien yo había oído, dijo el viejo, cierta criatura infeliz a la que el yin negro había secuestrado y metido en aquel cofre para su satisfacción. Me preguntó si sabía por qué se chupaba los dedos así. Pues porque, mientras el yin dormía, ella seducía a cualquier hombre que anduviese cerca, y a cada uno le exigía un anillo como prenda por su placer. Así, cuando do se chupaba los dedos de aquella forma, estaba reviviendo lo que había sentido con todos los hombres que había hecho suyos. En aquel momento comprendí que para el viejo la isla estaba repleta de seres encantados: oficiales de la marina inglesa, médicos británicos y pacientes convalecientes, serpientes, mujeres raptadas que cantaban en el aire de la noche y oscuros yins que cruzaban raudos el mar para descansar de sus incesantes trastadas.

Una mañana, pocos días después de la partida de los deportados, el barco vino por nosotros. Nos sacaban, a todos, de aquella isla. Los soldados no tenían prisa por irse, y para cuando el barco estuvo cargado ya era primera hora de la tarde. Fui en busca del viejo para despedirme, pero había desaparecido como uno de sus espíritus encantados. En una isla tan pequeña costaba imaginar dónde habría podido esconderse. Después de dar un par de vueltas abandoné mi búsqueda, no fuera a causarle angustia. Quizá temía que lo lleváramos con nosotros y se había transformado en un surco de espuma para deslizarse hasta el mar abierto y esperar allí a que nos fuéramos. Ya era de noche cuando llegamos a la ciudad, y el puerto estaba desierto y silencioso. Tenía el mismo aspecto de siempre, y sentí una punzada de remordimiento al merodear de esa manera en el umbral mismo de casa. Ni siquiera se me había pasado por la cabeza la posibilidad de que me liberaran, y de pronto allí estaba. Me ordenaron subir a un jeep y bajarme de nuevo al cabo de sólo unos minutos de trayecto. No fue hasta que me encontré a bordo del ferry con unos treinta prisioneros más y rumbo al continente cuando caí en la cuenta de que tampoco había tenido tiempo de despedirme de los dos hermanos.

El barco zarpó en la oscuridad y llegó al continente bien entrado el día, pero no nos hicieron desembarcar hasta la noche. Nos subieron en dos camiones, llamándonos en voz alta para ir en uno u otro. Reconocí algunos nombres. Cuando emprendimos la marcha, los camiones tomaron direcciones diferentes y los guardas nos dijeron que nos dirigíamos al sur. Me había prometido no hablar de los años siguientes, pese a que no he olvidado casi nada. Esos años se escribieron en el lenguaje del cuerpo, y no es un lenguaje que pueda expresar con palabras. A veces veo fotografías de gente que sufre privaciones, y la imagen de su desdicha y su dolor reverbera en mi cuerpo y me hace padecer con ellos. Y esa misma imagen me enseña a sofocar el recuerdo del yugo que sufrí, pues al fin y al cabo yo estoy aquí, bien, mientras que sabe Dios dónde estarán algunos de ellos. Hace poco vi una fotografía de ese tipo, una imagen antigua en la que aparecían tres judíos a cuatro patas, uno ataviado con traje oscuro y corbata, los otros dos en mangas de camisa, uno de ellos arremangado. Fregaban las aceras de Viena con cepillos. Rodeándolos por todas partes, cerca de ellos, en la acera a sus espaldas y enfrente, montones de vieneses los miraban sonrientes. Había gente de todas las edades: madres, padres, abuelos y niños, algunos apoyados en bicicletas, otros cargados con bolsas de la compra, todos allí plantados con sus sonrisas de gente corriente y respetable mientras, delante de sus ojos, se degradaba a aquellos tres hombres. No había una sola esvástica a la vista, sólo gente corriente que se reía de la humillación de tres judíos. Sabe Dios qué habrá sido de aquellos tres hombres.

En total, estuve encerrado en tres campos de internamiento distintos supervisados por soldados. Sólo ocasionalmente padecí castigos o actos de brutalidad: los soldados nos sometían mediante el terror y violentos e impredecibles arranques de cólera. Nuestras condiciones de vida eran lóbregas e incómodas en todos los sentidos.

Cultivábamos nuestros propios alimentos, limpiábamos y construíamos letrinas, lavábamos la ropa de los soldados, tejíamos cestos, y nos sentíamos cada vez más débiles y agotados a causa de la malnutrición, la enfermedad y el tedio. Las picaduras de los insectos se volvían llagas que supuraban y se negaban a sanar. Las tripas nos atormentaban por culpa del hambre, el estreñimiento y los gases fruto de una dieta invariable a base de fécula y alubias, por las diarreas que provocaba el agua no potable, por las infecciones. Tanto me torturaban los intestinos que a menudo me daba la sensación de que mi propio yo, encogido, había quedado atrapado en su interior. Hacíamos lo que se nos exigía durante la jornada hasta que el día se internaba en el alivio de una noche árida. A veces nos llegaban noticias del exterior, susurros y rumores sobre asesinatos y detenciones, sobre una amnistía que nunca se materializaba, sobre guerras y golpes de Estado. No se nos permitía tener transistor, ni libros. En ocasiones sentía un odio tan tremendo que no tengo palabras para describirlo, un odio tan intenso que me estremecía, tan rabioso que me despertaba ganas de autodestruirme, de arrojarme a un fuego o desde la cornisa de un acantilado, contra la reluciente hoja de un sable o sobre la punta de una bayoneta.

Pero lo que hacíamos era rezar; a diario y cinco veces al día, como Dios manda. Él nos había pasado factura, a los peores y a los mejores. Rezábamos a las horas exactas que estipulaba la tradición, no un rato después ni al día siguiente ni nunca, como solía pasar en la vana frivolidad de nuestro día a día anterior. Al alba, el momento de rezar iba desde que rayaba la primera luz hasta que asomaba el sol, un tiempo más breve de lo que cabría suponer. A mediodía, el momento justo era cuando un palo clavado en el suelo en vertical no arrojara sombra alguna, un instante después de que el sol hubiera rebasado su cénit. Por la tarde nos uníamos en silenciosa oración precisamente a la hora en que la sombra del palo tiene la misma longitud que el palo en sí. Durante el ocaso, rezábamos desde que el sol se ocultaba tras el horizonte hasta que su resplandor se extinguía. Al caer la noche, esperábamos a que la oscuridad se cerniera completamente sobre nosotros para iniciar nuestros rezos, y al concluir nos tendíamos sobre las esterillas a dormir. Rezar llenaba nuestros días, al igual que recitar de memoria el Corán, cuyos suras elegíamos según nuestra formación. Eso proporcionaba un orden y un propósito a nuestras tareas, y propiciaba un estoicismo que de otro modo se nos habría antojado inconcebible. Y también nos contábamos historias, unas recordadas, otras inventadas, riéndonos como si tuviéramos de nuevo la misma edad que cuando las escuchamos por primera vez.

Me trasladaron en dos ocasiones, una de ellas porque la malaria que padecía se agravó y apareció sangre en mis heces. Cuando la sangre empezó a volverse oscura, mis compañeros presos, temiendo lo peor, me leyeron la oración Ya Latif. Para entonces había perdido el conocimiento, pero sé que echaron mano de cuanto pudieron recordar del tratamiento tradicional de la malaria, y me recuperé. Pasé días sintiéndome débil e incapaz de moverme, pero había sobrevivido. Me cuesta describir hasta qué punto era dulce esa certeza. Tras mi mejoría, me trasladaron a Arusha por órdenes del médico, que había aparecido de forma inesperada en su jeep blanco junto con sus dos ayudantes. Era un sueco vestido con bermudas marrones y camisa blanca, de rostro rubicundo y un cabello claro que el sol había bruñido hasta volverlo de un dorado intenso. Sus labios carnosos esbozaban una mueca de hartazgo y de indignación cuando nos hicieron formar una fila para someternos a la revisión médica. ¿Qué estaba haciendo allí? ¿Quién había mandado por él? No sé por qué ordenó mi traslado, y a un lugar tan lejano. Quizá lo hizo a modo de protesta ante nuestras condiciones inhumanas, en un intento de hacer algo por uno de nosotros al menos. O tal vez no podía resistirse a ejercer la autoridad que tiene un médico europeo en países como el nuestro. Sea como fuese, me subieron en su jeep blanco cubriendo mis harapos con una manta roja que olía a desinfectante y a decencia y me dejaron en un campamento militar, a varios kilómetros de distancia, cuya existencia ni siquiera conocíamos. Desde allí, me llevaron hasta Arusha en un vehículo del ejército.

Me trasladaron sólo a mí, y mi estancia en ese lugar, entre completos extraños, fue solitaria al principio, aunque se volvió inesperadamente gratificante cuando empecé a aprender cosas sobre el cultivo de hortalizas y frutas. Me trataban con una indolente brutalidad que daba sentido a cada hora y cada minuto del día. Abandoné ese lugar cuando dos internos murieron como consecuencia de un brote de cólera y nos mandaron a todos a un campo en el noroeste, quizá para que muriéramos allí sin causar molestias a otros. Ése sería el tercer centro de internamiento que pisaría. Pero no murió nadie, de modo que con el tiempo nos dispersaron entre otros centros y me vi de vuelta en el sur, en el centro en el que ya había pasado tres años y en el que estaría cuatro más antes de mi liberación. Casi todos caímos enfermos durante esa época, y dos compañeros murieron, pero aparte de eso hubo pocos cambios. Los guardas iban y venían, y eso a veces sí suponía cierto contraste, pero en el fondo no hacía ni más ni menos graves nuestras circunstancias. Un equipo médico nos visitaba cada pocos meses, puede que como resultado de la influencia del sueco. A veces, la gente de los alrededores acudía a observarnos desde cierta distancia y por las noches asaltaba nuestros huertos. Cuando nos quejábamos a los guardas, nos decían que habrían sido animales.

Me liberaron gracias a la amnistía decretada en 1979, once años después de mi detención en el cuartel general del Partido. La amnistía se extendió a los presos que hubieran cumplido más de la mitad de su condena y cuyos delitos no incluyeran la traición o el asesinato. Aquellos que hubieran cometido traición, serían expulsados del país. El motivo era la celebración de la victoria de nuestras fuerzas armadas sobre la brutal dictadura de Idi Amin en Uganda. Todos los prisioneros que habíamos sido llevados allí desde el barco en uno de los camiones aquella noche oscura fuimos liberados; o más bien, todos los que habíamos sobrevivido, once en total. La mayoría, con la condición de aceptar visados de salida que significaban su inmediata expulsión del país. Dicho de otro modo: al parecer, casi todos mis compañeros estaban entre rejas acusados de traición, aunque costaría imaginar un grupo con menos aspecto de traidores. Habría resultado divertido, de no haber sido tan trágico, verte privado de libertad durante tanto tiempo sólo para convertirte en un refugiado de los recuerdos a los que te habías aferrado a lo largo de los años. Y puesto que nadie había esperado la liberación ni, por tanto, tramitado la entrada en otro país, todos los que iban a quedar libres debían esperar hasta que fueran capaces de demostrar que habían obtenido un visado de entrada a cualquier otra parte. Era imposible hacer esos trámites estando entre rejas, pero tampoco podían soltarlos hasta que ellos mismos o bien sus familiares consiguieran el famoso visado, de manera que aquello no era en absoluto una liberación, y los tres que no habíamos recibido notificaciones de expulsión decidimos quedarnos en el centro de internamiento hasta que liberasen también a quienes sí habían sido expulsados. A esas alturas por lo menos sabíamos que habíamos cumplido la mitad de la condena, aunque no supiéramos qué duración exacta habría tenido la totalidad de esa condena.

Las dificultades llegaron a su fin gracias a la intervención de la oficina del Alto Comisionado de las Naciones Unidas para los Refugiados, y todos los presos liberados recibieron ofertas de asilo de los Emiratos Árabes Unidos. Y así, un día de enero de 1980, nos expidieron los documentos de puesta en libertad pertinentes y el camión nos llevó de vuelta a la capital, donde nos separaron: los refugiados para quedar en manos de funcionarios de la ACNUR, dos de mis compañeros con destino a encontrarse con sus familiares en la capital y yo camino del puerto. Por fin me permití imaginar hasta qué punto habría cambiado Salha y cuánto habría crecido mi hija Ruqayya. Me embarqué para hacer la travesía de regreso y eché a andar desde el puerto como había hecho con mi padre hacía una vida entera: nadie me dirigió la palabra, nadie me reconoció y yo mantuve la mirada baja cuando alguien se acercaba. Se habían venido abajo algunas casas, las tiendas estaban vacías. Al acercarme a mi antiguo local vi caras conocidas, pero no quise demorarme, y la gente parecía seguir sin reconocerme. Me detuve ante mi antigua tienda, tapiada con tablones y cerrada a cal y canto, y me asombró que me resultara tan familiar, como si la hubiera visto por última vez sólo un par de meses atrás. Noté un brazo en el codo y, al darme la vuelta, me encontré de pie a mi lado, viejo y tembloroso, al vendedor de café cuyo negocio, que quedaba enfrente del mío, yo había arruinado tanto tiempo atrás. Fue él quien me dijo que Salha había muerto, que había dejado de existir, que Dios se apiade de su alma, tan sólo unos días después de mi hija Ruqayya, mi hija Ra'iyya, que Dios se apiade de su alma: que ambas habían muerto durante el primer año que pasé entre rejas. Los padres de Salha, con quienes ella vivía tras mi detención, se habían marchado del país; el vendedor de café no sabía adónde, aunque alguien lo sabría. No diré más sobre eso, excepto que tanto la madre como la hija murieron tras una breve enfermedad; de fiebre tifoidea, se creía.

El viejo vendedor de café, que ya no trabajaba, me llevó ante el delegado municipal del Partido, un hombre distinto del que me había acompañado al cuartel general el día anterior a mi detención. Con su permiso, rompimos el candado que cerraba mi tienda. Todo estaba tal como Nuhu y yo lo habíamos dejado, excepto por el polvo y las telarañas, y los trocitos de revoque caído aquí y allá. Los vecinos vinieron a curiosear y a celebrar mi regreso, y muchos me ofrecieron comida y afecto. No puedo describir las muestras de generosidad que recibí esas semanas que siguieron a mi liberación. Vivía en la tienda y, con el tiempo, despejé una de las habitaciones traseras y me mudé allí para poder empezar a comerciar de nuevo, aunque de forma distinta. Vendí todos los artículos que tuvieran algún valor y compré fruta y hortalizas que puse a la venta, y gradualmente fui añadiendo otros pequeños artículos de similar categoría, como cerillas, jabón y unas latas de pescado en conserva. Nadie me pidió que hablara sobre mi temporada entre rejas.

Muchos se habían marchado, los habían expulsado o habían muerto. Sobre aquellos que quedaban se habían abatido y seguían abatiéndose infinidad de desgracias y dificultades, nadie tenía el monopolio del sufrimiento y la pérdida, así que abrí mi tienda y me consagré a una vida tranquila, hablando sin rencor sobre lo que fuera necesario hablar y escuchando con entereza las historias angustiosas sobre lo que nos había deparado la vida. La gente me trataba como a un hombre al que la cárcel y la tragedia personal habían destrozado, se dirigían a mí con amabilidad y paciencia y yo les respondía con torpes muestras de agradecimiento y buena voluntad, y más tarde, cuando me hallaba a solas en la penumbra de mi maltrecha tienda, lloraba la pérdida de mis amadas mujer e hija y se apoderaba de mí la congoja, y cuando ésta remitía, me acometía la tristeza al pensar en cómo había desperdiciado mi vida.

Sí, Rayab Shaabán Mahmud seguía viviendo en la casa que yo ocupaba antaño. Evitaba acercarme por allí, y cuando él pasaba ante la tienda, cosa que hacía todos los días, yo bajaba los ojos y lo dejaba mirarme fijamente con aquel odio sin paliativos. Estaba muy cambiado: tenía cierto aspecto de asceta chiflado y su ropa se veía raída y sucia. A veces fantaseaba con que era él, y no yo, quien había estado en prisión, ya que, pese a las apariencias, había resuelto para mis adentros evitar cualquier humillación si podía, vivir la vida desperdiciada que me había tocado en suerte con toda la compostura de la que pudiera hacer acopio a modo de mudo reconocimiento por las pequeñas muestras de consideración que había recibido. Temo parecer piadoso y santurrón, pero en la cárcel tuve tiempo para reflexionar y aprender a mostrar gratitud. Durante esos años de reclusión dejaron de importarme la casa y Rayab Shaabán Mahmud, y cuando él pasaba por delante de la tienda con la mirada llena de odio, yo no oponía resistencia alguna ni reconocía los derechos que él creía tener sobre mí.

Su esposa Asha había muerto y el amante de ésta, el ministro de Fomento y Recursos, había caído en 1972, en una orgía de sangre entre bestias de la que habíamos tenido noticia en la cárcel: el presidente y el secretario general del Partido habían muerto asesinados cuando asistían a una sesión como ésa a la que yo había tenido que someterme tanto tiempo atrás, y en las represalias que siguieron arrestaron al antiguo ministro. Se las apañó para salvar la vida y salió huyendo, y según decían estaba en algún lugar de Escandinavia organizando nuestra liberación. Rayab Shaabán Mahmud había recorrido las calles regodeándose en la humillación de Abdalá Jalfán, según me contaron, y se puso en ridículo con sus palabras furibundas sobre quien lo había vuelto un cornudo todos aquellos años, cuando siempre había parecido que no tenía opinión alguna sobre la cuestión. Para entonces, Asha y él vivían en nuestra antigua casa; fue al cabo de unos años, todavía instalados allí, cuando ella murió, aproximadamente un año antes de mi liberación, aunque nadie se ofreció a contarme la causa: sólo supe que había muerto.

Durante años viví de esa manera, sumido en la pobreza y asustado como todo el mundo, siempre pendiente de cualquier indicio de malevolencia y de venganza por parte de nuestros gobernantes, aunque la situación había mejorado un poco en los diez años anteriores. No, nunca consideré marcharme. ¿Adónde, para qué? El negocio me daba para comer y vestirme, y con el tiempo sería capaz de vivir sintiéndome a salvo y con razonables comodidades. Conservaba varios libros que había comprado tantos años atrás a los colonizadores que partían, algunos a la sazón mordisqueados por las cucarachas, y avanzaba poco a poco en su lectura. Varias personas empezaron a tratar de convencerme de reclamar mi derecho a mi antigua casa: muchos habían recuperado sus propiedades sencillamente haciéndolo. A mí ningún tribunal me había declarado culpable nunca, y quienes me habían juzgado habían caído en desgracia o estaban muertos, de modo que no podrían ejercer influencia alguna que afectara a mi reclamación. La escritura de la casa estaba a mi nombre y sin duda seguía disponible en el registro de la propiedad para confirmar que yo era el dueño legítimo. Pero no tenía ningún interés en aquella casa, y tampoco energías ni ganas de meterme en peleas, de modo que les sonreía a aquellas personas, les agradecía su buena intención y me olvidaba del asunto.

Rayab Shaabán Mahmud murió en 1994. Como vivía solo en aquella casa siempre cerrada a cal y canto, sólo lo descubrieron al cabo de dos o tres días, cuando no apareció por la mezquita. Finalmente, los vecinos entraron por la fuerza a través de una ventana y lo encontraron en la cama en avanzado estado de descomposición. Que Dios se apiade de su alma. Asistí a la recitación del Corán tras el funeral, como muchos otros vecinos del barrio, pero me quedé en el patio de la mezquita por temor a ofender a alguien.

Unos meses más tarde, en algún momento del año pasado, Hassan regresó, salido de la nada. Sí, Hassan volvió. Me lo contó un cliente que, acto seguido, exclamó que incluso el fallecimiento de aquellos amados por Dios trae consigo algo bueno, pues la muerte del piadoso padre tuvo como resultado el regreso del hijo de sus amores. Sí, Hassan regresó para reclamar su derecho a la casa que había pertenecido a su padre. Sí, volvió al cabo de treinta y cuatro años para tomar posesión de aquel maltrecho montón de escombros y desdichas, cuando en todo ese tiempo no se le había ocurrido presentarse ante su padre ni una sola vez. Saltaba a la vista que se había convertido en un hombre con medios, un hombre de mundo: alto, con barba, bien vestido, sin el menor vestigio del amante joven y díscolo de antaño. A su llegada vestía a la manera del Golfo, con un holgado kanzu de tafetán grueso, con la cartera y la agenda abultándole en los bolsillos, un pequeño bonete en la cabeza y el rostro parcialmente oculto por unas gafas de sol de espejo. Despertaba asombro a su paso y recorría las calles como un pródigo Simbad recién llegado de su primer viaje, sonriendo de oreja a oreja, contentísimo de haber vuelto y repartiendo regalos y limosnas entre los necesitados.

Recorríamos el paseo marítimo en el momento en que yo narraba eso, y Latif Mahmud se detuvo a escuchar con atención, aunque apartando la mirada.

—Así que está de vuelta —dijo con una sonrisa triste y el ceño fruncido al mismo tiempo—. Cuando le pregunté si había tenido noticias suyas, me respondió que no. Supongo que no quería renunciar a este momento dramático.

—No, no ha sido por mor del drama: quería que se fijara en qué momento eligió para volver, que entendiera qué significaba ese momento —repuse.

—¿Dónde ha estado todo este tiempo? ¿Lo sabe?

Me encogí de hombros.

—No lo sé. Diría que en el Golfo, por cómo iba vestido, pero por lo que sé podría haber estado en Arabia Saudita o en China. No hablaba conmigo, mucho menos sobre eso, y la gente que sí me hablaba evitaba mencionarlo por todo aquel asunto tan mezquino con su padre. Hassan tenía aspecto de haber visto mucho mundo, de ser un hombre que había viajado sin estrecheces y regresado una generación después bendecido con la prosperidad y revestido de honor y sabiduría. Mecía los brazos al caminar como alguien dispuesto a abrazar el mundo. Había sufrido una transformación considerable desde que era aquel jovencito reservado que se fugó con Hussein al final del musim.

—Sí, ¿y qué fue de ese hombre? —quiso saber Latif Mahmud, y me pareció captar un dejo de aprensión o de angustia, aunque no logré imaginar qué le producía temor.

—No lo sé —contesté.

—Cuéntemelo —insistió él frunciendo el entrecejo, conteniéndose para no agarrarme y exigirme que lo hiciera—. Porque sí lo sabe, ¿verdad? Cuéntemelo.

—No lo sé —repetí—. Sólo sé que su hermano Hassan fue uno de sus herederos, porque hubo otros, parientes e hijos. Hassan incluso se parecía un poco a Hussein: su padre se habría sentido orgulloso de ver cómo había triunfado.

—Mi padre, sí... ay, qué terrible. No sabía que hubiese muerto hace tan poco, el año pasado. Creía que ambos habían fallecido tiempo atrás. A lo mejor lo había soñado, quizá fue una fantasía mía. A lo mejor lo deseaba y creía que mi deseo se había cumplido. Qué imposible, qué poco natural resulta decir algo así. A veces pienso que fue cosa mía, que fui yo quien los mató de tanto desear su muerte. Pero no estaban muertos, en absoluto, sino que estuvieron allí todo el tiempo. Nunca les escribía, ¿sabe? —añadió Latif Mahmud. Para entonces volvíamos a recorrer el paseo marítimo; se detuvo y se volvió para mirarme cara a cara con expresión sombría—. Desde que escapé de la RDA, nunca volví a enviarles cartas, y supuse que no conocerían mi paradero y que por tanto nunca podrían escribirme. No quería saber nada de ellos, ni de sus odios y exigencias. Ni del odio que se tenían mutuamente, ni del que hacía que él se enfureciera y mascullara y se encerrara en aquel silencio corrosivo. Ya sé que uno no debería decir esas cosas sobre sus padres, pero fue un golpe de suerte haber podido escapar de la RDA envuelto en una especie de anonimato, incluso poder cambiarme el nombre para huir de ellos y poder empezar de nuevo. ¿Le suena esa fantasía?

—Pero la gente sí sabía dónde estaba —dije con cautela, pues no quería añadir leña al fuego que lo consumía—. Oíamos hablar de usted.

—Eso parece —repuso sonriendo pese a la tristeza—. Así que Hassan ha vuelto... para reclamar su herencia.

Me admiraba la severidad con que Latif Mahmud juzgaba a sus padres, y no porque fuese inconcebible estando tan lejos, donde las insistentes exigencias de compartir intimidades se pueden evitar con el silencio, sino porque me preguntaba qué precio habría tenido que pagar por aquel triunfo perverso, y cuánto en su mirada de dolor se debería a la inevitable angustia y la culpabilidad que debía de sentir. La expresión de infelicidad de su rostro demacrado me sorprendía menos si tenía en cuenta la desdicha que se había infligido a sí mismo con su audacia.

—Si es su herencia, entonces la mitad le pertenece a usted —declaré, y lo vi encogerse un poco, lo que me animó a seguir chinchándolo—. Su padre no dejó testamento y, según la ley, su propiedad debe dividirse a partes iguales entre sus hijos varones.

—¿Sugiere que también debería volver? ¿A reclamar mi parte? —preguntó con una gran sonrisa burlona.

Me encogí de hombros.

—Sólo he dicho que si Hassan hereda, la mitad de la casa le corresponde a usted. Con todo, hay ciertas complicaciones: en el registro de la propiedad todavía hay una entrada que hace constar que la escritura de la casa está a mi nombre. Yo mismo entregué la escritura en sí en la oficina del secretario general, y ha desaparecido, por lo que su padre nunca tuvo un título legal de propiedad de la casa. Cuando Hassan volvió se instaló en ella, y me trataba como si fuera un obstáculo para tener pleno derecho a la propiedad, de modo que trató de legalizar la resolución tomada en la sede del Partido tantos años atrás, según la cual yo era culpable de fraude, etcétera. A su vuelta, había empezado a cultivar la amistad de gente poderosa, y como todos lo consideraban una especie de héroe que había retornado al hogar, era muy probable que las simpatías populares estuvieran de su lado. Un día vino a la tienda, el pequeño local de la esquina donde vendía hortalizas, azúcar y cuchillas de afeitar, no el radiante emporio donde antaño vendía muebles caros. Se lo aclaro para que pueda imaginar la escena tal como fue. Me pidió un vaso de agua y, tras tomar unos sorbos e intercambiar las cortesías pertinentes, me pidió cualquier documento que tuviera que ver con la casa. Yo le respondí que no tenía ninguno: que se los había entregado al secretario general del Partido como me habían exigido años atrás, aunque ese personaje público ya había muerto, asesinado en la orgía de sangre de 1972, cosa que sin duda sabía. Entonces me anunció que la ley seguiría su curso, y que interpondría una demanda contra mí por el dinero que le debía a su tío Hussein. «No, no», le dije, «es Hussein quien me debe dinero a mí». Tenía los documentos que lo probaban. Me pidió esos documentos, pero me negué a dárselos. Dijo que había heredado de su tío Hussein, que parte de la herencia era el dinero que yo le debía y que él también tenía documentos que probaban que yo le debía ese dinero: una declaración jurada de Hussein hecha en Bahréin unos años atrás, ante testigos que afirmaban haber presenciado el acuerdo durante el musim de 1960. No tengo ni idea de por qué Hussein y Hassan se habrían propuesto causarme tanto daño, y así se lo hice saber a su hermano. Soltó una carcajada: la clase de risa con la que un gran hombre anunciaría su buena fortuna en las calles, pero que apenas acertaba a disimular el odio y la determinación en su rostro. Paseé la mirada por la tienda como para hacerlo fijarse en su mísero aspecto, y le dije que no tenía dinero para pagarle ni aunque tuviera derecho a él y la ley de su parte. «Ya veremos», concluyó apretando la mandíbula y con los labios temblando de ira. Entonces cruzó el umbral de la tienda, a la vista de la gente, y me insultó en público del mismo modo en que solía hacerlo su padre. Repitió las acusaciones y me amenazó con la cárcel o algo peor cuando él saliera vencedor en la disputa. Permanecí sentado tras el mostrador como un perro apaleado mientras descargaba su furia sobre mí y se iba formando un corrillo de gente sonriente para presenciar el espectáculo. Creí que iba a pegarme hasta que finalmente alguien se le acercó con la petición de que se condujera con honor y decoro y se lo llevó de allí para que no siguiera poniéndose en vergüenza. Yo no tenía ninguna confianza en nuestro sistema legal, ni me quedaban fuerzas para más trifulcas en mi vida, así que metí en la bolsa mi cofre de oud-al-qamari y me marché.

La brisa marina había empezado a soplar con fuerza, y quizá me tambaleaba un poco, porque Latif Mahmud me agarró del codo y me apartó del mar hacia una de las calles laterales que conducían al centro de la ciudad.

—¿Por qué se puso su nombre cuando decidió marcharse? —preguntó cuando llevábamos un rato abriéndonos paso en las aceras llenas de gente y esperando en los semáforos.

Yo sentía un cansancio tremendo, y deseé que me cogiera de nuevo del codo para guiarme hasta una mesa en una de las cafeterías ante las que pasábamos e insistir en que nos detuviéramos un momento para tomar una taza de café. Pero él seguía caminando medio paso por delante de mí, y era como si sus ojos y su cuerpo me llevaran a rastras, como si tirasen de mí en contra de mi voluntad.

—Le hice esa misma pregunta la última vez que vine. Parece que haga un siglo de eso. No se lo pregunté de buen modo porque temía que hubiese sido una especie de burla, que se mofara de él... porque lo había vencido en el asunto de la casa. No sabía lo de su detención, ni lo de su esposa Bi Salha, ni lo de su hija Ruqayya, su hija Ra'iyya. Pero ahora que sé todo eso, se me hace todavía mas extraño que haya decidido adoptar su nombre.

—Es una historia ridícula, pero entrañable. Una de las condiciones de mi amnistía era que no podría tener pasaporte —expliqué—. Supongo que para que no anduviese haciendo diabluras por el extranjero, aunque sospecho que fue por pura venganza. Entre el batiburrillo de objetos que su padre insistió en abandonar en la casa donde ustedes habían vivido... Yo no quería que se marcharan, sólo quería la escritura de la casa. En fin, no sé cómo expresarlo correctamente, y cuanto más protesto más parezco otro viejo carcomido por la culpa que anda buscando el perdón. Y en efecto les pido perdón a usted y a todos los demás a los que he perjudicado con mi vanidad y desconsideración. El caso es que, entre las cosas que su padre dejó allí había una caja con papeles, y entre ellos figuraba su partida de nacimiento. No había nada más de valor, sólo cartas y facturas viejas, algunos folletos y manuales de instrucciones. Me fijé en la partida de nacimiento y decidí guardarla para que no se perdiera, pensando que eso podía suponerle un grave inconveniente. Luego me deshice de todo lo demás: no quería tener nada que ver con las cosas que habían dejado en la casa. Sólo me quedé la partida de nacimiento... y la mesa de ébano, como usted bien sabe, esa preciosa mesita que años después sería como un tormento que venía a recordarme cada día mi vanidad y todo lo que había perdido. Cuando Hassan vino a la tienda pensé que se fijaría en la mesita, puesto que Hussein la había comprado para él años atrás, pero ni la vio.

Latif Mahmud vaciló unos instantes, casi deteniéndose en seco.

—Recuerdo que usted se quedó algunas cosas e hizo subastar el resto. Tengo una imagen clara de ese momento —dijo—: seguí los carros desde nuestra casa y lo recuerdo a usted caminando entre nuestras cosas y eligiendo las que quería.

Lo miré perplejo.

—No, eso no es posible —contesté con voz temblorosa ante esa nueva acusación. Me parecía que iba a desplomarme allí mismo de puro agotamiento, por mi vejez, y de vergüenza. Señalé un café unos pasos más allá y fui a sentarme—. Después de que abandonaran la casa, me enteré de que habían dejado allí algunos muebles y di aviso a su padre de que pasara a recogerlos, pero contestó que podía hacer con ellos lo que me diera la gana, de modo que le di instrucciones a Nuhu de llevárselo todo, venderlo y mandarle el dinero a su padre. Pero ni su padre ni su madre quisieron el dinero, así que le dije a Nuhu que podía disponer de él porque yo no quería saber nada de aquel dinero ni tener nada que ver con él. Una vez subastados los muebles, Nuhu me trajo la caja con los papeles y la mesita, porque recordaba haberla visto en la tienda, y me dijo que el resto no tenía apenas valor. No quise saber nada más.

—Teníamos una alfombra de Bujara muy grande y bonita... ¿cómo puede decir que no valía nada?

—Lo siento —repuse.

—Lo recuerdo bien: recuerdo haberlo visto caminar alrededor del montón de muebles —insistió sorprendido y tozudo. Pidió café y pastas, y mientras esperábamos miró a lo lejos. Pensé que debía de estar revolviendo en su memoria y preguntándose si le estaba mintiendo o si era posible que la culpa me hubiese hecho olvidar aquella escena—. Quizá yo también quería que fuera así —concluyó finalmente, todavía sorprendido, todavía dudando—. Pudo ser una de las fantasías que he acariciado: desear que usted fuera el hombre malvado al que conocimos en aquella casa nuestra llena de odio. Quizá fue a Faru a quien vi paseándose entre las cosas. Digamos por un momento que lo imaginé... pero es muy extraño tener esa imagen tan vívida. En cualquier caso, habla usted demasiado sobre el honor, la decencia y el perdón. No significan nada, son sólo palabras. Como mucho podemos esperar un poco de amabilidad, creo, y eso si tenemos suerte. Eso pienso yo, al menos. Esas palabras grandilocuentes forman parte del lenguaje de la doblez con la que ocultamos la vacuidad de nuestras vidas. Pero continúe, cuénteme lo de la partida de nacimiento, aunque diría que puedo adivinar el resto.

—A mi vuelta de la cárcel la partida de nacimiento seguía allí, y volví a guardarla sin darle más vueltas. Luego, cuando empecé a pensar en marcharme, se la di a un hombre que se dedica a esas cosas: consigue partidas de nacimiento de gente que ha muerto, a menudo de niños, y cuando alguien necesita un pasaporte busca una en la que figure una edad parecida a la del solicitante y pide un pasaporte con ese nombre. Doy gracias a Dios por esa partida de nacimiento; fue así como me convertí en su padre y obtuve un pasaporte a su nombre. Después, retiré parte del dinero que me quedaba en el banco, se lo di a alguien que se ocuparía de sacarme un billete y me presenté aquí solicitando asilo.

Aquel domingo se nos hizo tan tarde que finalmente le ofrecí quedarse en el salón, de modo que dispuso unos cojines en el suelo y durmió allí. Se me hizo extraño, después de tantos años, tener a alguien durmiendo cerca: me hizo sentir más joven. En aquel espacio tan pequeño, podía oír sus movimientos en la habitación de al lado, y me recordaba cuando vivía en mi antigua casa, y un poco también a la prisión, aunque allí siempre me costaba más conciliar el sueño, y esa noche dormí plácidamente.

Por la mañana, me levanté antes que él, y diría que eso lo decepcionó (o eso creo yo, en todo caso; ¡cuánta precisión!, soy un hombre de palabras). Quizá no quería que yo lo creyera alguien que se permitía excesos, o un sibarita, la clase de hombre al que se le pegan las sábanas cuando se ha hospedado inesperadamente en casa de otra persona. Podría haberle dicho que a los viejos nos cuesta dormir hasta tarde y que me había levantado tan pronto porque me aburro si me quedo en la cama. Antes de irse, tomó un poco del café fuerte, amargo y muy caliente que había preparado para mí. No esperaba que él también quisiera un café y me hizo sonreír verlo torcer el gesto al dar un sorbo.

—Debería ponerse teléfono —dijo ya en la puerta, con un brazo apoyado en la jamba.

—No tengo prisa por hacerlo —contesté, y lo vi sonreír. Creía saber qué estaba pensando, que le habría gustado que contestara: «Preferiría no tenerlo.» Pero había estado dándole vueltas a lo que había dicho Rachel, y me dije que leería de nuevo «Bartleby» antes de citar aquellas palabras como si fueran las de un admirado forajido.

—Entonces, el próximo fin de semana tendré que dejarme caer por aquí sin avisarlo —dijo.

Y eso hizo, y Rachel nos llevó en coche a un sitio llamado Water Valley donde la gente nadaba en los lagos y jugaba con una especie de aljibes mientras otros se lanzaban desde lo alto de la pendiente más escarpada del valle y planeaban con alas de nailon hacia los Downs. Después, nos llevó a su casa para comer allí, y al día siguiente Latif me esperaba mientras metía algo de ropa en una maleta para ir a pasar un par de días con él a Londres. Había insistido, diciendo que era un crimen que llevara nueve meses en Inglaterra (en realidad tan sólo eran siete, pero lo traía sin cuidado) y no hubiera estado nunca en Londres, pese a que vivía a apenas una hora de allí. De modo que iría a pasar unos días con él. Me enseñaría la ciudad y todos esos sitios que los turistas siempre quieren ver, las típicas casillas del tablero del Monopoly, además de otros cuya existencia yo ni conocía, pero que probablemente me gustarían más, y eso que en las casillas del Monopoly había edificios y monumentos muy imponentes y majestuosos. Cuando ya hubiera visto suficiente, me metería en un tren y Rachel me esperaría al llegar como si yo fuera un padre viejo y decrépito que se repartían entre los dos.

Cuando entré en el apartamento donde vivía Latif, me recordó a mi habitación en la trastienda, donde había pasado las noches solo durante quince años. También aquella habitación olía a soledad y vacío, a una larga ocupación silenciosa. La luz de la sala de estar era demasiado brillante; las paredes estaban desnudas, sin fotografías ni decoración alguna, ni siquiera un reloj; los muebles eran baratos y escasos, excepto por un gran sillón frente al televisor, que lucía encima un cenicero lleno de colillas y ceniza y un vaso con posos de vino tinto.

—Debería haber hecho limpieza —dijo cogiendo el vaso y el cenicero para llevárselos a la cocina. Volvió y se puso a recoger periódicos sin leer, libros, una arrugada chaqueta de punto y una bata que por cómo olía sin duda necesitaba un lavado, y lo amontonó todo en un rincón de la habitación. Luego se plantó delante con los brazos en jarras, satisfecho por haber hecho algo con aquel desorden. Recogió entonces unas copas y un plato sucio y se los llevó a la cocina, donde abrió la ventana y encendió un cigarrillo. Echó un vistazo dentro de la nevera, retrocedió y dijo que iría a la tienda de la esquina en busca de algo de comer, o que quizá podíamos pedir que nos trajeran algo. Me encogí de hombros para hacerle saber que lo dejaba en sus manos. A pesar de mis meses en Inglaterra, todavía no había probado comida para llevar de ninguna clase, de modo que confié en que eligiera él y así, de esa forma algo forzada, tendría ocasión de probar un plato de aquella afamada gastronomía. Sin embargo, antes de que pudiéramos resolver esta cuestión, sonó el teléfono: era Rachel, que preguntaba si había ido todo bien. Estuvieron al teléfono durante veinte minutos, riéndose con ganas, como imaginaba que hacía la gente al principio de una amistad. Di una vuelta por el piso, curioseando hasta en el último rincón, abriendo cajones y puertas, probando las ventanas para ver si abrían bien, viendo el espacio donde él trabajaba y escribía y tratando de localizar el sitio donde dormiría yo. Y ya puestos, investigando la posibilidad de que hubiera sábanas limpias y mantas calentitas. Latif seguía al teléfono cuando di por acabada mi pequeña expedición.

Mis sutiles y respetuosas pesquisas habían fracasado a la hora de olisquear el menor tufillo a sábanas limpias. Sencillamente, allí no olía como si hubiera sábanas limpias en algún sitio. Me pregunté si, en medio de todo el entusiasmo y la emoción (los captaba en su voz), Latif se acordaría de que debía acercarse a la esquina en busca de comida para llevar. En todo caso, yo solía cenar muy poco, y siempre llevaba conmigo la toalla de Alfonso por si las cosas se ponían feas.